HERI
QING CHANGYING

何日请长缨
崛起（上）

时代出版传媒股份有限公司
安徽文艺出版社

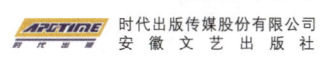

齐 橙◎著

作者简介：

　　齐橙，本名龚江辉，阅文集团大神作家，中国作家协会会员，北京师范大学经济与工商管理学院副教授，中国社会科学院工业经济研究所博士。代表作品《工业霸主》《材料帝国》《大国重工》《何日请长缨》等，其中《材料帝国》被国家新闻出版广电总局推介为2016年优秀网络文学原创作品，《大国重工》荣获第五届中国出版政府奖音像电子网络出版物奖（网络出版物）。作品《何日请长缨》入选"十四五"国家重点出版物出版专项规划，荣获第四届现实题材网络文学征文大赛特等奖，入选中国作家协会2020年网络文学重点作品扶持项目"庆祝中国共产党成立100周年"主题专项，荣获2020年第四届"网络文学+"大会·优秀网络文学IP，入选2020年度最具版权价值网络文学排行榜（现代类），入选2021年中宣部"建党百年"主题重点项目，并入选中国作家协会新时代文学攀登计划。

"十四五"国家重点出版物出版专项规划

何日请长缨

崛起（上）

齐橙——著

时代出版传媒股份有限公司
安徽文艺出版社

图书在版编目（CIP）数据

何日请长缨.3,崛起.上/齐橙著.—合肥：安徽文艺出版社,2023.3

ISBN 978-7-5396-7679-1

Ⅰ.①何… Ⅱ.①齐… Ⅲ.①长篇小说－中国－当代 Ⅳ.①I247.5

中国国家版本馆 CIP 数据核字(2023)第 003398 号

何日请长缨·崛起（上）
HERI QING CHANGYING·JUEQI(SHANG)

出 版 人：姚 巍
策 　 划：朱寒冬　宋晓津
统 　 筹：张妍妍　成　怡　宋晓津
责任编辑：姚爱云　成　怡　装帧设计：张诚鑫　徐　睿

出版发行：安徽文艺出版社　　www.awpub.com
地　　址：合肥市翡翠路 1118 号　邮政编码：230071
营 销 部：(0551)63533889
印　　制：安徽新华印刷股份有限公司　(0551)65859551

开本：700×1000　1/16　印张：154.75　字数：2450 千字
版次：2023 年 3 月第 1 版
印次：2023 年 3 月第 1 次印刷
定价：528.00 元(精装，全七册)

(如发现印装质量问题，影响阅读，请与出版社联系调换)

版权所有，侵权必究

目 录
CONTENTS

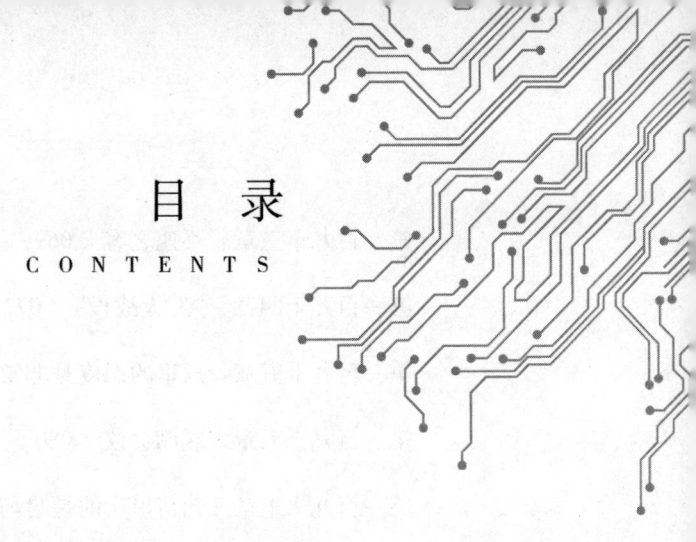

第一百七十七章　他乡遇故知 / 001

第一百七十八章　简直是太失败了 / 006

第一百七十九章　那才叫一个物美价廉 / 011

第一百八十章　都说外国的月亮比中国的圆 / 015

第一百八十一章　打小怪升级 / 019

第一百八十二章　产业殖民 / 023

第一百八十三章　挤压他们的利润空间 / 027

第一百八十四章　共同发展 / 031

第一百八十五章　让他再锻炼锻炼 / 035

第一百八十六章　拉块虎皮作大旗 / 039

第一百八十七章　唠叨的老母亲 / 043

第一百八十八章　我们不是在说机床吗 / 047

第一百八十九章　明智之举 / 052

第一百九十章　另起炉灶 / 056

第一百九十一章　只有你才能成为核心 / 060

第一百九十二章　掘到第一桶金 / 065

第一百九十三章　不速之客 / 069

第一百九十四章　"三大战役" / 072

第一百九十五章　局里的态度是非常坚决的 / 076

第一百九十六章　联席会议 / 080

第一百九十七章　葫芦里卖的是啥药 / 084

第一百九十八章　胡萝卜的味道 / 088

第一百九十九章　当然有兴趣 / 092

第二百章　看你那没见过钱的样子 / 096

第二百零一章　买买买 / 101

第二百零二章　想不出拒绝的理由 / 105

第二百零三章　唯马首是瞻 / 109

第二百零四章　胜利的大会 / 113

第二百零五章　乾隆身边的老太监 / 117

第二百零六章　所图甚大 / 121

第二百零七章　到韩国点只烤鸭 / 125

第二百零八章　杀人诛心 / 129

第二百零九章　临一机需要你的良知 / 133

第二百一十章　不要辜负领导对你的培养 / 136

第二百一十一章　拒绝啃老的李太宇 / 140

第二百一十二章　下星期来上班行吗 / 144

第二百一十三章　被绘图板耽误的营销大师 / 148

第二百一十四章　代工 / 152

第二百一十五章　你这是唱的哪一出啊 / 156

第二百一十六章　咱不给他下药行吗 / 160

第二百一十七章　这中间有什么关系呢 / 164

第二百一十八章　同一条战壕里的战友 / 168

第二百一十九章　这个赌注,你赢了 / 172

第二百二十章　我只是来赚点辛苦费的 / 176

第二百二十一章　我们的立场和你们是完全一致的 / 180

第二百二十二章　周衡托"孤" / 183

第二百二十三章　我们信得过你 / 187

第二百二十四章　奔向 2000 / 191

第二百二十五章　分工 / 195

第二百二十六章　四个事业部 / 199

第二百二十七章　咱们之间能有啥谈的 / 203

第二百二十八章　船等机、机等轴 / 207

第二百二十九章　如果造不出来怎么办 / 211

第二百三十章　谁让我欠你的呢 / 216

第二百三十一章　要对图奥下手 / 221

第二百三十二章　瓜田李下 / 225

第二百三十三章　大家不要太焦虑 / 229

第二百三十四章　可能要抓典型了 / 233

第二百三十五章　绳之以法 / 236

第二百三十六章　不战而败 / 240

第二百三十七章　一个不错的选择 / 244

第二百三十八章　不忘初心 / 248

第二百三十九章　你每天都在干什么 / 252

第二百四十章　挥泪大甩卖 / 256

第二百四十一章　免费的蛋糕 / 260

第二百四十二章　这是不正当竞争 / 264

第二百四十三章　进退不得 / 269

第二百四十四章　你能力比我强,真的 / 273

第二百四十五章　战略合作伙伴 / 277

第二百四十六章　防火防盗防师兄 / 281

第二百四十七章　只是接触过 / 286

第二百四十八章　在驴鼻子前面拴根胡萝卜 / 291

第二百四十九章　传说中的绝密资料 / 296

第二百五十章　资料从哪来的 / 300

第二百五十一章　你出去别说认识我 / 305

第二百五十二章　急流勇退 / 310

第二百五十三章　排名前五的飞机制造公司 / 314

第二百五十四章　别让他们跑了 / 319

第二百五十五章　落荒而逃 / 323

第二百五十六章　共同进退 / 326

第二百五十七章　仙人跳 / 330

第二百五十八章　其中必有蹊跷 / 334

第二百五十九章　为什么报警 / 339

第一百七十七章　他乡遇故知

1996年,夏末时节。

黄阳省鹿坪市的街头,一男一女说笑着缓步走来。

男的40出头的年龄,有些中年发福的征兆。他穿着一身笔挺的西装,领带系得一丝不苟,在这尚有些炎热的季节里显得颇为另类,他额头上大颗的汗珠显示出他并非具有天然的耐热属性。

女的看起来也就20来岁,长得青春靓丽,活泼可人。她的穿着倒是与季节相称,一身素白的连衣裙勾勒出优美的曲线,让过往行人都忍不住要回头欣赏一番。因为阳光灼热,姑娘手里撑着一把阳伞,一多半倒是在为边上那装酷的汉子遮阴。

"韩部长,咱们就这样等下去吗?我看鹿机好像对咱们不感兴趣。"姑娘一边走一边低声嘟哝道。

"小刘,做业务是需要有耐心的。"汉子语重心长地说,"对方越是对我们不感兴趣,我们越是要表现出我们的真诚,要用我们的真诚去感动客户。想当年,我跟唐厂长去金尧讨欠款的时候,对方对我们也是爱搭不理的,唐厂长带着我,在太阳底下晒了'七七四十八'小时,最后才感动了对方,把200多万欠款都还给我们了。"

"可是,七七不是四十九吗?"姑娘有些纳闷。

"最后一小时对方就屈服了呀。"汉子解释道。

"还有,我听人说,那次唐厂长是拿着板砖威胁金车的厂长,金车的厂长才答应还钱的。"姑娘说。

汉子抬头看着天,颇有一些沧桑地说道:"那只是传说罢了,唐厂长的神机妙算,又岂是常人能够猜到的。"

这位汉子,便是临一机销售部部长韩伟昌,而跟在他身边的姑娘,是销售部的业务员刘娜,今年才25岁,颇受韩伟昌欣赏。韩伟昌外出谈业务,十次里总有四五次是要带上这姑娘的。

至于当年随唐子风去金车讨债的那段往事,韩伟昌向刘娜说起过不止10次,刘娜第一次听到的时候表现出来的是震惊,到第五次的时候就开始有些腻歪了,而到现在,她已经可以让自己装出是第一次听说的样子,非但表情极其生动,还能够恰到好处地给韩伟昌当个捧哏的,让他把自己想说的话都痛痛快快地说出来。

韩部长岁数大了,跟我爸一样唠叨了,我得理解……

刘娜在心里对自己说。

韩伟昌这次带刘娜到鹿坪来,是为了向鹿坪机械厂推销一批磨床。临一机销售部如今已经建立起了一个颇有效率的信息中心,能够及时搜集到全国各地的需求信息。据信息中心反映,鹿坪机械厂刚刚接到一批出口机械产品的订单,急需采购五至十台精密外圆磨床。

磨床是临一机的传统产品,这样的业务,临一机当然是要去争取的。五台精密外圆磨床价值80多万,也是一笔不错的业务。韩伟昌正好手头没事,便亲自带着刘娜作为助手,到鹿坪来了。

一年多以前,经唐子风推荐,临一机厂部破格任命韩伟昌担任销售部副部长,主持销售部工作。上任之后,韩伟昌大刀阔斧改革销售部的部门结构,建立起信息中心、客户关系中心等,优化了业务模式。随后,他又亲自出马,带着业务员做下几个大单,一举奠定了自己在销售部的权威地位。

这一年多时间,销售部焕发出新面貌,创造了一个多亿的业绩,让临一机顺利扭亏为盈,韩伟昌也因此把职务前面的那个"副"字给甩掉了,成为销售部的正部长。从一名技术处工艺科副科长,晋升至销售部正部长,足足跨了三个台阶,而韩伟昌仅用了一年多时间就完成了。

吃水不忘挖井人,韩伟昌知道自己能有今天是得益于谁。他在其他方面都可以牛气烘烘,但只要谈起唐厂长,他就立马变回了当年那个小跟班的模样,话里话外对于这位比自己年轻近20岁的领导毕恭毕敬。

刘娜是前几年分配到厂里来的大学生,算起来和唐子风是同一届的。对于唐子风的传奇,她既和其他的年轻女孩一样怀着几分崇拜、几分神往,同时又带着同届生所特有的不平而愤。

第一百七十七章 他乡遇故知

不就是因为你是人民大学毕业的,而我是东叶经贸学院毕业的,凭什么你现在就当上了副厂长,而我只是跟在销售部长身边负责给他打伞的小业务员?

不过,这种情绪她是只能深埋在心里的,唐子风现在在临一机的地位如日中天。大多数职工都认为,临一机能有今天,唐厂长的功劳甚至比周厂长还大。厂里从20岁到50岁的女职工都是唐子风的粉丝,刘娜如果敢在公开场合说一句唐子风的坏话,立马就会变得连朋友都没有了。

好可怕,还是不想他了。

刘娜晃了晃脑袋,把唐子风的形象从脑子里赶出去,然后娇滴滴地对韩伟昌说道:"韩部长,鹿机这边的人一直说他们黄厂长不在,你说是真的吗?"

"应该是真的吧。"韩伟昌说,"我想过了,他没有理由不见我们,或许真的像他们办公室的人说的那样,是到省里开会去了,咱们再等两天吧。"

"好吧。"刘娜拖着长腔,她倒不用担心自己这种懈怠的表现会让部长不悦,相反,她越是如此,越显得与部长不见外,而部长最欣赏她的地方,就是她的不见外。

韩伟昌经常带着一个漂亮女孩外出谈业务,厂里自然不会没人议论。尤其是韩伟昌业务做得好,一年光拿提成就有二三十万,不招人嫉恨才怪。不过,刘娜自己却是知道,韩伟昌充其量算是有心没胆,他带着刘娜出差,只是图个养眼罢了,不规矩的举动是丝毫也不敢有的。至于其中的原因,与其解释为韩伟昌有节操,不如归功于他的"妻管严"。

"这个鬼地方,热得要死,还没什么玩的,真是待够了。"刘娜抱怨着,随后又瞟了韩伟昌一眼,说道,"韩部长,刚才过来的路上,我倒是看到有一个刚开业的KTV(卡拉OK),外面的装修很豪华,要不要晚上我们去唱唱歌?"

"这个就算了。"韩伟昌赶紧说,"这种地方,我这个岁数就不去了,小刘,如果你想去玩,就自己去好了。我听说,KTV的消费很高的,随便坐几个小时,一两百块钱就花掉了,这种钱也不能报的。"

刘娜笑道:"韩部长,你也太抠了吧?去年你拿了十多万提成,都可以进入临一机的富豪榜了,一两百块钱还舍不得花?"

韩伟昌说:"瞧你说的,我算什么富豪。黄总开超市,一年赚一两百万,那才是真正的富豪。还有周总和汪总,他们开的搬家公司,去年也赚了好几十万。

对了,就连车工车间那个于可新,在电脑上画画图,听说一年都能赚到二三十万。和他们相比,我就是一个穷人呢。"

刘娜说:"你也不差啊,十多万提成,抵我二十年的工资呢!我才是去不起KTV的人好不好?"

韩伟昌说:"这个不一样,你们小年轻没负担,发了工资可以吃光用光。我家有两个孩子,一个18,一个16,都是要花钱的呢,等你到我这个岁数就知道了。"

"哼,我才不信呢,你其实是怕孙师傅跟你算账,是不是?"刘娜笑着说。

她说的孙师傅,是韩伟昌的老婆孙方梅。坊间传说,韩家的钱袋子是由孙方梅管着的,韩伟昌一个月的零花钱也就够买烟和理发,偶尔请人吃顿烤串都要提前向老婆打报告申请预算,而且不能超支,节约部分也不能归己,而是要交回"家库"。

"乱讲,我老婆怎么会管我?"韩伟昌嘟哝道,"主要是……咦,那不是那谁吗?"

刘娜抬眼看去,只见迎面走来一位与韩伟昌年龄相仿的汉子,肚子明显不如韩伟昌大,但身上穿着韩伟昌同款的西装,系着同款领带,脑门顶上也冒着同款汗珠,与韩伟昌站在一起,堪称是二"傻"合璧。

韩伟昌刚才所说的"那谁",正是此君。就在韩伟昌看见他的同时,他也看见了韩伟昌,稍一错愕,此君脸上便绽开了灿烂的笑容,大步走上前来,伸手招呼道:"老韩,居然是你啊!你怎么也到鹿坪来了?"

韩伟昌握住对方的手,笑呵呵地说道:"老何,你怎么到鹿坪来了?对了,瞧你这打扮,你不会是到鹿坪相亲来了吧?"

"呸,你能比我强多少。怎么,你把你家那个母老虎蹬了,准备到鹿坪来找一个新的?"对方毫不示弱。

韩伟昌大惊,连忙拦住对方,用手虚指刘娜,说道:"别别,老何,瞧你说得,我这还有同事在呢!"

"你同事?"对方这才发现了刘娜。他向刘娜看了一眼,眼睛里顿时就金光四射,照得刘娜有种要得青光眼的感觉。

"这是刘娜,我们部门的同事。小刘,我给你介绍一下,这是何继安,何科长,明溪省常宁机床厂技术处工艺科的副科长,和我过去的职务是一

第一百七十七章 他乡遇故知

样的。"

　　韩伟昌给二人做着互相介绍,说到最后一句的时候,他语气里带上了几分自矜。一年前,自己与对方是同一个职务,而一年后的今天,自己已经值得对方仰视了。

第一百七十八章　简直是太失败了

"何科长好!"

"小刘好!"

刘娜和何继安互相打了个招呼,何继安转回头来,对韩伟昌问道:"老韩,你还没说呢,你怎么会到鹿坪来了?又是来给人家修机床吗?"

这可就是一个旧哏了。两年前临一机经营不善,厂里的职工都在外面接私活干,韩伟昌接的私活就是帮其他企业修机床,赚点辛苦钱。为了找到业务,韩伟昌托了不少人,其中便也包括了眼前这位常宁机床厂工艺科的副科长。

韩伟昌与何继安的交情,已经有十几年了。常宁机床厂与临一机一样,也是机械部二局下属的大型国有机床企业。二人都是工艺工程师,经常在机械部组织的一些会议或者技术交流中见面,一来二去就成了很好的朋友,在一起喝酒也不下十几次了。

有时候喝醉了酒,大家便会胡说八道,有关"母老虎"这样的说法,就是韩伟昌某一次醉酒的时候不小心漏出来的,被何继安揪着当个笑话说了若干年。

听老友说起旧事,韩伟昌哈哈一笑,说道:"老何,你说的这个是老皇历了。我们厂自从换了新厂长,早就不是原来的'三资企业'了,给人修机床这事,现在也轮不到我做了。对了,你还没吃饭吧,咱们找个地方,边吃边聊,我请客。"

"好好,我也正打算找个地方吃饭呢。不过,话得先说好,今天这顿我请。"何继安说。

"怎么能让你请?过去你还给我介绍过活儿呢,我就算是感谢你,也该请你一顿的。"

"我请你自然有请你的道理,现在也不合适说,等到了饭馆慢慢说。"

"巧了,我也打算跟你说说我的情况呢。"

"那就边吃边聊,我请客,你别跟我争了。"

第一百七十八章 简直是太失败了

"还是我请,我能报……"

"……呃,那好吧。"

韩伟昌祭出大杀器之后,何继安终于放弃了与韩伟昌争着请客的念头。刘娜听到双方已经达成了共识,便在前面领路,带着二人前往一家不错的馆子。她与韩伟昌在鹿坪待了几天,对于饭馆的分布已经有所了解。

进了饭馆,刘娜便向服务员询问有没有包间,服务员低声说了句"包间需要服务费",刘娜毫不犹豫地便答应了。做业务请客户吃饭是再正常不过的事情了,周衡不是那种迂腐的人,在这方面对销售部是网开一面的。

不过韩伟昌也不是不知分寸的人,对业务员请客吃饭的事情管得非常严。必要的宴请支出,一顿饭哪怕花上几百块钱,韩伟昌也不会说啥,但如果请客的理由不充分,第一次韩伟昌会给签字,第二次就要认真盘问盘问,如果有第三次,韩伟昌多半是要从业务员的提成里把钱扣出来的。

有过几回这样的事情之后,销售部的业务员们也知道自己该如何做了。业务上的事情,要瞒过厂里是很容易,但要想瞒销售部内部的人,就不那么容易了。业务员们通过做业务能够拿到不菲的提成,于是也就没必要在这样的事情上去捣鬼,所以总体来说,销售部的风气还是很不错的。

韩伟昌对下属要求严格,对自己也同样不放松。此前他跟刘娜说去KTV的钱不能报销,便是这个意思,其实,以他的职务,真想弄几张KTV的发票去报,财务也不会说啥。

这一次,韩伟昌要请何继安吃饭,多少有点显摆的意思,所以也就得破破例了。刘娜是个有眼力见儿的人,知道领导要摆阔,区区一点包间服务费又算得了什么?

"老韩,不错啊。怎么,当上正科长了?出门都能带秘书了?"

趁着刘娜出去点菜的机会,何继安酸溜溜地向韩伟昌问道。韩伟昌过去是临一机工艺科的副科长,何继安是常宁机床厂工艺科的副科长,二人职务相同,企业性质也相同。一个工艺科副科长能有多大权力,没有人比何继安更了解。看韩伟昌这个做派,再看刘娜对他的殷勤,何继安便知道韩伟昌肯定是升官了。

韩伟昌谦虚地说:"老何,你别乱说,小刘只是我的同事罢了。至于我自己,现在已经不在技术处了,厂里安排我做销售工作,所以我现在是在厂销售部。"

"销售部好啊!这可是个油水很足的地方。怎么样,级别肯定升了吧?"何继安问。

韩伟昌说:"油水不油水的,我是不敢想了。我们新来的厂长眼睛毒得很,你是不知道,他刚来没两天,厂办副主任拍马屁,给他弄了个手机,结果你猜怎的?"

"怎的?"

"我们新厂长让他把手机退还邮电局,然后直接把他的副主任职务撤了,打发他到劳动服务公司去当经理。"

"这么狠?"何继安有些吃惊,国企里的事情,他是门儿清的,韩伟昌说的这件事,的确是可以反映出新领导的作风的。

"那么,你现在在销售部分管什么?"何继安又想起了前面的话题,对韩伟昌问道。

韩伟昌矜持道:"也没具体分管什么,反正是啥事都管一点吧。"

"你不会说你是销售部的部长吧?"何继安调侃道。

"还真是。"韩伟昌说。

"真是?"何继安愕然,"老韩,你是说,你现在是你们厂销售部的部长,正的?"

"这个其实也是赶鸭子上架,我那两下子,你老何还不了解吗?不过,我们新厂长倒是很有魄力,像我这样一个人,他也敢大胆启用,我当然也就是士为知己者死了。"韩伟昌云山雾罩地说了半天,最终还是为了告诉老友,自己的确是当了销售部的部长,而且还是正的,这就是正处级干部了。

"了不起!"何继安向韩伟昌跷了个大拇指赞道。

"哪里哪里。"韩伟昌假意客套,接着又问道,"老何,我看你这身装束也不一般啊,是不是也换岗位了?"

何继安等的就是韩伟昌这句话,他扯了扯袖子,伸手去拿桌上的茶壶,作势要给韩伟昌倒水,实则却是把手腕子亮了出来。只见在他的手腕上,戴着一块亮晶晶的手表,一看就不是寻常货色。

"你说我这块表啊?"何继安似乎是不经意地说,"浪琴,这么一点大,要4000多块钱。我说不买吧,我老婆非说我戴着好看,其实呢,我觉得和咱们国产的海鸥也没啥区别嘛。"

我说你的表了吗?

第一百七十八章 简直是太失败了

韩伟昌郁闷地在心里嘀咕着。刚才那会儿，他的眼睛的确是被何继安手上的表给闪了一下，但他实实在在啥也没说啊，何继安何以就产生了幻听，而且接着就开始滔滔不绝地介绍起来了？

不过，听何继安一介绍，韩伟昌倒是明白他的心思了。浪琴这个牌子，韩伟昌是听说过的，知道这种手表价格高得吓人，属于暴发户的宠物。何继安手上戴了一块浪琴表，自然是要急于向人炫耀的，韩伟昌没有给他炫耀的机会，他就自己创造出机会来。

有句话咋说的？"锦衣夜行，莫如退而结网"。咦，好像哪不对？

这一刻，韩伟昌开始有些嫉妒何继安了。其实，他赚了点钱之后，也有几个朋友建议他去买块好表，戴手上显摆显摆。浪琴、欧米茄、劳力士之类的牌子，都是朋友推荐过的，不过他一打听价格，就彻底死心了，觉得自己这辈子也不可能去买这样的奢侈品。

可是，面前这位老友，却戴上了一块浪琴表，而且特地在他面前晃了好几下，这就不能不让韩伟昌觉得自己失败了。他其实已经是个有钱人了，买一块浪琴表也是买得起的，可这一刻，他能拿出存折来向对方证明这一点吗？

作为一个有钱人，一个临一机销售部的部长，他手上戴的还是一块原价50多块钱的国产表，这简直是太失败的事情了。

"老何，你这是……你们厂这两年效益这么好吗？"韩伟昌讷讷地问道。

何继安不屑地说："这和我们厂有个屁的关系！国有厂子的情况你又不是不了解。待在国有厂里，想买块好表，等下辈子吧。"

我这辈子就买得起！

韩伟昌在心里呐喊道。但他没法拿出证据，所以也只能悻悻然地继续问道："这么说，你从厂里出来下海了？"

何继安轻描淡写地说："也算是下海吧。年前的时候，去了一家韩国企业。人家觉得我技术还可以，一去就给开了一个月1500的工资，还说如果业绩好，以后还能再涨。"

"原来如此！"

韩伟昌到这时候才明白过来，原来这位老友是跳槽到外企去了，难怪衣着光鲜，还戴着名表。联想到此前何继安死乞白赖地要请他吃饭，没准也是存着显摆的心思，他们俩也不愧是难兄难弟，心思都想到一块去了。

"老何,你去的那家韩国企业是干什么的?"韩伟昌问。

"和你们临一机是同行,也是主打磨床的。"何继安答道。

韩伟昌一怔,旋即脸色就有些难看了。闹了半天,眼前这位是自己的竞争对手,他到鹿坪,也是冲着鹿机那五台磨床来的吧?

第一百七十九章　那才叫一个物美价廉

刘娜点好菜回来了,大家开始聊一些风花雪月的话题。不一会儿,酒菜都送了进来,刘娜张罗着给韩伟昌和何继安各自倒上酒,两个男人便开始互相"走一个"。何继安恭喜韩伟昌高升,韩伟昌则恭喜何继安攀上了高枝,大家都做出为对方感到无比高兴的样子,内心的种种不屑自不必细说。

推杯换盏间,一瓶白酒已经下去了四分之三,大家喝酒的速度放慢了,开始借着酒劲聊起了闲话。当然,说是闲话,谁又真的会闲到说闲话的地步呢?

"这么说,老何,你这次到鹿坪,是冲着鹿坪机械厂来的吧?"韩伟昌没有兜圈子,直接捅开了问题的核心。

"老韩,你也是冲着这事来的吧?"何继安反问道,也算是回答了韩伟昌的问题。

韩伟昌问:"你不是搞技术的吗,怎么也做起销售来了?"

何继安假意叹着气说:"谁让我去的是外资企业呢?外资企业可不像咱们国有企业那样,咱们说得好听点,叫分工明细,说得难听点,那就叫人浮于事。我去的这家韩国公司,恨不得把一个人当三个人用,我既是技术经理,也是销售经理,还要当售后经理。要不人家外国为什么这么富裕呢,人家这效率,就不是咱们能比的。"

韩伟昌无视了何继安的吹嘘,继续问道:"你待的这家公司,目前有多少人啊?"

何继安随口说道:"不多,也就5000多人吧。"

"有5000多人?"韩伟昌一惊,旋即又诧异道,"既然有这么多人,怎么会让你又做技术又做销售的?"

何继安滞了一下,这才发现自己吹牛忘了打草稿,前后出现矛盾了。他讷讷地说:"我刚才说的是公司总部的人数。我去的这家公司的总部,叫作大韩东垣机床有限公司,在韩国是排名前三位的大企业。我们公司叫作大韩东垣机床(中国)有限公司,是去年才进入中国的,目前人数倒不是太多,也就是……几百人而已。"

"韩国排名前三的大企业……"韩伟昌在脑子里快速地回忆着自己知道的信息,却怎么也想不起有这样一家公司。

从调到销售部当副部长开始,韩伟昌就在积极地学习各种与销售相关的知识,全球的知名企业名录自然也是他学习的范畴。一家有5000多人的韩国机床企业,不可能不在他了解的范围内,想想看,韩国总共才多少人?

如果说这是一家非机械领域的企业,比如超市、电视公司啥的,韩伟昌没听说过也就罢了,作为机械企业,而且还是机床企业,韩伟昌怎么可能不知道?

"你刚才说,你们公司是主做磨床的?"韩伟昌又试探着问道。

何继安愣了一下,随后语气也有些不确定了,他含糊其词地说:"公司目前进入中国市场的,主要是磨床业务。韩国总部那边,肯定是啥机床都造的。"

韩伟昌端起酒杯,向何继安示意了一下,然后一边慢慢地呷着酒,一边琢磨着何继安的话,越想越觉得有破绽。韩国的机床业在全球也算是能排得上号的,但并不属于韩国的支柱产业,体系也不太完整。韩国的车床、铣床和压力机床有一定的实力,而磨床却是比较弱的。

何继安声称他们公司是主做磨床的,又是韩国排名前三的大企业,这就有问题了。如果说这家企业其实主打的并非磨床,而是其中国公司主打磨床,同样不合理,哪有一家跨国公司是用自己的薄弱产品去海外开拓的?

再结合何继安声称其中国公司有几百人,但他自己却身兼数职,韩伟昌几乎可以确定,这人是在吹牛。他投奔了一家韩国机床公司,这应当是真的,但这家公司绝对没有5000人,而中国公司也绝对没有几百人。估计也就是韩国的一家小企业,灵机一动跑到中国来淘金,手头有几十人就了不得了,所以何继安这样的人才会在公司里得到重用。

想到此,韩伟昌笑呵呵地问道:"那么,老何,你和鹿机这边联系上没有?"

"联系上了。"何继安说,"今天上午我还见了他们分管技术的副厂长呢,他对我们的磨床非常感兴趣,只等着上会讨论一下,就可以和我们签约了。"

"你说的是黄顺林?"韩伟昌问。

何继安点头:"没错,就是他。"

第一百七十九章　那才叫一个物美价廉

"可是……"刘娜忍不住就想插话了。她想说，韩伟昌和她已经来了三天，要求拜见这个黄顺林，但鹿机的办公室的人声称他去省城开会了，至今未回，何继安怎么可能见到他呢？

韩伟昌拦住了刘娜，然后问道："老黄没说他对我们的机床也感兴趣吗？"

"这个还真没有。"何继安说，"我们一直都在谈东垣磨床，他一个字都没提你们临一机的磨床。老韩，我说句你不爱听的话，放着进口机床在面前，还有谁乐意买国产机床？"

"老何，你这话说得太绝对了吧？"韩伟昌说，"你们常机也是做机床的，你们的机床没人要了吗？"

何继安笑道："也就是一些老客户隔三岔五还能买几台，还是外国人不愿意生产的那种低端货，常机也已经撑不了多久了。原先日本、德国的机床价格高，咱们国内的企业买不起，所以像我们常机、你们临一机这种厂子，还能有点活路。可这两年，韩国机床来了。我告诉你，韩国机床那才叫一个物美价廉，价格比国产机床也就高那么一丢丢，但质量是我们拍马都赶不上的。你想想看，有了韩国机床，咱们国产机床还能活几天？"

此言一出，刘娜的脸色就变得极其难看了。这算什么话，我们国产机床怎么就活不下去了？你投奔了个韩国公司就了不起啊！她心里念叨着，却不便说出来，毕竟何继安是韩伟昌的朋友，这个场合轮不到她说话。

韩伟昌不动声色，他向何继安问道："那么，老何，依你之见，我也得赶紧跳槽才行了？"

何继安得意地说："这事吧，老韩，咱们也是这么多年的朋友了，我就冒昧劝你一句，你那个科长也罢、处长也罢，当不当的没啥意思了。现在最明智的做法，就是走为上。以你老韩的能耐，随便找个外资企业去干，怎么也比我赚的钱多。这年头，啥都是假的，只有钱才是真的，你说是不是？"

"这事吧，我还真得琢磨琢磨。"韩伟昌假装认真地说。他现在脑子里要想的事情很多，也懒得去和人计较了。

何继安倒也意识到自己说得有点过头了，交情归交情，这种话还是点到为止的好。他笑着端起酒杯，对韩伟昌说道："哈哈，我也就是多喝了几杯，随便一说，供老韩你参考。来来，咱们再走一个……"

再往下，大家便又不谈工作了，互相聊了聊孩子、物价、装修之类的话题。

结束饭局,双方互相交换了名片,便各自回所住的宾馆去了。

与何继安分开后,走了一程,刘娜这才凑到韩伟昌身边,低声说道:"韩部长,我觉得这个何继安是在吹牛吧?"

"吹什么牛?"韩伟昌问。

刘娜说:"鹿机的黄厂长明明去省里开会了,他还说自己和黄厂长见过面,这不是吹牛吗?"

韩伟昌冷笑道:"黄顺林去省里开会这件事,咱们看见了吗?"

"……"刘娜错愕,"你是说,他故意不见我们?"

韩伟昌黑着脸说:"不好说,咱们得找人打听打听,这个姓黄的到底在不在鹿坪,另外,他到底有没有见过何继安。"

要想打听一个厂长的下落,还是比较容易的。此前韩伟昌和刘娜没想过黄顺林仍在鹿坪这种可能性,听了鹿机办公室的托词,也就信了,因此并未刻意去求证。可听何继安说他已经与黄顺林见过面,韩伟昌就无法淡定了。

他让刘娜扮成一个其他单位的业务员,到鹿机找了几个"打酱油"的职工一问,才知道黄顺林其实头一天就已经从省里回来了,而鹿机的办公室今天上午还对他们说黄顺林在省里,这分明就是有意怠慢他们了。

了解到这个情况之后,韩伟昌不敢耽搁,又辗转托人联系上了鹿机技术科的人员。见面一打听,人家说黄厂长的确送了几份磨床资料过来让技术科做评估,而这几份资料正是出自一家名叫"大韩东垣"的公司。

"何继安没有撒谎,鹿机真的想买韩国的机床。"韩伟昌说,"他跟何继安谈好了,所以就不想见咱们了。"

"那咱们怎么办?"刘娜有些抓狂,想不到那个牛气烘烘的何继安还真抢了他们的业务。再联想到何继安发出的警告,刘娜觉得整个人都不好了,前途一片渺茫。

韩伟昌说:"不行,这件事得马上向唐厂长汇报。这可不是一件小事情,咱们马上回临河。"

第一百八十章 都说外国的月亮比中国的圆

"据不完全统计,目前进入中国大陆的韩资机床企业已经达到了285家,产品覆盖所有的机床品类。许多我们原来的客户都在考虑购买韩资企业生产的机床,悲观估计,今年韩资机床可能会抢走我们三成的市场。"

临一机厂部会议室里,韩伟昌向全体厂领导做着汇报。

鹿坪机械厂那五台磨床的订单,最终还是落入了东垣公司之手。韩伟昌回到厂里,马上安排情报部门进行了解,结果发现这样的事情已经不是一两起,不少业务员都遭遇过韩资企业"截和"的情况。有些客户与临一机合作多年,结果也抵御不住韩资的诱惑,把订单交给了韩资企业。

自中韩建交以来,韩资大举进入中国,成为各地政府招商引资的新宠。据统计资料显示,1992年韩国企业在华投资项目650个,总金额为1.2亿美元;而至1995年,就增长到1975个,总金额10.42亿美元。

与日、美对华投资主要以大企业为主不同,进入中国的大多数韩资企业规模较小,注册资金仅几十万美元。但恰恰是这些小企业,经营非常灵活,几乎是见缝插针,经营方式不拘一格,对中国本土企业构成了更大的威胁。

"老韩,你有没有了解过,咱们的客户为什么会选择韩国机床?"副厂长吴伟钦问道。

韩伟昌点点头,说:"了解过了,原因有几个方面。第一,客户普遍认为韩国机床技术水平和质量都比国产机床好,而价格比国产机床高不了多少,简单说就是物美价廉,所以都愿意用韩国机床。"

"那么,韩国机床是不是真的技术水平和质量都比国产机床好呢?"唐子风插话道,但他这话却是对秦仲年说的,要评价机床的品质,他更相信秦仲年的眼光。

秦仲年说:"韩国搞数控机床比我们早,他们的技术是全盘从日本、美国和德国引进的，相比于我们的确有一些优势。不过，相比于日本和德国的机床，韩国机床又排不上号了。韩国产业体系不完整，机床产业链是严重依附于日德的，机床品种不全，自主研发能力有限，理论积累不足，这方面我们比他们还是有优势的。"

唐子风问："是不是这个意思，韩国机床比我们略强一点，但强得有限？"

秦仲年想了几秒钟，笑着点点头说："你这样总结也可以，不过具体问题还是要具体分析。比如说磨床这方面，其实韩国的基础是很薄弱的，我们的磨床做得比他们好。"

唐子风用手一指韩伟昌，说："这就怪了，老韩说他那个什么老朋友不就是卖韩国磨床的吗，生生把我们的市场给撬了，这又如何解释？"

韩伟昌苦笑说："是啊，这个问题我也思考过。我还专门调查了一下那个东垣公司，发现这家公司在韩国很不出名，根本就查不到它的信息。它的磨床我没有看到，但据我了解的情况，韩国在磨床方面基本上是空白，它自己都要大量进口磨床，对了，甚至是从中国进口。"

"鹿坪机械厂了解这个情况吗？"唐子风问。

韩伟昌说："这个我就不清楚了，鹿坪机械厂分管技术的副厂长黄顺林一直躲着不肯见我，我也没机会和他谈这个问题。"

"其实这也不奇怪吧。"副厂长张舒说，"现在不时兴说什么崇洋媚外了，但老韩碰上的这个事情，其实就是因为鹿机的领导崇洋媚外。韩国也是外国，在有些人眼里，外国的月亮就是比中国的圆，甚至外国的残月都比中国的满月要圆，老韩，你说是不是这个道理？"

韩伟昌说："张厂长说得对，这种情况我们也是遇到过的。很多客户买机床，光盯着国外的牌子，德国的、日本的、瑞士的，最不济也得是韩国的。原先德国、日本的机床价格偏高，有些企业买不起，现在韩国人来了，韩国机床的价格很低，大家都买得起，当然就不买咱们的了。"

"这倒是一件有趣的事情。"唐子风微微一笑，心里有了一些想法。

韩伟昌看看唐子风，见他没有再说啥，便继续前面的话题，说道："第二嘛，就是韩国的机床看起来的确比咱们的机床漂亮，卖相比我们的好。我们造机床主要考虑性能，不太关注外观，我们的机床和韩国机床摆到一起，光看外观就矮了一头。"

第一百八十章 都说外国的月亮比中国的圆

"这也算一个理由？"秦仲年诧异道，"买机床又不是买衣服，还在乎好看不好看干什么？"

唐子风却摆摆手，说："秦总工，这个你就不了解了，机器也是要讲美观的，工业设计也是一门大学问呢。老韩说的这个情况，我觉得非常重要，咱们过去只注重产品的性能，不关注人机交互的问题。除了外观是否好看之外，操作是否方便，是否省力，噪音大小，都是要考虑的问题。

"就外观这一点来说，并不是什么难以做到的事情，咱们偏偏没去做，这就不是能力问题，而是一个观念问题。在这方面，韩国人给咱们上了很好的一课呢。"

"这个很容易，做个外壳，喷点漆，能费啥事？"秦仲年不以为然地说。唐子风说的工业设计问题，他也是懂的，只是过去觉得有点多余。现在销售部门提出来了，他就算是不太理解，但也不至于抵触。

唐子风说："秦总工，这件事要抓紧，而且不能过于简单化。工业设计绝对不是做个外壳、喷点漆就够的。外壳做成什么形状，方的还是圆的；用什么颜色，白的还是绿的；上面画什么图案，都有讲究。我觉得，咱们可能得请美院的工艺专家过来给咱们设计设计。"

"这个就不必了吧？"秦仲年有些不赞成。

周衡说："这件事我支持小唐。其实过去我们也有同志提出来过，说进口机床不但性能好，而且外观也漂亮。过去我们国家穷，有限的一些资源要用于制造更多的设备。但现在情况不同了，在整个产业都是供过于求、产能过剩的条件下，匀出一些资源做做表面文章，也是必要的。"

听到周衡发话，秦仲年也就不吭声了，心里开始盘算该请什么单位的专家来帮忙，需要做到哪一步才好。

韩伟昌看看众人，犹豫着要不要继续讲下去。唐子风向他笑笑，说道："老韩，你继续说，大家随时讨论，及时解决问题。"

韩伟昌于是点点头，说："还有第三点，也是一个麻烦的问题。据我们了解，韩国企业在销售的时候，会采取一些手段，这个是我们很难模仿的。"

"什么手段？"吴伟钦问。

韩伟昌讳莫如深地笑笑，说道："其实，大家也都明白的，就是给客户一些好处嘛。各家企业的做法不太一样，有些是直接送礼品，有些是承诺帮着客户那边的领导买国外家电和化妆品,还有一些合同金额比较大的,就会邀请客户到韩国去参加技术研讨会,其实就是去免费旅游。"

"这不就是公然行贿吗?"宁素云说。

已经当上厂长助理的张建阳说:"这种事情不奇怪了。咱们国内的私营企业,也会搞这一套。过去日本企业,还有港台的企业,也是喜欢搞这一套的。现在韩国人进来,不搞这一套才奇怪了。"

"也就是说,只有咱们国有企业不能搞这一套。"张舒笑着评价道。

张建阳说:"其实想搞也可以,就是手续上有点麻烦,需要换个名目,否则在宁总那里也不好过关。"

"换个名目也同样不能过关。"宁素云黑着脸说,"销售部请客户吃饭,送点小礼品,已经算是打政策的擦边球了。如果要像私营企业那样,直接给客户好处,还有什么安排出国参加研讨会,这就是严重违反财经纪律了,这是绝对不能允许的。"

周衡说:"我同意小宁的意见。这些勾当是违法的,咱们就算不能改变社会风气,至少也不应当随波逐流。"

"没错,咱们不能做这种事情。"秦仲年说。

韩伟昌向唐子风投去一束无奈的目光,他是很希望厂领导能够支持销售部搞这种名堂的。时下社会风气就是如此,私营企业几乎清一色都会给客户回扣,外资和港资、台资也是如此,临一机如果不这样做,业务就很难开展了。

可现在看来,这个愿望是要落空了,周衡的话说到这个程度,应当就不会再开什么口子了。

第一百八十一章 打小怪升级

听完韩伟昌的介绍，周衡对众人说道："大家议议吧，看看对于这个新情况，咱们应当如何应对。"

他话音刚落，大家都把头转向了唐子风，其动作是如此整齐，以至于每个人自己都感觉到了。大家互相对视了一眼，不由得都哈哈地笑了起来。

"众望所归，小唐，你就先说说看吧。"周衡用手指着唐子风说。

这一年多以来，临一机的厂领导们已经形成了这样一个习惯，如果是寻常的一些事情，大家都可以发表点意见，但遇到棘手事情的时候，就要先听听唐子风的想法，再在他的想法基础上进行讨论。唐子风自己也曾调侃说，临一机的领导现在是外事不决问小唐，内事不决问子风，他也算是集百度和谷歌于一身了。

来自韩国机床企业的竞争，是一个新情况，大家都有些心理准备不足，所以都希望唐子风先说，以便给自己提供一些启发。

唐子风倒也不矫情，笑着说："这件事，我觉得也没多严重。秦总工不是说了吗，韩国机床的水平比我们略高一点点，但高得非常有限。咱们现在对付不了日本、德国的机床企业，不妨先拿韩国机床当个小怪打打，练练手也是好的。"

"什么叫小怪？"秦仲年不解地问道。

唐子风说："这是一个比方。咱们最终肯定是要和日本、德国的那些大牌机床企业竞争的，但在这之前，我们需要先找一个弱的打一打，积累一点经验。我们把日本、德国当成大妖怪，韩国就是小妖怪，是送上门来给我们练手的。"

吴伟钦说："小唐，你这个想法有些乐观了吧？现在的情况是韩国机床企业大举进军中国市场，按韩部长他们的估计，今年咱们临一机会有三成的业务将被韩国企业抢走。这等于是人家在打我们，我们拿什么去打人家呢？"

"吴厂长说得好！"唐子风说，"这就是咱们要考虑的问题。韩国机床的技术水平和质量都不比我们强多少,我们稍微努力一下,就能够超过他们,至少是达到与他们相同的程度。他们的价格比我们略高,所以我们是有优势的。如果我们盯住他们的产品,保证每一种产品咱们都比他们强,大家说客户最终会选择谁?"

"这个……不好说。"韩伟昌缓缓地摇着头。虽然他把唐子风当成自己的偶像,但在这个问题上,他并不能赞同唐子风的观点。如果换成他的下属这样说,他恐怕直接就予以批驳了,但唐子风是他的上级,所以他只能以"不好说"来表示自己的意见。

"老韩的意思是,我们要考虑到客户崇洋媚外的心理,不是说咱们的产品好,客户就会接受的。"张建阳替韩伟昌把话说出来了。他也算是唐子风的铁杆拥趸,他能够有今天,得益于唐子风对他的鼓励,以及唐子风给劳动服务公司出的许多主意。他知道唐子风是个爽快人,在唐子风面前说话,用不着太委婉,过于委婉反而会惹唐子风不悦。

唐子风说:"就短期来看,客户的崇洋媚外心理是难以改变的,我们应当允许他们采购韩国机床。事实上,就算我们不允许,他们也一样会采购,是不是?

"我相信,经过对比之后,他们终究会发现外国的月亮也没那么圆,而咱们中国的月亮好歹是近水楼台,有更多好处。咱们的机床性能不比进口机床差,价格更便宜一些,还有服务优势,以及整体配套的优势,他们在比较之后,就会回来找我们。"

"这样是不是太被动了?"副厂长朱亚超质疑道,"小唐,你这个意见基本上就是主动放弃市场了。就算最后客户还是回来了,可这段时间的损失也是很大的。咱们临一机刚刚有了一些起色,如果被韩国人这样一搅和,没准情况又糟糕了。"

唐子风说:"塞翁失马,焉知非福?咱们国内的崇洋心理,不是靠做一两次思想工作就能够改变的,也不是国家下一个行政命令就能够改变的,必须要让大家真正感觉到国外的产品也并不那么优秀,他们才会改变自己的观念。

"日本、德国的机床,性能和质量比咱们的要强出很多,在短时间内,咱们不可能超过他们。而他们的存在,会不断强化国内企业的崇洋心理,对我们是非常不利的。

"现在韩国人来了,其实是给我们帮了忙。正如老韩刚才说的,韩国也是外

第一百八十一章 打小怪升级

国,对于鹿机这样的企业,买不起日、德的机床,能够买几台韩国机床用用,也能聊以自慰,满足一下他们用进口货的愿望。而当他们买进了韩国机床之后,就会发现外国机床也不过如此,国产机床甚至比外国机床更强。

"这样一来,他们的崇洋心理就会弱化,转而接受我们的机床来替代韩国机床。未来等我们有实力挑战日、德的时候,这些企业也会更容易站在我们一边。"

"唐厂长说得很有道理!"韩伟昌不愧是做销售的,市场敏感性极强。他率先听懂了唐子风的意思,大肆赞道,"唐厂长的意思是不是说,让韩国机床把日本、德国的机床挤出去,我们再把韩国机床挤出去,这比我们直接和日本、德国竞争,要容易得多。"

"正是如此。"唐子风说。

众人都皱眉思考起来,唐子风说的,逻辑上略有些复杂,但细细琢磨,似乎还有那么一点道理。

唐子风说的,有点像打疫苗的原理。人体对于某些病菌缺乏抵抗力,如果直接接触这些病菌,人就会得病,但如果取一些病菌进行灭活处理,使其变成疫苗,先注射到人身上,人在与这些灭活病菌做斗争的过程中,会产生出抗体。这样未来再接触真正的病菌时,人也就不会轻易得病了。

日、德的机床,技术水平高,容易让国内用户产生出崇拜感,国内机床要想与他们争夺国内用户,难度很大。但韩国机床的技术水平低,空有一个"外国"的光环,却没有人们想象中外国产品的高品质。用户在接触过之后,会产生出"外国的也不过如此"的感觉,届时国内机床要与之竞争,就很容易取得优势。

从这个意义上说,韩国机床进入中国市场,还是有点积极作用的。

"小唐的这个观点,对我们有一定的启发。"周衡说,"但怎么把握这个分寸,是非常重要的。我们可以利用韩国机床去消除客户对进口机床的迷信,但要防止这个市场真的被韩国企业抢走,到最后我们一无所有。"

"周厂长说得对。"唐子风说,"这个分寸的拿捏,的确是非常重要的。这需要我们各个部门通力合作。技术处秦总工这边,需要在技术上瞄准韩国机床,采取对标策略,确保我们的机床在任何方面都不弱于韩国机床。生产方面,咱们要尽可能降低成本,确保价格优势。至于销售……"

说到这,他把目光投向了韩伟昌。韩伟昌心有灵犀,连忙表态道:"我们准备采取盯人策略,和韩国公司寸土必争,就算不能把市场抢回来,也要让客户了解我们的产品,让他们知道我们的产品不比韩国产品差,他们买韩国产品最后必定要后悔。"

"你们可以让业务员没事就去跟客户唠叨唠叨,不断强化客户的这种意识。这样一旦他们发现韩国机床有点缺陷,就会想起我们。"唐子风笑呵呵地说道。

韩伟昌自是言听计从,应道:"没问题,我让业务员天天去跟客户念叨这些事。"

"我们要不要采取一点降价措施?其实,咱们的产品还是有降价空间的,如果咱们的价格再降低一些,对韩国机床的优势就更明显了。"吴伟钦提醒道。

唐子风摇头道:"现在还不到时候。"

"不到时候?"吴伟钦一怔,"这还有什么讲究吗?"

唐子风微微一笑,转了一句文:"天机不可泄露也。"

吴伟钦也是见惯了唐子风装神弄鬼,见状笑着说道:"我怎么觉得,小唐又要使坏了。"

"也有可能是故弄玄虚。"周衡评价道,却也没去深究。降价是一种很常用的竞争手法,唐子风也不会想不到。他既然说时间未到,或许就有什么盘算了,有时候这种盘算只是一种经营上的直觉,非要唐子风解释清楚,反而不合适了。

反正与韩国企业竞争也不是一朝一夕的事情,降价促销的方法,未来也可以拿出来用,现在先放一放倒也无妨。

他当然不知道,唐子风惦记的,是一件在场的领导们根本就想不到的事情,那就是一年后的亚洲金融危机。在他印象中,那一次中国并未怎么受到危机的影响,而韩国、日本都是受影响极深的。唐子风既然要算计韩国企业,当然是要找韩国企业最虚弱的时候下刀子,以确保一招制敌,让对方再无翻身之望。

第一百八十二章 产业殖民

接下来,大家又讨论了一些生产和管理方面的问题。毕竟,面对来自韩国公司的竞争,做好自己的事情才是最重要的。

兵法说,善战者,先为不可胜,以待敌之可胜。不可胜在己,可胜在敌。自己练好内功,对方只要露出一个破绽,自己就能一剑封喉。反之,如果自己实力不济,对方再烂,你也抢不到机会。

开完会,已经是中午时分,大家各回各家。唐子风从办公室拿了自己的饭盒,到食堂买了饭,拎着回到家,却见于晓惠也在他家里,正在给他打扫卫生。

"晓惠,今天怎么有空过来?"

唐子风笑呵呵地和于晓惠打着招呼,然后在饭桌前坐下,打开饭盒开始吃饭。

"我们今天放学早,我回家吃了饭,就过来帮你打扫一下卫生。"于晓惠坐在唐子风对面的椅子上,两手支在桌上,托着下巴,笑眯眯地看着唐子风吃饭,对他说道。

今年中考,临一机子弟中学取得了近十几年来最好的成绩,有30多人考进了临河市的几所市重点高中。于晓惠的名次排在全校的第五名,如愿以偿地进了临河市排名第一的临河一中,而且还分到了重点班。

上了高中之后,于晓惠就没时间再来给唐子风当保姆了。她父亲于可新因为有一门设计木雕图案的手艺,现在已经跻身临一机富豪榜之列,也用不着再让女儿去当保姆赚钱了。

唐子风从此开始像其他单身职工一样每天在食堂买饭回家吃,不过食堂经过整顿之后,饭菜质量有了很大的提升,只要舍得花钱,唐子风的肠胃是不会受到亏待的。

于晓惠虽然不再拿保姆工资,但隔三岔五还是会跑来帮唐子风收拾一下房间、洗洗衣服啥的。其实唐子风家里也有洗衣机,只是他经常犯懒,有时候换下来的衣服随手一扔,很多天也顾不上拿去洗,只有等于晓惠来了,才会统一归置起来,洗上一大堆。

对于于晓惠给自己做家务这件事,唐子风只是客气了一番,于晓惠坚持要做,他也就接受了。于晓惠一家都是厚道人,于可新也经常说唐子风对他家有恩,交代于晓惠不能忘记唐叔叔的恩情。唐子风如果坚持不让于晓惠帮他做家务,于晓惠反而要不开心了。

当然,唐子风也不是那种能够心安理得享受别人伺候的人,他时不时会给于晓惠买点学习资料,也算是变相给她支付费用了。实际上,于晓惠作为厂里排得上号的富二代,也不会在乎这点小费用。

"唐叔叔,我给你买了个花瓶,你看好看吧?"

于晓惠不知道从哪变出一个精致的花瓶,树脂质地,颜色很鲜艳,的确是挺好看的样子。她把花瓶放在饭桌上,笑着说:"等文珺姐再来,你就买一束花插在花瓶里,她肯定喜欢的。"

"谁告诉你文珺姐还要再来的?"唐子风笑着问道。其实刚过去的这个暑假,肖文珺的确是又来了一次,与同样过来玩的唐子妍住一起,在临河待了好几天。这姑娘与唐子风的关系不清不楚,却是把临河当成一个度假胜地了。

于晓惠笑而不语,脸上的表情分明在说:这种事情,我懂的,你别想骗我。

唐子风无语,其实他和肖文珺到目前为止也只是互有好感,还没到确定关系的程度。肖文珺刚刚本科毕业,直接保送了本系的直博,现在是博一,前途充满各种变数,所以并不急于谈婚论嫁。至于唐子风,作为一名刚过25岁的穿越者,又哪会琢磨婚嫁这样的事情?

"你这个花瓶是哪买的?"唐子风决定避开这个话题,他向于晓惠问道。

于晓惠的兴趣转换也极快,她说道:"我在放学的路上买的。我们放学的路上新开了一家韩国精品屋,里面的东西可漂亮了。我们很多同学都喜欢买那里的东西。对了,你看我这个发卡,就是韩国产的。"

说着,她从头上取下一个发卡,得意地向唐子风展示着。

唐子风哑然失笑,这韩流还真是无孔不入,连高中生都开始哈韩了。

"这么说,你们同学里韩粉很多啰?"唐子风问。

于晓惠是懂"粉"这个词的,她点头道:"我们全班同学大多数都喜欢韩国,尤其是女生,几乎是百分之百。"

"那么,在你们心目中,韩国是一个什么样的国家呢?"

"特别先进,特别时髦,还有……特别有人情味。"

"我明白了。"唐子风点了点头,他突然意识到,今天会议上大家所讨论的问题,还过于肤浅了,韩国产品进入中国的问题,远比大家看到的更为严峻。

于晓惠把唐子风的房间收拾得纤尘不染,然后便蹦蹦跳跳地离开了。她在市里上学,中午回来的时间是很短的,没法像过去那样留下来和唐子风聊天。唐子风睡了个午觉,到点上班,径直来到了周衡的办公室。

"坐吧,小唐。怎么,有什么新想法?"

周衡看到唐子风一脸严肃的样子,就知道他肯定又想到了什么事情。对于唐子风的判断力,周衡已经越来越看重了,他也越来越感觉到自己年龄大了,无论是对技术还是对市场,敏感性都大为下降,凡事不如眼前这个小年轻看得清楚。当然,他这个岁数的人也有自己的优势,那就是丰富的经验,在很多时候,经验的判断比理性分析更准确。

唐子风说:"周厂长,今天中午回去之后,我又想到了另外一件事。我感觉到,韩国机床的竞争,并非我们一家企业面临的问题,甚至也不是机床这一个行业面临的问题,这是韩国以举国之力向中国进行渗透的问题,我们必须在更高的层次来认识这个挑战。"

"噢,说得这么严重?"周衡笑着评论道,他有几分猜测,觉得唐子风是想通过危言耸听来达到某种目的,这小年轻擅长于瞎忽悠,如果每一回都相信他的话,周衡早就吓出毛病来了。

唐子风知道周衡不在意,他也不急。他先把于晓惠给他买花瓶的事情说了一下,又说了临河一中多数学生都是韩粉。周衡听到这里,也皱起了眉头,说道:"你不说我还没意识到,我女儿现在也算是一个你说的那种韩粉吧,成天看韩剧,穿的衣服、用的化妆品,也都是韩国的。"

"这就对了。"唐子风说,"事实上,韩国对于中国的渗透并非只体现在机床这一个领域,甚至也不仅限于经济上的入侵,而是以文化开路,在中国培养出无数韩粉,营造出一种韩国代表时尚以及韩国代表先进的印象。

"事实上,这些年到中国投资的发展中国家也有不少,像泰国、马来西亚,对中国的投资规模也都不小,但谁会觉得泰国或者马来西亚是发达国家呢?但韩国却营造出了这样的一种印象。"

"韩国的经济发展水平，原本也比泰国、马来西亚这些国家要高一些。"周衡辩解道。

"高出来的也有限吧？"唐子风呛道。

周衡点点头："的确。正如老秦说过的，韩国机床的技术水平其实并不很高，比咱们高出的很有限，但在许多客户心目中，它却是能够代表国外先进水平的。你说的文化渗透，应当是有一定作用的。"

唐子风说："韩国不会满足于成为一个区域强国，它谋求的是成为宇宙大国……呃，至少是全球性的大国吧。以韩国的体量，不足以支撑它成为一个全球大国，那么，一个正在崛起的中国，就是它进行产业殖民的最佳目标。"

"你说韩国想对中国进行产业殖民？"周衡有些不敢相信地问道。

"你觉得呢？"唐子风反问道。

周衡想了一会，脸色终于凝重起来，他说道："你说的担忧，不是没有道理的。韩国在短短几年时间内，就在中国投资建设了6000多家企业，而且一半是独资，其野心的确不小。就说咱们机床行业，如果任凭它这样蚕食下去，大批中国的机床企业就可能倒下去，咱们的市场会被它占有。这相当于用我们的资源，支持了韩国机床产业的壮大。"

"正是如此！"唐子风说，"这绝对不是两家企业之间的竞争，而是两个国家之间的竞争。以韩国的实力，无法与美国、日本、德国等老牌工业国争夺国际市场，但如果它能够占据中国市场，它就会逐渐壮大，而我们则会逐渐衰落下去，这就是产业殖民。"

"这个问题值得重视。但是，问题到了这个程度，恐怕就不是咱们临一机一家能够解决的了。"周衡道。

第一百八十三章　挤压他们的利润空间

"你们非常敏感。"

京城,二局局长谢天成在自己的办公室里接见了前来反映情况的周衡和唐子风。听完由唐子风做的汇报,谢天成当即给予了他们一个高度的评价。

"前几天,部里传达了中央某智库提交的报告,对于中韩建交四年来两国贸易发展以及韩国企业来华投资的问题进行了全面梳理,报告认为,我国在积极吸引韩国投资的同时,还应当特别注意韩国对于我国的经济侵袭。智库专家所提出的见解,我感觉还不如你们看得深刻,最起码,以文化渗透促进经济渗透的做法,专家们是没有提出来的。"谢天成说。

"这或许是因为专家们没有接触过韩粉吧。"唐子风笑着调侃道。

谢天成说:"本质上还是一个敏感性不足的问题吧。其实在我们身边,崇拜韩国文化的现象已经非常普遍了,只是我们视而不见,或者哪怕是看到了,也觉得不过就是一些文化现象,不足为患。现在听你们一说,我也意识到,文化不仅仅是文化,一旦在中国社会形成了普遍的……"

说到这,他迟疑一下,不知道用什么词语合适。唐子风替他说了出来:"这种现象可以叫作哈韩。"

"哈韩?"谢天成有些蒙。

唐子风解释说:"就是喜欢或者崇拜韩国的意思,另外还有哈日、哈美,都是同样的意思。对了,这主要是年轻人的说法,谢局长可能没听说过。"

其实,唐子风自己也不确信时下"哈韩"这样的说法是不是已经出现了,他是凭着后世的记忆这样说的。在他的印象中,90年代中后期还不是哈韩一族最兴旺的时候,新世纪的前十年那才叫疯狂。

谢天成倒也没去追究词语的出处,他点点头说:"嗯,就照小唐说的,出现这种哈韩的现象,大家会不自觉地认为韩国的技术就是比我们先进,韩国的产品就是比我们的高级，这相当于是给所有的韩国产品打了一个大大的形象广告，对于我国企业与韩国企业开展竞争，是非常不利的。"

周衡说："正是如此。小唐跟我谈了这个事情之后，我感觉光凭我们临一机一个单位，要想和对方去争夺话语权，是很困难的，这件事应当提高到国家层面上来做。"

唐子风说："我觉得，把这个问题提高到国家安全的层次来谈，也不为过。"

"国家安全吗？"谢天成思索了一会，说道，"小唐的话也有一些道理，我们过去还没这样想过。这样吧，我把你们的意见汇报给部里，请部里尽快向中央汇报。至于咱们二局，能够做的仅仅是机电领域的事情，对此，老周，你有什么想法？"

周衡说："这件事应当分几个层次来做，国家层次要有所动作，具体到咱们机电领域，甚至是机床行业，也应当有自己的动作。我们这次回局里来汇报，也是想请局里帮助协调一下，联合所有的机床企业，共同应对韩资机床对我们的冲击。"

"这个完全可以。"谢天成答应得很痛快，这原本也是在他的职权范围之内，他问道，"你们有什么打算？"

他是看着周衡问的，但周衡却指了指唐子风，说道："这件事，让小唐说吧，他的思路比我清楚。"

听周衡这样说，谢天成微微一怔，他与周衡交换了一个眼色，从周衡的眼神中似乎悟出了一些什么。当着唐子风的面，他也不便多说什么，只是把头转向唐子风，说道："既然如此，小唐，你就说说吧，大胆一点，你现在也是一家国有大厂的厂领导了，有什么想法尽管提出来。"

任命唐子风担任临一机的副厂长，属于一种"火线提拔"。以唐子风的资历，如果留在局机关里，这时候能够提一个主任科员都算是比较快了，但因为他是被周衡点名带到临一机去的，而去了之后又的的确确干出了一番让人震惊的成绩，所以才会被提拔为临一机的副厂长。

唐子风在临一机地位很高，除了一干厂领导之外，中层干部和普通职工在他面前都是下属，他随便说句话，大家就得屁颠屁颠地去落实。但回到局里，他的职务就不够看了，即便在一个处长面前，他也得恭恭敬敬，自称"小唐"。这其中既有企业级别与机关级别之间的差异问题，也有他资历浅、年纪轻的因素。

第一百八十三章 挤压他们的利润空间

在此前,他回京向谢天成汇报工作的次数也不少,但一般都是处于一种落差很大的下属地位,除了汇报之外,便是请示工作,以及接受各种指示,很难像周衡那样与谢天成平等地讨论问题。

刚才谢天成这话,却是在告诉唐子风,他现在已经拥有了与自己讨论问题的资格,可以发表自己的意见,甚至也可以质疑谢天成的观点。这是一个很大的转变,这意味着局领导已经在重视他的声音,不再把他当成一个不谙世事的小年轻了。

唐子风当然能够听出谢天成的意思,他原本也不是一个会在领导面前怯场的人,此时便挺起胸膛说道:

"目前,韩国机床企业来势凶猛,在几乎所有的机床门类上都与我们展开了争夺。说实在的,这种竞争对于我们来说怎么都是吃亏的,因为这些市场原本是属于我们的。韩国企业争到手,就意味着我们损失了;韩国企业没争到,我们也没赚到便宜。

"前几年,国内机床市场增长缓慢,机床企业普遍日子难过,像我们临一机甚至陷入严重亏损,几乎濒临倒闭。今年开始,国内机床市场有所回暖,我们正准备利用这个机会,大力发展。如果被韩国机床抢了市场,我们发展乏力,而他们却能够从中国市场汲取养分,不断壮大,未来我们再和他们竞争就更困难了。"

"你说得对,那么,我们应该怎么办呢?"谢天成问。

唐子风说:"我们考虑有几个方面。第一,不能让韩国机床企业轻松地拿到利润,必须挤压他们的利润空间,让他们即便获得了市场,也无法从市场中盈利。说简单的,就是和他们打价格战,逼着他们按成本价出货。"

"你是说,联合全国的机床企业降价?"谢天成问,他的眉毛微皱,显然对于这个策略并不赞成。

唐子风摇头说:"这倒不必。像我们临一机这样的大厂,如果去和韩国机床企业打价格战,最终就沦为二流企业了。"

谢天成笑了。唐子风这话,实在是有些狂妄了。其实在二局内部,也有一些干部是有"恐韩症"的,觉得韩国技术很强。能够像唐子风这样说的,实在是不多。

"那么,你说的价格战,又是怎么回事?"谢天成问。

唐子风说:"这活儿交给私营企业去做。它们本身就是小企业,技术水平低,一贯是靠打价格战生存的。要让它们去和韩国企业打消耗战,逼韩国机床降价。"

"可是,私营企业能对韩国企业构成威胁吗?"谢天成问。

唐子风笑道:"这取决于我们帮不帮忙啊。"

谢天成有些明白了:"你是说……由咱们的国有大型企业去帮助它们?"

"正是如此。"唐子风说,"我们了解过,国内的私营机床企业,大多数规模比较小,技术不成体系,它们主要是做低精度机床,数控方面几乎是空白。它们的目标市场,主要是沿海的小型机械加工企业,这些企业主要生产一些精度较低的金属制品,对机床精度要求低,比较在乎价格。

"我们的想法是,与这些私营企业联营,由我们这些国有大厂为它们提供技术指导,包括提供一些关键部件,提高它们的技术水平,使它们的产品升级换代,达到能够与韩国机床企业竞争的层次。

"这些企业控制成本的能力比我们强得多,所以它们生产的机床能够有较大的价格优势。韩国机床要想获得更多的市场份额,就不得不靠降价来与它们竞争。"

"可这样一来,这些私营企业也会抢了你们的市场啊。"谢天成提醒道。

唐子风说:"我们的目标是星辰大海……呃,我是说,我们的目标市场应当是中高端机床。事实上,现在私营机床企业已经把低端机床市场做成一个烂泥潭了,一台普通的卧式机床,这些企业的报价不到5000元,我们是无论如何也做不到的。

"这些私营企业生产的机床,刚开始用的时候和我们的机床没啥差异,用上两年,精度就会大幅度下降,只能报废。但有些客户企业原本也就是为了一个短期订单而采购机床的,一台机床能用两年就足够了,所以只会买最便宜的机床。

"私营企业这样做无妨,但我们如果也这样做,最终就是砸了自己的牌子。所以,我们觉得,与其与私营企业争夺这种低端市场,还不如把这个市场让出去,我们专攻中高端机床市场,与它们形成战略上的分工。"

第一百八十四章　共同发展

唐子风的这个想法，是到临一机工作之后才形成的，这是来自实践后的认知。初到临一机时，唐子风觉得临一机的技术实力雄厚，产品质量好，只要把营销工作做好，必定能够把那些小型的私营机床企业挤垮，垄断整个市场。

但实际接触了之后，唐子风发现自己的想法过于理论化了。在这个市场上，有一些并不特别在意机床质量的客户，他们有时候是因为接了一个临时订单，从而需要采购一批机床，用于完成这个订单的任务。对于这些客户来说，下一个订单是否能够拿到，并没有把握，所以他们不会采购质优价高的机床，而是会选择一些廉价的劣质机床，只要能够完成眼前的工作即可。

小型私营机床企业恰好可以为这样的客户提供产品，把价格压到一个难以想象的低水平上。临一机并非造不出这种劣质机床，但临一机不能这样做，因为这会砸了自己的牌子。

既然自己不能做，那么这个市场就与自己无关了，让别人去做又有何妨？有这些劣质机床垫底，韩国企业的机床报价就不可能太高，如果你一台机床的价格是人家的10倍，而一台机床的寿命只有人家的3倍，客户会如何选择呢？

能够培养起一批私营机床企业去和韩国企业捣乱，打破韩国企业利用中国市场发展的企图，何乐而不为呢？

谢天成也是有经验的领导，一听就明白了唐子风的思路，他点头道："这个想法不错，回头我们会找其他机床企业的领导谈谈，让他们考虑一下这个思路。"

唐子风说："要特别提醒他们一点，帮助私营企业，是为了削弱韩资企业。而削弱韩资企业，是削弱我们自己的竞争对手。在这个问题上，私营企业是我们的同盟军，而不是对手。"

"对，这个提醒很必要！"谢天成应道。

说完第一点,唐子风接着说道:"第二个方面,就是我们这些国有大厂要努力提高技术水平,瞄准国内的中高端机床市场。目前,国内高端机床市场几乎完全是被进口机床占领的,我们自己占的市场份额很小。中端市场差不多是平分秋色,我们主要是靠价格优势才保住了半壁江山。

"说到底,就是我们的技术水平太低,尤其是数控技术,远远落后于国外,甚至与韩国企业相比也处于劣势。这个问题不解决,我们迟早是会被淘汰出局的。"

谢天成说:"这个问题也是老生常谈了,你们考虑怎么解决?"

"抱团取暖。"唐子风说,"日、德的机床企业很多都是百年老企业,底蕴很深,我们光凭各家企业单打独斗,是很难和他们竞争的。我们考虑,必须把全国的大型机床企业联合起来,共同攻关,共享成果,这样才有希望赶上和超过国外的机床巨头。在这一点上,我们也希望二局能够给我们提供支持。"

"哪方面的支持?"

"制度和资金。"

谢天成说:"你说资金,我能理解。我们会向财政要求,为你们提供更多的技改资金支持。最近上面也做过一个重要指示,指出机床是工业之母,是万器之祖。机床不能实现自主,我们的整个制造业都会受制于人。抓住了机床,我们就拥有了向任何一个领域进军的武器。"

周衡插话说:"这就是当年老人家为我们临一机的机床取名为'长缨机床'的原因。老人家说过:今日长缨在手,何时缚住苍龙。机床工业就是我们国家制造业的长缨,欲缚苍龙,先请长缨。"

谢天成说:"没错,上面也是这样的观点。所以,最近我们会向财政部打一个报告,要求财政加大对机床产业发展的扶持力度,你们所担忧的资金问题,应当会有很明显的缓解。刚才说的是资金问题,那么,小唐,你说的制度问题,又是什么意思呢?"

唐子风说:"制度方面,要促成各家国有机床大厂的横向合作。合作的方式可以是多样化的,比如说合作研发某些技术,然后共享研发成果;还有建立合股公司,开发新产品。最终,各家企业要形成一种你中有我、我中有你的格局,共同发展。"

谢天成摇头说:"你这个想法可有些想当然了。别说现在我们是在搞市场

第一百八十四章 共同发展

经济,就算是计划经济年代里,各家厂子也是互相摽着劲的。那时候,互相交流技术的事情倒也有,但涉及争投资、争项目之类的事情,各家企业绝对是互不相让的,这一点周厂长是了解的。你说希望各家企业搞合股公司,开发新产品,难度太大了。"

唐子风说:"正因为我们现在是搞市场经济,所以要合作才更方便。过去互相交流技术,都是免费的,其结果就是大家都不乐意开发技术,因为花了大力气搞出来的技术,人家来一趟就白白拿走了。我们用市场的方法来做,谁出钱谁受益,想吃桃子就得浇水,大家反而更容易合作了。"

"老周,你看呢?"谢天成向周衡问道,他觉得自己一个人难以说服唐子风,于是拉了周衡来助战。

周衡说:"这个问题,小唐跟我交流过。我觉得,事在人为吧。各家企业的情况也不太一样,有些企业是愿意合作的,有些就想吃独食,不愿意和别人合作。我们到时候找那些愿意合作的企业去合作就好了。"

"关键是,局里要鼓励这种合作,这样我们才能师出有名。"唐子风说。

谢天成想了想,说:"关于这件事,你们打一个报告上来。局里讨论一下,如果觉得可行,由局里发一个通知给各家企业,也不是难事。"

"那这件事就说定了。"唐子风说,"第三个方面嘛,那就是要禁止韩资企业兼并我们的优质机床企业。如果是那些没有技术积累的小企业,它们想兼并也就兼并了,但像临一机这样有几十年传统的老牌企业,不能允许它们兼并。"

"这个也有难度。"谢天成皱着眉头说,"如果是咱们机械部所属的企业,咱们倒是好控制,不允许对方兼并,也是可以做到的。但各省市都有自己所属的地方企业,它们招商引资心切,拿出这些优质企业来和外方合资,是很常见的事情,我们也很难干涉。"

唐子风笑着说:"如果不难,还需要局领导出面干什么呢?"

谢天成也笑道:"可是局领导也不是万能的,省里要把自己所属的企业拿出来与外商合资,我们也管不了啊。"

周衡说:"局长,这方面,有没有可能请中央发一个文件,将优质机床企业界定为关系国计民生的重要企业,禁止与外商合资。或者即便是要合资,也必须由中方控股,不能交给外方控股。"

谢天成说:"这个也不好操作,国家明确提出了要减少对正常经济活动的干预。而且咱们国家目前正在进行加入世界贸易组织（WTO）的谈判，市场开放也是入世谈判的重要条件之一，政府如果对企业兼并这样的事情过多干预，恐怕会影响到入世的大局。"

"这……"周衡也迟疑了。入世谈判是当前的一件大事，减少政府对经济活动的干预、开放市场，都是中国加入世贸组织的前提条件，这是不能随便违反的。唐子风刚才说的禁止韩资企业兼并优质机床企业，属于政府干预经济的行为，如果韩方就此事提出质疑，中方是不得不考虑韩方要求的。

唐子风自然也知道入世这件事，他想了想，说道："谢局长，这件事能不能折中一下，局里确定一批重要的机床企业名单，列入限制外商合资的范围。至于其他的企业，就交给市场去选择好了。"

"这个倒是可以。"谢天成拿起笔，把这一条记了下来。

事实上，唐子风说的这个问题，谢天成也是考虑过的。中国是一个非常在意产业完整性的国家，就机床产业来说，国内拥有一个非常完整的格局，所有门类的机床都能够自主制造，虽然多数机床的技术水平无法与世界先进水平相比，但至少解决了"有没有"的问题，这使得中国在面临国外"卡脖子"的时候，不至于一筹莫展。

有些门类的机床市场需求比较少，全国也只有一家企业能够制造，这样的企业就属于填补国内空白的企业。如果这家企业被外资控制，就意味着中国的机床产业格局中出现了空缺，这对于国家的产业安全是非常不利的。

这两年，在其他产业领域里，已经出现过这种情况，某家唯一能够生产某种设备的企业，被外资兼并，使中国失去了生产这种设备的能力。这一问题已经引起了有关部门的关注，一些部门也提出了要保护关键性企业的思路。

接下来，唐子风又说了其他的一些意见，谢天成一一做着记录。周衡坐在旁边，只在必要的时候帮唐子风补充一两句，或者在谢天成一时没听明白的情况下，替唐子风做些解释。

唐子风全部说完，谢天成也在笔记本上记了好几页。翻看着这几页纸，谢天成内心有了一些异样的感觉。

第一百八十五章　让他再锻炼锻炼

会谈结束,谢天成让唐子风先走,却把周衡留了下来。看到唐子风离开,谢天成亲自起身去关上了房门,然后坐到周衡旁边的小沙发上,先扔了一支烟给周衡,接着笑呵呵地说道:"老周,我怎么觉得,你这是打算重点培养这个小年轻了?"

周衡掏出打火机,给谢天成和自己都点上了烟,深吸一口之后,说道:"这个年轻人的成长速度之快,让我也觉得很惊讶。前年我带他到临一机去,只是看中了他头脑灵活,想让他给我当个参谋。可这两年来,他在临一机发挥的作用,可不只是一个参谋。

"他的大局观、觉悟和实践能力,都是非常出众的。临一机的其他厂领导,包括我在内,论经营管理能力,都不及他。我们或许也就是经验稍多一点,可要说应对各种新情况、新问题,小唐的能力比我们强出太多了。"

"你不会是想自己退下去,然后推荐他当厂长吧?他才多大,好像是刚满25岁吧?"谢天成说。

周衡说:"是啊,他的年龄是个瓶颈。如果他能够大上5岁,当临一机的厂长也没问题。事实上,他现在在厂里的影响力,比我这个厂长还大呢。"

"这叫啥来着?对了,叫功高震主,这可是很忌讳的事情哦。"谢天成开着玩笑。

周衡说:"这有什么可忌讳的。我已经是56岁的人了,还能干几年?世界终归是他们的,年轻人能够接过我们肩上的担子,我高兴还来不及呢。"

谢天成换了一副严肃的表情,说道:"老周,你慎重地考虑一下,如果把你从临一机调走,让小唐接手,有没有问题。"

"把我调走,调到哪去?"周衡惊愕地问道。

谢天成说:"目前还只是一个设想,我也想听听你的意见。滕村机床厂的张广成,局里有意让他退下来,但现在还没找到合适的接替者。上次局党组会,有同志提到了你,认为你在临一机的工作非常出色,建议把你调到滕机去,解决滕机的问题。"

"滕机?"周衡脸色凝重,这实在是一件他始料未及的事情。

谢天成说的滕村机床厂,也是二局直属的大型机床企业,位于东北长化省的滕村市。张广成是滕村机床厂的老厂长,年龄和周衡相仿,周衡与他也是比较熟悉的。张广成还是有一些能力的,主要缺点在于守成有余,开拓不足。

早些年,企业是按国家计划生产的,不需要考虑经营问题,张广成在滕机的工作不算特别出众,但比上不足,比下有余,还算是一个合格的厂长。这几年,国家开始搞市场经济,要求企业面向市场,张广成的短板就比较明显了。由于产品无法适应市场要求,滕村的经营长期陷入困境,这是周衡还在局机关工作的时候就知道的。

二局曾经专门组织专家到滕机去调研,帮滕机出谋划策,但无奈张广成思想僵化,不敢大胆创新,再好的主意,没人执行也是枉然。几经周折而终于无法帮助滕机脱困之后,二局便开始考虑换将的问题。

张广成并没有犯错误,所以二局的打算是把他撤下来,安置到一个同级别的单位去养老,等着退休,另选贤能去接替他的工作。撤张广成没什么难度,张广成自己也接受这个决定,但安排什么人去接替,就成了一个困难的问题。两年前二局安排周衡去临一机,也是因为找不到其他合适的人选,如今面对滕机,二局的选择困难也是同样的。

在这个时候,有人突发奇想,提出可以把周衡从临一机调出来,派往滕机接替张广成。提出这个建议的人,其理由是周衡在临一机的工作非常出色,证明他是一名很有开拓精神的干部,到滕机之后也必定能够迅速打开局面。

至于临一机,在过去两年中已经成功脱困,目前企业经营状况良好,换一个领导去接手,只要不犯错误,临一机保持目前的发展态势应当是不成问题的。

对于这个建议,谢天成有些犹豫。一是临一机刚刚有了起色,现在调走周衡,会不会发生变数,他心里没底;二是他此前答应过周衡,只要周衡能够帮助临一机脱困,就把他调回京城,落实待遇,等着光荣退休。可现在这个安排,等于是鞭打快牛,人家干得好,就不断地给人家压担子,这太不讲道理了。

到企业去当一把手,也不能说是亏待。但在一家已经扭亏为盈的企业里当

第一百八十五章　让他再锻炼锻炼

一把手,和去一家尚处于亏损状态之中的企业当一把手,能是一回事吗?人家周衡如果想待在企业,待在临一机比调到滕机去要好出百倍,你凭什么让人家挪窝?

正因为考虑到这些因素,谢天成此前没有向周衡提起此事,这会儿是大家正好聊到这个话题上,他才试探着提出来了。

周衡明白谢天成的意思,也知道如果自己拒绝,谢天成没有任何理由强迫他去滕机。他想了一会,说道:

"滕机的情况,我也了解一些,困难比过去的临一机更大。调我到滕机去,我也不能保证解决滕机的问题。组织上如果有这样的考虑,我个人完全接受,反正我过几年就要退休了,退休之前,多干一点事情也是好的。

"不过,现在就让小唐接替我的职务,未免有些仓促了,他的年龄还是太小了,有些时候还是不够稳重。我建议,这件事缓上半年左右,让他再锻炼锻炼。未来我调到滕机去,暂时也不要直接任命他为厂长,可以任命他担任常务副厂长,再配一个比较稳重的同志当书记,在后面拉一拉他的腿。

"这个年轻人闯劲是足够的,但我还是担心他冲得太猛,会摔跟头。有个人在后面拉他一下,就安全多了。"

谢天成说:"说到给他配个书记的事情,我倒想起来了。小唐到现在还不是党员呢,你们就没考虑过发展他入党的问题?"

周衡一拍脑袋,说道:"我还真把这事给忽略了。上次施迪莎还专门跟我说过这事,我本来想找他谈谈的,后来一忙又给忘了。"

"这件事需要抓紧,未来局里是要给他压更重的担子的。"谢天成说。

周衡说:"我明白,回去之后我就办这事。他的条件是足够的,个人觉悟没有任何问题,完全达到入党要求了。"

谢天成点头表示同意,接着又说道:"你刚才说要让小唐再锻炼锻炼,你有什么具体的想法吗?"

周衡说:"有个不成熟的想法,原本没打算这么急,既然局里有新的安排,那就提前做起来好了。小唐大学毕业之后就到二局工作,直接接触行业实践的经历不多。后来到临一机去之后,他倒是做了不少业务开拓的工作,但主要是接触我们的客户,与兄弟单位的联系还是比较少的。

"我考虑,如果要让他挑更重的担子,那么必须给他补上行业经验这一课。

最好有一个行业协调的机会,让他去和各家企业都碰一碰,这样未来如果要当临一机的主要领导,也不至于对行业情况一抹黑了。"

"哈哈,老周,你这算不算是一箭双雕啊?"谢天成指着周衡,笑着问道。

周衡装傻:"怎么就是一箭双雕了呢?我只是想让小唐锻炼锻炼而已嘛。"

谢天成说:"刚才小唐提出建议,说要让各家企业联合起来,还有一个词叫啥来着?对了,叫抱团取暖。现在你提出让他去做行业协调的工作,不就是说要把这个联合的事情交给他去做吗?以他那张铁嘴,我估计大部分企业都会被他骗了,最后心甘情愿地给你们临一机当牛做马。你说说看,你们事先是不是就打了这个主意?"

周衡尴尬地说:"果然啥事都瞒不过英明睿智的局领导。不瞒你说,我们出来之前,小唐的确跟我说过这个想法,说要联合各家企业共同应对韩国机床的挑战,但在联合的时候,要突出临一机的重要地位,为临一机争到最多的好处。

"我倒是觉得,这也不算是什么不合适的想法。小唐还说了,只要这些企业愿意与临一机合作,临一机可以拿出自己的专利产品与这些企业共享,他们吃不了亏的。"

"专利产品,就是你们那个木雕机床吗?"谢天成问。

周衡说:"木雕机床只是其中一项。这一年多时间,我们还搞了不少好东西呢,都是小唐那个脑子里想出来的点子。如果兄弟单位愿意跟我们合作,我们可以转让一些点子给他们。用小唐的话说,这叫'跟着我,有肉吃'。"

"这个小唐!怎么搞得像是绿林好汉似的!"谢天成笑着骂了一句,心里却是对唐子风又多了几分欣赏。能够守住自己一亩三分地的领导,可称为将才。除了能够经营好自己一亩三分地之外,还能把其他企业也调动起来的,那就是难得的帅才了。

他开始有些期待,这个唐子风到底能给自己带来什么样的惊喜呢?

第一百八十六章　拉块虎皮作大旗

且不提谢天成和周衡在如何算计，唐子风从局长办公室出来，照例先到各个熟悉的处室去转了一圈，收获了一堆亲热与温柔的问候。

在与旧同事们聊天的时候，他能隐隐感觉到，大家对他的态度发生了一些微妙的变化。处长们对他不再是趾高气扬，而是多了一些笼络之意。至于普通干部，在他面前更是客气，张嘴闭嘴称他"唐厂长"的也不在少数。

唐子风这个临一机的副厂长，得来未免太过容易了，甚至连他自己都觉得不够真实。最初二局委任他为临一机的厂长助理，其实只是去给周衡当秘书的意思。谁承想他干得如此出色，以至于仅仅不到一年时间，二局就把他提拔成了副厂长。

在局党组讨论这件事的时候，大家都说这是事急从权，给他一个职务的目的是让他便于工作，相当于在驴鼻子前面挂根红萝卜的意思。企业里的职务与机关里不可相提并论，等到啥时候调他回局机关的时候，充其量给他一个副处位置也就可以了。

话是这样说，但副厂长毕竟就是副厂长。换成吴伟钦、张舒这些资历比较深的副厂长，到局里来和局长也是可以互相拍肩膀的。唐子风年纪轻、资历浅，当然不便去拍局领导的肩膀，可他拥有的权力与其他副厂长并无区别，谁又敢小觑他呢？

"小唐，你可真是不得了啊，这么小的年纪，就当上了临一机的副厂长，这可就是副局级干部了，以后我见了你都得叫句'领导'了。"

在机电处办公室里，副处长刘燕萍亲热地拉着唐子风的手，半是玩笑半是认真地说道。

"刘大姐，瞧您这说的，我小唐走到哪，不都是周处长和刘大姐您的兵吗？再说了，企业里的级别，本来就水得很，我可从来都没当真哟。"唐子风笑嘻嘻地说道。

刘燕萍比唐子风大了将近30岁,唐子风叫她一句大妈也不违和,但唐子风却锲而不舍地称呼她为刘大姐,这让刘燕萍很是开心。

"小唐,你可别小看企业里的级别。"刘燕萍压低了声音,做出一个要给唐子风传授一些人生经验的样子,说道,"企业里的副局级,调回机关来的时候,最多也就是降半级,怎么也得给你一个正处。但你资历不够,去临一机又是因为临一机出了事,局里临时安排人去救火,所以给你的级别不能服众。

"你踏踏实实在临一机再干几年,把成绩做得响当当的,到时候再调回局里来,局里不给你一个正处,怎么也交代不过去。你今年也就才25岁吧?再干三年,也就是28岁。啧啧啧,28岁的正处,咱们部里这么多年也就出过三个而已,而且现在提得最慢的也已经是正局级了。你想想看,你的前途还用担心吗?"

唐子风说:"刘大姐,其实级别不级别的,我还真不太在乎。局里安排我去工作,我就踏踏实实把工作做好。而且周厂长原本也是我的老领导,我就算不考虑其他的事情,最起码也不能把周厂长的事情办砸,是不是?"

"小唐真不错!"刘燕萍看着唐子风,满眼都是丈母娘看女婿一般的欣赏,"怎么样,小唐,有对象没有?要不要我给你介绍一下?部里人事司的王司长有个女儿……"

"这个先免了吧……"唐子风赶紧打住。刘大妈一如既往地喜欢给人做媒,这一点唐子风是早已见识过的。从唐子风到二局工作的第三天开始,刘大妈就没停地给他划拉对象,其中除了刘大妈自己三姑四姨家的闺女之外,便是中央各部委干部的女儿,还津津乐道地描述这些女孩子的出身、家境、相貌等等,弄得唐子风有一种"一夜看尽长安花"的香艳感觉。

"刘大姐,这次我和周厂长回京城来,是有些事情要办的。刚才我们向谢局长请示过,希望以局里的名义,由我们临一机牵头,联合各大型机床企业搞技术攻关。这件事周厂长是交给我来办的,但我这个身份,到各单位去肯定不够看。不知道刘大姐未来一段时间忙不忙,如果不忙的话,就给我助助威,让我能够拉刘大姐这块虎皮,去吓唬吓唬那些土霸王。"唐子风说。

"搞技术攻关?"刘燕萍收起了调侃的神色,认真地说,"你们打算搞什么技术攻关,还要联合各大企业一起搞?这样的事情,难道不应当是局里统一来协调的吗?"

第一百八十六章　拉块虎皮作大旗

唐子风说:"局里肯定会有局里的安排,但我们也想做一些事情。现在不是搞市场经济吗,技术攻关这种事情,也得通过市场手段来办才行。周厂长说,二局是国家机关,不方便直接出面,所以由我们临一机牵头来做是比较合适的。"

刘燕萍说:"既然局里不方便直接出面,你又叫我去干什么?"

唐子风笑道:"我们出钱请刘大姐去游山玩水还不好吗?您所到之处,好吃好喝,住星级宾馆,剩下的事情一概不用操心,这样的日子,想着都美呢。"

"哈!"刘燕萍夸张地笑着,"我信了你个小唐才有鬼。你肯定是想让我去给你充门面,明明是你们临一机的事情,我一去,就变成局里的事情了。最后人情是二局欠下的,好处是你们临一机拿走的,这样的把戏,你还想骗我这个老江湖?"

唐子风说:"别别,您可一点都不老。我保证,不管走到哪去,我给人家介绍的时候,就说我是带我姐姐出来旅游的,与工作无关,您看好不好?"

刘燕萍笑得像朵盛开的荷花一般,她用手指着唐子风说:"难怪老周非要带你到临一机去。你老实说,你用这一套,骗了多少客户?我可听人说了,临一机能够一年脱困、两年大幅盈利,你的贡献比老周还大呢。"

"没有没有!"唐子风做惶恐状,"刘大姐,您可不能乱说。这话传出去,周厂长非得给我穿小鞋不可。"

刘燕萍撇着嘴说:"老周才不会给你穿小鞋呢。老周哪次回局里汇报工作不得把你夸成一朵花,去年局党组能够破格提拔你为临一机的副厂长,全是老周给你使的劲呢。对了,老周也有一个女儿,岁数和你差不多,长得……"

"呃,刘姐,歪了……"唐子风再次恶寒,咋什么话题都能扯到男女关系上去呢。

刘燕萍白了唐子风一眼,那意思是责怪唐子风向自己保守秘密,他肯定是和老周的闺女已经山盟海誓了,却在这里装傻。不过,她也知道这种事情只能是点到为止,说得太多就不合适了。她回到正题上,说:"你刚才不是说你们已经向谢局长汇报过这件事了吗,谢局长是什么意见?"

"谢局长表示大力支持。"唐子风说。

"哦,那就没问题了。"刘燕萍说,"既然谢局长支持,那么局里肯定会安排人跟你们一起去的。到时候如果安排到我头上,我一定去给你小唐当好助手。"

"不是助手,而是舵手。"唐子风郑重地纠正道。

请刘燕萍给唐子风保驾护航,是唐子风和周衡在临河的时候就商量好的事情。临一机想联合其他机床企业抱团取暖,肯定是要拉上二局这面大旗的。局领导不方便直接出面为一家企业站台,如果请一位局领导出面,那么最终形成的同盟,就不是临一机能够说了算的,这与周衡和唐子风的初衷不符。

不能请局领导,就只能请一位处级干部了。刘燕萍是机电处的副处长,而机电处恰好是分管机床企业的,所以请刘燕萍出场就是最佳选择。刘燕萍当然不只是会给人做媒,作为在机电处工作多年的老人,她对行业的情况也是极其熟悉的,光是帮各企业领导的孩子做媒就做过不下百次,虽然至今还未有成功的案例。

刘燕萍还有一个好处,就是她没有为自己争政绩的心思,请她出面,她就会单纯地做好人肉背景板的角色,不会与临一机抢戏。周衡当机电处处长的时候,刘燕萍就是他的好助手,而唐子风与这位刘大姐的关系也非常亲密,这都决定了刘燕萍是一块长短厚薄均合适的"虎皮",适合披在身上装装威风。

唐子风知道周衡会向谢天成提起此事,料想谢天成也不会反对。他来与刘燕萍沟通,也就是事先联络一下感情的意思,总得让刘大妈心情愉快地去给自己跑腿吧。

摆平了刘燕萍,唐子风在局机关也就没啥事情做了。周衡向谢天成汇报完工作之后,便会回自己家去和夫人、女儿团聚,这是不需要唐子风陪同的。不过,唐子风现在也不是没地方去的人,早在一年前,他就让王梓杰在京城给他父母买了一套四居室的大单元房。于是他父母便把家里刚盖好的四层小楼锁了,来到京城,替儿子打理公司,享受现代都市生活。

第一百八十七章 唠叨的老母亲

"爸,妈,我回来了!"

在大钟寺旁边的一个高档住宅小区,唐子风掏钥匙打开一套单元房的门,大声地对着屋里喊着。

"子风回来了!"

母亲许桂香从卧室跑出来,欣喜地喊道。她忙不迭地给唐子风拿拖鞋,又接过他手里并不沉重的行李,同时嗔怪地抱怨道:"怎么又不提前打个电话回来,弄得家里都没啥吃的。对了,你爸到公司去了,中午不回来呢。"

唐子风笑道:"我就是故意不打电话回来,以便检查一下你和爸平时都在吃什么。妈,咱们家现在好歹也算是有钱人家了,你和爸平时别太节省,就算我和子妍不在家,你们也应该吃得好一点的。"

"我们平时吃得好着呢!"许桂香说,"你爸负责买菜,每天不是肉就是鱼,一星期起码买一只鸡回来吃。你说这不过年不过节的,吃什么鸡啊!"

"哈!"唐子风笑道,"一星期吃一只鸡算什么,爸喜欢吃,就买给他吃,公司现在一天赚的钱,够你们二老天天买鸡吃了。"

"我和你爸怎么就是二老了?"许桂香瞪了唐子风一眼,不悦地说道。

农村人生孩子早,唐子风出生的时候,他父亲唐林才20岁,母亲许桂香是19岁。如今,唐子风25岁,唐林45岁,许桂香44岁,照高校里的标准,他俩都是属于可以申报"青年教师奖"的,被称为"二老"的确是有些不中听。

过去在农村的时候,许桂香倒也不在乎别人说她老,与她同龄的妇女抱孙子的都已经不少了。可自从来到京城,许桂香的观念发生了巨大的变化,她发现周围那些岁数比她大得多的人,还穿得花里胡哨的,到处扮粉嫩新人。

女人都有那么一点争强好胜之心,许桂香察觉到自己与周边的城里人在装束、气质上存在差异的时候,就开始刻意地改变自己了。唐子风前几次回京城探亲的时候,注意到母亲正在努力地学习城里人的打扮,却因缺乏名师指点,弄得颇有一些不伦不类。他于是假托唐子妍的名义,请来肖文珺担任许桂香的服装顾问。

肖文珺是企业子弟,属于城里人。楚天17所是军工单位,人员来自五湖四海,还有不少海归,生活方式上还是比较时尚的。肖文珺从小在自己母亲身边耳濡目染,对于中年妇女该如何打扮颇有一些心得。

有她的指点,再加上一个不差钱的唐子风作为后盾,许桂香全身上下的服饰都换了个遍,甚至还拥有了两个低调奢侈的名牌包包,走出门去与高校里那些知识女性也没什么差异了。当然,这是在她没开口说话的前提下,她那口标准的东叶口音,实在不是三两天就能够改变过来的。

依唐子风的愚见,老爹唐林也应当重新包装一下,40来岁的男人,打扮一下还是颇有魅力的。他最初向许桂香谈到这个计划的时候,许桂香极为赞同,错就错在唐子风嘴欠,来了一句"以老爸的相貌,打扮打扮找个20来岁的大姑娘也没问题",许桂香闻言脸色大变,当即就把已经制订好的计划撕巴撕巴扔进垃圾桶了。

于是,唐林就只好保持着在农村时候的本色,充其量就是置办了一身不太得体的西装,以便上班的时候不会被公司的新员工们错认成外聘的保洁。

"子风啊,上一届《高考全真模拟》的销售统计做出来了,公司利润有3700多万!你说,你和梓杰做的事情,不犯法吧?"

许桂香从冰箱里拿了些速冻水饺,进了厨房,一边给唐子风煮饺子,一边与唐子风聊着闲事。

按照唐子风与王梓杰的设计,唐林和王梓杰的父亲王崇寿一个担任公司的董事长兼副总经理,另一个担任总经理兼副董事长,其实就是合作管理。至于许桂香和王梓杰的母亲,则分管公司的后勤和行政,也属于公司高管之列。

许桂香原本只是一个农村妇女,名义上是初中毕业,但水平仅限于会做四则运算,连解方程都没学过。到公司任职之后,为了帮儿子守住这份产业,许桂香努力学习,如今也懂一些财务会计方面的常识了,说起公司的利润啥的,并不觉得陌生。

唐、王两家的"四老"初到京城时,听唐子风和王梓杰介绍公司的经营情况,都吓出了一身冷汗。他们原先就知道儿子在京城开公司,赚了点钱,却怎么也

第一百八十七章 唠叨的老母亲

想不到公司的利润居然是以千万计算的。要知道,他们在农村种田,辛苦一年也就能赚到三四千块钱,而儿子们却能够赚到三四千万。

四位老人的第一念头都是儿子是不是干了什么犯法的事情,经过再三确认,又经过这一段时间亲身参与公司管理和经营,他们总算是稍稍放心了一点。此时许桂香向唐子风发问,也不过是老母亲的习惯性唠叨而已,其中担心的成分甚至不及得意的成分。

"这点利润算什么?"唐子风轻描淡写地说,"过个十几年,3000多万想买一套咱们现在住的这种房子,都不一定能够买得到。回头咱们囤上十几二十套房,以后你们二老光收房租都能收得手软。"

"囤什么房!"说起房的事情,许桂香就气不打一处来,"家里盖了新房子,我们还没住上几天,就搬到京城来了。早知道要在京城买房,咱们还在老家盖房子干什么?"

"放着啊,以后回乡下度假也用得上吧?"唐子风说,"不过在京城多买几套房子是很必要的,趁着现在价钱便宜,而且还不限购。以后买房的人多了,一家规定只能买两套,外地人还买不了。"

许桂香显然对于这种预言没什么兴趣,她看着唐子风说道:"买不买房倒无所谓,你和文珺的关系怎么样了?家里这么大,你们真要结了婚,也用不着搬出去住吧?住到家里,我们还能给你们带孩子。"

"你和我爸不会已经商量过轮流接送孙子上中学的事情了吧?"唐子风笑道,"这都八字没一撇的事情,人家肖文珺现在是清华博士,我是东叶一个工厂里抡管钳的,人家能不能看上我还两说呢,你们居然就能想到结婚的事情上去,这也太超前了吧?"

许桂香知道儿子到城里读书之后就染上了胡说八道的毛病,她也不去批驳,而是自顾自地说:"我觉得这姑娘不错,学历高,长得又漂亮,父母还是高级知识分子,有教养。你看,我就是一个农村妇女,她也不嫌弃我……"

唐子风立马牛烘烘地说:"反了她了,还敢瞧不起我娘。把我惹急了,连她爹一块收拾了。"

"说什么呢!"许桂香立马就给了儿子一巴掌,拍在唐子风的后脑勺上,"你不说文珺她爸是什么军工单位的总工吗,你敢这样乱说?"

"总工咋了?"唐子风说,"老肖两口子在五朗市区买了一套大房子,用的钱就是我帮他女儿赚的。吃水不忘挖井人,他不送个女儿给我,说得过去吗?"

"这么说,你和文珺已经确定关系了?"许桂香眼睛一亮。

"没有!"唐子风断然否认,"我和她就是合作关系而已,甲方乙方,你明白吧?"

"什么甲方乙方,我跟你说,你可不许到处拈花惹草的,定下是谁就是谁,不能脚踩两只船,知不知道?咱们家现在虽然有点钱了,也得对人家姑娘负责。你不在京城的时候,文珺有时候还会打电话过来,问我们生活上有没有什么麻烦的事情,说有麻烦就跟她讲,不用客气。你说说看,人家如果对你没意思,会这样做吗?"许桂香说。

"还有这事?"唐子风有些意外,想了想,又说,"这丫头倒一向是个热心人。到我那里去住了几天,就跟我那个小保姆混得铁熟,现在还经常给她寄参考资料。我想可能是因为我离开京城的时候,交代过她照顾你们,所以她时不时给你们打个电话,也就是完成个任务而已。"

许桂香对于儿子的解释很是不满,但也知道有些事是不能强求的。或许年轻人之间的那点事情,不愿意让老人知道……

咦,自己为什么要觉得自己是老人呢?我明明不老的好吧!

"子风,你这次回京城,能住几天?"

许桂香把煮好的饺子盛出来,交给唐子风,然后与唐子风一道回到餐厅,看着唐子风坐下吃饺子,自己站在一旁问道。

唐子风吃着饺子,含含糊糊地说:"两三天吧,在这边还有一些事情要办。"

许桂香说:"那你会去找文珺吗?"

唐子风说:"当然要去找……妈,你别这样看着我,我去找她,跟搞对象没一点关系,我托她给我们设计了一个新产品,她给我打电话说还有一些不太明白的地方,我是去跟她讨论新产品设计的。"

"嗯嗯,讨论啥都行。"许桂香说,"你什么时候去,提前跟我说一句,我做点好吃的,你带给她……"

第一百八十八章　我们不是在说机床吗

对于许桂香的唠叨，唐子风只是一笑了之。不过，当许桂香真的煮了一锅茶叶蛋，又卤了两只口条、一副猪肚，用几个大饭盒装好，让唐子风务必要带给肖文珺的时候，他还是乖乖地照办了。他知道肖文珺在人前喜欢扮得像个学霸一样，私底下其实也是一个吃货，这些家里做的吃食，是会让这丫头觉得高兴的。

"这些都是给我的?!"

果然，在看到唐子风拎着一个大食品袋出现在清华的女生楼下时，肖文珺发出了夸张的惊呼声。

"茶叶蛋、口条、猪肚，放了多多的辣椒，都是照着你的口味做的。真是的，我这个当儿子的都享受不到这个待遇。"

唐子风打开饭盒，向肖文珺展示着饭盒里的食物，并装出嫉妒的样子说道。

"我和阿姨投缘嘛。"肖文珺笑嘻嘻地说，然后快速地左右顾盼了一番，见没人注意，便飞快地伸手拈了一块卤口条，塞进了自己的嘴里。

唐子风无语了，这是真没把自己当外人啊。自己啥时候跟这丫头这么熟了？不过回头想想，好像当初在临一机的时候，肖文珺给他做饭，他也是这样直接拿手吃的。好吧，那就大家都不见外吧。

"人家是真的饿了嘛。"肖文珺嚼着口条，略有一些不好意思地解释道，"你在楼下给我打电话的时候，我正在画图呢，中午饭都没吃几口。"

"要不，我请你吃晚饭，咱们边吃边聊?"唐子风建议道。

"嗯嗯，好啊好啊。"肖文珺连声应道，"我先把东西拿上去，再把笔记本带下来，一会到吃饭的地方，我给你看一下我的设计。"

清华直博住的是三人间，肖文珺回到宿舍，刚一进门，同宿舍的另外两个女生便闻到她手里拎着的饭盒里散发出来的香味，不由得都用直勾勾的眼神盯着她，脸上带着戏谑的笑容。

"看什么看？是我……呃，是我爸同学单位的同事来看我……"肖文珺说了一句真实的谎言。宿舍里的两个女生都是外校考进来的，对于肖文珺的过去并不了解，如果换成她本科时候的女伴，这个解释就没有任何必要了，大家都懂的。

"这个并不重要。"一位名叫刘熠丹的女生笑嘻嘻地说，"重要的是，这是一位很帅的男生哦。"

"就是！帅得跟电影明星一样。"另一位名叫董霄的女生也附和道。

她们宿舍的阳台是正好对着宿舍楼门一侧的，唐子风在楼下给肖文珺打电话，肖文珺匆匆下楼，无意中表现出了一些喜悦的样子。能考上清华的，哪个不是七窍玲珑心，刘熠丹和董霄立马判断出楼下打电话的人不同寻常。二人走到阳台上往下一看，正好看到一个大帅哥在楼下逡巡，于是便联想出了一二三四五六，让肖文珺百口莫辩。

这当然也怨唐子风，如果他长得丑一点，就不至于惹出这种麻烦了。

"好了好了，吃的还堵不住你们的嘴吗？"肖文珺没好气地把几个饭盒往桌上一放，说道，"见者有份，三个人平分，这总可以了吧？拜拜，我有事要出去，晚饭不回来吃了，你们别等我。"

"呀，约会啊！"

"快去吧快去吧！"

两个室友制造出了一千只鸭子般的动静，肖文珺自知不敌，只能落荒而逃，跑到楼梯口了还隐隐听到自己宿舍里的笑闹声。

看着肖文珺面红耳赤地从宿舍楼里出来，唐子风好生诧异。他走上前伸手帮肖文珺接过电脑包，体贴地问道："怎么啦？不会是在楼上又偷吃了口条吧，你看你辣得脸都红了。"

"这是辣的吗？"肖文珺恼火地斥道，又稍稍往旁边走开了一点，同时做贼心虚地向楼上看去，果然见自己宿舍的阳台上，两个室友正趴在栏杆上向下偷看。

唐子风察觉到了肖文珺的小动作，他也抬头看去，目光与那俩姑娘撞碰了一下。他笑嘻嘻地向二人挥了挥手，换来二人齐刷刷地挥手回应，似乎还有一些秋波在空气中荡漾。

"你室友？"唐子风问道。

第一百八十八章 我们不是在说机床吗

"嗯。"

"长得挺漂亮的。"

"是吗?要不要我给你介绍一下?"

"两个一起介绍?"

"做梦,你挑一个吧。"

"那就不挑了。"

"为什么?"

"因为她们俩加起来才有你漂亮……"

"哼,虚伪!"

姑娘鼻子里哼着,脸上却是阴转晴了。唐子风没看到姑娘的表情,但也知道自己刚刚在地狱边缘打了个转,然后化险为夷了……

哥们就这么机智!

二人说着废话,走出了校园,来到一个饭馆。这个饭馆颇有点与时俱进的精神,把座位都改成了一格一格的火车座,很适合小情侣约会。见唐子风和肖文珺进来,服务员二话不说,便把他们带到了其中一个格子,并向他们推荐了几款情侣套餐。二人倒也都不介意情侣套餐这种说法,稍稍商量了一下,便点了其中的一款,把服务员给打发走了。

"这是机床的设计图。"

等着上菜的工夫,肖文珺打开笔记本电脑,开始向唐子风展示。

第一幅图是一个工具箱,大小相当于20英寸的行李箱。下一幅图,则是工具箱打开以后的样子,各个面的挡板都被利用起来,搭成了一个迷你型的机床的样子。

工具箱里放着的,是电机、夹具、刀具、齿轮组等,每一件都有具体的设计图。由于这些东西都需要放在同一个工具箱里,因此每一个部件的设计都非常讲究,放置时可以相互错开,确保每一寸空间都得到充分的利用。

再往后,就是这台机床的各种变形,通过不同的组合,这台迷你机床可以变成车床、铣床、钻床、锯床等。把各个支架连接起来之后,这台机床甚至可以加工直径一米左右的工件,算是迷你型的龙门机床了。

"漂亮,这就是我要的东西!"唐子风低声赞道。

"我原来也不相信一个工具箱里能够装得下这么多东西,等到设计出来,我才发现你的想法是那么出色。说真的,我都想买一套这样的机床玩玩了。"肖文珺微笑着说道。

学机械的女生,动手能力还是不错的,肖文珺在学校参加过金工实习,车铣刨磨也都拿得下来。

唐子风说:"我是瞎想的,也亏你能够把它设计出来。我就纳闷了,你手上没有实物,怎么能够想象得出这些东西怎么摆放才最合理?照我原来的想法,怎么也得做几个木模型才能看得出来吧?"

"你还说呢!"肖文珺白了唐子风一眼,说道,"你出了个主意就跑了,当甩手掌柜。我天天都在琢磨这个东西,光是在纸上画草图就画了几百幅,电脑上做废的图也有好几百了。我说唐厂长,挣你一点钱,容易吗?"

"我觉得挺容易的。"唐子风说,"你们学校有几个研一的学生能够身家过百万的?老肖在五朗市区买的房子,是你全额赞助的吧?"

"你还叫我爸老肖!"肖文珺不满地说,"17所的位置太偏了,厂里分的房子虽然大,但是离市区太远。我让我爸妈先到市区买套房,以后退休了就可以到市里去生活了。"

"你怎么没想让他们到京城来生活呢?"唐子风问。

"到京城来也可以啊。"肖文珺说,"到时候我再在京城也买套房就是了。不过,我觉得他们到京城肯定住不惯的,我们五朗山清水秀的,空气也好,京城太干燥了,我估计我爸妈不适应。"

唐子风灵机一动,问道:"咦,我倒想起来了,你为什么要等以后再在京城买房呢?以你现在的财产,在京城买套房也够了。"

"我买房干什么?"肖文珺诧异地问道,"我现在住宿舍不是挺好的吗?"

"现在买房便宜啊。"唐子风恨铁不成钢地说,"妹妹,听哥一句,现在赶紧去买套房,买两套也行。过不了几年,房价一涨,你手里那点钱连一个厕所都买不起了。"

"你又在骗我!"肖文珺丝毫不为所动,在她心里,可是一点买房的念头都没有,也无法理解唐子风为什么那么热衷在京城买房。

唐子风叹道:"唉,真是狗咬吕洞宾,不识好人心啊,我明明是为你好的。"

"我可听说了,你和王梓杰在京城都买了好几套房子,你是不是把你和你妹妹结婚用的房子都买好了?"肖文珺笑着问道。

唐子风叹着气说:"这种事情,总得有备无患吧。万一老婆找好了,没房子,不是干着急吗?"

"怎么,有目标了?"

"啥?"

"你说的……老婆啊。"

"咦,我发现你和刘燕萍很像耶,啥事都能联想到搞对象上去。"

"刘燕萍是谁?"

"我们机电处的副处长,女同志,业余爱好是给人做媒。"

"刚才我们不是在说机床吗,你怎么想起你们副处长了?"

"呃……我错了。"

第一百八十九章　明智之举

幸好这时候饭菜送上来了，肖文珺的注意力立马转向了餐桌，甚至没有和唐子风客气一句，便开始下筷子，看来她此前说自己饿了，并不是一句假话。

两个人默契地吃饭，没有如其他桌的小情侣那样互相夹菜以示恩爱，这也算是一种江湖儿女的做派了。

吃了一会儿，肖文珺的速度明显慢了下来，开始有暇与唐子风继续聊天了。唐子风原本也不饿，此时也就放下筷子，重启此前的话题："对了，文珺，你在电话里说，现在有点麻烦，具体是什么呢？"

肖文珺说："我先前对工作量的估计有些偏乐观了，觉得我一个人就能够把机床设计出来。现在看起来，这个任务光靠我一个人恐怕完不成，不知道你能不能让临一机的技术处来帮忙。"

"工作量主要是哪方面？"唐子风问。

肖文珺说："主要是计算方面。我的心有点大了，我希望这台机床能够加工强度低一点的钢材，这样对于机床各个部件的刚度要求就提高了。而这台机床又必须装在一个工具箱里，这决定了床身、支臂等部件都不能太粗，要提高刚度，就必须采用特种钢材，而这样又会导致成本大幅度提高。

"我现在考虑，需要全面地计算机床在加工各种不同材质条件下的受力情况，确定使用什么样的材料可以做到既保证刚度要求，又能最大限度地节约成本，而这个计算量是非常大的，需要考虑的因素太多了，我一个人做的话，没有半年时间怕是完不成。"

唐子风设想的这款迷你机床，当然不会是用于工业用途的，它只是一个工业爱好者的玩具而已。这种迷你机床在后世并不罕见，国外有很多工业爱好者会购买这样的机床，放在车库里，偶尔用来做个小玩意，用于满足自己的制作爱好。

第一百八十九章 明智之举

由于机床的体积很小,而且出于"玩酷"的需要,所有的部件要塞到一个工具箱里,所以正如肖文珺所说,其床身、支臂等部件都不可能做得很粗,在受力较大的情况下会发生变形。因此,这类机床并不适合于加工钢材,只能用来加工木材或者铝材,这也是唐子风事先向肖文珺说起过的。

但肖文珺是一个喜欢挑战自己的人,她想,这种机床除了作为玩具之外,是否也可以有一些实用价值呢?比如家里的一个小零件坏了,主人就可以用这台机床加工一个零件出来替换,这样机床的价值就比原来大得多了。

家里使用的零件,有些便是钢铁质地的,当然一般都不会是高强度钢材,普通钢材已经足够使用了。肖文珺的想法,就是提高这台迷你机床的结构刚度,使其达到能够加工普通钢材的程度,而这就使得设计的工作量大幅度上升了。

唐子风现在也有点工业常识了,肖文珺跟他简单解释了一下,他便明白了是怎么回事。他想了想,说道:"你这个想法不错。采用不同的材料,机床的适用范围也不同。我可以把机床分成几个档次,只能加工木材的,可以加工铝材的,以及可以加工普通钢材的。各个档次的价格不同,最高档的卖给土豪,报价1万美元,还不带还价的。"

"这个也太夸张了吧!"肖文珺笑道,"我大概计算过,一套这样的机床,造价不会超过2000元人民币,折算成美元也就是不到300美元。就算是用特种钢材来做床身和支臂,1000美元就到顶了,你凭什么能卖出1万美元?"

唐子风正色说:"首先,你这个算法肯定是有问题的。你说机床的造价低,只是因为你是按照中国的劳动力成本来计算的,如果换成国外的劳动力成本,光是制作这些小型部件,需要花多少人工?此外,咱们卖的不仅仅是制造成本,还是一个创意,就冲这个创意,值不了5000美元?"

"这个创意,别人也可以做啊。"肖文珺说。

唐子风说:"所以我们必须抓紧时间申请专利啊,这个机床怎么也算是实用新型吧!只要我们注册了专利,人家要仿造就要考虑考虑了。国内市场上,那些山寨企业想怎么仿都无所谓,反正国内也不会有土豪买得起这样的机床。"

"主要是土豪也不需要机床。"肖文珺笑着替他纠正道。

"我刚才怎么听一个土豪说自己想买一套?"唐子风做出迷惑的样子,似乎在回忆是哪个土豪这样说过。

肖文珺当然知道他是在挖苦自己,因为刚才说想拥有一套这种机床的人正是她，而她也的确算是土豪之一了。

在过去一年多的时间里，唐子风与肖文珺联手开发出了不少新产品。每种新产品都是由唐子风提出设想，肖文珺予以实现，然后再把专利卖给临一机去生产。虽然后来那些小产品都不如此前的木雕机床那样爆红，但也为临一机创造了数十万至上百万不等的收入，积少成多，这些产品对临一机的帮助还是很大的。

临一机与肖文珺之间保持了默契，每一种新产品都会向肖文珺支付一定比例的专利授权费。一来二去，肖文珺也就成了一个拥有几百万身家的富人。当然，这事仅限于极少数的人知道，而唐子风无疑是其中之一。

肖文珺不是一个追求奢华生活的人，但有了钱，消费观念自然也就会发生一些变化了，比如给自己买个手机、买几件比较贵的衣服，再比如资助父母在五朗市区买套豪宅，这都是不必说的事情。

唐子风每次见了肖文珺，总要调侃她是清华的新晋土豪，肖文珺一开始对于这个说法还有些抵触，时间长了，也就接受了，觉得自己的确是个土豪。

听到唐子风又在说土豪的事情，肖文珺只是装作没听见，说道："这台机床的设计还是有些技巧的，尤其是要把机床、铣床、钻床等功能集于一身，就相当于很多部件是需要适应不同加工方式的，为这个，我可没少动脑子。把这些多功能部件的设计注册为实用新型，基本上就挡住了别人仿造的道路。别人要想从这些设计上绕过去，就算能够实现，成本肯定也是要大幅度提高的。

"至于说国内的那些小企业，要仿造这种机床，难度会比较大。这台机床的部件大多数都比较小，需要进行精密加工，我觉得那些小企业不具备这种精密加工的能力。"

唐子风说："没关系，只要他们不往国外卖，在国内怎么仿造我都不在乎。如果要往国外卖，我就得到国外去找律师来收拾他们，我想，国外的代理商也不敢冒天下之大不韪，代理他们的侵权产品。"

肖文珺点头表示赞同，又回到原来的话题上，说道："那么，现在就只剩下一个问题，需要找人来做后续的计算，思路我可以提供，但这么多部件相互之间的受力关系，算起来是很麻烦的，我一个人做不来。"

"你怎么没想到请你们同学帮着做呢？我看你那两个室友，不是……呃，我是说，她们一看就是读书读傻了的样子。"唐子风又机智了一回。

第一百八十九章 明智之举

肖文珺白了唐子风一眼，然后说道："我那两个室友，一个叫刘熠丹，一个叫董霄，都是性格很活泼的女孩，改天我给你介绍一下。其实，我也想过请她们俩帮忙的，不过没想好具体的方式，如果弄得不好，说不定会影响同学关系。"

"影响同学关系？"唐子风愣了一下就明白了，看来肖同学也并非没有一点社会经验的，知道啥叫升米恩、斗米仇。由她出面来请两位室友帮忙，的确是有些毛病，弄不好，大家会连朋友都做不成的。

唐子风请肖文珺设计这套机床，是盯着国外市场的。照唐子风的预计，一套机床卖上一两千美元，一年卖一两千套是不在话下的。如果推销力度再大一点，一年卖出一万套也不是幻想。

一万套机床，就是1000多万美元的业务，折合人民币就上亿了。肖文珺拿1%的专利授权费，也有上百万的收入。那么，问题就来了，如果在这个过程中她请两位室友帮忙了，未来给两位室友分多少钱呢？

按照一般请学生打工的费用标准，肖文珺哪怕给两个室友每人1万元的报酬，也算是天价了，研究生的津贴一个月也就是300元钱，加上导师隔三岔五开的一些劳务费，一个研究生一个月能赚到六七百元，就算是校园里的成功一族了。肖文珺请室友干点活，两三个月的时候给1万元报酬，足够让人震惊。

但即便如此，一旦室友们知道肖文珺自己拿的是100倍于此的收入，她们恐怕就很难保持心理平衡了。她们甚至会怀疑肖文珺是不是剥削了她们的劳动力，拿她们做的东西去卖了一个好价钱，而只给她们分了一个零头。届时，各种矛盾都会出现，肖文珺非但在宿舍里没法做人，坏名声甚至可能会传遍整个清华。

考虑到这些后果，肖文珺不让室友帮忙，也就是一种明智之举了。

第一百九十章　另起炉灶

"不错,你考虑得很周全。"唐子风夸了肖文珺一句。

肖文珺不满地说:"你一直以为我是傻瓜吗?"

"这怎么可能!"唐子风做出受到冤枉的模样,"我一直知道你很聪明的,和你在一起,我一直都有一种危机感。"

"什么危机感?"

"怕自己被你卖了呀。"

"哼,如果不是看你没人要……"

"其实我长得挺帅的,能卖个好价钱……"

"我信了。"

"我这个人唯一的优点就是比较诚实。"唐子风自吹了一句,随后又回到正题,说道,"让临一机的技术处来帮助设计,倒也不是不可以。但一来,临一机现在也有设计任务,你那个秦叔叔给手下安排了一大堆活,再给他们加任务,未免有些不近人情。第二,就是这个产品我不准备完全交给临一机去做,这样就不便让临一机介入太多了。"

"不让临一机做?你不会是想自己开个厂子来做吧?"肖文珺试探着问道。

唐子风摇摇头:"君子有所为,有所不为。这种开工厂的事情,我不擅长,所以就不去凑这个热闹了。"

"那你是什么打算?"肖文珺问。

唐子风说:"咱们国家马上就要加入 WTO 了,入世之后,各个产业都会受到来自国外竞争者的冲击。我国机床行业的竞争力在各个行业中是最差的之一,如果国外机床巨头全部进入中国,包括临一机在内的整个中国机床业会被人家吃得连渣都不剩。"

"有这么严重吗?"肖文珺惊愕道,她想了想,又点点头,说道,"我想起来了,

第一百九十章 另起炉灶

上次陪我导师去参加机械部一个技术研讨会的时候,会间有人提起过这件事,好像也是不太乐观的样子。"

"不乐观就对了。"唐子风说,"现在连个小小的韩国都敢在我们面前嘚瑟。最近几年进入中国的韩资机床企业,你知道有多少家?"

"多少家?"

"近300家。"

"有这么多!"肖文珺吃惊地说,"可是,韩国的机床业水平也没多高啊,他们在国际机械和工程杂志上发表的关于机床的论文并不多,水平比日本和欧洲各国差多了。"

"那咱们发表的论文有多少?"唐子风问。

"我们……就更少了。"肖文珺郁闷地说道。

"原因是什么?"唐子风又问。

"实验条件。"肖文珺说,"要写论文,肯定是要有实验支撑的。连我们清华机械系的实验条件都不行,其他学校就更不用提了。还有科研经费也少,韩国的机床水平虽然比日本和欧洲都差,可是他们大学里的经费比我们多得多,设备也比我们好,就是人数比我们少,真正有水平的学者也少。"

"你算不算有水平的学者?"唐子风问。

"我当然不算,但我导师算。可就是我导师,一年的经费也就是二三十万,稍微复杂一点的实验都做不起。有时候……"

肖文珺说到这里便卡住了,后面的话实在不便说出来。

唐子风却是有些奇怪:"有时候怎么啦?"

"有时候……"肖文珺迟疑了一下,最终还是说道,"我都想拿自己的钱来做实验了。有些特种钢材的试件,一根就是一两千块钱,一次实验要用掉十几根,我导师的经费不够,结果一项研究就生生地停在那里,做不下去。我看着着急,好几次都想自己掏钱去买试件了。"

"这也不是不可以啊。"唐子风说,"你可以跟导师说,你出钱来做实验,做完以后第一作者署你的名,这样你是不是就成知名学者了?"

肖文珺摇头说:"这样做太扎眼了。算了,不说这个,你刚才说到哪了?对了,你说咱们国家的机床没有竞争力,你打算怎么做呢?"

唐子风也觉得自己跑题了,他说:"我这次回京城来,是跟我们周厂长一起来的,主要任务就是向局领导汇报关于韩国机床企业大举进入中国市场的问题。韩国机床进入中国市场之后,侵占了我们很大的一块市场份额,对全国的机床企业都构成了威胁。"

"居然有这样的事情……"肖文珺自言自语般地说。

唐子风说:"鉴于此,我们提出了一个设想,那就是把全国的大型机床企业联合起来,抱团取暖,共同提高技术水平,迎接国际竞争。要做到这一点,我们首先要让各大机床企业愿意和我们联手。这些家伙都是不见兔子不撒鹰的,不给他们一点好处,恐怕很难说服他们加入。"

"所以,你想把这种迷你机床作为礼物送给大家?"肖文珺听出了一些端倪。

唐子风说:"正是如此。在此之前,我需要先确定这种机床在海外有很大的市场,能够产生出上亿元的销售额,这样才能吸引那些机床企业和我们联手。"

"可是,这种事情不应当是由机械部出面来做吗?"肖文珺问。

唐子风说:"部里当然也可以做,但我担心由他们出面,效率太低。由我们临一机牵头,我们是要定个规矩的,至少每家企业都应当对整个行业做出贡献,才能享受行业的好处。如果光想得好处,不想出力,对不起,我们不伺候。这种事如果由部里来做,这一条是肯定执行不下去的。"

肖文珺想了一下,点点头说:"我能理解这种情况。过去我爸爸也说过这种事情,争好处的时候,各家单位互不相让,等到需要出力的时候,大家就互相推诿,都觉得自己干得多,别人干得少。"

"各行业都一样。"唐子风叹道。

肖文珺说:"师兄,我听我爸说,过去的风气不像现在这么糟糕,各个单位都是讲奉献的。最早我们17所是在京城,很多职工都是京城人。可国家要求17所迁到楚天去,大家二话不说就迁了,毫无怨言。现在怎么会这样呢?"

唐子风说:"这个问题也很简单吧。人都现实了嘛。不是我说的,就是老肖自己恐怕也不敢随便替17所讲奉献吧?"

肖文珺微微蹙眉,对唐子风使用的称呼表示不满,她说:"我爸爸也说过,他去科工委开会的时候,遇到好处也是要据理力争的。他如果不争,回来所里的职工就要骂他了。"

"这不就得了?"唐子风说,"搞管理这种事情,偶尔讲讲奉献,讲讲公而忘私,是无所谓的。但如果一心寄希望于大家讲奉献,肯定是做不下去的。"

第一百九十章 另起炉灶

"那么,你们的做法是什么呢?"

"很简单,就是用利益把各家企业都拴起来,绑到我们临一机的战车上,形成一个产业联盟,共同对敌。"

"说到底,是让大家帮你们临一机做事?"

"应当说是共赢吧。"唐子风说,"这件事对于各企业都是有好处的,当然临一机也能得到好处。不过,如果光是为了临一机,我们大可不必这么费劲,最起码,这套迷你机床如果完全留在临一机,我们得到的好处是更大的。"

"这么说,你们是在为整个行业奉献啰?"

"可以这样说。"

"你不是说现在没人愿意讲奉献吗?"

"可是哥是好人啊!"

肖文珺无话可说,她岔开话题说道:"可是你还是没帮我解决问题,你说不便让临一机技术处来做这些事,那你打算让谁来做?"

唐子风说:"我刚才突然想到一个天才的主意,幸好不是晚上睡觉的时候想到的,否则我能够生生把自己帅醒……"

"什么醒?"

"呃,佩服醒……这不是重点,重点是,我觉得我们可以出面组建一个机床新技术研究所,由各家企业参股。你说的计算问题,就交给这个研究所去做。还有很多各厂共同面临的技术问题,也可以由研究所来研究,然后提供给各家企业使用,收取授权费作为运营成本。"唐子风眉飞色舞地说。

"可是机械部不是有机床研究所吗?秦叔叔原来就是在那工作的。"肖文珺提醒道。

"那是机械设计院下属的机床研究室。"唐子风说,"我和老秦聊过,他说机床研究室那边现在有些青黄不接,因为待遇差,年轻人不愿意去,老的又有些吃老本的意思,所以这几年成绩平平,很多项目都是虎头蛇尾,完成情况很不尽人意。"

肖文珺担心地说:"可是,你这样做不是另起炉灶了吗?机械部会同意吗?"

"这个就由不得他们了。"唐子风笑着说,"我搞一个合股制的研究所,临一机发起,各家企业愿意加入就加入,甚至机械部愿意加入都可以参一股。这算是一个民间性质的机构,机械部也不能干涉。对了,肖土豪有兴趣参一股吗?"

第一百九十一章　只有你才能成为核心

"我?"

肖文珺诧异道。好端端地说着全行业的事情,怎么还有自己啥事呢?

唐子风却是认真地说:"没错,就是你。我刚才琢磨了一下,你必须要加入。只有你才能成为整个研究所的核心,保证研究所的工作始终不发生偏离。"

"你又在骗我了!"肖文珺下意识地说。说完才觉得自己似乎对唐子风说过很多次这句话了,但每一次都证明唐子风并没有骗她。到现在,她都分不清唐子风到底是个骗子,还是一个君子。不过,与唐子风交往这一年多,她并没有吃亏,自己和家里人的生活都因唐子风的帮助而发生了天翻地覆般的变化,这是不容否认的。

唐子风笑着说:"我怎么又骗你了?连老秦都夸你是个机械天才,悟性强、功底好,做出来的设计让多少老工程师都自叹弗如。我们要搞机床新技术研究所,没有一两个压轴的人,我真担心最终就黄了。有你在,我就踏实了。"

肖文珺摇头说:"我只是一个学生而已,就算功课学得还可以,但和真正的老工程师相比,还差得远。你不是说这个研究所是由各企业共同入股建设的吗?这么多企业里,随随便便都能找出几个比我强得多的工程师,我哪能压得住轴。"

唐子风说:"你说的也许是对的,各企业都能找出几个比你有经验的工程师。但这些工程师不会听我的呀!"

"你的意思是说,我会听你的?"

"你说呢?"

"我凭什么听你的?"

"因为我……呃,因为我机智啊。"

"机智有什么用……"肖文珺斥了一句,但也知道这并不是重点。

第一百九十一章　只有你才能成为核心

唐子风说的意思，她是明白的，那就是她是一个与唐子风有默契的人。如果她能够加入这个研究所，唐子风就相当于有了可靠的人，遇到一些麻烦事的时候，不至于孤掌难鸣。

"可是，我还要做实验呢。"肖文珺说，"我导师不会同意我到研究所去工作的。"

"这一点很容易。"唐子风自信地说，"等我们的研究所建立起来，我第一件事就是去找你的导师，委托他做一个100万的课题。做完之后，论文署名权归他，成果的专利权归研究所。我另外再提一个条件，就是让他派你到我们研究所去协助工作，你说他会不会同意？"

"除非你能证明我去研究所的工作和我的学业不冲突，否则我导师不会因为贪图你给的经费就把我给卖了。"肖文珺说。

唐子风故作惊讶地说："怎么，足足100万的课题，还买不来他的一个学生？"

"说啥呢！我导师是那种人吗？"肖文珺不满地斥责道。

唐子风笑着说："我说的可是真的，现在高校里导师把学生派出去给关系户干活的可真不少见。"

肖文珺默然，她自然知道唐子风说的是真的。当然，导师们的理由也是经得起推敲的，比如说让学生多一个实践机会啥的。一味地说派学生出去干活就是坏事，似乎也不合适，但这话出自唐子风嘴，怎么就让人觉得这么别扭呢。

"其实，你到研究所来工作绝对是对你的学业有好处的。"唐子风认真地说，"我们打算成立的这个研究所，都是瞄准各企业面临的共性问题的，任何一个问题拿出来都有极大的学术价值。你能够接触到这样的课题，还有足够的经费让你去做实验，必要的时候你还可以到企业去拿一手数据，这样的机会上哪找去？"

肖文珺有些心动了，她低声说："这倒也是……"

"更何况，干完了还能拿到钱……"唐子风很煞风景地又补充了一句。

肖文珺瞪了他一眼，说："钱不钱的，其实我倒不在乎，我主要是……"

说到这，她自己也忍不住笑了起来，觉得这样说实在是太矫情了。不在乎钱，也许是她现在的真实想法，但每次赚到钱的时候，她还是挺开心的。

父母想到五朗市区去买房子的事情，其实几年前就已经提过了，只是老两口一直都凑不出这么多钱来。去年她从临一机拿到木雕机的专利授权费,一下子给了父母30万,让他们买了整个五朗市区最好地段、最大户型的房子,那种成就感是无法言喻的。

钱是好东西,这一点肖文珺从小就知道。在她省吃俭用攒钱准备买笔记本电脑的时候,这种感觉更为强烈。所以,赚钱这件事,对她一直都是有吸引力的,她实在没资格说"不在乎钱"这种话。她现在能够这样说,也只是因为她已经比较有钱了,赚钱的念头不如从前那么迫切了。

"你们这个研究所,什么时候能够建起来?"肖文珺问道。

唐子风说:"争取半年之内吧。这件事需要和各家企业沟通,一家一家谈下来,没有半年时间是不够的。"

肖文珺皱眉道:"远水解不了近渴啊,我现在就需要有人帮我做受力分析,如果等上半年,我还不如自己做呢。"

唐子风说:"这个好办,我们可以先以临一机的名义做起来,在京城建一个筹备处,然后开始招聘专职和兼职的技术人员。你可以先进来当筹备处的首席工程师,然后再把你那两个室友招进来干活。到时候她们是完成研究所安排的任务,与你无关,拿多少钱也是研究所给她们的工资,一人给个三五百的,估计就能把她们给乐疯了。"

"一人三五百,亏你好意思!"肖文珺斥道。

唐子风梗着脖子说:"这有啥不好意思的?我们雇学生编书,一天也就是给三五十块钱,给你们清华博士三五百,她们能不乐意?"

"你是说,一天三五百?"

"你以为呢?"

"……我以为是月薪,真抠门!"

"我错了……"

"对了,唐师兄,你说在京城只是成立一个筹备处,难道研究所正式成立以后不是设在京城吗?"

"当然不是。既然是我们临一机挑头做的,当然要设在临河。"

"可是,临河这个地方,很多人不愿意去吧?"

"时薪三百也不去?"

"讨厌!"肖文珺甩了一下手,"我跟你说正经的。你们为什么不把研究所直

第一百九十一章　只有你才能成为核心

接建在京城呢？这样不是能更好地利用京城的资源吗？"

唐子风说："这件事我琢磨过。放在京城当然是有好处的，招人容易，雇学生来兼职也容易。但是，放在京城有一个最大的坏处，那就是它相当于放在机械部的鼻子底下，部里哪个领导高兴了都可以过来指手画脚地瞎指挥一通。时间长了，我们就相当于替人作嫁衣了。"

"这倒也是。"肖文珺点头说，以她的聪明，当然能理解唐子风的想法。她说，"如果放在临河，我可就没法去工作了，我总不能旷课吧。"

"我倒是忽略了这件事。"唐子风拍了拍脑袋，然后说道，"如果是这样，那么就把总部放在临河，在京城留一个分部，你当分部的主任兼总工程师，怎么样？"

"总工程师可以，主任我可不当，我不会当官。"肖文珺笑道。

唐子风不屑地说："当官有啥难的，我就会。"

"可你不会设计机床啊。"

"师妹，你会不会聊天啊！"

"不会。"

"巧了，我也不会。"唐子风赶紧应了一句，然后笑着说，"如果是这样，我倒有一个想法，不知当讲不当讲。"

"不是好话就别讲了。"肖文珺岂能上当。

但人想作死，是谁也拦不住的。虽然肖文珺表示了拒绝，唐子风还是兴致勃勃地说道："我觉得，老肖倒是一个既懂技术又会管理的人。师妹，你有没有兴趣跟老肖说一句，让他别在17所混了，来跟着我干吧。你跟他说，跟我干，有肉吃……救命啊，有人谋杀帅哥了！"

原来，是肖文珺终于忍无可忍，倒过筷子头，在唐子风的手背上猛抽了一记。

大洋彼岸，一所绿树成荫的校园里，一男一女两个年轻人背对着背，相隔一步远的距离坐在大草坪上。男孩手里抱着一本厚厚的书在认真地读着，女孩手里也有一本书，但她的心思显然并不在书本上，而是左右顾盼，似乎周围的任何事物都比那书本上的内容更加有趣。

"师弟！"

百无聊赖的女孩忽然喊了一声。

"在！"男孩响亮地应道。几乎是在女孩的声音还未落地之时，他便已经完成了合书、起立、转身、前进等动作，坐到了女孩的身边，让人相信"瞬移"这种古代武术动作至今仍有传人。

"师姐,怎么啦?"男孩关切地问道。

"我怎么觉得突然打了个寒战……"女孩说。

"你穿少了。"男孩不假思索地脱下自己的夹克，披在女孩的身上。

"不是冷。"女孩裹紧了还带着男孩体温的夹克，用慵懒的口吻说，"子乐啊，我觉得，肯定是我闺密和我师兄又在念叨我了，这两个人不定又想出什么坏主意来坑我了。"

第一百九十二章　掘到第一桶金

这二位，自然便是已经在宾大读研究生二年级的包娜娜和本科四年级的华裔梁子乐。包娜娜上学早，虽然读研二，但其实是与梁子乐同年的，只是比他大两个月而已。不过，包娜娜坚持称自己是研究生，而梁子乐只是本科生，让梁子乐必须称她为师姐。

听到包娜娜又在念叨她的闺密和师兄，梁子乐笑道："师姐，我倒觉得他们念叨你是好事啊，这证明他们肯定又在想着给你创造赚钱的机会。"

包娜娜到宾大来读书，拿的是半奖。换成其他中国留学生，如果只拿到半奖，读书期间就不得不去打工，否则是无法维持生计的。包娜娜因为此前给双榆飞亥公司打工赚了些钱，小有积蓄，所以研究生的第一年并没有外出打工，而是靠过去的积蓄生活。

包娜娜的那些积蓄，在国内看是挺丰厚的，拿到美国来就很不经用了。时下人民币对美元的汇率是 8.3：1，国内 1 万元人民币换成美元只有 1200 美元多一点，差不多也就是两个月的生活费，而且还是紧巴巴的。

看着像流水一样花掉的积蓄，包娜娜想起了唐子风交代的事情，于是拉着梁子乐开始做美国家用机床市场的调查。梁子乐是十几年前随父母移民到美国来的，对美国社会颇为熟悉，而且还有一些社会关系。在他的帮助下，包娜娜有机会走进一些美国家庭，考察这些家庭使用的各种工具。

她发现，不少美国家庭都拥有小型机床，其中多数是木工机床，但也有一些是金属切削机床。包娜娜发挥了一个新闻记者的特长，不但记录了这些机床的品牌与型号，还与所访问的美国人进行深入交流，了解他们对家用机床的需求。她把自己调查的结果整理成详细的报告，通过电子邮件发给了唐子风。

唐子风正是受到这些报告的启发，才想到了迷你型机床的创意。这种可以装在工具箱里的机床，或者用行业里的术语，叫作"多功能工具机"，是唐子风在后世偶然见过的。如果没有包娜娜的提示,他是绝对想不起来的。

为了鼓励包娜娜,唐子风从私人账户上给包娜娜付了2万元的信息费,并把迷你机床的创意告诉肖文珺,让她完成这项产品的设计。唐子风与肖文珺约定,如果迷你机床设计出来,并获得应用,这2万元的信息费便从专利授权费中扣除,这也是必要的成本。

除了有关机床市场的信息之外,包娜娜还从图书馆为临一机技术处复印过一些技术资料,购买过一些专业技术书籍,这也都是受唐子风的委托去办的。唐子风倒也不小气,每次托包娜娜干活都会付一些费用,这些费用当然要由临一机来支付。

以往,临一机技术处想找这类资料,花费的精力不说,金钱支出也非常可观。相比之下,请一个在美国留学的学生来找这些资料,反而是更廉价的。

也就是在做这些工作的过程中,梁子乐从包娜娜那里听说了她的闺密和师兄。包娜娜对自己的闺密赞不绝口,但在描述那位师兄的时候,却使用了"唯利是图、冷酷无情、出尔反尔、阴险狡诈"等成语,极尽批评贬损之能事。

梁子乐是个有足够智商和情商的人,他从包娜娜的态度中知道她对这位名叫唐子风的师兄其实是充满好感以及崇拜的,之所以没一句好话,不过是一种酸葡萄效应。他把包娜娜用的贬义词都翻译成了褒义词,并还原出了一个足智多谋、信守承诺、心地善良、擅长经营的优秀青年形象。

"子乐啊,我师兄又让我干活了,而且是桩大活,我正发愁呢。"包娜娜苦着脸对梁子乐说。

梁子乐从包娜娜的表情中读出了欣喜与期待的心情,他笑着说:"师姐,有活干是好事啊。你不用发愁,我可以帮你的。"

"是吗?我怕你忙着考研,没时间帮我呢。"包娜娜假意说。

梁子乐满不在乎地说:"考研有什么难的?我随随便便也就考上了。师姐,你说说看,唐师兄又让你做什么了?"

包娜娜说:"我师兄给我发来一份邮件,说他正在让我闺密设计一种新型的家用机床。机床体积很小,但同时可以完成车、铣、钻、锯等各种加工,相当于一台机床可以当好几台机床用。这种机床的定价在1000至3000美元之间,设计上绝对能够吸引人。他问我有没有能力帮他在美国打开市场。"

"你看到机床的样子了吗?"梁子乐问。他是学企业管理的,对机床原本没啥了解，但这一年来陪着包娜娜做机床调查，还帮着去图书馆复印过资料，慢慢也有一些感性认识了，至少车、铣、刨、磨之类的概念是知道的。

包娜娜说："机床的样子我还没有看到。我问我闺密了，她说要保密。哼，我就知道我一走，她就会和我师兄走到一起去的，现在可好，有事还瞒着我，真是气死我了……"

梁子乐自动地过滤掉了包娜娜的抱怨，他说："我想，肖师姐暂时保密也是有原因的，你不是说唐师兄说过机床的设计绝对能够吸引人吗？我怀疑他们使用了一些新的设计思想，在没有完成之前，肯定是要保密的，万一被人抢注了，他们可就麻烦了。"

"好吧，就算你说得有理。"包娜娜懒得与梁子乐争论，她说，"我师兄的意思是让我帮他推销机床。可机床怎么推销啊？我总不能用车拉着一台机床满大街吆喝去吧？"

梁子乐想了想，说道："师姐，唐师兄说这是一种家用机床，我觉得应当可以放到一般的超市或者电器商店去销售吧。咱们可以成立一家销售公司，然后以公司的名义，到各家超市和电器商店去推销。推销的时候也不需要拉着机床去，只要向他们出示图片和资料就可以了，这个还是比较容易的。"

"成立公司？"包娜娜一惊，"子乐，你不是开玩笑吧？成立一个公司有那么容易吗？"

"很容易啊。"梁子乐想当然地说，见包娜娜一脸惊异的样子，他解释说，"师姐，你还是不太了解美国。在美国成立一家公司是很容易的，只要花上几十美元去注册一下就可以了，手续非常简单。

"咱们可以租一个小的场地，作为公司的办公地点。场地不需要在太繁华的地方，能够放下一台机床样机就可以了。客户看过样机之后，如果想要采购，我们再让国内给他们发货。"

"可是我不懂这个啊。"包娜娜说。

梁子乐笑着说："没关系啊，我懂就行了，我懂不就等于你懂吗？这件事可以包在我身上，我是准备读工商管理硕士的，有一个创业的经历，对于我申请研究生很有好处。"

"真的？那等赚了钱，咱们俩一人一半。"

"不用了，给我20%就可以了。"

"你可别搞错了,这一回,咱们赚的可不是几百美元的小钱。我师兄说,每台机床我们可以拿5%的销售提成,一台机床起码50美元。我师兄的目标是在美国市场上销售不少于10万台这种机床呢。"

"10万台?这怎么可能!"梁子乐脱口而出。

包娜娜笑道:"子乐,过去我也像你一样,对我师兄说的话连半句都不敢相信。可后来的事情证明,我师兄这个人说别的事都很不靠谱,但只要是和赚钱有关的事情,他就比猴还精明。他在国内卖高考复习资料,起码赚了几千万。这一回他说这种新机床能够卖10万台,我是一点都不怀疑的。"

"如果一台机床拿50美元的销售提成,10万台就是500万美元……"梁子乐喃喃自语,"这岂不意味着,我们可以掘到第一桶金了?"

"哈哈,小乐乐啊,知道跟着我的好处了吧?咱们可说好了,这500万美元,你一半,我一半。不过,推销机床这事就包在你身上了。"包娜娜拍着梁子乐的肩膀,一副"大姐大"的派头。

梁子乐感受着美女师姐那纤纤玉手拍在肩上的滋味,只觉浑身的骨头都软了,脸上笑得像狗尾巴草一般灿烂。

第一百九十三章　不速之客

"哟，刘姐，欢迎欢迎啊，这是哪阵风把您吹来了？"

宁乡省箐北市箐北机床厂的办公楼外，一片热情洋溢的气氛。以厂长赵兆新和书记乐敏华为首的一班厂领导，正在欢迎来自京城的客人。被他们称为"刘姐"的，正是机械部二局机电处副处长刘燕萍，其实乐敏华的岁数比刘燕萍还要大两岁，但这并不妨碍他一口一个"刘姐"地叫得欢实。

"赵厂长、乐书记，打扰你们了，我这应当算是不速之客了啊。"

刘燕萍一边与对方握手，一边笑呵呵地说着客套话。

赵兆新假意嗔怪地说："瞧刘姐您说的，您怎么算是不速之客呢？您是部里的领导，到我们这个小地方来视察工作，是让我们蓬荜生辉的事情。像您这样的贵客，平时我们可是连请都请不来呢。"

刘燕萍笑得花枝乱颤："赵厂长真会说话。你们箐机家大业大，平时来视察工作的省部级领导都是一拨一拨的，我一个小小的副处长，算个啥领导？赵厂长别嫌我身份太低就好了。"

"刘姐在部里的位置，可比一般的省部级领导重要多了，我们小看谁，也不敢小看刘姐您啊！"乐敏华也凑趣道。

赵兆新和乐敏华的这番奉承，也不是没有缘由的。论级别，刘燕萍的确只是一个副处长，搁在箐北机床厂，也就相当于一个中层干部，而且还不是处室里的正职。但刘燕萍在机械部已经工作了30多年，在好几个司局都待过，别说司局级领导，就是部领导里都有她看着长大的。这么一个人，谁敢怠慢？

刘燕萍与赵兆新他们也是很熟的，这种见面的客套话，说上一两句也就够了。与箐机的几位主要领导握过手之后，她拉过跟在自己身边的一个年轻人，对众人说道："来来来，我给大家介绍一下。这位是原来我们机电处的小唐，现在的身份嘛，大家可以猜猜看。我先透露一下，这一次到箐机来，主角可不是我，而是我们小唐哟。"

"小唐？"赵兆新愣了一下，随即有些不敢确信地问道，"刘姐，你说他就是跟周处长一块到临一机去的那个小唐，唐子风，唐厂长？"

刘燕萍笑了起来，转头对身边的年轻人说道："哈，小唐，我就说你是名声在外吧！还不快见过赵厂长？"

刚才一直跟在刘燕萍身边扮演背景墙的唐子风赶紧满脸堆笑，向赵兆新伸出两只手，说道："赵厂长真是……呃，博闻强记，连我这样一个小人物的名字都知道，实在是让我倍感荣幸啊。"

赵兆新也伸出两只手，与唐子风用力握了一下，笑着说道："唐厂长可不是什么小人物，你的大名，在咱们机床行业里，那可是震耳欲聋的哦。临一机这两年搞的打包机、木雕机床，还有机床翻新的业务，都是你开发出来的吧？老实说，就你们临一机搞的那个木雕机床，可把我们都给羡慕坏了。就这么一个小玩意儿，技术上没啥难度，一年起码是五六千万的产值吧，利润对半赚都不止了。"

"没有没有，其实木雕机床也就是小打小闹，去年卖得还可以，今年市场就有点饱和了。"唐子风谦虚地说。自家的产业让别人盯着，总不是什么好事情，财不外露的道理，他是非常清楚的。

乐敏华感慨地说："我们到部里去开会，谢局长提起你来，那叫一个眉开眼笑啊。临一机前两年是什么德行，我们还能不知道？可自从你唐厂长去了之后，一年脱困，两年大幅盈利，倒把我们给甩到后面去了，真是后生可畏啊。"

"乐书记捧我了。"唐子风说，"临一机能够脱困，主要还是周厂长管理有方，还有秦总工、宁总、吴厂长、张厂长他们，我就是一个给领导跑腿打杂的，实在是没做什么了不起的事情。"

"谦虚是美德，但过分谦虚就是骄傲了。"赵兆新说，"唐厂长，你做的那些事情，我们都听说过，的确了不起。不瞒你说，我们在厂里还经常拿你的事迹教育那些年轻干部呢，让他们向你学习，开拓思想、不拘一格。"

"惭愧惭愧，小唐我真是愧不敢当。"唐子风做出诚惶诚恐的样子。这两位可都是和周衡资历相当的国企领导，对他一口一个"唐厂长"的，不吝溢美之词，搁在谁身上也得有惶恐的感觉。这分明就是要把他架到火上去烤，没准还得刷点食用油、撒点孜然啥的。

第一百九十三章 不速之客

刘燕萍与唐子风到箐北机床厂来，是周衡与谢天成商量之后决定的。箐北机床厂只是他们拜访的目标之一，下一步，他们还要去其他一些大型机床企业。

唐子风受命组织机床产业联合体，年龄和资历是硬伤。这两年时间，他的名气的确传遍了整个机床行业，赵兆新和乐敏华刚才说的话，并不是浮夸。但名气归名气，他毕竟只是一个25岁的小年轻，就算已经被任命为临一机副厂长，恐怕在行业里对他服气的人也并不多。

如赵兆新这些人，岁数比唐子风的老爹还要大出七八岁，在机床行业里的工龄都比唐子风的年龄要长。唐子风到他们面前去指手画脚，他们能接受吗？别看他们嘴上说什么后生可畏之类的，遇到有利益之争的时候，人家就敢在你这个小年轻面前摆老资格。

这时候，刘燕萍的价值就体现出来了。刘燕萍是个咋咋呼呼的人，平时并不管什么具体的业务，所以谁也不会把她的话当成二局的指示，但同时谁也不会认为她的存在是无足轻重的。让这样一个人陪着唐子风到各家企业去，既代表了二局的态度，又不至于抢了唐子风的风头，让人误以为此事是由二局牵头的。

刘燕萍看上去大大咧咧，但在机关里待了30多年，啥事看不明白？她非常清楚自己的角色定位，因而会兢兢业业地演好自己的角色。

"赵厂长、乐书记，你们不会打算就在这跟我们聊吧？虽说现在都10月份了，可你们宁乡的天气还热得很呢。"刘燕萍笑呵呵地提醒着。

"对对，你看，我都糊涂了！"赵兆新赶紧招呼道，"走走，到我们会议室去聊。小何，安排人去准备点水果，还有，派车到栗香园去买刚出锅的糖炒栗子，刘处长最喜欢咱们箐北的糖炒栗子了。"

第一百九十四章 "三大战役"

茶水、苹果、梨、大枣、花生以及办公室主任何文晶专门派车到箐北市区买来的糖炒栗子摆满了一个会议桌,让唐子风误以为自己来到了一个春节茶话会的现场。

刘燕萍对于这样的接待已经司空见惯了,她二话不说便抓了一把糖炒栗子搁到唐子风的面前,还积极地做着广告,说:"小唐,你尝尝,箐北的糖炒栗子可是远近有名的,咱们京城大街上炒的栗子,就是不如箐北的香。"

唐子风苦笑着摆手婉拒。他倒不是不喜欢吃栗子,而是觉得吃栗子这种事情是比较麻烦的,要聚精会神地剥壳、去皮,还会把手弄得黏糊糊的,在这种场合实在显得有些不雅。

但随即他就发现自己错了。在刘燕萍的带动下,箐机的一帮领导也开始咔嚓咔嚓地剥栗子了,会议室里顿时弥漫起一股香喷喷的味道。大家边吃边聊,喜气洋洋,倒把正襟危坐的唐子风给晾在一旁了。

"刘姐,你这次到我们箐机来,带来了局领导的什么最新指示吗?"

吃了一会儿之后,赵兆新终于开口了,向刘燕萍问道。

刘燕萍笑着说:"我刚才不是说了吗?我们这次出来,主角是小唐,我就是跟着混吃混喝的。至于说谢局长嘛,没有什么最新指示,倒是在我们出来之前,交代我们要了解一下各企业落实机械部'三大战役'部署的情况,看看企业里还有什么困难需要解决的。"

所谓"三大战役",在场的箐机领导们都是知道的。这个概念是机械部在年初的全国机械工业工作会议上提出来的,分别为产品质量翻身战役、组织结构优化战役和开发能力提高战役。提出"三大战役"的原因在于,中国的机械工业水平与国外有着很大的差距,产品质量不过关,企业组织结构不合理,开发能力弱,面对国际竞争处于绝对的劣势。

第一百九十四章 "三大战役"

"三大战役"的目标,是在五年时间内培育500家质量信得过的企业,打造1000种质量可靠的名牌产品,形成100家具有较强竞争力的"巨人企业",在300家企业中建立起具有较强开发能力的技术中心,开发出1000种具有较高市场占有率和自主知识产权的产品,且明显缩短这些产品的更新周期和与国际先进水平的差距。

上述目标是针对整个机械行业提出的,而机械行业中包括了汽车、农业机械、工程机械、机床、仪器仪表、石油化工机械、电工电器、通用基础件等领域,所以相关的任务也是按领域分配下去的,每个领域都有自己的目标。

具体到机床行业,在机械行业的各个领域中其实并不算是特别显眼的。

举例说,在组织结构优化战役中,提出形成100家"巨人企业"。对于巨人企业的定义,一般机械制造业的标准是年产值15亿元以上,汽车行业的标准是年产值400亿元以上,摩托车行业的标准是年产值150亿元以上。

临一机是一家大型机床企业,经过整顿,目前年产值也只是刚刚超过2亿元,离15亿元的标准差了十万八千里,遑论与汽车或摩托车企业相比。包括簪机在内的其他一些机床企业,情况与临一机差不多,有些产值略高一些,也就是3亿元上下,很显然,打造"巨人企业"这件事,机床行业是参与不进去的。

赵兆新参加了年初的机械工业工作会议,会后又参加了二局组织的行业内部会议。在内部会议上,谢天成向各家机床企业都提出了要求,簪机也被列入了培育"质量信得过企业"以及建立具有较强能力技术中心的重点企业名单之中。

对于"三大战役"的目标,赵兆新是支持的,他也认为机械行业需要进行大刀阔斧的改革,要全面提升能力。二局给簪机提出了一系列的要求,赵兆新也照办了,当然,落实的情况有些不尽人意,这自然存在着各种客观原因,他相信局领导也是能够理解的。

听到刘燕萍提起"三大战役"的事情,赵兆新心念一动,问道:"刘姐,这件事情局里不是已经安排过了吗?莫非又有什么新的变化?"

刘燕萍说:"局里的安排没什么变化,但据我们掌握的情况,各企业在落实这项安排的时候,或多或少都遇到了一些困难。簪机的情况怎么样?赵厂长能给我们说说吗?"

"这个嘛……"赵兆新拖了个长腔,好一会才继续说道,"我们这边当然也遇到了一些困难。不过,我们相信,经过努力,这些困难还是可以解决的,只是需要一些时间而已。部里提出'三大战役'的时间是五年,以我们箐机的情况来看,完成计划目标不需要五年时间,三年到四年足矣。"

赵兆新这样说,其实就有一些敷衍的意思了。二局对箐机的要求,箐机有些方面做得是不够好的,认真追究起来,其实是因为箐机本身对这件事情不够重视。一些原来打算做的事情,因为生产任务比较忙,就暂时搁置下来了。这种事情是不便向刘燕萍明说的,所以赵兆新选择了这样一个含糊其词的回答。

刘燕萍此时已经放下了手里的栗子,她看着赵兆新,说道:"赵厂长,不瞒你说,谢局长最担心的就是企业有拖延的心理。其实,现在咱们整个机床行业面临的形势是非常严峻的,很多问题如果现在不及时解决,拖上三年,情况只会变得比现在更糟糕。到时候,恐怕就不是你们能不能完成'三大战役'目标的问题,而是箐机自身的经营还能不能维持下去的问题。"

赵兆新一惊,问道:"刘处长,这话怎么讲?"

刘燕萍问:"赵厂长,最近一年多时间,韩国机床企业大举进入中国市场,你们的业务没有受到影响吗?"

"这……"赵兆新脸色有些难看了,他看看乐敏华,然后颓然地点点头,说,"刘姐说的这个,是我们现在最头疼的事情。不瞒刘姐说,我和老乐还商量着什么时候去趟京城,向局领导汇报一下这个情况。

"今年以来,我们的业务受韩国机床的冲击非常大,我们生产的300毫米、500毫米和800毫米卧式车床,还有3500毫米、4000毫米和5000毫米立式机床,销量下降了三成多。据我们了解,这些损失的销量,都是被韩国机床厂抢走了。"

"那么,你们采取了什么办法去应对呢?"刘燕萍又问道。

"没办法啊。"赵兆新说,"韩国机床质量比我们好,价格和我们差不多,客户都愿意用他们的机床,我们是一点办法都没有。我们打算向上级反映反映,对于外资机床,也应当有一些限制措施,不能让他们冲击了我们自己的机床产业。"

刘燕萍说:"限制措施是会有的,但你们不能光指望这些限制措施。毕竟咱们国家是要加入WTO了,在这个时候搞限制措施,是不符合加入WTO要求的。

第一百九十四章 "三大战役"

"其实,部里提出搞'三大战役',就是为了解决这个问题。如果你们的产品质量提升了,企业组织结构优化了,技术开发能力增强了,韩国企业怎么可能抢走你们的业务?你们现在这样,用谢局长的话说,就是坐以待毙,越往后情况只会是越糟糕的。"

乐敏华说:"刘处长,我们也知道这一点。老赵这些天都没闲着,一头扑在车间里,就是在狠抓产品质量呢。可是,韩国企业的来势太凶猛了,我们算是仓促应战,有点顾不过来啊。"

"顾不过来,为什么不及时转移呢?"唐子风插话了。其实,刚才刘燕萍说那么一堆,都是在给他做铺垫,到了这个时候,他自然就要接过话头了。

"转移?怎么转移?"赵兆新有些蒙。

唐子风说:"赵厂长,你们箐机遇到的情况,和我们临一机差不多。我们主要是做磨床和镗铣床的,现在低端的部分也受到韩国企业的冲击,形势非常不妙。"

"你们也有这样的情况?"赵兆新眼睛一亮,随即又觉得自己的表情有些不对。友商遇到和自己同样的麻烦,自己不该显得这样幸灾乐祸的,应当有些同病相怜的模样才对。

"那么,你们是如何应对这种情况的呢?"赵兆新赶紧追问道。

唐子风说:"我们准备放弃这些产品。"

"放弃?"赵兆新一怔,"那不是便宜了那些韩国人吗?"

"不可能便宜他们的。"唐子风笑着说,"我们撤出来,并不意味着把这些产品送给韩国人去做。我们现在是扶持国内的乡镇企业去和他们争夺这个市场,就算不能把市场完全抢回来,至少也要把这个市场做成一个烂泥坑,让他们无法在中国赚到钱。"

"扶持乡镇企业?"赵兆新的眉毛皱成了一个疙瘩,"这些乡镇企业能有什么用处?"

唐子风说:"赵厂长,你可别小看乡镇企业。如果说咱们是正规军的话,乡镇企业就是游击队了。咱们正规军不便作战的地方,游击队是有用武之地的,你说是不是?"

第一百九十五章　局里的态度是非常坚决的

中国人很喜欢用战争来类比管理。比如明明是三项管理活动，机械部却要称之为"三大战役"。又比如唐子风说的是市场定位问题，却用了"正规军""游击队"这样的表述。

说的人觉得这样的表述更有力度，听的人也能理解其中的含义，不会产生错觉。赵兆新在脑子里琢磨了一下，便大致明白唐子风的意思了。他说："把这些产品转给乡镇企业去做，让乡镇企业去和韩国人打价格战，倒也不是不行。但我们箐机一年销售这几种车床，产值有六七千万，如果不生产了，我们的产值怎么保证？"

"当然是开发新产品了。"唐子风想当然地说。

赵兆新苦笑："唐厂长，我知道你擅长发明创造，说不定又给周厂长献上了什么宝贝。可我们箐机没有你这样一个人啊，我们的技术处技术实力倒是不错，就是创造力差了一点。让他们发明一个新产品，简直就是赶鸭子上架。"

唐子风微微一笑，说道："赵厂长，我这次和刘处长一起到箐机来，就是想和箐机谈这方面业务的。箐机有很强的技术实力，但现在发挥出来的连五成都不到。如果我们20多家大型机床企业能够联合起来，互相提创意，共同开发新产品，赵厂长觉得情况会不会比现在好一些呢？"

此言一出，赵兆新的眼睛亮了起来，他问道："唐厂长，你说说看，这是个什么章程？"

唐子风说："不知道赵厂长听说过没有，我们临一机和军工的432厂合作，办了一家东云机床再生技术公司，我们对外开展机床再生业务，都是利用这家公司来做的。"

"这件事我有所耳闻，不过细节就不太了解了。"赵兆新说。

于是唐子风把当初与432厂合作的情况向众人做了介绍，然后说道："东云

第一百九十五章 局里的态度是非常坚决的

公司的这种模式,简单说就是取长补短。我们临一机在机床技术上有优势,但数控技术不灵。432厂是专业搞数控的,但机床方面的能力有所欠缺。我们两家如果单打独斗,都很难把机床再生的业务拿下来,而合作之后,就互相补上了短板,达到了双赢。"

"了不起!"乐敏华跷了个大拇指表示赞赏。

唐子风说:"这还仅仅是一个开头。东云公司的业务开展起来之后,我们便发现在机床再生方面的技术积累远远不足,所以双方一致同意,从公司的利润中划出20%用于技术研发。如今,我们对机床再生的认识已经远远超过了一年前的水平,能够为客户提供更合理的机床再生方案,而这也使我们在机床再生这个市场上具有了很强的竞争力。"

"你们的竞争力强了,我们可就只能喝西北风了。"赵兆新半是玩笑半是抱怨地说。

去年临一机与432厂联手在国内开拓机床再生业务之后,箐机等一帮机床企业也受到启发,纷纷开展同类业务。一开始,大家的业务做得还算顺利,但后来的情况就不太妙了。业务员回来向赵兆新反映,说客户动辄拿东云公司作为样板,嫌箐机提出的再生方案不够好,技术水平不够高。

赵兆新也曾派人去了解过东云做的那些机床再生项目,发现其中的确有一些独到之处,能够在成本约束下,把原有机床的性能最大限度地发挥出来,很多想法都是箐机没有想到的。

机床再生的方案是与机床的类型直接挂钩的,一种机床上的再生方案,无法完全复制到另一种机床上,所以箐机虽然看过东云公司的方案,但自己在面临新的机床类型时,仍然无法做得像东云公司一样好,这让赵兆新很是郁闷。

直到这会,赵兆新才明白为什么东云公司能够做得比自己好,原来他们是真正投入了资金进行研发,形成了独有的知识体系,这就比完全凭经验进行设计的箐机强出不少了。

"唐厂长跟我们讲东云公司的事情,是想说明什么呢?"乐敏华问道。

唐子风说:"我举东云公司这个例子,就是想说明合作的重要性。我们临一机也罢,你们箐机也罢,在国内都算是大型机床企业,实力在全行业里是可以排在前十位之内的。可是如果要和日本、德国、意大利这些国家的大型机床企业比,咱们能排得上号吗?

"人家一家机床企业,年产值就是十几二十亿美元,相当于 100 亿元人民币。咱们每家厂子一年的产值才两三亿人民币,差距实在是太大了。要想和这些国外企业进行竞争,咱们必须联合起来,共同对外。"

"你是说,就像你们和 432 厂的合作一样,咱们两家也成立一个合资公司?"赵兆新试探着问道。

"光咱们两家可不够。"唐子风笑道,"我们和 432 厂的合作,其实只是探索一种新的合作模式。现在咱们要面对韩国企业的挑战,还要考虑到几年后中国加入 WTO 所带来的冲击,那么仅仅是咱们两家企业进行合作,就远远不够了。我们的想法是,把国内排名在前 20 名之内的大型机床企业都联合起来,开展多方面的合作,达到多方共赢的目的。"

"这是上面的意思吗?"赵兆新问。

唐子风说:"可以说是,也可以说不是。"

赵兆新诧异道:"这话咋讲?"

唐子风说:"这个方案,是由我们临一机提出来的,并得到了局领导的一致支持,从这个意义上说,这的确是局领导的意思。但是,谢局长也明确表示了,这件事情不由二局出面来组织,而是由咱们各家大型机床企业自己商量着办,二局只是在必要的时候提供一些支持,但绝不进行行政干预。"

"这又是何必呢?"赵兆新说,他转向刘燕萍,说道,"刘处长,唐厂长说的各家企业联合起来的意见,我们是举双手赞成的。但我觉得,这种联合一二十家大型企业开展合作的事情,还是由局里来牵头比较好,这样更便于管理嘛。"

刘燕萍刚才说完话之后便又开始剥栗子吃了,她看上去注意力都放在栗子上,其实耳朵并没有闲着,唐子风与赵兆新、乐敏华他们的对话,她听得清清楚楚。此时,听到赵兆新把话引到她的身上,她放下手里正在剥的一个栗子,笑着说道:"赵厂长,小唐说的情况是属实的,谢局长明确说了,这件事应当由企业自发来做,二局不便插手,这也是市场经济的要求嘛。"

"我看没必要顾忌这个。"赵兆新说,"中央提出搞市场经济,但也不是所有的事情都要交给市场去管。二局过去组织类似的项目组织得非常好,我们也习惯了在二局的统一指挥下做事,我觉得还是维持原来的方式为好。"

刘燕萍摇摇头,认真地说道:"赵厂长,这一次的事情,局里的态度是非常坚决的,那就是不插手具体的事务。你刚才说,二局过去组织过不少类似的项目,

第一百九十五章　局里的态度是非常坚决的

我说句不好听的,你们各家企业在参与这些项目的时候,主动性可真是不怎么样。

"每一次,大家想的都是如何从项目中得到更多的好处,需要出力的时候就互相推诿。事情干砸了,有二局负责给大家兜底,谁也不用操心。赵厂长,你说是不是这样?"

这种话也就是刘燕萍能说,换成唐子风说出来,赵兆新就该翻脸了。刘燕萍摆出一副不见外的样子,话说得很诛心,赵兆新还真不能拿她怎么样。

都是圈子里的人,这点事谁能不明白呢?二局过去组织过的项目的确不少,取得的成绩也不可谓不大。但每一次的情况,正如刘燕萍说的那样,有好处大家都伸手,有困难大家都躲着走。

这种事情原本是大家心照不宣的,可让刘燕萍直接说出来,赵兆新脸上就有些挂不住了。他尴尬地说道:"刘姐,你这话说得,真让我们无地自容了。的确,你说的那种情况是有的,有些企业……呃,包括我们箐机,有时候的确是懈怠了一点,给局里添了不少麻烦。

"对了,唐厂长,你刚才说谢局长的意思是让咱们这些企业自己商量着办,那么,咱们该如何商量呢?要不,你给我们详细说说。"

后面这话,他是转向唐子风说的。刘燕萍的话已经说得很明白了,那就是没有什么余地,二局这一次是绝对不会直接插手了。既然如此,赵兆新就得认真地听一下唐子风的方案了,这决定了箐机要不要参与这件事,以及如果参与,具体的参与方式如何。

第一百九十六章 联席会议

"我们的考虑是,联合 20 家国内最大的机床企业,建立一个联席会议制度,简称机二〇。联席会议每半年召开一次'首脑会议',呃……就是厂长会议,讨论行业内最重要的问题,确定大政方针。至于平时,就由联席会议的办公机构来负责协调各家企业的行动,保证大家步调一致,共同进退。"唐子风侃侃而谈。

机二〇这个称呼,当然是出自唐子风的恶趣味。不过,联合最大的机床企业组建联席会议这个思路,却让周衡和谢天成都觉得眼前一亮。时下国内已经有机床工业协会,与唐子风说的联席会议的概念其实是一致的。但机床工业协会所面对的是全国所有的机床企业,既包括大型企业,也包括中小型企业。

单位多了,议事机制就复杂了。而且大型企业与中小型企业面临的问题不同,利益诉求也不同,协会追求的是全体会员的利益最大化,因而大型企业的利益就难免要受到损害。每次机床协会的成员单位在一起开会,大家只能聊一些鸡毛蒜皮的事情,无法达成什么实质性的合作,协会的作用更像是一个俱乐部,仅仅是让大家有个聊天见面的机会而已。

唐子风的建议,是把机床行业中 20 家最大的企业单独抽出来,建立一个新的协会。由于大家规模差不多,相互之间的共同语言也就多了,更容易形成共识并达成合作。

事实上,像临一机、箐机之类的大型企业,领导之间平日里也是有一些往来的。比如周衡与赵兆新的关系就很不错,同在京城开会的时候,偶尔也会凑在一起聊聊天、喝喝酒啥的。但这种交往毕竟是非正式的,而且三三两两,不成体系。

联席会议的作用,就是把 20 家企业拉进同一个群里,以方便大家商量事情。搁在过去,建这样一个群的必要性并不大,因为各家企业都是在国家指令性计划的安排下进行生产经营,相互之间竞争的成分多于合作的成分,凑在一

第一百九十六章 联席会议

起是商量不出什么事情来的。

但现在情况不同了，国门一步步打开，越来越多的外国机床企业将进入中国市场，各家企业由原来的竞争者变成了友军，这样就需要大家随时保持沟通了。

"联席会议，有点意思。"赵兆新点点头，"你说得没错，我们这些企业也是该坐到一起商量一下了。前一段时间，我们的市场让韩国人给抢了，我就想着要和大家商量商量，看看其他企业的情况怎么样，我们又该做些什么。有这样一个联席会议，大家讨论点事情，的确是要方便得多。"

唐子风笑道："赵厂长，这个联席会议的作用可不仅仅是讨论点事情，更重要的是要联合起来干点事情。比如说，咱们刚才不是说到开发新产品的事情吗？我们的设想是，可以在联席会议的机制下，组建一个联合技术研发中心，由各家企业出人出钱，研发出来的成果各家都可以使用。

"有些技术问题，单凭一家企业去搞，恐怕难度会很大。如果把20家企业的技术力量集中起来，这些问题就能够迎刃而解了。事实上，咱们20家企业的很多技术研发工作都是重复的，如果放到一起来做，就可以节省很多人力物力。"

听唐子风说到技术问题，箐机的总工程师夏珉插话说："唐厂长，你这个想法恐怕有些想当然了。咱们各家企业做的东西不一样，比如你们临一机主要是做磨床和镗铣床的，我们是做车床的，各自研发的内容不同，放到一起来搞，反而是互相扯后腿吧？"

唐子风说："夏总工，你说得有道理，但咱们之间除了不同的地方之外，相同的研发工作也不少吧？比如说滚珠丝杠，你们的车床上要用，我们的磨床上也要用，那么滚珠丝杠的研究，是不是就可以放到一起来做呢？"

"这个倒是可以……"

"还有五轴联动的技术，核心部分对于咱们各家企业也是共同的吧？"

"五轴联动？你们在搞这个技术？"夏珉惊愕地问道。

唐子风微微一笑："是啊，我们从去年就已经开始这方面的研究了。高端数控机床不能永远只掌握在外国人手里，咱们自己肯定是要拿下这项技术的。我们去年和432厂合作之后，在432厂的帮助下，建立了一个数控技术研究团队，重点就是突破五轴联动的技术。"

夏珉有些迫不及待地问道:"那么,你们现在做到哪一步了?"

唐子风说:"技术上的事情,我不太懂。听我们秦总工说,目前我们已经初步掌握了五轴联动的算法设计原理,接下来就是攻克各个技术难点。这段时间,听说秦总工他们在搞什么空间刀具补偿技术,具体是什么意思,我就不清楚了。"

"空间刀具补偿技术就是根据旋转轴的位置计算刀具矢量,再在补偿平面里计算补偿矢量,这两个矢量是正交关系……"夏珉认真地想给唐子风做个科普,无奈他天生不是擅长做科普的人,说的这些对于唐子风来说都相当于天书。

赵兆新打断了夏珉的话,回到正题上,说:"还是老周有魄力。夏总工跟我提了很多次要搞五轴联动技术,我都没敢下决心。我听说,这东西可是一个无底洞,没个三五百万扔进去,恐怕都很难听到一个响动。"

唐子风笑道:"赵厂长还是太乐观了。据我们秦总工的说法,三五百万扔进去也听不到什么响动,要想真正搞出实用的五轴联动技术,三五千万的投入是最起码的,而且三五年也不一定有结果。"

"看看!这么大的投入,我们怎么可能负担得起?"赵兆新转头对夏珉说,估计他们过去也讨论过这个问题,夏珉应当是主张要开展这方面研究的,而赵兆新则属于反对派。

五轴联动是数控机床发展的方向。此前国内各家企业搞的数控机床,基本上都是在原有的三坐标机床上进行数控化改造,提高机床的自动化程度,但机床的加工能力并没有得到明显的提升。

五轴联动是在三坐标机床的基础上增加了刀具的旋转,从而能够进行多面体和曲面零件的加工。曲面零件在电力、船舶、航天航空、模具等领域都有广泛的应用,这类零件的加工也一直都是机械制造中的难点。能够加工这类零件的机床,无疑是非常重要的。

此外,五轴联动技术的应用,还能够在原有数控车床的基础上增加铣削加工,使之成为车铣复合加工中心,使一台机床变成两台,既可以节约空间,还可以节省工件在不同制造单元之间的周转运输时间,提高加工效率。

目前,国外许多机床企业正在淘汰传统的数控车床,大力发展车铣复合加工中心。篝机作为一家主打车床的企业,也感觉到了压力,只是因为条件所限,无力开展这方面的研究,对此,赵兆新、夏珉等人也是颇为焦虑的。

唐子风说："正因为需要的投入太大，我们才希望和兄弟企业联合起来搞。三五千万元的投入，如果分到20家企业，每家也就是一两百万元，这就算不上什么大钱了。如果各家自己分头搞，只怕谁也搞不下去。"

"道理是对的。"赵兆新皱着眉头说，"可如果真像你说的那样，20家企业一块来搞，怎么协调呢？说句难听的，要真有那种出工不出力的，到时候该怎么办？"

唐子风说："这个问题我们也考虑过，解决方案就是我刚才说过的，我们和432厂合作的那种模式，也就是成立一个独立的法人单位来承担这项工作。咱们可以成立一个新技术研究所，由各家企业共同出资，研究所的业务不受各家企业干预，这样就不存在哪家出工不出力的问题了。"

"可是，这样一来，咱们联合成立的这个什么研究所，和部里的机械设计院有什么区别呢？"赵兆新问。

唐子风说："最大的区别就在于，我们这个研究所是市场导向的，不存在旱涝保收的问题。研究所里的工程师全部采用聘用制，工资上不封顶，下不保底。干得好，一个月拿三千五千都没问题；干不好，就直接淘汰。"

"这不就成了私人企业那种样子吗？"夏珉说。

唐子风说："应当说是借鉴了私人企业的管理模式，打破大锅饭，鼓励创新。现在的形势已经非常严峻了，咱们必须采取一些非常的措施，不能再像过去那样懈怠了。"

"原来是这样……"赵兆新缓缓地点着头。唐子风说的这些内容，信息量有些大，赵兆新还需要一些时间来消化，不敢仓促答应。

"这件事关系重大，我们可能得再考虑一下。"赵兆新说道。

第一百九十七章　葫芦里卖的是啥药

这时候，也已经到吃午饭的点了。赵兆新亲自陪着刘燕萍、唐子风前往小食堂，一班箐机的厂领导也随同前往作陪。企业里的宴请，刘燕萍和唐子风都不陌生，不外乎大家互相说些客套话，找各种名目敬酒，觥筹交错，其乐融融，自不必细说。

吃过饭，办公室主任何文晶领着刘燕萍、唐子风去招待所休息，其余人等则随着赵兆新回到厂长办公室，讨论唐子风的建议。

"二局这是个啥意思啊？"乐敏华最先开口，他皱着眉头说，"这分明就是二局安排的事情，却让一个毛都没长齐的小年轻打着临一机的旗号来和咱们谈，这葫芦里卖的是啥药啊？"

"听刘燕萍的意思，谢局长发了话，说二局不参与这事。"夏珉提醒道。

副厂长徐适不以为然地说："老夏，刘燕萍的话，咱们随便听听也就罢了。二局如果真的不参与这事，干吗又让刘燕萍跟着来呢？这不是很明显的事情吗？"

赵兆新说："我刚才一直在琢磨谢局长的想法，我觉得，二局是既想做这件事，又不想担责任，所以才搞了这样一个迂回战术。周衡虽说现在是临一机的厂长，但他原来是机电处的处长，而且二局派他去临一机，也就是临时救急，估计过一两年就会让他回去，到时候说不定还会提拔一下，当个副局长。

"所以，周衡牵头来做的事情，其实也就是二局要做的事情。但现在二局不直接出面，而是以临一机的名义来搞，分明就是要置身事外。所有的事情都要咱们这些企业去做，别指望二局给咱们出钱、出政策。"

"如果是这样，那咱们还干个屁啊！"徐适直接就爆了句粗口。

乐敏华说："话也不能这样说，关键还是要看这事对咱们是不是有利。如果是有利的事情，咱们参与一下也无妨。如果没什么好处，那咱们就先看看其他厂子怎么做,咱们再做决定。"

夏珉说:"老赵,老乐,我倒是觉得,上午这个唐子风说的事情,还是有点意义的。五轴联动的研究,光靠咱们一家厂子去搞,咱们负担不起。如果大家能合起来一起搞,成本由各家分摊,就容易多了。"

"可是这样一来,谁说了算呢?"徐适问道。

夏珉说:"唐子风不是说了吗,大家出钱搞一个独立法人单位,由这个单位自己来搞,大家都不干预。"

赵兆新冷笑着问道:"那么,这个法人单位的负责人,由哪家厂子派出?"

"这……"夏珉无语了,他还真没想过这个问题。细琢磨一下,这个地方还真是有个坑,谁知道底下埋着啥东西。

乐敏华说:"这件事是临一机挑的头,估计最终就是由他们派人担任负责人吧?这样搞,相当于我们出钱,帮临一机建了一个技术中心。到时候,研究什么、不研究什么,都是临一机说了算,咱们也就是在边上捡点他们吃剩下的边角料了。"

"我觉得不至于吧。"夏珉争辩说,"既然是大家一起出钱,那凡事肯定还是要大家商量着办的。对了,唐子风不是说还有一个联席会议吗?到时候各家的厂长一起提意见,我就不信临一机好意思独断专行。"

赵兆新说:"周衡是要回二局去当领导的人,倒也不至于吃相太难看了,面子上的事情,肯定还是会做的。既然他们提出要搞联席会议制度,那么表面上的民主决策,我估计还是会维持的。只是这种民主决策的结果,如果对咱们箐机不利,咱们还要不要接受?"

"对咱们不利的结果,咱们当然不接受。"徐适想当然地说。

乐敏华说:"可咱们如果不接受,不就在联席会议上被孤立了吗?"

"孤立怕什么,大不了咱们直接退出。这本来就是一个自愿加入的组织,对咱们不利,咱们就退出来,他们还能拿咱们怎么办?"徐适说。

乐敏华说:"另外19家企业都加入了,就咱们一家退出,这个影响太不好了。二局说是不干预这件事情,但如果咱们做得太明显,回头赵厂长到二局开会的时候,脸上也不光彩吧?"

赵兆新说:"我脸上有没有光彩,倒也无所谓。我担心的是万一临一机能够把那19家企业联合起来,光把咱们排除在外,行业里有点好处都被他们捞走了,咱们的日子就难过了。"

"这算个什么事啊!"徐适怒道,"本来大家都是好端端地搞生产,这个临一机非要整点幺蛾子,搞个什么联席会议,这不是像那个小说里写的左冷禅一样,想当五岳盟主吗?"

"周衡或许就是这个想法。"赵兆新说,"前年二局派他到临一机去,他一年脱困,两年大幅盈利,可算是出尽了风头。我琢磨着,他是不是有点飘了,觉得光搞好一个临一机还不够他嘚瑟,想把手插到我们这些企业里面来了。"

乐敏华说:"老赵,话也不能这样说。周衡这个人,咱们还是比较了解的,一向都是很有大局观的,也不是现在才这样。我想,这件事或许并不是周衡一个人整出来的,没准是谢局长的意思,只是让周衡来操办而已。

"刚才老夏也说了,大家联合起来,还是有点好处的,最起码,技术研发这方面,联合起来力量更大。我看杂志上有专家分析,说中国一旦加入世贸组织,很多产业都会受到国际市场的冲击,技术实力不强的产业,会被完全淘汰。

"咱们箐机的技术水平,在国内还算是有一定地位的,但是和人家外国企业比,咱们差得可太远了。不说日本、德国,就算是韩国的技术,都比咱们强。韩国人搞的车铣复合中心,咱们到现在还搞不出来。长此以往,咱们的形势可不妙啊。"

"这也正是我犹豫的地方啊。"赵兆新叹道,"本来,如果这件事由二局牵头来做,大家共同参与,是一点问题都没有的。二局做事,还是会讲究个一碗水端平,不会让哪家企业吃亏,咱们参与其中,没什么可担心的。现在换了一个方式,还说是什么市场经济原则,谁知道里面会有什么猫腻。"

"那……咱们是参加,还是不参加啊?"夏珉有些蒙了。他先前已经被唐子风说动心了,现在听同僚们一分析,又觉得这事不靠谱。但要说直截了当就退出,不参与这项合作,他又有些不甘心。唐子风画给他看的馅饼,还是挺诱人的。

赵兆新说:"这样吧,咱们还是先等等看。唐子风不是说要联系20家企业吗?那就让他先去联系。如果其他企业都加入,咱们也加入;如果其他企业有什么意见,那咱们也商量着来。他说的联席会议,倒是可以先开起来,有些事情,大家拿到会上去谈,比这样一家一家单独谈要强得多。"

"对对,有什么事情,咱们也是和周衡去谈,和这个唐子风有啥可谈的?"乐

第一百九十七章 葫芦里卖的是啥药

敏华说。

唐子风在招待所睡了个午觉起来，听到的答复便是箐机方面表示还要再"考虑考虑"。对于这个结果，唐子风也并不觉得意外。他这一趟出来，原本就是来给各家企业吹吹风的，真正要达成合作，还得等各家企业的领导凑到一起开会才能定下来。

"赵厂长，咱们箐机今年的生产任务怎么样？能不能吃饱？"

在厂长办公室里，唐子风假装不经意地向赵兆新问道。因为上午已经开过会，下午赵兆新便没有再安排其他厂领导过来，而是把刘燕萍和唐子风请到自己办公室来单独会谈，旁边也只叫了何文晶作陪。

尽管时下已经是市场经济年代，各企业的业务主要来自市场，但对于临一机、箐机这样的老厂子，领导们还是习惯于把业务叫作"生产任务"，这也是沿袭了计划经济时期的说法。唐子风原本是不习惯这样说的，但与周衡、秦仲年他们混久了，也就学到了他们的语言习惯。

听唐子风问起业务问题，赵兆新面有苦色，说道："情况不太理想啊。我们今年原计划是实现2.2亿的产值，现在都到10月中旬了，还差着8000万，弄不好今年又要亏损了。"

唐子风说："还有两个多月时间，除非有什么大业务，否则要完成计划恐怕不容易了。"

"是啊。"赵兆新叹道，"这两年整个市场倒是有些起色，但企业的成本也提高了。再加上去年以来韩国机床企业进来了不少，拼命抢我们的市场，我们的日子只怕是越来越难过了。"

"我们那里倒是有个小产品，赶在圣诞节前，估计能有一拨业务，不知道赵厂长感不感兴趣。"唐子风面带诡秘之色地说。

赵兆新问："什么小产品，能有多大的业务？"

唐子风微笑着说："是一种家用的小机床，主要是面向出口的。我们估计，如果不出意外的话，赶西方圣诞节的行情，能有个两三千万的业务规模吧。"

第一百九十八章　胡萝卜的味道

"两三千万？"赵兆新有些失望，他问道，"怎么，是你们临一机嫌业务太小，不想做，想让给我们箐机做吗？"

唐子风摇摇头："这怎么会呢？我们临一机还欠着银行1000多万贷款没还呢，哪敢嫌业务小就不做。这个小产品，是我上午说的那个独立研究所搞出来的。周厂长说了，这个研究所未来是要由各家企业共同出资来支持的，所以开发出来的产品也不能由临一机一家吃独食，而是要问问兄弟单位有没有兴趣一同参与。"

"你们已经把研究所建起来了？"赵兆新一愣。

唐子风说："是啊，时不我待，周厂长一面派我出来联络各家企业，一面已经安排人把研究所建起来了。目前研究所的股东包括我们临一机、432厂，还有京城的新经纬软件技术公司，他们是专门做CAD软件的。未来我们搞五轴联动的研究，软件部分得由他们来提供支持。"

"赵厂长放心，我们这个研究所是开放式的，箐机如果想参加，随时可以投资入股；也可以随时撤出，我们搞的是来去自由。研究所的资金来自专利授权收入，就比如我刚才说的这种小型家用机床，如果箐机有意生产，每生产一台，需要向研究所交纳一笔专利授权费，这笔费用就是未来研究所开展研究活动的经费。"

"这么说，如果其他厂子愿意加入，你们也会授权他们生产这种机床？"赵兆新问。

唐子风点头说："正是如此。"

赵兆新说："这就有点鸡肋了。总共也就是两三千万的业务，十几家企业一分，一家也就是一两百万，意思不大啊。"

唐子风说："赵厂长，我说的只是从现在开始到西方圣诞节前这一段的业

第一百九十八章 胡萝卜的味道

务。这种机床的销售肯定不会是一阵风过去就结束的,以后的市场规模只会越来越大。我们估计,明年一年,整个销售额有望突破一个亿,赵厂长也不感兴趣吗?"

"1亿,分给十几家厂子,一家也就是六七百万,对于我们来说,还是杯水车薪啊。"赵兆新说。

唐子风像是想起什么似的,拍了一下自己的脑袋,说道:"哎呀,我糊涂了。其实我跟赵厂长说的金额,是指美元。"

"美元?"赵兆新眼睛都瞪圆了,"你是说,两三千万美元?"

"是啊。我不是说这种机床主要是面向出口的吗,所以肯定是说美元了。"唐子风装出一副无辜的样子。殊不知他刚才就是故意让赵兆新误会的,他要用这种强烈的反差把赵兆新绕晕。

"如果是两三千万美元,一家就是……"赵兆新在脑子里飞快地计算着。

唐子风笑着说:"赵厂长,你先不用算十几家厂子。至少在今年之内,我们最多先授权五六家厂子做就了不起了。说不定,有些厂子真的嫌业务太小,不乐意做呢。"

"这怎么可能?现在谁会嫌业务小?"赵兆新说,他似乎忘了自己刚才就在嫌弃一年几千万的业务,当然,这是在计量单位使用人民币的情况下,如果是几千万美元,那就另当别论了。

何文晶坐在旁边,替赵兆新算出了结果:"如果是五六家企业,一家差不多是500万美元,那就是4000多万人民币了。赵厂长,这业务值得一做啊。"

作为办公室主任,何文晶可不仅仅会端茶送水,她平时也是要参加厂务会的,属于箐机决策层的一员。她此时插话,也并非不知轻重、多嘴多舌,而是要替赵兆新把唐子风说的"只授权五六家"的承诺敲定下来。这样的话,赵兆新不合适说,何文晶却是可以说的。

果然,听何文晶说完,赵兆新看着唐子风,问道:"唐厂长,你的意思是说,在未来两个月时间里,我们厂从这桩业务里,能拿到4000多万销售额?"

"我不敢保证。"唐子风笑嘻嘻地说,"市场的事情,我说了也不算。不过,我们研究所开发的这个新产品,的确有一些独到之处。我让人在美国市场了解了一下,消费者的反映很不错,我觉得,圣诞节前卖出两三千万美元,应当不在话下。"

"到目前为止,有几家企业决定做这个产品?"

"如果箐机愿意接受的话,那就是第二家。第一家自然就是我们临一机了。不瞒赵厂长说,这两三千万美元,光凭我们临一机一家,吃不下来。"

"要不,就咱们两家干吧!就这么点业务,还分来分去的,多麻烦啊。"何文晶笑着提议道。

唐子风也笑道:"何主任的想法,也是我的想法。不过,我们下一步要搞联席会议,是要请各家大型企业共同参加的。如果现在我们两家就把好处都给瓜分了,未来要让其他家参加联席会议,人家就该有说法了。"

赵兆新苦笑了,唐子风这话的暗示意味也太明显了。他说因为要邀请其他企业参加联席会议,所以必须把好处分给这些企业,反过来说,箐机想拿这个好处,就得答应参加联席会议,这就是所谓的胡萝卜政策了。

"唐厂长,你说的这个家用机床,到底是什么东西?国外早就有家用机床了,咱们国内也有为国外代工生产家用机床的,你凭什么说你们设计的这个,就能够卖出两三千万美元?"赵兆新问道。

唐子风从包里掏出一张图纸,递到赵兆新的面前,说道:"这是我们的概念图,赵厂长请过目。"

唐子风递给赵兆新看的,正是由肖文珺牵头设计的那种工具箱型家用迷你机床。

在此前,肖文珺提出要加强机床的刚度,以便适应钢铁材质工件的加工,唐子风同意了她的想法,但同时要求她先把适应木材和铝材加工的机床设计做完,以便抢占西方圣诞节前的购物市场。

在征得周衡的许可之后,唐子风联合临一机、432厂和新经纬软件公司,在京城注册了一家机床技术研究所,命名为"苍龙研究院"。唐子风对这个名字的解释是,中国一向被称为东方巨龙,取名苍龙其实就是代表中国的意思。这个名字听起来很霸气,符合大家对于这个研究院的定位。

临一机是研究院最主要的出资方,临一机提出这个名字,432厂和新经纬软件公司自然也不会反对。不过大家心里都明白,这个名字与其说是为了代表中国,不如说是为了呼应临一机的机床品牌。

临一机的机床名叫"长缨牌",伟人有言:今日长缨在手,何时缚住苍龙。说到底,系长缨、缚苍龙,说的都是临一机的事情。

第一百九十八章 胡萝卜的味道

苍龙研究院的营业执照还没拿到,唐子风便开始以研究院的名义招兵买马了。肖文珺的两个室友刘熠丹和董霄在第一时间就被招聘成为兼职研究员,被安排在肖文珺名下从事机床的优化设计。她们领的是研究院发的工资,按上班天数结算,日薪100元,远远高于时下公务员的工资标准,这对于每月津贴才300多元的研究生来说简直就是一个天大的福利。为此,二人还专门请肖文珺吃了一顿饭,以感谢她给她们介绍的这份兼职工作。

研究院一时找不到合适的管理者,唐子风便请出李可佳来临时客串。李可佳有在外企当高管的经历,管理经验是不缺的。她出身名校,与研究院雇来的那些高校研究生也有共同语言。至于说她是文科出身,不懂技术,这个缺陷自有肖文珺替她弥补。肖文珺与李可佳早就认识,再加上有唐子风这个中间人,二人的关系处得非常融洽,合作起来也是相宜得当。

有了充足的人手,设计工作自然就加快了。经过半个多月的努力,"苍龙牌"工具箱型家用迷你机床的前两种型号宣告设计完成。其中Ⅰ型适合于木材加工,拟定价每台800美元;Ⅱ型适合于木材和铝材加工,拟定价每台1500美元。

研究院还在紧锣密鼓地开发Ⅲ型,这是能够做普通钢材加工的,拟定价每台3000美元。这个价格对于家用的要求来说略有些高了,但按照唐子风的说法,这个型号就是给西方的土豪玩家预备的。

从消费者心理学的角度来说,拥有一款高定价的产品,也有助于提高整个产品系列的档次,让人觉得这是一种很高端的产品,只是自己囊中羞涩,无法购买最高档次,买台中档的回去用用,也能聊以自慰了。

经过周衡和唐子风两年的调整,临一机如今已经具备了快速响应市场的能力。研究院这边拿出图纸之后,秦仲年和吴伟钦马上组织车间进行试生产,又根据样机试用过程中出现的问题,对设计进行了几轮修改,最终使设计定型,只要拿到订单,就可以转入批量生产了。

现在唐子风拿给赵兆新看的,就是定型后的产品概念图,其中包括外包装的形状以及展开之后变成车床、铣床、钻床的样子。他相信,以赵兆新在机床行业浸淫多年的经验,一看就能够悟出这种设计的精妙之处。

第一百九十九章 当然有兴趣

赵兆新对于唐子风的话,多少有些将信将疑,所以在接过图纸的时候,也带着几分漫不经心。他看了一眼图纸,皱了皱眉头,再认真看下去,脸上的表情渐渐有了变化。

"这是车床,这是铣床……咦,居然用的是同一套支架,这是怎么做到的?让我看看,原来是这样,这也太神奇了吧!"

赵兆新自言自语地评论着,忍不住就拍案叫绝了。

"赵厂长,是个什么产品?"何文晶被赵兆新的表现吸引住了,忍不住问道。

赵兆新却没有把图纸递给她的意思,反而用手一指门外,说道:"小何,你快去把夏总工请来,还有徐厂长,让他们马上过来。"

何文晶屁颠屁颠地跑出去,少顷便领着夏珉和徐适二人回来了。赵兆新向二人招招手,把他们叫到自己的办公桌前,然后把图纸分给他们,让他们观看。

"这不是机床吗?这箱子是什么鬼?"

"什么,这机床是装在箱子里的?这箱子得有多大?"

"咦,我看出点味道了,这应当是家用的小型机床吧?"

"竟然是一机多用,妙,太妙了!"

夏珉和徐适二人越看越是惊奇,声音也越来越大。何文晶凑在他们旁边,踮着脚尖看他们手里的图纸,半天没看出名堂,只是跟着傻笑,装出一副一切了然于胸的样子。

"这机床,是临一机设计的?"夏珉终于想到了图纸的来源,他把头转向唐子风,狐疑地问道。

唐子风摇摇头,说:"这是我们刚成立的苍龙研究院的成果,最早的创意是清华大学机械系的一位博士生提出来的,整个设计已经申请了实用新型专利,专利所有权也属于这位同学,由苍龙研究院代为向各生产企业授权。"

第一百九十九章 当然有兴趣

"专利?"夏珉把眉毛皱成一个疙瘩,"你是说,这东西你们又想垄断市场了?"

他用这个"又"字是有原因的。去年临一机开发出了木雕机床,箐机也动了仿造的念头。相比那些乡镇企业,箐机要想仿造木雕机床,障碍就少得多了,因为机床中涉及的许多技术,对于箐机这样的大企业来说,并没有什么困难。

但箐机最终也未能进入这个市场,原因就在于唐子风事先就让人把几项关键技术都申请了专利。箐机要想绕开这些专利,需要花费很大的精力,而且产品的造价也会大幅度提高,从而失去竞争力。

在那一次,箐机就认识到了临一机专利壁垒的厉害,这次听说唐子风拿出来的设计又提前申请了专利,夏珉就有一种气不打一处来的感觉。

"这种机床,没什么实用价值吧?"徐适在看完图纸之后,犹豫着说道。

赵兆新看了他一眼,问道:"老徐,你也是开机床出身的吧,我想问问,如果有人送一套这样的机床给你,你想不想要?"

"送给我?"徐适一愣,旋即笑着说道,"有人送,我当然要。这玩意搁家里也不占地方,平时做个小玩意啥的,还是挺好的。"

赵兆新和徐适都是会开机床的,赵兆新读过技校,徐适则纯粹是工人出身,先是以工代干,然后一步步提拔到了副厂长的位置上。这种小型的机床,对于惯于玩机床的人来说,有着无法抵御的吸引力,就像当兵的喜欢玩枪、老司机喜欢开车,这与赚钱谋生没有太大关系,主要就是个人的兴趣爱好。

赵兆新在悟出这种机床的妙处之后,便把自己代入了消费者的角度。他意识到,如果不考虑价钱的因素,许多人是愿意购买一台这样的机床的。他见过国内企业为国外代工的那些家用小型机床,从功能上说,自然是比这种工具箱机床要强得多,但从观赏性和情怀的角度来说,他更喜欢这种迷你机床。

想想看,平时装起来就是一个工具箱,放在任何地方都不扎眼。而拆开之后却可以变成车床、铣床,一机多用,这是什么样的神器!他可以想到,很多消费者看中的,甚至并不是机床的实用价值,而是那种拼装变形的感觉,这简直就是一个大人的积木,能把一帮三四十岁的"巨婴"迷得神魂颠倒……

"这样一台机床,价钱不低吧?"夏珉在旁边问道。

"不贵,只能加工木材的Ⅰ型定价800,能够加工木材和铝材的Ⅱ型定价1500,我们正在开发的能加工普通钢材的Ⅲ型定价3000,绝对是良心价了。"唐子风笑着回答道。

"才800块钱?成本都不够吧?"夏珉惊愕地道。

"他说的是美元!"赵兆新恨恨地说道,他刚才就已经被唐子风给唬过一次了,现在见唐子风又在玩弄这个话术,便忍不住予以戳穿了。

"800美元,那就是小7000块钱人民币啊,这也太贵了!"夏珉像被踩着脚一样叫起来,"7000元人民币,买620车床都能买到了,谁会花这冤枉钱买这个玩意?"

徐适却是回过味来了,他看着唐子风问道:"唐厂长,你不会是说,这东西是准备出口的吧?"

唐子风说:"徐厂长英明,你想想看,这样的东西,除了出口还能有什么销路?"

"如果是出口的话……"徐适沉吟不语,琢磨着国外市场会是一个什么样子。

刘燕萍在旁边插话道:"小唐他们搞的这个产品,我见过实物的样子,的确很漂亮,当礼物送挺好的。对于外国人来说,一两千美元不算个事,赶上圣诞节,也就相当于咱们中国人过年了,买一个送人也是正常的。"

"的确,对于外国人来说,一两千美元的确不算多,而且这种机床还是挺实用的,能够搞个家庭的加工中心了。"夏珉评论说。

这一干厂领导也都是出过国的,篁机此前也与国外企业有过合作,他们都与从国外来的专家、工程师和技术工人打过交道,知道"外国人"一个月就能够赚好几千美元。想想自己,如果花一个月的工资去买一台这样的机床,或许咬咬牙也是会买的。那么问题就来了,有多少外国人会买呢?

"我们的估计比较保守,从现在到圣诞节前,我们估计在美国市场大约能卖出2万台,按照Ⅰ型和Ⅱ型各一半来计算,大约就是2300万美元的销售额,折合人民币近2亿元。我们假定分配给五家企业来做,一家能赚到4000万的样子。"唐子风说。

"2万台,也的确是咱们两家企业吃不下的,拉四五家企业一块来做,是比较合适的。"赵兆新后知后觉地说。

他现在开始明白,为什么临一机没有吃独食,所谓大家好,其实不过是说得好听罢了。2个月时间要生产出2万台这样的小型机床,临一机没有这样的生

第一百九十九章 当然有兴趣

产能力。与其看着一个市场机会吃不下去,还不如拿出来与大家分享,还能落一个好名声,并为未来的联席会议作铺垫。

虽然明白这一点,但赵兆新丝毫不认为唐子风给他们的这个机会是空头人情。人家能够想到设计一台这样的机床,就非常了不起了,就像当初临一机开发木雕机床一样,技术上没太大的难度,难的是创意。

现在临一机把创意拿出来,让大家一起去国外市场上赚钱,箐机是得念着临一机的人情的,未来搞联席会议的时候,临一机如果提出什么提案,箐机轻易是不便予以否决的。当然,前提是这个提案对箐机没有什么明显的损害。

"唐厂长,你确信这样的机床在国外市场能够卖出去吗?"徐适向唐子风问道。

唐子风一摊手:"我刚才跟赵厂长说过了,市场的事情,谁也没法保证。不过,我们目前正在开拓美国的市场,不久应当就会有回音了。我现在只想问问,箐机有没有兴趣来做这个产品?"

"当然有兴趣!"赵兆新果断地回答道,"别说有 4000 多万的产值,就算是 1000 万,两个月时间,也值得我们去做。对了,唐厂长,如果我们有兴趣生产,具体的合作方式是什么样的?"

唐子风说:"很简单,我们这款机床准备用统一品牌进行销售,品牌就叫'苍龙牌',无论是哪家企业制造的,都用这个名字。机床的销售暂时由苍龙研究院负责,我们按零售价的 70% 从各家企业收购,余下的 30% 中间有 20% 是给零售商的毛利,另外 10% 就是研究院的销售成本以及利润留成。我们根据各企业的意愿和生产能力来分配订单。我们丑话也说在前头,各企业要承诺保证质量,如果质量不合格,我们是不收的。"

"也就是说,我们只负责生产,销售的事情不用操心。"徐适问道。

"正是如此。"

"如果是这样……"徐适扭头去看赵兆新,眼神里的意思已经很明显了。他是厂里分管生产的副厂长,没人比他更明白厂里现在是开工不足,如果有这样一个订单,未来两个月的日子就非常好过了。

"我们愿意加入,条件就照唐厂长说的办。"赵兆新一锤定音。

第二百章　看你那没见过钱的样子

唐子风在各家机床企业面前吹牛,说苍龙机床的销售能达到2万台。但到目前为止,他拥有的海外推销员也只有包娜娜一人。当然,包娜娜又发展出了梁子乐这样一个助手,这是唐子风所不知道的。这段时间里,包娜娜和梁子乐便挑起了苍龙机床在美国试销的推销任务,二人可谓是累并快乐着。

临一机造出机床样机之后,唐子风便寄了五台给包娜娜,让她帮助在美国寻找销路。以唐子风的想法,包娜娜只是替他去探探路,看看有没有市场。如果市场情况不错,唐子风就要考虑从国内派专门的销售人员到美国去展开全面的推销。如果市场反应非常冷淡,那唐子风就要再评估一下这个产品,看看到底是什么原因导致它不受人待见。

以唐子风的印象,这种机床后世在西方应当是比较流行的,他曾不止一次在报纸和杂志上看到过西方家庭使用这种机床的报道,而且这些不同的报道所反映的并不是同一个家庭的事情。在中国国内,这种机床也已经有一定的销量,尤其是在军迷、工业党的圈子里,拥有一台这样的机床是属于能够吹上一年半载的事情。

中国国内的需求,只能等上十几二十年再说,毕竟20世纪90年代的国人还是非常穷的,没有几个人能够拿出几千元来买这样一个玩具。但西方国家在此时的经济发展水平与二十年后并没有太大的区别,二十年后能够流行的产品,在这个年代也应当会有市场,这就是唐子风的判断。

收到国内寄来的机床,包娜娜让梁子乐拆开一台进行了试用。梁子乐也是个文科生,但作为一名男生,多少是有一些机械感觉的。他在音像店里买了一堆关于手工制作的音像资料恶补了好几天,终于弄明白了车、铣、钻之类的操作要领。他照着说明书把机床拼装起来,做了一些切削操作,越用越觉得这种机床神妙无比。他相信,那些原本就有底子的美国人,对于这样的机床是会有强

第二百章 看你那没见过钱的样子

烈兴趣的。

包娜娜是不会自己上手去操作机床的,她更多的是从一个女性的视角,观察这种机床的颜值。唐子风在安排苍龙研究院设计这台机床的时候,也考虑到了这个问题,他专门让李可佳去请了一位工艺美院的学生来给机床做外观设计,包括线条、颜色以及一些小 Logo(标识)的分布等等。

经过美化之后的机床,每一个细节都透着后工业时代的美感,这就使得这款机床不仅能够打动家庭中男主人的心,还能让女主人也心甘情愿地为之掏钱。

确定了苍龙机床是一个有市场的好产品之后,包娜娜和梁子乐便开始了推销的历程。二人租了一辆商务车,把组装成工具箱的机床搁在车上,逐家拜访费城本地的家具和家电零售商。

每到一处,梁子乐都要费力地把工具箱打开,把机床拼装起来,向商家演示机床的功能。包娜娜则负责在旁边忽悠,让人觉得不采购这种机床简直就是失误,将错过 20 世纪最后一个发大财的机会。

好东西人人都喜欢,苍龙机床的这种别致设计,的确很能吸引眼球。包、梁二人所到之处,无不引发一阵惊呼。待听说这种神奇的机床售价仅仅是 800 美元和 1500 美元时,商家们顿时就嗅到了浓烈的美元味道,纷纷表示有兴趣销售这种产品,尤其是在圣诞节即将来临的这个时刻。

"布雷肯里奇家具公司,200 套。"

"甘茨兄弟公司,120 套。"

"奥伯贝克家庭体验连锁店,180 套。"

"……"

一天的辛苦之后,回到临时租来的办公室,包娜娜一屁股坐到沙发上,开始乐滋滋地统计着当天销售的业绩。

"子乐,今天一天,咱们就推销出去 720 套,咱们发财啦!"

算完总数,包娜娜对着梁子乐喊道。

梁子乐来到包娜娜身边,探头看了看包娜娜统计的结果,笑着说道:"的确不错,一天就卖出去 720 套,按照一套平均 25 美元的提成,咱们今天就赚到了……18000 美元呢!"

"切,看你那没见过钱的样子。"包娜娜不屑地评论了一句,随即又抽了抽鼻子,问道:"什么味道?你身上抹啥药水了?"

"松节油。"梁子乐答道。

"抹松节油干什么?"包娜娜这才抬起头来,发现梁子乐已经脱了外套,只穿着一件T恤,正拿着一团棉球在手臂上使劲地擦着,那松节油的异味就是从那棉球里散发出来的。

"怎么,你受伤了?"包娜娜问道。

"没有,只是胳膊有些酸。这几台机床拆了装,装了又拆,都要特别使劲。"梁子乐解释道,"在外面的时候还没觉得,回来这一路上,胳膊酸得都握不住方向盘了,还有后背……"

"你怎么不早说?"包娜娜责备道。她看了看梁子乐那龇牙咧嘴的表情,鄙夷地斥了一句:"真没用!来吧,把松节油给我。"

"给你?你要松节油干什么?"梁子乐一时没反应过来。

"你不是说后背也酸了吗,把衣服脱了,我给你擦擦。"包娜娜霸气地盼咐道。

"这个……"梁子乐一脸紧张,不知道该不该接受包娜娜的好意。

包娜娜见他不动弹,怒道:"你脱不脱!"

这一嗓子,让梁子乐立马就乖了,连声说:"我脱,我脱!"

"趴沙发上!"包娜娜命令道。

梁子乐脱了T恤,光着膀子趴在沙发上,包娜娜蹲下身,用棉球蘸了松节油,开始给梁子乐擦背。

"呵呵,呵呵……"梁子乐趴在沙发上,不断地扭动着,嘴里发出奇怪的声音。

"你叫唤啥?"

"痒!"

"不许叫唤!"

"是,不叫唤不叫唤,呵呵,呵呵……是真的痒!"

"痒也不许叫唤,再叫唤我打了!"

"嗯嗯嗯嗯嗯……"

好不容易擦好了松节油,梁子乐坐起来,重新穿上衣服。他的脸红扑扑的,不知道是羞涩还是兴奋,看着包娜娜的眼神开始有些躲闪了。

第二百章　看你那没见过钱的样子

"瞧你这点出息!"包娜娜恶狠狠地瞪了梁子乐一眼,脸上蓦然也有了一些热度。这个年代的年轻人,男生女生互相有点肢体接触已是很正常的,但刚才那一刻,包娜娜感觉到了一些异样……

"娜娜,我觉得,咱们的进度还是不行啊。"梁子乐岔开了话题。

"怎么不行了?"包娜娜坐到办公桌前,慵懒地问道。

梁子乐说:"唐师兄交代给咱们的任务,是在圣诞节前推销出去2万套。照现在的速度,咱们恐怕很难推销出去那么多。费城本地的商家,咱们基本上都访问过了,实在不行,咱们是不是得考虑到纽约去了?"

"他说2万套,你就真的觉得能卖2万套?"包娜娜说,"我那师兄惯于吹牛,你可别受他的影响。"

梁子乐认真地说:"娜娜,我觉得,唐师兄定的这个目标,应当是可以达到的。你想想看,光是费城这一个地方,咱们一天就已经推销出去这么多套了,美国这么大,市场肯定不止这么一点点。尤其是中西部,还有得州那边,独立的家庭农场特别多,我们这种机床很适合他们,需求量说不定比宾州这边要多得多呢。"

"你不会是想到得州去推销吧?"包娜娜惊愕地问道。到美国一年了,她还没去过美国的中西部,遑论得州那种地方了。在她的印象中,得州应当是很遥远的地方吧。

"当然不是。"梁子乐说,"我的想法是,我们是不是应当改变这种上门推销的方式,比如说,做点广告。咱们的产品最主要的特点就是一个概念,做概念广告,效果应当会是很好的。"

包娜娜问:"做广告要花多少钱,你知道吗?咱们总共也没赚到多少钱,别一做广告,全赔进去了。"

梁子乐说:"这倒不至于。我是学管理的,基本的广告原则还是懂的。咱们好好筹划一下,争取少花钱、多办事。广告效果如果好,咱们坐在家里接电话就够了,用不着这样每天开着车出去跑。"

"怎么,才跑了几天,你就烦了?"

"这倒不是。"

"什么不是,你就是懒,我怎么会碰到你这么一条懒虫。"

"……好吧,我懒。不过除了懒以外,我还有另外一个考虑,就是唐师兄给咱们的时限已经不多了。照咱们现在的方式,我担心推销不出这么多,白白浪费了圣诞节这么好的机会。"

包娜娜不吭声了,她当然不是杠精,刚才与梁子乐抬杠,也不过就是例行的打情骂俏而已。该谈正事的时候,她还是足够严肃的。

"做广告,成本太大了,而且效果也不一定好。"想了一会儿,包娜娜说。

"那你觉得该怎么做?"梁子乐问。

包娜娜说:"我想起我师兄的做法了,用软文来推销,惠而不费。你不是说这种机床主要就是宣传一个概念吗?那咱们就拿这个概念来做文章,不信美国媒体不中招。"

第二百零一章 买买买

"汤姆,你昨天晚上看电视没有?"

"没有。怎么,什么地方又发生枪击案了吗?"

"不不不,没有枪击案,而是一个非常有意思的片子,叫作'随身家庭工厂'。"

"随身,家庭,工厂,这三个词分开说我都懂,可是拼在一起我就不知道是什么意思了,难道是什么新的脱口秀节目的名字吗?"

"不是脱口秀,而是……我这么说吧,你能不能想象在一个22英寸的行李箱里装进一座工厂所需要的所有设备,包括一台车床、一台铣床、一台钻床,还有锯、刨,哦,我实在想不出还有什么其他的变化了,实在是太神奇了……"

"迈克,你确信你今天早上不是起得太猛了吗?我想你一定是在说胡话了。"

"不,绝对不是胡话,这是一个新玩具。天啊,我现在要想想能够从哪弄到1500美元去买一套,我实在是一刻也不能等了……"

这样的对话,成为过去几天时间里美国东北部各地汉子们见面时最寻常的对话。由包娜娜、梁子乐二人共同编剧并亲自出演的短片《把工厂装进行李箱》在几十个城市的本地电视台播出,而且应观众的要求,还反复播出了若干次,一帮DIY爱好者顿时就陷入了疯狂。

拍摄一个短片来宣传迷你机床,是包娜娜灵机一动的创意。梁子乐从营销学的角度进行分析,也认为这个想法非常棒。梁子乐还表示,他们甚至没必要请什么大腕明星来出演,只要自己本色演出就足够了,毕竟片中的主角并不是他们,而是这台精致、神奇的机床。

包娜娜就读的传媒学院有成套的视频拍摄和制作设备,她花钱请了几位同学帮忙,大家租了一个车库,在四面墙上装饰着各种工具和零件,然后在车库正中摆了一张大桌子,支上机床,便开始拍摄了。

短片有一个小小的剧情,包娜娜和梁子乐在片中扮演了一对贫穷而快乐的小夫妻。梁子乐饰演的丈夫在偷偷摸摸地存私房钱,包娜娜饰演的妻子则满腹狐疑、百般盘查,还闹出不少误会。最后,真相大白,原来丈夫存钱是为了买一台能够装在工具箱里的机床,他用这台机床亲手为妻子制作了一个梳妆台作为结婚周年礼物送给她……

短片只用了两天时间就拍摄完成了,二人带着录像带前往费城以及周边一些城市的电视台请求播出。这些地方电视台自己没有节目制作能力,平时都是从专门的节目制作公司购买节目来播出,遇到这种送上门且不收费的电视节目,自然是很感兴趣的。

包娜娜编的故事颇有一些悬念,台词也写得很是风趣,完全可以看成是一部小型的情景剧。各家电视台的编审人员当然也能看出这其实是一部隐晦的广告片,但既然它不属于硬广告,而且其中介绍的这种机床也的确吸引人,能够给电视台带来一定的收视率,于是便答应播出了。

许多观众都是无意中调台才看到这部短片的。他们一开始觉得有些莫名其妙,不知道这是一个什么节目,直至看到梁子乐拿出一个工具箱,又变戏法一般地把它拆开、组装成一台机床,所有的人都惊呆了。接下来,他们看到这台机床从车床变成铣床,再变成钻床,可谓十八般武艺无不精通,不由得眼睛都直了,一个声音不可遏抑地在他们的心头响起:

"买买买!"

低档款机床 800 美元一台,中档款 1500 美元一台,这样的价钱对于美国的普通家庭来说,虽不算轻而易举,但总体还是承受得起的。临近圣诞节,许多人都有给自己买一件大礼物的习惯,只是一时没想到合适的东西。现在好了,一种全新的产品出现在他们面前,又好玩,还有实用价值,价格也不算特别贵,大家有什么理由不买呢?

各家家居商店、电器商店和超市的电话立马就被焦急的顾客们打爆了,全都是询问这种"中国龙"牌迷你机床的。商店的老板们最初还有些蒙,不知道顾客们问的是什么东西,等到弄明白事情的原委,他们也都坐不住了,开始四处打听货源,然后便驱车直接赶往包娜娜与梁子乐租的办公室。

"我们希望能够销售你们所经销的这种龙牌机床。"

第二百零一章 买买买

"请问,你们能够提供多少现货?"

"我们需要400台,越快越好,我们可以付现款!"

"我们公司有意成为这种机床在布里奇顿的总代理。"

"……"

办公室被挤得水泄不通,来自各个城市的商人在激动地对包娜娜和梁子乐二人陈述着自己的要求。他们急于要获得这种神奇的机床,让自己成为当地最早销售这种机床的商家。已经有多长时间没见过顾客排队抢购商品的场景了,一家能够率先推出紧俏商品的商家,其获得的不仅仅是丰厚的利润,还有良好的口碑。

包娜娜和梁子乐都被这突如其来的火爆场面吓傻了,很长时间都没反应过来。对于这一则软广告的效果,二人事先是做过评估的,都认为应当能够极大地促进销售。但现在看来,他们的想象力还是太过贫乏了,他们最乐观的估计与现在的场面比起来,依然是极其保守的。

"各位、各位先生,请大家保持秩序,呃,我的意思是说,大家别着急,我们在中国的工厂拥有强大的产能,大家的需求都是能够得到满足的。"梁子乐磕磕巴巴地对众人说道。

"先生,请问你们是生产厂家在美国的办事处吗?"一位头发略有些花白的小老头严肃地向梁子乐问道。

梁子乐犹豫了一下,摇摇头说:"不,我们只是一个代理商罢了。生产厂家在美国暂时还没有设立办事处。"

"你能帮我联系在中国的生产厂家吗?我想我也许需要直接和他们会谈。"

"尊敬的先生,我能问问你是哪家公司的吗?你为什么需要直接和厂家会谈?"

"我叫桑德斯,是沃尔玛家电事业部的采购总监。我需要直接和厂家会谈的原因是……我们需要采购的数量比较大,我想还是和厂家直接谈判更为合适。"

"你们需要的数量会有多少?"

"圣诞节前,我们希望能够获得不少于2万台。明年一年,我们需要采购20万台。"小老头满脸自矜地说道。

"你说什么,圣诞节前的订单已经达到了3万台!"地球的另一头,接到包娜娜打过来的电话，唐子风的脑子也有些断片的感觉。包娜娜在电话那头激动得几乎都要泣不成声了，她万万没想到，一个原本觉得是小打小闹的产品，居然能够做出这么大的市场。

唐子风向她承诺过，她和梁子乐每推销出去一台机床，能够获得25美元的提成，这笔钱里当然也包括了他们的营销成本，例如为了拍摄那个宣传短片而付出的费用。按照每台25美元计算，仅仅是沃尔玛在圣诞节前要采购的2万台机床，就能够为她和梁子乐赚到50万美元的收入。至于其他经销商的订货，林林总总加起来，也有1万台之多，这又能够给他们创造出近30万美元的提成。

80万美元，折算成人民币就是将近700万，而时下国内一个公务员一年的收入也不到1万元，700万是一个何其恐怖的天文数字。在此前，她还对肖文珺拿到百万级别的专利授权费充满了羡慕嫉妒恨，想不到风水轮流转，自己也能赚到这么多钱了。从今往后，自己还用担心学费吗？

至于说沃尔玛表示明年要采购不少于20万台，包娜娜都不敢去计算提成的事情了，生怕自己那脆弱的心脏无法承受这样的刺激。

"沃尔玛的人说了，他们要直接和你们谈，你能到美国来吗？"包娜娜在电话里问道。

唐子风想了一下，断然说道："不行，我现在马上去申请护照恐怕都来不及了。你跟他们说，如果他们想和我们谈，就直接派人到中国来吧。"

"你牛！"包娜娜半褒半贬地评论了一句，接着又担心地问道，"师兄，还有不到2个月时间了，3万台机床，你们能造得出来吗？"

"造不出来也得造啊。"唐子风无奈地说道。他此前向赵兆新等人说圣诞节前要拿到2万台的订单，其中吹牛的成分远大于真实的推测。谁承想，他吹出去的牛竟会成真，包娜娜居然生生给他拉来了3万台的订单。

迷你机床的制造工艺并不复杂，也不存在机身铸件需要做自然时效之类的要求。像临一机这样的厂子，如果开足马力生产，两个月生产三四千台应当是能够做到的。如果有10家企业同时开工，完成3万台的订单就不成问题了。这样也好，起码有10家企业能够从中尝到甜头，未来要拉他们参加机二〇联席会议，又多了几分把握了。

"师妹，你放心吧，你师兄是个可靠的人，绝对不会掉链子的。"

唐子风信誓旦旦地向包娜娜作着保证。

第二百零二章　想不出拒绝的理由

沃尔玛这个级别的经销商当然不会为了区区几千万美元的采购订单专门跑到中国来，而唐子风也没法跑到美国去。最后，还是国家机械进出口公司揽过了这件事，代表苍龙研究院与沃尔玛等大商家签订了销售合同。至于一些采购量仅一两百台的小经销商，唐子风便交给包娜娜和梁子乐他们去对付了。

圣诞节即将来临，这么多的机床要生产出来便需要两个月的时间，而从中国到美国的海运时间得照着一个月来计算，这样就无论如何也赶不上圣诞节的市场供应了。不过，这难不倒美国的经销商们，他们提出可以通过空运把产品运到美国去。这就应了唐子风的一句口头禅，一切能够用钱解决的问题，都不是问题。

一台中档迷你机床的售价是 1500 美元，而重量不到 20 公斤，这点空运费用就无足轻重了。这个年代从中国大陆到美国的货运航班数量非常有限，苍龙研究院必须把各家企业提供的机床先运到港岛，再从港岛上飞机运往美国，这其中的细节也不必详述了。

3 万台迷你机床的订单，让赵兆新等一干企业领导都震惊了。3000 多万美元的订单，相当于 3 亿元人民币。按零售价的 70% 作为各企业的出厂价，总产值超过了 2 亿元人民币。唐子风最终找了 6 家企业来生产这批订单，每家企业平均拿到了 3000 多万的业务，这足以让他们过一个肥年了。

零售价的另外 30% 中间有 20% 是经销商的差价。由于奇货可居，唐子风成功地把交易价格谈成了离岸价，也就是说，机床空运到美国的运费和保险费，都是由美国经销商来承担的。对此，对方也没提出什么异议，在他们看来，这些机床的批发价简直便宜得令人难以置信，同样的东西如果放在美国或者欧洲生产，光是人工费都不止这个数字了。

最后余下的 10%，总计有 3000 万元人民币，是由苍龙研究院支配的。这其中,要扣去包娜娜的提成,这是事先就定下的。唐子风答应给包娜娜的提成是每台25美元,最终计算下来是600多万元人民币。

这样大的一笔提成款,唐子风也不敢擅专。他向周衡做了汇报,周衡又向谢天成做了汇报,最终还上了二局的党组会讨论。苍龙研究院名义上是由临一机、432厂和新经纬软件公司等几家企业合股开办的,但它建立的初衷是为了让各家大型机床企业参股,使之成为联系各家企业的纽带。这样一家企业的重大经营行为,自然是要向二局汇报的。

二局的领导班子颇有一些气魄,在了解了事情的原委之后便爽快地批准了这笔提成款的发放。按谢天成的说法,包娜娜和梁子乐的确是付出了努力,为国内企业打开美国市场做出了重大贡献。人家为国家创造了2000多万美元的出口,拿走区区70多万美元作为提成,又有什么不对呢?

国内不少出口企业都曾聘请美国的代理商代为进行产品推广,那些代理商拿走的提成可绝对不止2%,而是可能达到10%甚至20%。

苍龙研究院支付的另外一笔款项,是给机床专利所有人肖文珺的,按每台机床100元的标准计算,肖文珺也拿到了300万的专利费,这自然也是要由二局审核批准的。

扣掉所有这些费用之后,苍龙研究院最终得到了2000万元的利润。几家股东一致同意不进行分红,而是将这些利润全部作为研究院未来的研究经费。不过,等到其他企业要入股研究院的时候,这2000万元的流动资金就得折算成三家原始股东的股份。各家企业不投入几百万,将很难在研究院中获得话语权。

"这也太黑了吧?"箐北机床厂的厂长办公室里,几名厂领导在大声地抱怨着。

"我听说,临一机创办这个苍龙研究院的时候,也就投了几十万而已。一转身,这几十万就变成上千万了。我们要想和临一机获得同样多的股权,必须投入1000万以上,这周衡也太精明了吧?"徐适愤愤然地说道。

夏珉颇有同感:"是啊,苍龙研究院的这2000万的利润,分明就是我们各家企业出的钱嘛,怎么就成了临一机和432厂的股份了?"

乐敏华说:"谁让咱们不早点入股呢?如果那个小唐第一次到咱们这里来的时候,咱们就同意入股,现在是不是也可以算是原始股东了?"

第二百零二章 想不出拒绝的理由

赵兆新冷笑着摇头道："这是不可能的。就算咱们当时答应加入，唐子风也会百般拖延，直到那些机床卖出去为止。说穿了，这个机床的专利是临一机搞出来的，432厂和新经纬软件公司都是沾了临一机的光。临一机如果把专利捂在自己手上，而不是放到苍龙研究院去，这2000多万利润都是临一机的，哪有别人什么事？"

"早知道这样，咱们就不该上他们的套。"徐适说。

"咱们上啥套了？"赵兆新问道。

徐适哑了。箐机在这次的业务中，分到了6000台的订单，产值4000万。苍龙研究院拿到的2000万利润中，有400万是箐机贡献的，这就是徐适说箐机上了套的原因。

"现在咱们也别抱怨了，还是抓紧决定要不要入股苍龙研究院。唐子风可是说了，明年光是这种迷你机床的订单，就不会少于30万台，相当于今年的10倍。照着今年的标准，明年苍龙研究院能够赚到2个亿的利润，到时候咱们求着人家，人家也不见得会让咱们入股了。"赵兆新一脸无奈地说。

乐敏华说："老赵，这也是我觉得奇怪的地方。苍龙研究院随便搞个新产品出来，就能赚到几个亿的利润，咱们一年的产值都没这么高。在这种情况下，唐子风非要拉咱们入股干什么？他们自己赚这笔钱不是更好吗？"

赵兆新说："周衡想要的东西，可不只是几个亿的利润能买来的。我们入股苍龙研究院的条件，是要承诺未来优先使用研究院的研究成果，这就相当于把咱们这些企业都给拴住了。咱们使用研究院的成果，是要付费的，而这些钱又成为研究院的利润。研究院有了更多的利润，就可以开发更多的成果，这就相当于滚动式发展，最终越滚越大。"

夏珉说："老赵，其实研究院越滚越大，也不是坏事。一来，研究院的实力越强，对咱们越有利。二来呢，咱们是研究院的股东，研究院的收入，咱们是可以参与分红的。就算研究院未来一年能够赚10个亿、20个亿，其中也有咱们一份，咱们怕啥呢？"

赵兆新说："这就是周衡的如意算盘了。说真的，我也想不出我们拒绝参加研究院的理由，这件事，怎么看都是对我们有利的。周衡搞的是一个阳谋，所有的手段都是摆在台面上的，咱们只能接受。"

"那么，咱们是不是该讨论一下，投多少钱合适。"乐敏华说道。

赵兆新想了一会,说道:"投500万吧,我估计其他企业能投的也就是这么多。临一机多占点股份,也是应当的,谁让它是发起方呢。"

"500万,咱们年底这笔业务不就白干了吗?"徐适嘟哝道。

同样的谈话,在其他十几家大型机床企业的厂领导中也在进行着。唐子风用一台小小的机床,向大家展示了苍龙研究院的价值,谁也不敢赌唐子风没有更多的后手。加入苍龙研究院,未来就能够享受研究院开发出来的新产品,拒绝就意味着这样的业务机会从此与你无缘,如何选择,还用多想吗?

加入苍龙研究院,并不是光掏钱入股就可以。事实上,从这一次迷你机床的销售中,大家已经能够看到,研究院根本就不在乎大家投入的那点股本,因为人家有强大的创收能力。研究院需要的,是各家企业做出的承诺,那就是在同等条件下,必须优先使用研究院开发出来的新技术。

举例说,某家企业开发一种新机床的时候,需要用到一套自动换刀技术的专利。这套专利可以从国外引进,但苍龙研究院也已经研究出来了。这时候,该企业就只能使用苍龙研究院的专利,而不能另外从国外引进。

苍龙研究院开发出来的技术,可能不如国外的技术。在以往,各家企业对这样的技术是不感兴趣的,它们更愿意引进国外的成熟技术。而现在,这条路被堵上了,只要苍龙研究院能够提供大致过得去的技术,各家企业就要优先使用,并向它付费。研究院利用收到的专利费,就可以对技术进行进一步的改进,直到与国外技术达到相同水平。

第二百零三章　唯马首是瞻

"迷你机床的创意是唐子风提出来的,设计则主要是由清华大学机械系一年级的博士生肖文珺完成的,苍龙研究院的工程师和外聘人员仅仅是做了一些优化工作。换句话说,苍龙研究院获得的这 2000 多万元分红,小唐完全有机会把它们完全据为己有,但他无偿地贡献出来了。"

二局局长办公室里,周衡在向谢天成汇报着迷你机床销售幕后的事情。

"2000 多万元,完全无偿地贡献出来,这简直是无法想象的事情啊!"谢天成愕然道,"这其中是不是有什么原因呢?比如说,如果不是借助苍龙研究院的这个平台,他可能很难调动这么多企业来共同生产。如果单靠他一个人,恐怕无法做出这么大的产值。"

周衡说:"这方面的因素也有一些吧,不过,以小唐的能力,如果他想单干,就算赚不到 2000 万,赚 1000 万或者 500 万总是可以做到的。而他现在的做法,却是自己分文也没有拿到,这就非常难得了。"

谢天成笑着说:"我听说清华大学那个肖文珺,是楚天 17 所总工肖明的女儿,据说还在和小唐搞对象。这一次机床生产,肖文珺是拿了专利费的,这其中是不是也有小唐一份呢?"

周衡也笑了起来,说道:"他们俩是不是在搞对象,我也没弄明白。现在的年轻人和咱们那个时候也不一样了,男男女女凑在一起,看着挺亲热的,实际上却啥关系都没有。据我的观察,他们俩之间,至少到目前还没有明显关系吧。至于说专利费,小唐应当是没有拿的。事实上,这点钱他还真看不在眼里呢。"

"你是说,他让他父亲管的那个公司,赚的钱已经远远超过这几百万专利费了?"谢天成问道。

唐子风自己开公司的事情,是曾向周衡坦白过的。周衡最初为他保密了一段时间,但随着唐子风做出的成绩越来越耀眼,开始进入局领导的视野,周衡便把这件事向谢天成做了汇报,这也是未雨绸缪。

如果唐子风保持这样的工作业绩,迅速得到提拔是毋庸置疑的事情。干部到了一定级别之后,有关本人或者直系亲属经商的问题就比较敏感了,二局党组是肯定要进行调查的。以周衡的想法,这件事与其等到组织调查出来的时候再做解释,不如事先就把有关情况向领导做一个汇报,也能显得光明磊落。

就这样,谢天成也知道了唐子风的公司,还知道唐子风请了自己的父亲唐林到公司担任董事长,不过公司的实际控制权仍然是掌握在唐子风手里的,唐林毕竟只是一个农民,在出版市场上缺乏必要的眼光。

听到谢天成的询问,周衡说道:"小唐没有具体跟我说他那个公司今年的收益。不过,我粗略地估计了一下,公司过去一年的收入不会少于2000万,其中有多少是利润,我就算不出来了,至少应当有一半以上吧。他们编了一套高考复习资料,听说全国的高中生都在使用,销售量估计不少于100万册。"

周衡的这个估计,其实是明显偏低的。过去一年,《高考全真模拟》的销售达到了200万册,再加上双榆飞亥公司编撰的其他图书,全公司光利润就达到了近4000万。此外,双榆飞亥公司还分别在丽佳超市和新经纬软件公司拥有股权,这两家公司过去一年的经营也十分红火,只是其所赚的钱都重新投入公司用于扩大再生产了,双榆飞亥公司并没有拿到分红。

周衡的回答,倒并非有意要替唐子风隐瞒,而是他的确不清楚双榆飞亥公司的收入情况。唐子风主动向周衡坦白公司的事情,周衡也不便刨根问底,甚至有时候明明有机会了解得更详细一些,他也会主动回避,以免唐子风多心。

谢天成感慨地说:"真是后生可畏啊。一个20刚出头的小年轻,做本职工作的时候能够帮一个国有大厂解决业务问题,业余时间还能自己开个公司,一赚就是上千万的利润。老周,你说如果这小子没有分出一部分精力去经营他自己的公司,而全心全意地扑到临一机的工作上,临一机的情况会不会比现在好得更多呢?"

周衡说:"有这个可能性。不过,我倒觉得,他有一个自己的公司也是一件好事。谢局长,不瞒你说,现在全厂的干部里,我最放心的就是小唐,他没有任何理由去贪污受贿,他的所作所为,肯定都是为了企业发展大计的。"

"哈,还有这个效果呢!"谢天成笑道,"老周,你这样一说,我倒想起有些专家提出的一个观点,他们建议我们学习新加坡的政府管理模式,给公务员发很

第二百零三章 唯马首是瞻

高的工资,据说这叫作高薪养廉。你说的小唐的这种情况,可以算是高薪养廉了吧?"

"唯一不同的地方,就是他并没有拿国家发的高薪,而是通过自己的努力获得了很高的收入。我可以这样说,如果不是因为通过自己的公司赚到了足够多的利润,小唐要做出把迷你机床的红利完全贡献给苍龙研究院这个决定,恐怕是要犹豫一番的。"周衡评论道。

"局里会为他记上一功。"谢天成说,"这种大公无私的行为,是值得大力表彰的。不过,直接以这样的名义去表彰小唐,难免会引起一些不必要的猜测,这对于小唐未来的发展也是不利的。这个情况,我想还是控制在局党组的范围内,在合适的时机,我会向部领导进行汇报,绝对不会把小唐的贡献埋没掉。"

"这是他应得的。"周衡说。

谈论完唐子风的事情,谢天成把话题引回到正事上。他说道:"老周,有了苍龙研究所打下的基础,你们倡议的那个大型机床企业领导联席会议,是不是就可以搞起来了?我听到下面的一些反映,说你老周搞了个阳谋,用一个迷你机床,就把大家都绑到临一机的战车上,让大家唯你马首是瞻,你对此有何评价啊?"

周衡无奈地说:"这何止是议论啊,有几家厂子的厂长把电话都打到我办公室去了,真是说啥话的都有。不过,听大家的意思,他们是尝到了合作的甜头,也期待未来会有更多的好处,所以,对联席会议这件事,倒是没什么抵触情绪了。"

"那你们就抓紧时间搞起来吧。"谢天成说,"局里对这个联席会议也有很高的期待,有一些设想,通过联席会议去落实,恐怕比我们直接下文件还有效果。对了,如果联席会议召开了,你老周是不是要担任秘书长啊?"

"我觉得,你当这个秘书长还是比较合适的,你想想看,你原来就是机电处的处长,是分管机床行业的。现在以临一机厂长的身份就任联席会议的秘书长,名正言顺,我想不会有人有意见的。"

周衡摇头说:"我不合适当这个秘书长。谢局长,你不是说几个月后要调我去滕机吗?我现在是临一机的厂长,几个月后就成了滕机的厂长。临一机是联席会议的牵头单位,滕机可没有这个地位。到时候,我如果当这个秘书长,身份有点尴尬呢。"

"你说得也有道理。"谢天成点点头,忽然说道,"老周,其实如果你不想离开临一机,也是可以的。联席会议秘书长这个位置还是比较重要的。滕机那边,局里可以再物色其他人选过去。"

周衡说:"不必了,既然已经定下让我去,那我就责无旁贷。退休之前能够再帮助一家企业扭亏,对我来说也是很有成就感的。"

"这也就是你周衡了。"谢天成赞道,"换成其他人,费了不少心血把临一机盘活了,怎么也得留下来收获一下胜利果实。只有你周衡不在乎个人名利,这一点非常难得啊。"

周衡假意恼道:"谢局长,你要这样说,那我可就赖在临一机不走了,滕机那边,谁爱去就去。"

"哈哈,这可不行,滕机能不能起死回生,还就指望你呢!"谢天成说。

周衡说:"这不就对了。你们这些当领导的,就喜欢嘴上说得漂亮,心里恐怕巴不得我马上就收拾铺盖到滕机上任呢。"

谢天成正色说:"这倒绝对没有。局党组的意见是比较统一的,那就是你至少还应当在临一机再待 3 至 4 个月,等过完 1997 年的春节再离开。利用这段时间,你也可以充分地办好交接,尤其是给小唐创造一个良好的环境。相比滕机的扭亏,其实局党组更看中对小唐的培养呢。"

"局党组的这个想法是对的。古话说,千军易得,一将难求。有了出色的企业领导,企业扭亏就不成问题了。"周衡说。

谢天成说:"正是如此。局党组的考虑是,利用这三个月的时间,先把联席会议组织起来,搭建一个大型企业之间互相协作、共同进退的平台。在这个过程中,也可以让小唐得到更多的锻炼。这样,在你离开临一机之后,就算不能直接任命他为厂长,让他当一个主持工作的常务副厂长应当是可以的。"

第二百零四章　胜利的大会

1996年的最后一天,"苍龙机床协作单位联席会议",又称"机二〇峰会",在临河市的临一机厂部大会议室隆重召开,来自于全国20家大型机床企业的领导参加了这次会议。

联席会议打了一个"苍龙机床协作单位"的幌子,是为了避免一些不必要的争议。按照周衡和唐子风最初的设想,这个联席会议将网罗国内最大的20家机床企业,而这就产生出了两个问题:

第一,在唐子风与刘燕萍走访国内大型机床企业的过程中,有几家企业明确表示了不愿意参加联席会议,导致20家企业的名单不得不向下顺延,最终进入联席会议的并不是真正的前20名,最末尾的一家名次在国内仅仅是第30名左右。

第二,排名这种事情其实是并不准确的,比如按照固定资产原值排名,与按照上一年度的销售额排名,产生出来的排序并不相同。如果声称参加联席会议的是最大的20家企业,难免会有一个标准认同上的问题,这种事一旦掰扯起来,是非常无聊而且非常得罪人的。

除此之外,明目张胆地召集大型企业组成联盟,把中小型企业排斥在外,也是容易引起非议的。换成协作单位,大家就不好说什么了。人家只是几家合作单位在一起开会,你能管得着吗?至于这些合作单位恰好都是国内排得上号的大企业,那也不奇怪啊,人家合作的层次特别高,你实力不足,根本掺和不进去,能怨谁呢?

参会的各家企业领导自然知道这其中的奥妙,所以这次会议虽然名义上是苍龙机床的协作单位会议,主持会议的却不是苍龙研究院的临时主任李可佳,而是临一机厂长周衡,李可佳的分量在这个场合里是远远不够的。

谢天成也应邀来到了临河,开会的时候就坐在主席台的正中央。他在致辞中声称自己仅仅是来表示祝贺的,并表示二局不会插手机二〇的日常事务。

开会的过程不必细述。会议的成果则完全符合了周衡和唐子风的预先设计。

20家企业同意入股苍龙研究院,每家企业根据自身财务状况等,分别出资200万至800万元,并按出资额所占比例获得苍龙研究院的一部分股权。

临一机前期投入了200万元,但因为在迷你机床项目中的分红,其出资额被认定为1500万元,成为第一大股东。

军工432厂的出资额被认定为1000万元,成为第二大股东。432厂是目前国内数控系统研究方面实力最强的企业,苍龙研究院的一个重要研究方向就是具有自主知识产权的国产数控系统,所以432厂拥有这样的地位,也是大家都认可的。

新经纬软件公司前期出资不多,获得的分红也少,最终被认定出资100万元,在各企业中处于垫底位置。这家企业毕竟只是一家创立才两年的民营企业,临一机等国有大厂的一个机修车间资产总额都是新经纬软件公司好几倍,它如果敢在设计院中觊觎更高比例的股权,只怕好处没捞到,还会先给自己拉来滔天的仇恨。

顺便说一下,432厂和新经纬软件公司都不包括在机二〇的范畴内,它们的身份只是苍龙研究院的股东而已。

周衡在会上代表三家原始股东做了表态,声称放弃对迷你机床后续收益的所有权,自1997年起,迷你机床的授权费收入全部归苍龙研究院所有,除支付给发明人的专利费和国外代理人的代理费用之外,余下费用均用于研究院的各项研究工作。

这个表态可谓是诚意满满。各家企业都私下里计算过,按照唐子风此前声称的销量,仅1997年苍龙研究院就能够收到不少于2亿元的授权费。由于迷你机床是在大家入股之前发明出来的,临一机等三家原始股东如果要求获得这部分授权费,别人是没理由拒绝的。当然,这样一来,大家也就别合作了,你临一机先把油水都占了,别人还有啥奔头?

现在临一机声称放弃这部分权益,相当于拿出了2亿元收入和大家一起分享,仅这一项就超过了各家企业入股的本金,你还能说人家临一机不厚道吗?

得了好处,下一步就要承担义务了,这也是在联席会议召开之前就说好的

第二百零四章 胜利的大会

事情。各家企业签署了一份共同声明,表示将尽全力支持苍龙研究院的发展。未来在引进外部技术时,各家企业将优先选择苍龙研究院的成果。只有在苍龙研究院无法提供同类技术的情况下,各家企业才能谋求从其他地方获得这项技术。

会上,各企业讨论得最热烈的,就是苍龙研究院第一期重点研究课题的选择问题。各家企业原本就有分工,有主做车床的,有主做齿轮加工机床的,有主做锻压机床的,需要的技术存在着一些差异,研究院不可能同时满足所有企业的需求。

大家自然是希望研究院能够把更多的资源放在与自己有关的项目上,以便从研究院的研究中获得最多的好处。但是,作为大型企业的领导,大家都是有一些全局观念的,知道分寸和取舍,在为自己争好处的同时,也会考虑到同行们的感受,不会把事情做得太绝,这就有了合作的余地。

最终确定下来的第一期重点课题包括数控五轴联动系统、丝杠、量具、伺服电机等基础件,以及几种比较有市场的机床产品。前两项产生的成果,对各家企业都有用。最后一项的成果是仅限于少数两三家企业能够用上的,但这两三家企业在使用的时候,需要向研究院支付技术授权费,这些授权费足以补偿研究院为研究这项技术而付出的成本。未来研究院再用收回来的资金开发其他企业所需要的技术,最终就能够实现利益均沾。

除了重点课题之外,研究院还承接了各家企业提出的一些小课题。有些小课题是某家企业此前已经在研究的,此时与研究院合作,相当于增加了力量,对于各家企业也是有意义的。

讨论会前后开了三天时间,大家甚至连元旦假期都没休息。等到尘埃落定之时,每家企业都发现自己收获颇丰。就算是整个利益分配中略有一些不公,但比较自己的收益和付出,总的结果还是令人满意的。

总共的好处就那么多,自己得了好处,就必然有人做出了牺牲,这是每个人都能够想到的。而其中做出牺牲的,自然就是临一机了。虽然它牺牲的是来自迷你机床的未来收益,而这些收益是大家替它创造的,但牺牲就是牺牲,换成别的企业,高达 2 亿元的收益,你能说不要就不要了吗?

人家临一机就做到了这一点!

那么问题就来了,临一机费心费力把大家聚集在一起,搞了一个联席会议,还做出了如此大的牺牲，大家不该有所表示吗？

于是，在会议进行最后一项议程，也就是组织机构选举的时候，所有企业一致推举临一机厂长周衡担任联席会议主席，其余19家企业的厂长分别担任副主席。联席会议设置秘书处作为日常办公机构，临一机副厂长唐子风被公推为秘书处秘书长，来自于另外四家企业的四名干部担任了副秘书长。

联席会议任命临一机技术处长孙民担任苍龙研究院的主任，主持研究院的日常行政事务。研究院的研究工作由一个专家委员会负责，专家委员会的成员来自于各企业，主任由霞海省武营第一机床厂的总工程师凌文瑞担任，这是一位60岁出头的老技术权威，秦仲年在他面前也得执弟子礼。

唐子风原本想让秦仲年去当专家委员会主任，但秦仲年坚决不答应，说自己的水平和声望都不如凌老，自己给凌老当个副手就好了。唐子风无奈，也只得答应了。如果没有这个因素，唐子风自忖还是能够说服联席会议把这个主任的位置交给秦仲年的。

按照最初的设计，苍龙研究院的场所被安排在临河市，由临一机为其提供一幢单独的办公楼。照周衡的想法，既然研究院安排在临一机，那么房租就没必要收了。但唐子风却以为不然，苍蝇再小也是肉，临一机已经付出了这么大的代价，怎么也得收点房租回来补偿一下吧。联席会议对于这笔小小的开支自然不会吝惜，大家很爽快地同意了苍龙研究院每年向临一机支付30万元的房租。

联席会议还有一项成果，那就是大家商定，各家大型企业在中档机床市场上与韩企展开竞争，同时扶持一批乡镇企业在低档机床市场上与韩企竞争。

在联席会议秘书处报送二局的会议简报上，声称这次会议是一次团结的大会、成功的大会、胜利的大会，并预言这次大会将载入中国机床产业发展的史册。

第二百零五章　乾隆身边的老太监

"史册上会写唐厂长你的名字吗?"

临河市区,丽佳超市总部的办公室里,黄丽婷给唐子风端来一杯热腾腾的奶茶,笑呵呵地向他问道。

如今的黄丽婷,早已不是两年前那个一身土气的柴火妞了。她全身上下都是低调的奢侈品,乍看上去毫不起眼,但认真品味就发现无论是剪裁还是用料,都透着一股雍容的气质。据说临河市里有不少人专门研究过黄丽婷的穿着,拿着好不容易打听来的品牌托人到京城、浦江等大城市的专卖店去询价,然后就没有然后了。

丽佳超市的临河总店于1995年初开业,用黄丽婷自己的话说,赚钱比抢钱还快。到年底的时候,黄丽婷主动向唐子风和王梓杰申请,取消分红,将所有的利润用于到省城南梧开办分店。唐子风和王梓杰在《高考全真模拟》项目中已经赚得盆满钵满,哪里会在乎超市的分红,于是便授权黄丽婷全权开展对外开拓。

黄丽婷带着几名得力员工和一大笔钱来到南梧,开办了丽佳超市的南梧分店。分店的业务不出意外地红火,并很快招来了南梧本地同行的竞争和拆台,唐子风在南梧没有什么可用的关系,也帮不上黄丽婷的忙。黄丽婷单枪匹马与明里暗里的各种对手进行斗争,其间多少凶险也不必说了。唐子风知道的就是丽佳超市最终在南梧站住了脚跟,黄丽婷还赢得了一个"社会黄姐"的雅号。

目前,丽佳超市正在向东叶省的其他地级市拓展,形势十分喜人。照黄丽婷的判断,再过两年时间,丽佳超市就能够在东叶省取得绝对的霸主地位,届时她将亲自前往浦江,去试试"十里洋场"的水深。

在丽佳超市初创的时候,唐子风对超市关注很多,给黄丽婷出了不少主意。他其实对于办超市并没有什么经验,只是把后世看到的一些套路告诉黄丽婷。

黄丽婷有着一颗七窍玲珑心,唐子风跟她说点什么,她立马就能够举一反三,想出一大堆好办法,把唐子风没想到的那些细节都补充起来。

在唐子风看来,黄丽婷天生就是一个商场精英。在黄丽婷的心目中,却觉得自己之所以能够有这样的成就,完全得益于唐子风的点拨。唐子风觉得自己语焉不详的那些点子,在黄丽婷看来都是足以点石成金的。

至于为什么唐子风每次出主意的时候,都只是说出一个大概,其中还有不少讹误,黄丽婷的解释是:唐助理是做大事业的人,哪有心思考虑这样的小事?他随随便便出个主意,都能够让自己茅塞顿开,这样了不起的人物,古往今来只出过四个,前三个分别是姜子牙、诸葛亮和刘罗锅……

好吧,黄大姐的历史知识其实都是从电视机里学来的。

唐子风把自己那点有关超市的知识全部掏空的时候,丽佳超市已经发展起来了,黄丽婷也已经不再需要他的指点。这一年多时间,唐子风见黄丽婷的机会越来越少,每次见面也都是聊些其他的事情。有时候黄丽婷向唐子风汇报超市的经营情况,唐子风便是哼哼哈哈,说点不痛不痒的意见。黄丽婷不以为意,而是把这当成了唐子风对她的高度信任。

这一次唐子风到丽佳超市总店来,其实只是路过。他到市里办事,路过超市门口时,才想起自己已经有好几个月没见黄丽婷。作为超市的股东之一,他这种做法未免太没有节操了,几乎可以和网络写手断更相比。惭愧之下,他便走进了超市,到前台一打听,前台小姑娘说黄总今天恰好在店里,明天就要去南梧了。唐子风说了句"真巧",也没让小姑娘带路,自己熟门熟路地来到了黄丽婷的办公室。

黄丽婷是临一机家属,对于厂里的大事还是有所了解的。尤其是联席会议的事情,一直都是唐子风在张罗,她自然关注得更多一些。听到唐子风开玩笑说这次会议能够载入史册,她便凑趣地问唐子风自己有没有在史册里预留下了位置。

"这个恐怕很难。"唐子风说,"史册上只会记载周厂长的名字,当然还有谢局长的名字。我是负责给领导跑腿打杂的,哪有载入史册的资格。你想想看,史册上只记载了乾隆,会记载乾隆身边那个武功深厚的老太监吗?"

"瞧你说的,你是……呸呸!亏你好意思这样打比方。"黄丽婷半嗔半怒地斥道,随即又问道,"子风,你和清华大学那个姑娘的事情怎么样了?有没有确定关系啊？"

唐子风大叫："黄姐，你这联想也太离谱了吧？"

"是你自己瞎说的好不好！"黄丽婷捂着嘴大笑起来，她刚才还真是由太监联想到了一些别的，再由这些别的，联想到了肖文珺。这种联想颇为不雅，而且颇为恶毒，让唐子风这样点出来，她也有些忍俊不禁了。

唐子风无奈地看着黄丽婷在那笑得腰都直不起来，好不容易等她停了，唐子风说道："怎么到处都是这种风言风语啊？我和肖同学只是商业合作关系好不好，你们别瞎联想。你恐怕不知道吧？秦总工和肖同学的父亲是大学同学，秦总工觉得我勾引他同学的女儿了，每次见我都眼睛不是眼睛、鼻子不是鼻子的。你们再这样传，老秦非得拿把刀追杀我500里不可。"

"凭什么呀！"黄丽婷不满地说，"子风你要人品有人品，要才华有才华，而且长得也这么英俊，我看哪个姑娘找你才算是高攀呢。秦总工这个人，高度近视，他哪看得出人好人孬的。"

"黄姐，你千万别夸我，我会骄傲的。"唐子风认真地说道。

黄丽婷又是一通爆笑。要说起来，她现在在唐子风面前是更放得开了，搁在过去，就算唐子风说了什么好笑的话，她至少不敢笑得如此放肆。过去黄丽婷在唐子风面前颇为自卑，现在虽然还残余着许多崇拜，但至少已经不用再自卑了，和唐子风说话的时候也有了一些平等的意思。

"子风，我听老蔡说，那个叫肖文珺的姑娘，发明了一种能放在手提箱里的机床，卖了好几个亿。咱们厂搞的那个苍龙研究院，收了几千万的提成，是不是真的？"黄丽婷问起了正事。她说的老蔡，就是她的丈夫蔡越，是临一机技术处的工程师。这件事情倒也不算是保密的事，所以蔡越是知道的。

唐子风点点头，说："大致是这样吧。苍龙研究院从肖文珺那里获得了授权，然后再转包给国内很多家机床企业去生产，从中收取销售额的10%作为利润，加起来有2000多万。"

黄丽婷压低声音说："这样说来，那个姑娘不是亏了吗？"

唐子风笑道："她亏什么？她每台机床拿100元的专利费，前后也拿了300多万呢。你想想看，她还只是一个学生，做个设计就赚了300多万，还少吗？"

"当然少！"黄丽婷用严肃的表情看着唐子风，说，"子风，你瞒得了别人，瞒不了我。那姑娘设计的机床，肯定是你发明的，其实这笔钱应当是由你和她一起赚的,是不是?"

"不会吧?"唐子风有些意外。

有关迷你机床的前因后果,周衡是了解的,秦仲年知道一些,但这二位都不是会到处乱说的人,所以不可能泄露真实的情况。

迷你机床的创意是唐子风提出来的,设计是由肖文珺做的。平心而论,创意其实比设计更重要,唐子风如果愿意,完全可以找到一个工程师,照着他的想法把机床设计出来,而不用让肖文珺插手。如果是这样,那么专利费也罢,苍龙研究院收取的那些授权费也罢,其实都是唐子风的,而唐子风却无偿地把它们贡献出来了。

唐子风没有声张这件事,周衡和秦仲年也会守口如瓶,其原因都在于这件事太敏感,很难对其他人解释。你想想看,几千万的授权费,直接就交给国家了,你以为你是谁啊?这种事情还没法表彰,如果厂里就此事对唐子风进行表彰,大家肯定要说里面有什么猫腻,没准是里外勾结啥的。厂里有些领导隐隐猜出有这么一回事,但他们也很聪明地不予挑破,大家都是难得糊涂的。

到了普通职工那里,对这件事的了解就更有限了。大家也弄不清楚肖文珺是何许人也,有些人则认为机床是临一机委托肖文珺设计的,肖文珺拿了几百万专利费,已经很不错了,谁会想到唐子风与这件事有什么关系呢?

可黄丽婷与别人不同,她有着很强的商业嗅觉,从一些蛛丝马迹便猜出了真相,此时向唐子风直言不讳地提出来,倒真让唐子风有些语塞了。

第二百零六章　所图甚大

"我说子风，你这是图个啥？"

黄丽婷在唐子风旁边坐下，小声地对他说道。

"在其位，谋其政吧。"唐子风自嘲地笑道。

大家都是聪明人，既然对方已经点破了这一层，自己再装聋作哑就没意思了。他明白黄丽婷的所指，老实说，在得知迷你机床能够取得如此大的收益时，他自己心里也有些疙疙瘩瘩的，很多天都精神恍惚。

迷你机床的创意是他提出来的，肖文珺把他的设想变成了现实的设计图。应当说，肖文珺在其中的贡献也是挺大的，换成其他人，或许很难把各个部件的形状设计得如此巧妙，以达到在一个工具箱里塞进所有部件的要求。

唐子风如果愿意，的确可以和肖文珺一道把这项设计据为己有，这样一来，苍龙研究院拿到的 2000 多万元授权费就完全归他们二人了。要知道，这还仅仅是两个月的收益，按照目前的销售形势，未来三年内，这款机床都有可能会在西方市场热销，每年仅授权费收入就不下 2 亿元。

三年时间，每年 2 亿元，这就是足足 6 亿元的收入，即便放在二十年后，都是一笔普通人难以想象的巨款。他怎么会一时冲动，就把这项设计的收益权归于苍龙研究院了呢？

唐子风最初想到迷你机床这个创意，便是为了给苍龙研究院找到一个拳头产品，以便吸引机二〇的那些企业入股研究院，这件事他是向周衡说起过的，也得到了周衡的赞同。现在想来，他当时可以说是一点私心杂念都没有，纯粹就是想把这件事情办好，正合了他刚才所说的"在其位，谋其政"的观念。

那么，自己是什么时候开始变得这样大公无私的呢？

唐子风已经回忆不起来了。

或许，自己的骨子里就有一种忧国忧民之心吧？

上一世的唐子风,干过不少坑蒙拐骗的事情。今天想来,自己或许并不是那种丧尽天良的人,只是生活所迫,也就顾不上道德了。

命运给了他一个穿越的机会,让他回到90年代,并且能够凭借穿越的金手指,为自己赚到了第一桶金。今天的他,在京城拥有七八套房产,公司账上趴着几千万资金,买手机都是一次买三个,一个公用,一个私用,一个搁在床头当闹钟。

到了这个地步,赚钱的迫切性已经不大了,他开始爱上了自己的工作。能够凭自己的力量,让一家拥有7000名职工的大厂扭亏为盈,能够把全国20家最大的机床企业捏合在一起,抱团与国外巨头竞争,这样的成就感,又岂是个人赚个几千万能比的?

这一次唐子风费尽心机推进机二〇的建立,很大的诱因是看到韩国企业对中国机床市场的侵袭。唐子风是个有着轻微民族自豪感的人,上一世闲着泡网吧的时候,也喜欢和一堆军迷啥的叫嚣"犯我中华者,虽远必诛"之类的口号。看到长征火箭发射成功时,他也曾喜极而泣。

21世纪20年代,蓝星上除了美国之外,已经没谁能和中国掰腕子了。一项技术但凡没有做到世界第一,国人就要长吁短叹,说这方面依然受制于人,那么多专家都是干什么吃的,国家为什么不砸个千儿八百亿的,把它搞定就得了。

一个在这种自信心爆棚的时代里生活过的人,突然回到20世纪90年代,目睹满大街的小姑娘都以哈韩为荣,这让唐子风如何受得了。

敢到中国市场来叽叽歪歪,信不信我"灭"了你!

这就是唐子风的初衷。

为了这个初衷,他贡献出了迷你机床的收益权,目前就是建立起一个联盟,增强行业实力,区区几千万的收益又算得了什么呢?

这样一想,心里似乎也就没那么难受了。

这才是作为一个穿越者应当玩的游戏吧?

"黄姐,我毕竟还是临一机的副厂长啊,为厂里办事,不是应该的吗?"唐子风说。他的那些心理活动,自然是无法向黄丽婷细说的,黄丽婷怎么能够理解一个穿越者的理想呢?

"子风,我听说周厂长要调走了。"黄丽婷又抖出了一个猛料。

对于这个消息,唐子风却是很不以为然,他说道:"周厂长当初到临一机来,就是来帮临一机脱困的,谢局长答应过他,说只要临一机扭亏为盈,就调他回局里去,包括我也回去。后来局里的意思是让他再留一两年,让临一机的情况再稳定一些。这是前年的事情,现在算起来,也快到他和我离开的时候了。"

黄丽婷摇摇头,说:"我不是说这个。我听说,上级要调周厂长到别的地方去当厂长,好像是东北那边一个什么村的机床厂。"

"滕村机床厂?"唐子风一愣。他对机床行业的了解比黄丽婷多得多,黄丽婷想不起来的名字,他却是可以脱口而出的。他从来没想过二局会让周衡到其他企业去当厂长的事情,黄丽婷这一说,他的确是吓了一跳。稍一思忖,他意外地发现,这个消息好像真不能算是空穴来风了。

唐子风迅速地想起了一些细节:这一次的"机二〇峰会",滕村机床厂的厂长张广成并没有到场,代替他前来出席的是常务副厂长宋大卓。周衡还专门给唐子风引见了宋大卓,吩咐唐子风要与宋大卓多多联系,以后要加强合作云云。

在那次会面中,唐子风注意到宋大卓对周衡颇为恭敬。他当时觉得这是因为周衡当过二局机电处的处长,再加上现在周衡是临一机的正厂长,而宋大卓只是副厂长,所以宋大卓对周衡恭敬一些也是有道理的。现在想来,自己还是太迟钝了,对外厂领导的恭敬,与对即将到任的顶头上司的恭敬,味道是有所不同的。

"黄姐,你的消息也太灵通了。连我都没听说过这个消息,你居然就知道了,快告诉小弟,你的情报网是怎么建立起来的?"唐子风半真半假地对黄丽婷说道。

黄丽婷笑道:"我哪有什么情报网,就是平时接触的人多一点,大家你一嘴我一嘴的,我也不知道哪句是真,哪句是假。子风,你真的没听说过周厂长要去那个滕村机床厂当厂长的消息吗?"

"没有!"唐子风笃定地摇着头。

"那么,这个消息是真的,还是假的?"黄丽婷问。

"听你这样一说,我觉得还真有这个可能性。"唐子风说。有关张广成思想僵化、不宜留任的说法,唐子风曾听刘燕萍说起过。再考虑到这段时间周衡似乎在有意识地向他移交工作,唐子风几乎有九成的把握相信,这个消息就是真的。

"那么,周厂长走了,你会不会接任厂长啊?"黄丽婷又问道。

唐子风再次摇头："这怎么可能？我刚过完25岁的生日,当临一机的副厂长都算是破格再破格了,如果提我当正厂长,大家的唾沫星子还不得把我淹死？"

"谁敢！"黄丽婷如护雏的母鸡一般瞪着眼质问道,唐子风注意到,她的披肩发一时间都像是挂满了静电一样,一根根支棱起来了。

"你子风的能力和魄力,临一机谁不佩服？吴厂长、张厂长他们,也不能说没有能力,但要和子风你比起来,那就差得远了。如果周厂长调走了,你不当厂长,换了其他任何人当厂长,临一机的职工都不会服气的。"

"不至于吧？"唐子风再次愕然,自己啥时候这么有威望了,也不知道谢天成知不知道这一点。如果这话传到谢天成耳朵里去,二局是不是真的会让自己接替周衡的位子呢？

26岁的临一机正厂长,这简直就是一个奇迹了。

"子风,你做了这么大的牺牲,上级给你一个厂长的位子,也不算过分。依我说,一个厂长的位子还值不了这么多钱呢。"黄丽婷愤愤不平地说道。

唐子风说："黄姐,你可别把这两件事串到一起,说得好像我是为了当厂长才这样大公无私的,其实嘛……"

他说不下去了,这种时候,解释就是掩饰。黄丽婷是个商人,你跟她说什么"虽远必诛",她是肯定听不懂的,所以唐子风索性也就不说了。

黄丽婷却笑道："子风,你不用说了,你的想法我都明白,你图的可不是一个厂长的位子,你要图的东西可比这大得多呢……"

说到这里,她向唐子风递去一个意味深长的眼神,其中包含无数的信息。

第二百零七章　到韩国点只烤鸭

"我真的是个好人啊……"

唐子风在心里喊道。不过,这种事情他也没必要去和黄丽婷争辩,他与黄丽婷是合作伙伴,不是竞争对手,黄丽婷是否觉得他有野心,对他并没有什么影响,他又何苦去浪费口舌呢?

"黄姐,不说厂里的事了,超市这边的情况怎么样?"唐子风问道。

"形势非常好!我拿报表给你看……"

黄丽婷顿时眉飞色舞起来,她站起身就准备去拿报表,唐子风赶紧把她拦住了,笑着说道:"黄姐,你还是坐下吧。我又不是来查账的,看你的报表干什么?你就跟我说个大概数吧,去年整个公司的收益有多少。"

黄丽婷依言坐下,说道:"咱们现在一共是五家店,临河三家、南梧两家,五家店去年的税前净利润,大数是 800 万元。马上要过年了,春节这一轮促销,五家店拿到 300 万元利润不在话下。现在老百姓的消费能力也强了,我们卖的东西档次越来越高,利润率比过去高多了,我估计,今年光这五家店,利润有望超过 1200 万元。"

"这是好事啊。"唐子风说,"不过,咱们也要注意,商品要高中低档搭配,全是高档货也不行,留不住顾客的。"

"那是肯定的。"黄丽婷说,"我们一直都是这样做的,两成高档商品,四成中档,四成低档。不过,高档商品是我们丽佳超市的特色,临河和南梧的所有超市里,就数我们的高档商品档次高、货色全,其他超市都是卖菜的,充其量再卖点饮料、糖果,和咱们没法比。"

"黄姐果然是经营有方,小弟佩服。"

"瞧你说的,火车跑得快,不全都是你唐厂长这个火车头带得好吗?"

"南梧那边开新店,我一点力都没出,实在是惭愧。"

"你负责出主意就好了,像那些跑跑腿、跟人磨磨嘴皮子的事情,是我们这些人做的。"

"对了,黄姐,今年你是怎么打算的?"

"今年啊……我考虑在全省十二个地级市各开一家分店,店长人选我都物色好了,现在都放在临河总店和南梧总店见习。春节后,他们就会到各地去找场地,争取下半年能够开业。"

"黄姐,你没想过加盟店的方式吗?"唐子风提醒道。

黄丽婷说:"我当然想过。其实,这段时间一直都有各地的超市来跟我联系,要求加盟。我还真打算跟你商量一下这件事情呢。"

唐子风点点头,问道:"那么,黄姐你是怎么考虑的?"

黄丽婷说:"我的考虑是,可以接受加盟,但是每个地方的第一家店,也就是当地的总店,必须是我们自己开的,店长是我们派去的人。只有这样,我们才能控制住当地的市场,维护住我们丽佳超市的品牌。如果第一家店就是加盟店,万一出点纰漏,以后咱们再想进这个城市就困难了。"

"有理!"唐子风赞道,他还真没考虑过这个问题,只是凭着后世的印象,觉得连锁超市都是要吸收加盟店的,却不知道这其中还有这样的讲究。

黄丽婷笑着说:"这是我自己的经验,也不知道对不对,子风你帮我参谋一下。"

唐子风说:"我觉得你的想法挺对的,让我来做,还真想不了这么细。看起来,和黄姐你合作开超市,是我做过的最正确的决策,没有之一。"

"你又嘲笑你黄姐了!"黄丽婷嗔道,"你和王教授办的那个出版公司,才是最赚钱的呢。我都听人说了……"

唐子风惊诧:"呃,黄姐,你的消息渠道也太多了吧,怎么啥事你都听人说过?"

"其实也都是大家瞎猜的。"黄丽婷自知失言,赶紧掩饰。

关于唐子风的公司,厂里的传闻其实还真不多,有些事情是她自己观察到的。她是见过王梓杰的,所以对双榆飞亥公司的事情知道得更多一些。她此前就知道于晓惠帮唐子风卖高考资料的事情,这两年又听在新华书店的朋友说起有一套名叫《高考全真模拟》的资料卖得特别火,各方面信息一融合,她便能推算出唐子风的收益了。

第二百零七章 到韩国点只烤鸭

不过,唐子风出钱与她合开超市,她这样背地里计算唐子风的收入,有些显得不够光明正大,她话一出口就知道自己说错了。

唐子风倒也没太在意,纸包不住火,这种事情迟早是会被人知晓的。其实,让临一机的人知道他另有一份生意,也不是坏事,至少对于他的高消费,大家就不会妄加猜测了。

"我和王教授的公司,其实只是我们俩挂名,真正的大股东嘛……呵呵,黄姐应该懂的。所以,公司赚了钱,不代表我和梓杰赚了钱,我这样说,你就明白了吧?"唐子风假装吞吞吐吐地说。

"哦,原来是这样……"黄丽婷还真的懂了。时下正值全民经商的时候,但有些人物,比如学校里的大学者,还有一些人,是不便亲自出面去经商的,他们会找个学生来做代理,显然,唐子风和王梓杰就是这样的代理人。

这也就解释了为什么他们俩都这样年轻,却能够做成这么大的事业。

黄丽婷以自己的经验,对唐子风的暗示进行了解读,顿时就觉得豁然开朗了。她进而想到,唐子风能够平步青云,年纪轻轻就当了临一机的副厂长,这其中应当也有缘由吧?这似乎已经超出她这个"柴火妞"能够想象的层次了。

唐子风是乐于让黄丽婷形成这种错觉的,他还希望黄丽婷能够把这种错觉传播出去,以冲抵关于他是超级富豪的传言。让大家对于他个人的财富形成一种雾里看花的印象,既觉得他特别有钱,又觉得他赚的那些钱可能并不属于他,那么对他来说就是最好的结果。

"对了,子风,我们超市过几天要举办一个韩国精品展,你要不要来看看?要不,我让人选一些女孩子喜欢的东西,给你准备两份,你拿一份送给你妹妹,再拿一份送给小肖。"黄丽婷再次岔开了话题,说起超市的事情来了。

"韩国精品?"唐子风下意识地问道。

黄丽婷道:"你不知道,现在韩国的东西卖得可火了,什么化妆品、护肤用品、玩具、文具、内衣、箱包,反正沾着一个'韩'字,大家都很喜欢。同一个包,甚至质地还不如国产的好,价钱就能比国产的高出两倍以上,那些年轻人还一点都不嫌贵。"

"真是看不懂啊!"唐子风以手抚额。

黄丽婷说:"人家韩国经济可发达了,你没看过韩国电视剧啊?我可喜欢看了。"

"你既然喜欢看韩国电视剧,难道没发现韩国人经常吃泡菜吗?"唐子风问。

"怎么会?人家还有烤肉呢。"

"你到韩国点只烤鸭,他们有吗?"

"不能这样比吧,烤鸭不是京城特产吗?"

"你去点个佛跳墙?"

"……"

"松鼠鳜鱼、西湖醋鱼、水煮鱼、酸菜鱼、臭鳜鱼、赣南小炒鱼、剁椒鱼头、鱼香肉丝、鱼香茄子……"

黄丽婷笑得花枝乱颤:"哎呀,子风,你别说了,真是笑死我了。听你这样一说,还真是那么回事,要论吃的东西,那还是咱们中国最丰富了,韩剧里他们吃来吃去,好像也就是那么几样。"

"这就对了嘛。"唐子风颇为得意,"黄姐,我告诉你,要透过现象看本质哟。"

"才不是呢。"黄丽婷又岂是容易说服的人,她说:"子风,你必须要承认,人家还是很先进的。我们卖的那些韩国商品,看起来那么漂亮,也难怪年轻人会喜欢呢。"

"说到底,这就是一个宣传问题。"唐子风说,"你说的韩剧,就是他们的宣传手段之一。大家看韩剧的过程中,不知不觉就形成了一种追捧韩国生活方式的风潮。就比如说,韩国的男孩子不分大小都喜欢戴顶帽子,结果咱们的男孩子也跟风戴帽子。"

黄丽婷瞪了唐子风一眼,然后说道:"细想一下,你说得也有道理。我们超市里也卖韩国帽子,其实咱们中国人不太习惯戴帽子,好多年轻人都是跟着韩国电视剧学的,才戴顶帽子到处跑,觉得很酷。"

"所以嘛……"唐子风正准备来一句总结发言,突然脑子里一个念头一闪:对啊,我怎么把这事给忘了!

第二百零八章 杀人诛心

看着唐子风突然显出若有所思的样子，黄丽婷有些措手不及，她试探着问道："子风，你怎么啦？"

"我想我师妹了。"唐子风苦恼地说。

"你是说小肖？"黄丽婷问。

唐子风摇头："不是她，是另一个……呃，不是那样的师妹，而是……"

"哦，我懂了。"黄丽婷立马露出一个极其神秘的笑容。

"黄姐，你别这样笑行吗？我看着瘆得慌。"唐子风抗议道，"不是你想的那样。刚才咱们不是说到韩国人的宣传吗？我突然想到，我们要做一些客观报道，让它的缺点暴露无遗，从而让国人认清它。"

"不用这么做吧……"黄丽婷无语了。

"子风，其实，韩国商品真的挺好卖的，利润又高，你干吗非要跟它们过不去呢？"黄丽婷劝慰道。

唐子风说："黄姐，你有没有听蔡工说，这两年国内进来了一大批韩国机床企业，把我们临一机的市场都给占了。"

"是吗？老蔡不会跟我说这个的。"黄丽婷有些惊愕，她当然知道别人抢占自己的市场意味着什么。她是开超市的，临一机的兴衰与她无关，但唐子风是临一机的副厂长，如果韩国企业真的抢了临一机的市场，唐子风有意见也就可以理解了。

不过，如果为了这事，超市就放弃韩国商品，似乎也没必要吧？机床归机床，帽子归帽子，唐子风颇为不屑的那种"英年早秃帽"，在超市里卖得还是挺火的呢。

"黄姐，我提前给你通个气，你自己知道即可，先不要外传。我们20家机床企业准备今年向进入中国市场的韩国机床企业发起一轮大的攻势，配合这轮攻势,我们要做一些不一样的宣传,估计会影响到市场上韩国商品的销售。所以,你想卖韩国商品要趁早,还有就是别压太多的货,省得砸在自己手里。"唐子风认真地说。

"真的要这么做啊?"黄丽婷有些不忍,当然,她也知道这不是她能够干预的事情,20家机床企业的联合行动,是不可能征求她这个超市老板的意见的。

"可是,这和你师妹有什么关系?"黄丽婷想起了唐子风刚才说的话。

唐子风说:"要搞宣传,得有一个得力的人啊。我师妹是学新闻的,搞这种宣传造势,没人比她更在行了……"

"她去哪了?"

"美国。"

"……那就没办法了。"

"看来,只能找其他人了。"唐子风叹道,"安得猛士兮'瞎扯淡'。"

"什么瞎扯淡!子风,我倒是想起一个人,或许可用呢。"黄丽婷说。

"谁啊?"唐子风问。

黄丽婷说:"厂报有个小李,叫李佳的,你还记得吗?"

"她?"唐子风皱了皱眉头。

他倒是记得厂报的这位李佳。这是一位20来岁的女孩,安河大学新闻系毕业,是厂报的记者。当初为了分流冗员,唐子风专门安排厂报做了一系列的宣传,李佳正是受了唐子风的指派,专门去采访厂里著名的刺头汪盈,让汪盈说了不少支持裁员的话,达到分化富余职工,实现各个击破的目的。

那一段,唐子风经常找李佳到办公室去面授机宜,倒是比较熟悉了。不过,在唐子风的印象中,李佳其人文笔尚可,但性格上有些憨萌,不像包娜娜那样人来疯。唐子风要做的,是进行逆向宣传,这种操作是需要有一些技巧的,李佳能干得了这种事情吗?

黄丽婷说:"李佳的文笔可好了,手也特别快。我们超市这两年的宣传稿,都是请她帮忙写的。她还会给我出主意,说什么要掌握受众心理啥的。我想,你要做宣传,不就是需要一个这样的人吗?"

"她还会给你出主意?她在我面前怎么啥都不懂的样子?"唐子风诧异道。

黄丽婷没好气地说:"在你面前,谁敢说自己懂?"

"原来我这么博学?"

"你是霸道好不好!"

"霸道也是需要实力的,能霸道的时候,干吗要讲理?"

"……"

"你是说,李佳真的没问题?"

"我哪知道?"黄丽婷说,"你不是霸道吗?你直接找李佳问问不就知道了?"

"也对,有枣没枣先打三竿子吧。"唐子风没心没肺地说。

唐子风最终还是从超市"顺"了一批"韩国精品"出来,有些小玩意用来送人还是不错的,尤其是于晓惠现在是不折不扣的韩粉,送她两件韩国小礼品,保证她能笑得眼睛都眯成一条缝。

从市区回到厂里,唐子风打了个电话到厂报,让李佳马上到他办公室来。时间不长,脸上长着几个小雀斑,还有点婴儿肥的李佳便气喘吁吁地来了。

"唐厂长,找我有事啊?"李佳问道。

"坐吧。"唐子风用手一指沙发,招呼李佳坐下,又象征性地问了一句,"你喝什么?茶还是咖啡?"

"不用了吧……我在办公室刚喝过水。"李佳怯怯地说。

"哦,也罢,正好我这里茶和咖啡都没有。"唐子风毫不脸红地说。

李佳在心里呸了一声,脸上却不敢有什么表现。其实她的岁数和唐子风差不多,但一个是厂报的记者,一个是副厂长,二人的地位悬殊,她可不敢在唐子风面前太过造次。

"小李啊。"唐子风老气横秋地喊道。

"嗯。"李佳乖乖地应答。

"你知道端午节吧?"

"……知道吧。"

"那么,你知道端午节的来历吗?"

"来历?呃……端午节是中国古代的传统节日,民间传说端午节是为了纪念屈原才兴起的。"李佳老老实实地答道。

"如果有一个国家,声称端午节是他们发明的,而屈原的原籍也是在他们国家,你会怎么想?"

"屈原的原籍?"这回轮到李佳觉得惊讶了,她认真地想了想,摇着头说,"我想不出来，屈原明明是楚国人，我想不出哪个国家能够和楚国有关系。"

"不但是屈原，他们说孔子也是他们国家的。"

"这不可能吧？唐厂长，你说的是哪个国家啊？怎么会这样……啊？"

"韩国啊！"唐子风说，"抢注端午节作为他们国家的历史遗产，还有声称屈原和孔子都是他们国家的人，都是韩国人干的事情。"

"……"

李佳无语，作为一个20来岁的女孩子，她也是有哈韩情结的。

喜好这种事情，似乎也不归厂长管吧？

见李佳不接话，唐子风有些悻悻然。他原本想着随便说几句，这个小姑娘就会跟着他一起愤怒，现在看来，自己的功力还是不够强。

"是这样的。"唐子风决定不绕弯子，他说道，"近一段时间以来，韩国机床企业不断进入中国市场，据销售部韩部长他们的统计，进入中国市场的韩国机床企业已经有300多家。这些韩国机床企业采取各种手段，抢走了我们大批的市场，对咱们厂的繁荣构成了严重的威胁，这个情况，你是不是了解？"

李佳点点头："我听说过一些，不过不是特别清楚。"

"为了反击韩国机床对我国市场的蚕食鲸吞，国内20家最大的机床企业组成了机二〇联席会议，准备采取有效行动，遏制韩国机床企业的扩张，你是否了解？"

"这个我倒是知道。咱们厂前段时间开的，不就是这个机二〇峰会吗？"

"正是如此。"唐子风说，"为了配合机二〇企业的反击行为，机二〇峰会秘书处，也就是我所管理的部门，准备开展一轮逆向宣传工作，这个光荣而艰巨的任务，就落到你的肩上了。"

第二百零九章　临一机需要你的良知

"逆向宣传是指什么？"李佳问道。

唐子风反问道："小李，你喜欢韩国吗？"

李佳有些窘，讷讷地说："也说不上喜欢吧，就是韩国的电视剧还挺好看的，还有韩国的衣服，款式挺好的……"

"看看，这就是文化宣传。"唐子风说，"你是学新闻的，应当知道传播的作用吧？韩国由政府主导，针对中国开展了全方位的形象宣传，中韩建交才短短几年时间，就在中国培养出了一个庞大的韩粉群体，大家闻韩则喜，买东西要买韩国的，看电视剧要看韩国的，就连说话都要带个'思密达'作为后缀，好像这样才显得时尚，你说是不是？"

李佳默然无语。她虽然哈韩，但多少还是有些理智，她想起自己的小姐妹里有几位韩国迷，张嘴闭嘴都是韩国如何如何。

她此前对于这个问题并没有深入考虑，觉得韩国的东西很时髦，于是就喜欢，这也是很正常的。现在听唐子风这样一分析，她也觉得事情似乎并不简单。要知道，中韩建交至今也才不到五年，在此之前大家连韩国这个名字都没听过，怎么一下子就都成为韩粉了呢？

唐子风说这是媒体传播的结果，李佳自己就是学新闻的，岂能理解不了？她反省了一下自己对韩国"路转粉"的过程，心里难免就有一些疙瘩了。作为一名学新闻的学生，被同行给套路了，这种感觉怎么想都不舒服。

"那么，唐厂长，你的意思是什么？"李佳问道。

唐子风说："我们要做的，就是组织一波自己的宣传，让国人觉得韩国货并没有他们宣传的那样好，要让他们拒买韩国机床，支持国货精品。"

李佳想了想，说："咱们要做的，是还原真相，引导消费者理性地看待韩国这个国家以及他们的商品，不要被表面的浮华所蒙蔽，要有独立的判断能力……

是吗？"

唐子风听得目瞪口呆。

"保持，保持你的这种能力。"唐子风说，"临一机需要你的良知，你就放手去干吧。"

"可是，光是在我们厂报上这样发几篇文章，也没啥用啊。"李佳说。

唐子风说："谁让你把文章发到厂报上了？你当然是到各家大报上去发。你不但要写这样的稿子，最好能够带出一个写作班子，日均万字以下的都不要，最起码得一日六篇、七篇的那种才行。至于发表的问题，你不用担心，经费也不是问题。"

李佳问："唐厂长，你是说，这件事还有经费？"

"当然有经费。"唐子风说，他想了想，竖起一个手指头，说道，"我先给你拨10万，你先把这件事做起来。未来经费不够了，我再给你追加。这笔费用是机二〇秘书处的公关经费，就是专门用来做这件事的，你千万别想着省钱。"

"可是……"李佳的脸涨得通红，那是兴奋与焦虑并存的结果，"唐厂长，我怕我经验不足，没法把这件事办好。"

"小李，你要相信自己。"唐子风坚定地说。

……

李佳离开了，唐子风对她很放心，这是一位充满良知的记者，她知道自己该说什么以及该怎么说。

刚才那会儿，唐子风把自己能记得的后世网上那些关于韩国的消息向李佳讲了一遍。

在李佳的心里，有一个声音在响着：万一唐厂长说得是真的呢？

送走李佳，唐子风来到周衡的办公室。周衡见他到来，便笑呵呵地放下手头的文件，招呼他坐下。唐子风的办公室和周衡的办公室相隔没有几步，他到周衡这里来也就相当于随便串门，用不着什么客套。他在沙发上坐下，说道："周厂长，我刚才安排厂报的李佳去办一件事情，我向你汇报一下。"

接着，他便把自己打算对国货形象进行宣传的思路说了一遍，最后表示这件事需要投入一些经费，下限是10万元，上限有可能达到100万元。

"投入100万元，就为了宣传品牌，值得吗？"周衡皱着眉头问道。

"完全值得。"唐子风说，"这件事情是我忽略了，原本应当在联席会议上提出来的。咱们搞经营,不能光靠技术,还要结合一些经营手段,其中公关宣传就是非常重要的一环。我们要对自己的形象进行正面宣传,让消费者更加理性。"

周衡乐了,说道:"这件事,你的想法也是有道理的,我们要想和国外企业开展竞争,首先就要打消这种崇洋的心态。嗯,这样吧,过几天你跟我一道回一趟京城,我给你介绍几个公关宣传方面的专家,让他们帮你把把关,如何?"

第二百一十章　不要辜负领导对你的培养

说完宣传的事,唐子风把声音压低了一点,问道:"老周,我听到一个传言,说你要调到滕村机床厂去当厂长,有没有这么一回事?"

周衡愣了一下,然后点点头,说:"局里的确有这个意思,谢局长找我谈过话。"

"你答应了?"

"答应了。"

"闹了半天,我果然是最后知道的那个……"唐子风不无郁闷地说,也没去想这个哏其实并不适用于这个场合。

周衡面有愧色,说道:"小唐,这件事,其实谢局长和我也不是故意要瞒你,而是我调动的事情还没有那么快,如果过早把事情传出来,难免会在滕机那边引起一些波动,咱们临一机这边可能也会受到影响。"

"宋大卓来临河的时候已经知道这件事了,是不是?"唐子风问。

周衡说:"局里要调整滕机的领导班子,自然是要和班子里的成员沟通一下的,宋大卓也就是这样知道的。临一机这边,我让局里先不要打招呼,不过,私底下,我和老秦、小宁、吴厂长和施书记都通过气。"

"秦总、宁总、吴厂长、施书记,最后不还是就剩下我一个不知道了?"唐子风没好气地呛道。

周衡自觉理亏,他岔开话题,问道:"那么,你是听谁说的?"

"黄丽婷。"唐子风答道。

"黄丽婷?"周衡一时居然想不起来了,片刻之后才恍然道,"就是办超市的那个黄丽婷?我听说现在大家都叫她黄总了。"

"反正是没人再叫她蔡师母了,倒是有人叫蔡越黄先生……"唐子风说。

见唐子风依然有心情说笑话,周衡便知道他心里没啥疙瘩。周衡对唐子风

第二百一十章　不要辜负领导对你的培养

如何,唐子风心里是有数的。甚至临一机的整个领导班子都知道,周衡一直是想把唐子风培养成自己的接班人。这个接班人当然并不限于是接临一机厂长的班,而是作为国家机床行业主管领导的班。

这一次机二〇峰会,周衡把唐子风推到联席会议秘书处秘书长的位置上,就是一个非常明显的举动。联席会议是一个权力机构,只是负责制定大政方针,日常的各种事务都是由秘书处来完成的。唐子风作为秘书长,担负着协调各项工作的任务,需要经常抛头露面,天长日久,在行业里的地位将是不可小觑的。

周衡为唐子风做了这么多的谋划,仅仅是没有把自己将调到滕村机床厂任职的事情告诉唐子风,唐子风怎么可能会心存怨怼?唐子风是个聪明人,他只要稍一思考,就能知道周衡不告诉他这件事的原因,显然是二局有意要对他进行考验,而这又意味着二局将在周衡离开后,对他委以重任。

"老周,你走了,谁当临一机的厂长呢?"唐子风问道。

周衡笑着反问道:"你觉得谁合适?"

"最合适的,肯定是我了。"唐子风大言不惭地说,说罢又赶紧补充道,"你放心,我没这个野心。我知道我的年龄是硬伤,局领导再'丧心病狂',也不可能让我这样一个25岁的小年轻当厂长的。"

"什么叫丧心病狂?你学过成语没有!"周衡斥了一句,然后说道,"你有这个认识就好。说实在话,临一机现在的班子里,要论魄力,还真没人能比得上你。老秦是个技术干部,做不了管理。吴伟钦作为生产副厂长,接替厂长的职务倒是最合适的,但他能力上还是有所欠缺。

"事实上,他在调到临一机来之前,在鸿北重机只是一个生产处长,到临一机担任副厂长才两年多时间,再提厂长,他的能力跟不上。张舒和朱亚超就更不用说了。反而是你,各方面条件都合适,就是年龄太小了,压不住台啊。"

"那怎么办?还得从外面再调一个厂长过来吗?"唐子风问。

周衡说:"恐怕没有合适的人选。如果换一个强势的厂长过来,只怕会和你发生冲突,到时候反而不利于工作。"

唐子风哑然失笑:"周厂长,我听你这话的味道怎么不太对啊。我毕竟只是一个副厂长,而且是局里破格任命的,啥时候谢局长看我不顺眼,说撤也就撤了。就我这么一个人,还能影响到厂长的人选,这不是咄咄怪事吗?"

周衡看着唐子风,好半晌才缓缓地说:"小唐,局领导对你是非常器重的。之所以安排我去滕村机床厂,却迟迟没有任命,就是想给你留下更多的缓冲时间,让你更成熟一点,你不要辜负了局领导对你的培养。"

"不会吧?"唐子风有些意外,"周厂长,你的意思是说,局里是为了培养我,所以在给临一机选择新厂长的时候,优先考虑会不会和我发生冲突,如果会和我发生冲突,局里宁可放弃这个新厂长,而不是考虑把我调走?"

"正是如此。"

唐子风愣住了,这是他完全没有想到的事情。当初他还在二局工作的时候,谢天成对他是不太感兴趣的,他甚至能感觉到谢天成对他有些反感,这或许是因为他的一些做派吧。到临一机之后,他做了几件大事,谢天成才开始重视他。每次他回二局去汇报工作的时候,谢天成看他的眼神里都有几分欣赏与爱护,这是唐子风能够看得出来的。

一个有能力而且踏实肯干的年轻人,得到领导的重视,这并不奇怪。领导有意培养他,这也在唐子风的认知范围内。但他万万没有想到,局领导对他竟会如此偏爱,为了给他创造机会,不但推迟了调周衡去滕村机床厂任职的时间,在新厂长的选择上,居然也要充分考虑与他配合的问题。

"小唐,在过去两年里,你的各种表现,局领导都是看在眼里的。你在工作中富有开拓精神,面对困难的时候勇于担当,工作主动,尤其难得的是,在国家利益和个人利益之间,你能够顾全大局。"

"这一次迷你机床的开发,设计虽然是以肖文珺为主完成的,但创意却是你提出来的。从道理上说,你即便不把所有的授权费都据为己有,提出几十万乃至几百万的分成,也是完全可以的。海外的包娜娜和梁子乐,还有肖文珺,都是你替他们争取到了分成,但你自己没有提出任何要求,这就非常难得了。"

"我倒是想提要求,你和谢局长会答应吗?"唐子风装出委屈的样子说道。

周衡微微一笑:"以你小唐的头脑,如果真的想为自己争取利益,可以找到一百种合情合理的说法,让我和谢局长都无法拒绝,但你没有这样做。谢局长说,像你这样大公无私的干部,他已经很多年没有见到了。"

"谢局长这话,算不算把我架在火上烤啊?"唐子风无奈地说。谢天成这话当然是在夸奖他,但夸奖他的同时,却是把其他人都给贬损了。照这个说法,连周衡都算不上是大公无私的干部,只有他唐子风才配得上这四个字,这不是存

第二百一十章 不要辜负领导对你的培养

心给他拉仇恨吗?

周衡说:"小唐,临一机是一家大型企业,是咱们国家机床工业的骨干。这样一家大企业,需要有一个得力的领头人,而你就是二局选定的这个领头人。二局希望你能够带领临一机不断开拓,让临一机发展成为中国的马扎克、中国的德马吉。为了这个目标,二局可以付出任何代价。"

唐子风一脸苦相:"这个任务也太高大上了,其实我还是个孩子啊。"

周衡瞪了唐子风一眼,说道:"组织上给你压担子,是对你的信任,你不要成天这样油腔滑调的。局里会给你一段过渡时间,等到时机成熟,就会正式任命你担任临一机的厂长。在此之前,你也要大刀阔斧地干,不必缩手缩脚。你要相信一点:就算我不在临一机,上面也会给你遮风挡雨,保驾护航。"

"那么,我的职务还是副厂长吗?"唐子风问。

周衡说:"你的职务应当会提升为常务副厂长,主持日常工作。"

"主持日常工作?你是说,局里不打算派厂长来了?"唐子风问。

周衡说:"目前的考虑是这样的。不过,局党组会给临一机配备一名书记,主要任务就是监督你的工作,以免你跑得太快……"

"我明白了,步子太大,是会扯着那啥的……"唐子风把后面不雅的话给咽回去了。

"我大概四月份去滕机,从现在算起,还有三个月的时间,你要逐步把我的工作接过去。吴厂长他们的工作,局里会安排人去做,保证他们心情愉快地接受你这个常务副厂长的指挥。"周衡交代说。

唐子风重重地点了一下头,说道:"我明白了,我不会辜负组织对我的信任的。对了,老周,你到滕机去,可又是白手起家了,到那边如果有什么需要临一机帮忙的,你尽管开口。我这句话放在这,不管老周你走到哪去,你都还是临一机的厂长,但凡是你提出来的要求,临一机绝对不打折扣地满足。"

"哈,那我就谢谢唐厂长的大力协助了。"周衡笑着跟唐子风开了个玩笑。要知道,唐子风刚才那话,可就是站在临一机厂长的位子上说的,看起来,他还真是迅速地进入角色了。

第二百一十一章　拒绝啃老的李太宇

明溪省常宁市,大韩东垣机床(中国)有限公司。

董事长李太宇是一条精壮的韩国汉子,今年刚满30岁。他父亲是汉城一位小有名气的律师,收入不菲,算是韩国的中产阶级。李太宇在韩国拿了一个商科的硕士学位之后,找过几份工作,但都因眼高手低而没能做下去。毕业几年来,他倒有一半的时间是在家里啃老。

这种憋屈的生活在几年前有了转机。1992年中韩建交之后,韩国民间掀起了一轮到中国淘金的热潮。中国是一个幅员辽阔的国家,拥有12亿人口,劳动力充沛,但资本极度匮乏。韩国人的收入在美国人、日本人面前没法看,但到中国来,就可以算是土豪了。

许多来中国投资的所谓韩商,在韩国也不过就是略有家财,平时见人都得自称"韭菜"的,但一到中国,就会被各地的政府官员奉为上宾,随便投个十万八万美元的,就能够享受到政府给予的超国民待遇。

"人单纯、市场大,快来!"

这是最早到中国投资的李太宇的同学给他发来的消息。在听同学讲述过在中国的幸福生活之后,李太宇就再也宅不住了,他与老爹进行了一次触及灵魂的交谈,指出如果老爹不支持自己去中国淘金,自己就将彻底堕落,进而影响到老爹孜孜以求的传宗接代大业。

李太宇的老爹李东元像平时接案子一样,认真研究了中韩关系以及此前若干赴中国投资的案例,得出一个判断,认为到中国投资的确是一个极好的方向,于是同意了儿子的请求,并给了他50万美元作为投资本金。顺便说一下,这笔钱,是李东元全家储蓄的一半。

按照1994年的汇率,50万美元相当于430万元人民币,这样一笔钱,在中国已经堪称是巨款了。李太宇在有经验的同学的引导下,带着钱来到明溪省常宁市,并立即受到了常宁招商局官员的热情接待。

一连几天,招商局官员陪着他到处考察,每顿饭都由招商局买单,桌上的菜肴品种和菜量之多,让李太宇深感震惊。偶尔饭桌上少于 8 个菜的时候,招商局官员都要再三道歉,说时间匆忙,来不及安排,敬请原谅之类。李太宇一度怀疑自己到的是一个假的中国,这个人均 GDP 只相当于韩国二十分之一的国家,怎么会有如此多的美食?

胡吃海塞了十几顿免费餐食之后,李太宇终于有些脸上挂不住了。他随便选择招商局推荐给他的一家中国企业,斥资 100 万元人民币进行了全额收购。

被他收购的这家企业,是常宁二轻系统下属的一家集体所有制工厂,主营业务是磨床制造,但其实这几年生产出来的磨床除了少数被上级部门强行推销给同系统的一些企业之外,余下的都积压在仓库里,等着生锈。

李太宇大学和硕士学的都是商科,对工业一窍不通。他的投资决策是向其他同学学来的。他的同学告诉他,中国的工业水平很差,随便找个厂子买下来,再从韩国买几项技术拿到中国来生产,产品销路是根本不用发愁的。

同学还告诉他,当前一个很有前途的投资方向就是机床,韩国机床的技术水平高于中国机床,而价格又远低于美、日、欧的机床,因此在中国市场上很受欢迎。李太宇正是因为听了这个建议,所以才从名单中选中了这家名叫常宁第五机床厂的企业,并在收购之后将其更名为大韩东垣机床公司。

买下企业之后,李太宇才开始学习有关机床的知识。他从接收过来的技术员和工人那里了解到,原来的常宁第五机床厂是制造磨床的,于是便返回韩国去,打算买几个磨床专利到中国来生产。

回到韩国一打听,李太宇才知道自己无意中踩进了一个坑,韩国在车床、加工中心等方面还算不错,磨床基本上就是空白,连韩国本国的企业都是从国外进口磨床的,其中也包括从中国进口磨床。他想从韩国拿磨床技术到中国去生产,实在是有些强人所难了。

知道自己摆了乌龙,李太宇却不敢承认。在老爹面前,他声称自己选择了一个极好的方向,其他韩国人去中国造机床,都集中在车床、加工中心这些领域,只有他独具慧眼,选择了磨床作为突破方向,这在营销理论上叫作差异化战略,是富有战略眼光的企业家才能够做到的。

靠巧舌如簧躲过了可能遭遇的家庭暴力,李太宇的麻烦并没有结束。他向李东元说了东垣公司要生产磨床,那么就无法轻易改变方向了,要知道,李东元不是韩国首富,做不到给儿子50万美元然后就不再过问。东垣公司的每一项决策,都要向李东元汇报备案。如果李太宇前面说得天花乱坠,最终又放弃了磨床这个方向,李东元是不会放过他的。

没办法,李太宇又去找自己的同学,最终在同学的帮助下,找到了一家韩国机床设计公司,请他们为东垣公司开发了几款数控磨床产品。要说起来,机床设计还是有一些共通之处的,这家设计公司虽然没开发过磨床,但在数控技术方面的积累还是不错的,机床外观的设计也很高明。

在早已过了专利保护期的传统磨床基础上加装数控系统,再罩上一个漂亮的外壳,就成为东垣公司现有的几个数控磨床主打产品。李太宇带着全款图纸兴冲冲地回到常宁,立即吩咐主管生产的公司生产总监开始组织生产。

公司生产总监名叫王迎松,是原来常宁第五机床厂的生产副厂长,第五机床厂被李太宇收购后,他被留用,职务改称为生产总监,干的还是原来的那些活。拿到图纸,王迎松傻了眼,支支吾吾了半天,最后憋出一句话:"要生产这些机床,我办不到啊……"

"为什么办不到?"李太宇瞪着眼睛,怒气冲冲地问道。

他这副表情来自自己的童年阴影。在他心目中,但凡是牛烘烘的人,都是要三天两头揍孩子的。王迎松不是他的孩子,而且肌肉发达,二人如果PK(对打)起来,李太宇不认为自己有获胜的把握,所以他不敢揍王迎松,但是发发脾气是可以的,而且也是必要的。

顺便说一下,李太宇读书的时候勉强算是一个用功的孩子,课余时间学过一点汉语,应付一下日常交流是没问题的,这也是他敢于到中国来投资的原因之一。

王迎松苦着脸说:"李总,这些机床太高级了,咱们现有的设备加工能力达不到,要生产这些机床,咱们必须更新设备。"

"更新设备,是不是需要花钱?"李太宇警惕地问道。

"应该,可能,或许……要吧?"王迎松小心翼翼地回答道。这个韩国老板脾气太大,一句话回答得不对,就会被他劈头盖脸地训上半小时,而且前三分钟是用汉语,后面二十七分钟是用韩语。韩语的发音原本就铿锵有力,再配上李太宇那张由表情包叠加起来的脸,对人能够造成双倍的伤害,王迎松实在是不敢

第二百一十一章 拒绝啃老的李太宇

轻易招惹对方。

"需要花多少钱?"李太宇问道。

王迎松摇头,他的确是不清楚。第五机床厂是个大集体企业,技术实力弱,王迎松这个生产副厂长,也就仅限于会开几种不同的机床,懂一些基础的生产工艺,以他的水平,放到临一机这样的国有大厂,连个车间里的班组长都当不上,汪盈都够给他当师父了。

"那么,厂里谁懂这个?"李太宇再次询问。

王迎松还是摇头,厂里其他人的水平,比他还不堪。他都回答不上来的问题,找其他人就更是白找了。

于是,李太宇再次进入狂躁模式,开始用中韩日英四种语言大骂王迎松饭桶,骂常宁招商局坑爹,骂约他来中国投资的那几个同学是骗子。

王迎松封闭了六识,进入冥想状态,听凭李太宇表演。他把全身真气运转了十几个周天,这才感觉到周围的气息趋向平和。他睁开眼,看着像泄气皮球一般瘫坐在大班椅上的李太宇,给出了一个建议:

"李总,这件事,恐怕只有到常机去找个工程师来问问才行,整个常宁市,也就常机的工程师懂这些事情了。"

第二百一十二章 下星期来上班行吗

王迎松说的常机，全称叫常宁机床厂，与临一机一样，也是机械部二局直属的国有大型机床企业。常宁市有第二机床厂、第三机床厂直至第十几机床厂，但却没有一家名叫"第一机床厂"的，这个第一的位置，其实就是留给常宁机床厂的。

常宁机床厂成立的时候，常宁市只有这一家机床厂，所以无须加上"第一"的前缀。后来，常宁市工业局自己建立了一家机床厂，取名第二机床厂，并试图说服常宁机床厂改名为常宁第一机床厂。当时的常机厂长听完市工业局长的建议，二话不说，直接就端茶送客了，事后还故意让人传了一句话到工业局长的耳朵里：

一家垃圾一样的市属企业，也配和我们常机相提并论！

市工业局长听到这句话，差点没气出个好歹，可也没勇气去与常机理论。没办法，人家常机是部属企业，平时连市长的面子都敢扫，自己一个小小的工业局长，能跟人家龅牙吗？

常机不愿意挂第一机床厂的牌子，常宁市也没敢自己命名一家第一机床厂，后面什么农机局、二轻局之类新建的机床厂，就只能顺着往下排，李太宇收购的那家第五机床厂，就是这样排下来的。

常机敢于耍大牌，也的确有耍大牌的底气，那就是它那深不可测的技术实力。王迎松过去当五机床的生产副厂长，遇到实在过不去的技术门槛时，就会到常机去请个工程师来帮忙。常机的工程师出场费不菲，可人家也的确有能耐，五机床觉得高不可攀的技术问题，人家三言两语就给你解决了，你敢不服？

如今，东垣机床也遇到技术瓶颈了，知道自己的设备生产不出李太宇想要的产品，但要换哪些设备，这些设备要花多少钱，王迎松不知道，李太宇更不知道，全公司上下没一个明白人，不上常机去请人指导，还能上哪请？

李太宇倒也不是傻瓜,听王迎松说完前因后果,当即点头,让王迎松替他约一个常机的工程师来,他要当面请教。

王迎松替李太宇约来的这位工程师,是常机的技术处工艺科副科长,名叫何继安。听完李太宇的要求,又认真看过李太宇从韩国带回来的图纸之后,何继安给李太宇列了一张设备清单,还标上了每种设备的采购价格,最后汇总出来,大约是120万元人民币。

"这倒是不贵。"李太宇满意地点点头说。

"这是一条生产线的费用。"何继安说。

"一条生产线,什么意思?"李太宇诧异道。

何继安说:"一条生产线,就是说从头到尾能够完成一个批量生产所需要的设备。如果你们公司的产量要扩大,超出这条生产线的生产能力,就要扩容,增加生产线的生产能力,或者再增加一条生产线。"

"那么,你说的这一条生产线,一个月能够生产多少台机床?"李太宇问。

何继安说:"看你们生产哪种产品吧,正常条件下,按这条生产线的生产能力,一个月能够生产5台到8台的样子。"

李太宇一惊:"才这么点?"

何继安不以为然地说:"这也不算少了,一年100台左右的产量,对于你们五机床的老底子来说,非常不错了。我们常机一年下来也就是2000多台机床的样子,我们可是6000多人的大厂子呢。"

"一年100台,一台机床按10万元计算,一年才1000元万的产值,利润能有多少?"李太宇不无郁闷地嘟哝道。

其实,如果真有1000万元的产值,按10%的利润率来算,李太宇能够拿到100万元的利润,实在是很不错了。他觉得不满意的原因,是事先对收益估计得太高,真的抱着到中国来淘金的想法,现在听说一年也就能够赚个100万人民币左右,心态难免就有些失衡了。

"你是说,如果我投入240万,就能够得到两条生产线,这样一年就能够生产200台机床了?"李太宇问。

何继安看看在一边的王迎松,叹了口气,说:"李总,如果你想上两条生产线,五机床现有的场地就不够用了,你还需要新建车间,这样一来,投资就不是240万能够打住的。五机床的厂区里也没有地方可以用来建车间了,你还得向市里申请土地,这个是很麻烦的。"

"这样不行。"李太宇摇着头,"一年才生产100台机床,说出去也太丢人了。我的目标是一年生产1000台,以后还要再增加,达到1万台。"

吹!你就给我吹吧!

何继安在心里鄙夷地骂道。全中国一年的磨床产量也就是1万出点头,这可是包括了几十家企业的产量的。临一机是国内磨床生产的骨干企业,有将近7000人,一年的产量也就是1000多台,一个小小的常宁第五机床厂,就敢自称要做到1万台?你知道年产1万台磨床的厂子有多大吗?

心里这样想,他自然不会说出来,毕竟王迎松请他来的时候,是事先给他塞了红包的。拿人钱财,替人消灾。他轻咳了一声,委婉地说道:"李总,扩大产能的事情,我觉得倒不必太着急。现在中国机床市场上最大的问题,是竞争太激烈。东垣公司毕竟是一家刚刚进入中国市场的企业,要想一下子拿到1000台的订单,恐怕比较困难。"

"哦,订单!"李太宇眼睛一亮,终于回到他所熟悉的领域了。

"对对,我们公司要先开拓市场,等有了市场再考虑扩大产能的问题。如果有了市场,我们可以兼并几家大型的磨床制造企业,产能一下子就提高了。"李太宇眉飞色舞起来。

何继安只能露出一个尴尬而又不失礼貌的笑容,你是老板,你说得都对。

"何先生,你能帮我们拿到订单吗?"做完白日梦之后,李太宇突然向何继安问道。

"我?"何继安有些莫名其妙,"我为什么要帮你们拿订单?"

"你没有想过到我们大韩东垣公司来工作吗?"李太宇问,"像何先生这样优秀的人才,待在常宁机床厂,难道不是一种浪费吗?"

何继安的脸色霎时就变得极其难看了,这算什么话?老子待在常机怎么就是浪费了?你个什么大韩东垣公司,名字起得再好听,实际上不就是常宁五机床吗?

"李总,恕我直言……"

"我给你一个月1500元的薪水!"

"……我还得回厂里办手续,下星期来上班行吗?"

何继安不是不知道东垣机床公司只是一个空架子,但人家舍得出钱,自己

146

凭什么不来呢？常机实力强悍不假，但这些年经营状况都是不死不活。以他的资历，在常机一个月也就能拿到 300 多元的工资。李太宇一张嘴就答应给他 1500 元，他哪还有拒绝的道理？

何继安一到东垣公司，就被任命为技术总监，李太宇把他当成了心腹，凡事都要向他求教，这倒是让他迅速了解了东垣公司的现状。

何继安在常机的时候，总觉得第五机床厂是个垃圾企业，到了东垣公司才知道，第五机床厂真的是个垃圾企业……

厂里的设备条件自不必说了，反正都是 20 世纪五六十年代的旧设备。何继安甚至还在一台机床上发现了常机的设备铭牌，估计是常机把这台机床报废了，五机床又从废品收购站把它运回来，当成了宝贝。

厂里工人的技术水平比设备更加不堪。这家厂子原本是市二轻局为了安置系统内的待业青年而开办的，建厂时间是 20 世纪 80 年代初。如今，当年进厂的回城知青们都已经是 40 出头了，要技术没技术，要文化没文化，而且一个个跩得很。

这也就是李太宇这个富二代没经验，换成其他外商，并购企业之后第一件事就是把这些工人给开了。指望他们去制造精密磨床，何继安还不如指望老婆多给他几块钱零花钱更现实。

最后一项就是李太宇花钱从韩国买来的磨床技术。李太宇不懂，不代表何继安也不懂。作为一名工艺科副科长，何继安的机床技术水平是很高的，一看图纸就知道这些磨床真是不怎么样。

以时下韩国机床产业的水平，这几台磨床的机电系统设计比中国的国产机床是要强出一些的，但磨床的数控再复杂又能复杂到哪去？数控磨床的编程是非常简单的，也就是涉及修砂轮后的补给量，还有进刀结束后光磨停留时间量之类。搞一套这样的系统，根本没啥难度。

除掉机电系统，这几台磨床就真的乏善可陈了。基础床身的水平和国内乡镇企业的质量差不多。

以这样的技术水平，要想在国内市场上占据一席之地，实在是太难了。

何继安顿时有一种错上贼船的感觉。

第二百一十三章　被绘图板耽误的营销大师

贼船也是船。既然上这条船能够赚到 1500 元的月薪,那么何继安的想法就是要让这条船存在的时间更长一点。

他与李太宇长谈了一次,献上了"救船八策",包括更新设备、淘汰一批混吃等死的老员工、从包括常机在内的一些大厂用高薪挖人以充实技术工人队伍等,最后的一条就是对公司形象进行包装,以达到唬人的目的。

在何继安的设计下,东垣公司摇身一变,成了拥有 5000 名员工的韩国第三大机床企业的中国分公司。李太宇从第五机床厂接手过来的员工不到 100 人,此时却被吹嘘成了 500 人。至于李太宇从韩国本土买来的几个磨床产品,更是被冠以由国际顶尖设计院开发、全球销量过万的磨床精品。

何继安有充分的把握,相信国内的机床用户无法识破这样的骗局。中韩建交才几年时间,中国国内对韩国的了解仅限于电视剧上展示的那些,再往前追溯就是《奇袭白虎团》里的剧情了。韩国的一些文化协会在中国开展了大量宣传,让人们产生了韩国非常先进、非常牛的印象,在这种情况下,东垣公司自称水平是世界第三、宇宙第八,谁又会怀疑呢?

带着在韩国印刷的精美宣传资料,何继安亲自出马,在全国推销东垣机床。他在常机当了多年的工艺科副科长,在行业里认识不少人。他找到这些老关系,告诉对方说自己已经改换门庭,到了一家韩国机床公司,然后便开始大肆贬低国产机床,吹嘘韩国机床。

作为一家国有机床大厂的工程师,何继安知道很多国产机床存在的问题,包括一些行业隐秘。他把这些事情说出来,不难在用户那里制造出一种国产机床十分不堪的印象。大家对韩国机床的了解是非常有限的,能够看到的就是宣传资料上那漂亮的机床外壳。所谓距离产生美,就是如此。

实践表明,每一位工艺科副科长都是被绘图板耽误的营销大师。与他的同

第二百一十三章 被绘图板耽误的营销大师

行韩伟昌相比,何继安更算是无师自通。他让公司出钱给自己添置了名牌西装和浪琴表,走到什么地方,都有意无意地亮出腕子给别人看看,让人觉得他的确是来自一家实力极强的公司。

何继安的推销取得了极大的成功。大多数机械企业的领导都或多或少有些崇洋心态,听说他推销的是韩国机床,而价格又远比美、日、欧的机床更亲民,便欣然接受了。照理说,采购设备多少是需要了解一下有关细节的,比如产品质量问题、厂家声誉问题,但因为东垣机床公司的前面有"大韩"二字,这些考量也就被忽略了。

想想看,人家是外国公司,外国怎么会有质量差的东西呢?外国公司的声誉怎么会不好呢?

"李总,咱们手上现在已经积压下 100 多台机床的订单了,时间最长的已经拖了半年时间。我跟人家说是因为海关那边工作效率太低,一直压着咱们从韩国进口的控制电路板不肯放行,可这个理由也撑不了多久啊。"

在公司的总裁办公室里,何继安一脸苦相地向李太宇抱怨着。

何继安这边的业务做得异常顺利,但把订单拿回来之后,生产部门却掉了链子。在何继安的建议下,李太宇采购了一大批设备,花掉了 100 多万元的资金,随后又从几家国有企业挖了十几名技术工人过来,充实到各个工序。无奈五机床的基础实在是太差了,十几名优秀技工根本补不上所有的短板。

像临一机、常机这样的大企业,生产机床的时候绝大多数部件都是自己造的,只有少数部件要从其他企业采购。但像原来的第五机床厂这种小型机床企业,外购件的比例就会比较大,自己只做床身、工作台、头架、尾架之类的,都是一些简单的活儿。好吧,其实五机床连这样的活也干不好,导轨、液压缸之类装配不上去的事情,是时常发生的。

李太宇从韩国带来的图纸,与中国国内常规的磨床在原理上是一致的,但各个部件的尺度参数都有所不同,这就导致东垣机床公司很难在国内找到合适的外购件。这些部件要么从韩国进口,要么就只能是公司自己制造,而后者无疑是对公司生产能力的一大挑战。

从韩国进口部件的思路,被李太宇否决了,何继安对此也能理解。这些东垣公司制造不出来的部件,恰恰是附加值最高的部件。这样的部件在国内采购也就罢了,如果从韩国采购,采购价本身就比国内高出一大截,还要支付高昂的进口关税，最终机床整机的价格就控制不住了。

韩国机床要想在国内销售，必须把自己的价格控制在美、日、欧的机床价格之下，而且还必须是有明显差价的，否则人家何不稍微加点钱去买美、日、欧的机床？

数控系统要从国外进口，这是没办法的。中国国产的数控系统技术不成熟，而且与韩国机床企业习惯使用的德、日以及韩国本国的数控系统都有所不同，韩国的那家机床设计院可不会照着432厂的系统来给李太宇做设计。

除了数控系统，精密导轨、液压缸等也得从韩国进口，这同样是由于规格上的差异。这几件东西，就已经把东垣机床的利润空间给挤压掉一大半了，余下的部分，就只能选择自己制造，否则李太宇还不如直接从韩国倒腾机床整机到中国来。

这些天，王迎松像个救火队员一样，在车间里忙碌，盯完这个部件，又得去盯另一个部件。有些部件前面几道工序都做得不错，到最后一道工序的时候，工人手一哆嗦，铣出来的装配孔偏了几毫米，整个部件就废了，可谓前功尽弃。

李太宇也知道生产上的问题，经他手开除的工人就已经有十几个，再开除下去，人手明显就不够了。他训斥王迎松的频率变得越来越高，从三天一次，发展到一天三次，心情好的时候还要再加顿夜宵啥的。

王迎松这会也是虱子多了不痒，李太宇要训，他就低眉顺眼地听着，意守丹田，老神在在。几个月下来，东垣公司的生产没啥改善，王迎松的武功修为上了好几个台阶，从元通境中期跃升到宗通境巅峰，马上要突破蜃通境了……

"王迎松管生产不行啊！"何继安不止一次地在李太宇面前告王迎松的黑状，虽然他本人就是王迎松介绍到东垣公司来的，王迎松算是他的伯乐？

再说，自从何继安进入东垣公司之后，李太宇便把他当成了心腹，王迎松每次见着何继安都眼睛不是眼睛、鼻子不是鼻子的。二人早就是死敌了，就算何继安不踹王迎松，王迎松也会给何继安下几个绊子。

"不用王迎松，谁来管生产？"李太宇问。

"要不要我从常机生产处介绍一个人过来？"何继安献计道。

"他要多少薪水？"李太宇的第一个问题便是这个。

别怪李太宇抠门，实在是富二代家里也没有余粮了。

李太宇当初挖何继安的时候，一张嘴就答应给1500元的月薪，还觉得太便宜了。毕竟，按照韩国的工资标准，何继安这样水平的工程师，加上 10 倍也不见得能够聘到。

可再往后，何继安建议他从一些国有大厂挖了一批高水平技工过来，这成本眼见着就攀升上去了。这些技工的薪金标准是每月 1000 元，15 个人就是 15000 元，一年下来就是近 20 万，这可不是小数字了。

照何继安的意思，东垣公司从五机床那里接收来的所有工人，包括王迎松在内，通通都要辞退，换成一批优秀技工，那一年的成本又会是多少？

到目前为止，东垣公司造出来的机床也只有二十几台，平均一个月连 3 台都不到。由于部件废品率居高不下，每台机床几乎都是亏本的。李东元给李太宇的那 50 万美元，现在真的已经剩得不多了。

顺便说一句，李太宇在中国的日常开销也不低。自从有何继安替他鞍前马后地忙活，他已经把自己的主要精力都用在研究吃喝玩乐这方面了。

第二百一十四章　代工

"我们厂生产处有个调度科长,经验很丰富,如果请他来管生产,肯定比王迎松强。王迎松根本不懂工序安排,纯粹是瞎指挥……"何继安讷讷地说。

"我是问,这个人要多少薪水?"李太宇打断了何继安的话。他不懂生产,但好歹懂得钱啊。

"其实,照我的薪金标准应当就可以了……我知道现在公司的财务情况不是特别宽裕,所以在薪金方面,可以暂时克服一下。"

何继安的话说得很委婉,但李太宇已经听懂了。他的意思有二:第一,每月1500元的月薪是一个比较高的标准,能够聘到一名非常优秀的调度科长;第二,何继安希望李太宇忽略这一点,继续保持认为1500元月薪很低的错觉。

"你是说,如果我把这位调度科长聘过来,我们的生产问题就能够解决?"李太宇问。

"可能还需要补充一些关键工序上的工人……"

"需要补充多少?"

"可能、大概、也许……有二十几个就够了。"

"……"

李太宇很想给何继安一个耳光,你以为我的钱是从天上掉下来的吗?挖一个调度科长,一年就是 2 万块钱,这倒也罢了。有了这个调度科长,还要再加 20 几个关键工序的工人,照着一个人 1000 元月薪计算,一年就是 30 万。我这点钱够干什么的?

设备全部更新了一遍,工人也全部换了一遍,那我当初买这家第五机床厂图个啥?人家招商局的官员说了,第五机床厂技术实力雄厚,在整个明溪省都是排名在前五的磨床专业生产企业。明溪省的人口数比韩国还多,这不就相当于在韩国排名前五的企业吗?这样一家企业,在你眼里居然连一个合用的工人都没有,你不是专门坑我的吗?

"何先生,你说的这个方案我是绝对不能接受的。你过去说只要招聘十几名优秀技工,放到关键工序上,东垣公司就能够制造出合格的磨床。现在我已经招聘了十几个人,你又说还要增加20多个,而且还需要一个什么调度科长。你还有什么没说完的,能不能一次给我说完?"李太宇咆哮道。

"我原来……没料到五机床的底子会这么差,前几道工序都已经加工完成的部件,让后面的工序铣一个装配孔,都能铣偏了,这在常机是绝对不可能出现的错误。"何继安怯怯地回答道。

李太宇坚定地摇了一下头,说:"这个方案我是绝对不会接受的,你必须想出其他的办法。"

"其他的办法嘛……"何继安迟疑了一会,说道,"那就只有请人代工了。"

李太宇一时没反应过来:"请人代工?请谁代工?"

"明溪省和井南省都有不少私营机床企业,有一些水平还是不错的,最起码……呃,我是说,他们还是比较可靠的。现在我们的订单做不完,可以分出一部分,请他们帮忙,最后贴上我们的牌就可以了。"何继安说。

他刚才嘴一滑,差点说出最起码比五机床要强这样的话,考虑到李太宇的心脏最近不太好,他最终还是把话咽回去了,反正李太宇也能明白他的意思。

如果不涉及竞争问题,其实何继安是更愿意建议李太宇找国内的大机床厂来做代工的,比如请临一机来做。事实上,常机本身就有给日本机床企业代工的业务,那些由常机制造的机床,贴上日本厂家的品牌之后,就可以畅销海内外,品质并不比日本国内原产的差。

但常机所代工的那些机床,都是常机本身不生产的,与常机自己的业务不构成竞争关系。东垣公司的磨床,与临一机的磨床属于同一类型,何继安外出推销机床的时候,都是拿临一机的机床当垫脚石的。在这种情况下,东垣机床反过来请临一机代工,临一机能答应吗?

李太宇当然懂得啥叫代工,好歹这也是商科硕士要学的内容之一。他犹豫着问道:"何先生,如果我们要请这些私营企业代工,那我收购第五机床厂干什么?"

因为你脑子进水呗!

何继安很想这样对李太宇说。不过,话到嘴边,他还是改了口,说道:"收购五机床,还是非常必要的。我们必须有一个工厂,这样才能向客户交代。如果我们告诉客户说,我们的机床是由国内的私营企业代工的,那人家凭什么认为我们的机床是韩国机床呢?"

"这倒也是……"李太宇点点头,随即又想起另一个问题,"可是,我们也没必要更新设备啊。"

这难道也是我的锅?

何继安在心里骂道,我哪知道五机床的底子这么差,还有,我哪知道你这么穷。你不是外商吗?外商不都应当是挥金如土的吗?你如果舍得花钱,雇上100名优秀技工,这些设备就能派上用场了。现在你舍不得花钱雇人,光有设备有啥用?

无可奈何,何继安只能硬着头皮继续解释:"李总,这些设备也是咱们的门面啊。如果有客户到公司来考察,看到咱们车间里都是一批旧设备,人家能相信我们的实力吗?再说,咱们就算是要找代工,公司这边的生产也还是要维持的,哪怕就是一个月生产3台的节拍,给人的印象也是很好的。"

李太宇又是点点头,他对何继安的话有些半信半疑,但事到如今,也没有什么更好的办法了,找人代工,好歹能够解燃眉之急。代工是要向代工厂支付代工费的,这意味着每台机床的利润又要缩水了。但缩水的利润也是利润,总比现在手头压着100多台的订单干着急要强得多吧?

想到此,他对何继安问道:"何先生,如果要找企业代工,你有没有什么好的推荐?"

何继安立马点头:"有的,有的。我过去在常机的时候,也经常去给一些私营企业解决技术问题,认识不少开机械厂的私营老板,我可以把他们约过来,和李总你当面交谈。"

"好的,我要和他们谈谈。"李太宇说。

何继安在外面推销机床的时候,反复强调自己的产品是韩国品质,虽然是在国内生产的,但公司属于韩商独资企业,质量是绝对没问题的。现在要找私营企业代工,就不宜过分张扬了。如果客户知道自己购买的"韩国机床"原来是私营小厂代工的,还不得闹翻了?韩国机床的价格高于中国国内国有大厂的价格,而私营小厂的价格连国有大厂的一半都不到。人家花了大价钱,买到的却是私营小厂代工出来的产品,谁能不急眼?

出于这样的考虑,何继安没有联系太多的企业,只找了三家与自己关系不

第二百一十四章 代工

错的厂子,请他们的负责人到常宁来与李太宇会谈,并且再三叮嘱他们,不管会谈的结果如何,这件事都不能对外泄漏半分。

李太宇器重何继安,也只是觉得这个人能干,对于何继安的节操,他是不太放心的。因为这三家企业是何继安找来的,所以在会谈的时候,李太宇便带上了王迎松,让王迎松替他把关。

王迎松听说这几家企业是来做代工的,心里就好生不痛快了。自己明明有生产车间,却要找外面的厂子代工,这不就是觉得他这个生产总监不得力吗?嗯嗯,他的确是不得力,但那又怎么样?这就是你去找人代工的理由吗?

再一打听,代工这事是何继安建议的,而且这几家企业也是何继安找来的,王迎松就更是气不打一处来。与几家企业见面的时候,他使出浑身解数,准备狠狠地刁难一下这几家厂子的老板。

谁承想,真见了面,他才知道,人家的厂子是私人的,干好干坏直接和老板个人的身家挂钩,所以每个老板都是身经百战。任凭他提出再刁钻的问题,人家都能对答如流,还能举一反三,反把他给噎得哑口无言。

李太宇目睹了这几场会面,得出两个结论:第一,何继安推荐来的这几家厂子的确有实力;第二,自己这家厂子,加上这个王迎松,的确是垃圾。

"赵老板、赵总工程师,我们先签一个5台机床的代工协议,如果你们厂交货及时,能够达到我公司的质量要求,那么未来我们再签订更长期的协议,你们看如何?"

看着坐在自己面前的井南省合岭市龙湖机械厂的厂长赵兴根和总工程师赵兴旺兄弟俩,李太宇矜持地说道。

"没问题!李总,我们龙湖机械厂在整个井南的乡镇企业里,也是赫赫有名的,交货速度和质量方面,你就放心吧。"赵兴根把胸脯拍得山响。

"还有一个要求,就是你们厂给东垣公司代工的事情,必须绝对保密,如果有所泄露,你们需要负法律责任。"

"这是应当的,何总和我们联系的时候,就专门叮嘱过我们这一点了。"

"那么,接下来咱们就要商讨一下代工费的问题了……"

第二百一十五章　你这是唱的哪一出啊

"一台磨床才给我们一万五的代工费,扣掉工资,咱们一台机器连五千块钱都赚不到,这活有什么干头?"

从明溪返回井南的长途汽车上,赵兴旺愤愤不平地向哥哥赵兴根低声嘟哝道。他不敢把声音放得太大,生怕周围有什么有心人听到他们的谈话。

赵兴根却并没有什么愤懑的情绪,他平静地问道:"兴旺,你看过东垣的图纸了,觉得他们的磨床怎么样?"

赵兴旺撇着嘴说:"真不怎么样。也就是有个数控系统,还像台进口机床的样子。其他方面,比咱们国产的大牌子差多了。不是我说,像这种机床,用上两年肯定就得报废,谁买谁傻瓜。"

"来明溪之前,我找人打听过,东垣的DH328型磨床,也就是让咱们代工的这种,对外报价是14.8万元,你觉得生产成本能有多少?"赵兴根问。

"14.8万元!抢钱呢!"赵兴旺失声喊了出来,惹得旁边好几位乘客都向他们这边投来警惕的目光,更有人下意识地摸了摸前胸,估计是藏钱的地方。这几年社会治安比前些年好多了,但听到有人公然喊出"抢钱"的话,大家还是下意识要哆嗦一下。

"他们这种机床,数控系统、导轨、齿轮箱、液压板、电机,这些件都是从韩国进口的,价钱多少我说不上来,不过,按照在国内市场上的价格,加起来能有4万元就了不得了。剩下让咱们帮着加工的部件,材料费最多不超过2万元,给咱们的代工费是1.5万元,全部加起来也就是7.5万元的样子。他们敢卖14.8万元,这不是抢钱吗?"

赵兴旺重新压低声音,对赵兴根说道。

"这种磨床,是不是和咱们厂子里用的长缨的外圆磨床是一样的?"赵兴根又问道。

第二百一十五章 你这是唱的哪一出啊

赵兴旺说:"性能上基本一样,咱们用的长缨磨床是手动的,他这个是数控的,也就是这点区别。不过,要论质量,长缨机床能甩他三条街。长缨的磨床用上十年都没问题,他这个,我刚才说了,最多两年精度就完全达不到了。你想想,磨床的精度达不到,还能用吗?"

赵兴根问:"长缨的这种手动磨床,一台是8万多,加个数控系统,12万了不起了吧?你说说看,为什么东垣的机床能卖14.8万?"

"不就是冲着'韩国'那两字吗?"赵兴旺不屑地说,"长缨的机床用料足,工时起码比东垣的设计要多一倍,就这样,一台也就卖出11万多。可这个东垣的机床,就敢报14.8万,这不是骗傻子吗?不过,咱们国内的傻子也真是不少,也不说别的地方了,就是咱们合岭,也有一群土包子根本就不懂机床的好坏,以为外国的东西就是好。"

"什么外国的东西,根本就是咱们给他们代工的好不好。"赵兴根笑着纠正道。

赵兴旺也幸灾乐祸地说:"就是!如果那些客户知道他们花大价钱买的韩国磨床,其实是咱们给代工的,不知道会气成啥样了。"

赵兴根说:"兴旺,说正事,你觉得咱们能不能把他们的磨床仿过来?"

"仿过来?"赵兴旺一愣,随即开始琢磨起来。他想了一小会儿,点点头说,"我觉得不难。唯一的障碍就是他们的数控系统和导轨之类的都是进口的,咱们没这个进口渠道,仿出来的东西和他们还是不太一样。"

"是啊,这是一个障碍,我想想有什么办法解决。"赵兴根说,"兴旺,回去以后,你就开始安排生产,按照这个李太宇的要求,抓紧把5台磨床给他造出来。同时,你琢磨一下怎么仿造的问题,反正所有的图纸都在咱们手上,咱们稍微修改一下,别跟他一模一样就行。他一台机床卖14.8万,咱们卖9.8万,我就不信干不过他。"

"行,没问题!"赵兴旺答应得极其爽快,"哥,你找人问问,看看有什么渠道能够弄到类似的数控系统。导轨之类的东西,国内倒是也有,就是跟东垣的设计规格不一样,等我把设计改一改就行。"

兄弟俩定好了策略,心情顿时就愉快起来了。仿造设备这种事情,他们干得太多了,不过每次都是拿着别人的设备照着仿,图纸之类的需要自己画。这一次,他们拿到了东垣公司的全套磨床图纸,只要略做修改,甚至完全不做修改,就可以开始生产。同样的磨床,东垣公司能够以 14.8 万卖出去,他们如果把价钱压低 1/3,哪有卖不出去的道理?

赵兴旺刚才已经算过,按照东垣公司的成本,一台机床的造价也就是 7.5 万,这其中还包括他们能够赚到的 5000 元代工利润。如果他们以 9.8 万的价格进行销售,一台的利润就能够达到近 3 万元。事实上,像他们这种企业,控制成本的能力是非常强的,一旦生产走上正轨,一台磨床赚 4 万利润都不成问题。

这边赵家兄弟俩如何心怀鬼胎,打算撬东垣公司的墙角,暂且不提。常宁市一家颇有些档次的饭馆里,东垣机床公司生产总监王迎松在服务员的引导下,走进了一个小包间。包间里端坐着一个人,却是王迎松多年未见的一位老友。

"哎呀,韩科长,你怎么到常宁来了,稀客稀客啊。让我想想,咱们得有五六年没见面了吧?"

王迎松走上前,热情地与对方握手寒暄,脸上颇有一些夸张的表情。

这位韩科长,正是临河第一机床厂销售部长韩伟昌。王迎松尚不知道他已经晋升,便依然是用过去的头衔来称呼他。

王迎松原来所在的常宁第五机床厂,是生产磨床的。而临一机则是国内生产磨床的主力厂家,技术实力雄厚。十多年前,第五机床厂遇到一个磨床生产上的技术难题,辗转托人,最后联系上了临一机。临一机派了一位工程师过来帮助五机床解决问题,这位工程师正是韩伟昌,王迎松就是在那个时候与韩伟昌结识的。

再往后,王迎松又请韩伟昌来过几次常宁,目的都是解决技术问题。那几次,韩伟昌都是以私人的身份前来的,每次能够从五机床拿到一笔咨询费。这几年,五机床的生产基本陷入了停滞,自然也就没有什么需要解决的难题了,所以王迎松与韩伟昌也就断了联系。

其实韩伟昌在这几年中也曾来过常宁,只是压根没想过要到五机床去拜访王迎松而已。

王迎松当然也知道以自己的身份,高攀不上韩伟昌、何继安这些人。也正因为如此,这一次当韩伟昌给他打电话,约他到这家饭馆来吃饭的时候,他是吃了一惊,不知道对方怎么会突然想起他,而且还会郑重其事地请他吃饭。这家馆子在常宁也算是小有名气,吃一顿饭的价格不菲,在王迎松想来,韩伟昌莫

第二百一十五章 你这是唱的哪一出啊

非是遇到了什么麻烦要请他帮忙，所以才会如此折节下交。

"王厂长，啊不，应该叫你王总监了吧？咱们可不是得有五六年时间没见了吗？怎么样，现在在外企当高管，比过去在五机床强多了吧？"

韩伟昌呵呵笑着，一边招呼王迎松落座，一边虚情假意地说着恭维话。

王迎松心里咯噔一下，脸上笑意不减，摆着手说道："什么外企高管，不还是干原来那些活吗？我们那个公司，说是外企，呵呵，其实也就那么回事。"

五机床被东垣公司兼并，王迎松当了东垣公司的生产总监，这些事情要打听起来都不困难。但韩伟昌远在东叶省，与王迎松其实也就是有过几次业务接触，根本谈不上有什么深交，却专门打听了他的现状，一见面就喊出"王总监"这样一个称呼。这就是有备而来了，王迎松自然是要提防几分的。

韩伟昌也是故意要点破这一点的，但说完之后，却并不往下引申，像是随口提了一句而已。见王迎松已经坐下，韩伟昌冲门外喊了一句，通知服务员上菜，然后掏出烟盒，给王迎松扔了一支烟，便与王迎松拉起了家常。

王迎松丈二和尚摸不着头脑，又不便细问，只能见招拆招。韩伟昌问什么，他就答什么，偶尔还反过来问问韩伟昌的情况。二人从天气聊到物价，又聊到子女上学、台湾局势等，听起来是聊得热火朝天，却全是一些没油没盐的口水话。

酒、菜很快就送进来了，酒是好酒，菜也是好菜，而且足足有六个菜之多，这就显得非常隆重了。韩伟昌亲自端起酒瓶，打算给王迎松倒酒。王迎松伸手捂住了自己的酒杯，看着韩伟昌，说道：

"韩科长，你这是唱的哪一出啊？你不给老哥我透个底，这杯酒，老哥可是不敢喝的。"

第二百一十六章　咱不给他下药行吗

韩伟昌伸出另一只手,在王迎松捂着杯子的手上轻轻抬了一下。王迎松原本也只是要做个姿态,见韩伟昌如此,也就顺水推舟地放开了手,不再遮着酒杯了。

韩伟昌给王迎松的杯子里倒满了酒,又给自己的杯子也倒了酒,然后放下酒瓶,却不急于举杯,而是笑呵呵地说道:"王总监,我知道我如果不把请你过来的原因说清楚,你这顿酒肯定也是喝不出味道来的,是不是?"

王迎松笑道:"正是如此。喝闷酒容易醉,把话说得敞亮了,酒喝起来也痛快不是?"

"那好,我就向王总监汇报一下工作吧。"

"哪里哪里,是韩科长向我指导工作。"

"老王,我先得向你通报一下,我现在已经不是我们厂工艺科的副科长了,厂里把我调到了销售部,临时负点责。"

"在销售部负责?哎呀呀,该死,原来韩科长是高升了,现在得叫韩部长了,恭喜恭喜啊。"

王迎松忙不迭地向韩伟昌抱拳祝贺。他好歹也是在体制内待过的,对于职务、级别之类的十分了解。临一机的销售部长,那可就是正处级了,比他原来那个常宁市二轻局下属第五机床厂的生产副厂长级别高出了一大截。他刚才一口一个韩科长地称呼对方,换个人早就该不高兴了。

韩伟昌露出一个谦虚的表情,说道:"什么高升,其实就是一个苦差事,厂里没人乐意干,这不,就落到我头上了。现在国内机床市场的竞争这么激烈,光是那些乡镇企业,我们就对付不过来,结果,你们东垣公司又进来了,硬生生地从我们厂手里抢客户,这是不给我留活路啊。"

王迎松的脸一下子就变得尴尬起来,他多少猜出了一点韩伟昌的来意。东

第二百一十六章 咱不给他下药行吗

垣公司抢了临一机的市场,韩伟昌这是上门讨说法来了。按照常理,作为竞争对手,韩伟昌是不应当请王迎松吃饭的,但他偏偏就请了,而且还点了六个菜,上了好酒,这不分明就是一桌鸿门宴吗?只是王迎松还没弄明白,韩伟昌想跟他如何说。

"东垣公司的销售,不是由我负责的,我还是干老本行,也就是生产管理。负责销售的,是从常机跳槽过来的一个人,对了,我想起来了,韩部长你应当是认识他的,就是常机原来的工艺科副科长,叫何继安的,你有印象吧?"王迎松说道。

韩伟昌冷笑道:"我怎么会没印象。上次我在鹿坪还见过他呢,好家伙,手上戴着一块上万块钱的进口表,在我面前那一通嘚瑟。"

韩伟昌此言一出,王迎松的脸色就有些精彩了。韩伟昌的话里,明显是带着对何继安的不满,不,岂止是不满,简直就是深仇大恨的感觉。

这些天,王迎松对何继安又何尝不是充满了仇恨,自从何继安替李太宇找到代工企业之后,李太宇对王迎松的态度就越发冷漠了。王迎松有充分的理由相信,一旦几家代工企业把完成的磨床送过来,李太宇就该对王迎松下手了。

在此前,原来五机床留下的老人已经被李太宇辞退了一半,余下的一半也只是因为对薪水的要求不高,李太宇才捏着鼻子留下来了。按照何继安的要求招聘来的那些优秀技工,薪酬标准都很高,李太宇养不起这么多人,在非关键的工序上,还得让原来那些工人顶着。

王迎松作为高管,拿的是1200元的月薪,也属于李太宇看见就觉得肉疼的那类人。过去李太宇找不到合适的人管生产,不得不留着王迎松,如果代工这条路能够走得通,他又有什么理由再把王迎松留下呢?

王迎松在东垣公司拿的薪水很高,所以他是不愿意离开东垣公司的。但现在的情况,已经不是他考虑要不要离开的问题,而是李太宇会不会把他留下的问题,而造成这一切的始作俑者,就是何继安。王迎松怎么能够不恨他?

恨归恨,王迎松还没有完全被仇恨冲昏头脑。他有足够的社会阅历,不会因为韩伟昌三两句话,就认为韩伟昌是自己的盟友。他要先弄明白韩伟昌的用意,再决定要不要接这个茬。

想到这些,王迎松只是笑着敷衍道:"老何这个人,的确是有点喜欢嘚瑟。不过,他到了公司以后,倒是做了不少事情,我还是挺佩服他的。"

"仅仅是佩服吗?"韩伟昌用满是揶揄的目光看着王迎松,笑着问道。

"那还能怎么样?"王迎松答道。

韩伟昌说:"老王,你就别瞒我了。我今天请你过来,而不是请老何过来,你还不明白是怎么回事吗?你们之间那点事,我早就打听清楚了。老何现在干的是卖国求荣的事情,既损人又不利己,你就不想和他划清界限?"

韩伟昌这话并不是在诈王迎松,他是真的知道了王迎松与何继安之间的矛盾,所以才选择了王迎松作为突破口。

原来,机二〇机制形成之后,唐子风立即启动了应对韩资机床企业的方案。他以秘书处的名义,要求各家成员企业分头去了解与本厂具有竞争关系的韩资企业的情况,寻找它们的弱点,采取有针对性的措施,挤压对方的盈利空间,务必要让这些韩资企业陷入进退两难的境地。

唐子风并不打算马上就把这些韩资企业挤垮,事实上,他也很难做到这一点,毕竟现在是搞市场经济,用户愿意购买韩资企业的产品,他是没有办法直接干预的。他要等的机会,是将于今年爆发的亚洲金融危机。他不记得这一轮危机会在何时波及韩国,按照先后顺序来算,这个时间估计要拖到年底了。

他的想法,就是在年底前逼着这些韩资企业打价格战,靠烧钱来维持市场份额,最好还能让他们欠下一些债。这样一旦金融危机爆发,韩国国内银根紧缩,这些企业就只能断臂自保了。到时候无论是机二〇的会员企业出手,还是那些私营小机床厂出手,总之,大家可以用极低廉的价格,接收这批韩资企业的资产,为我所用,岂不美哉?

韩伟昌就是为了这个目的到常宁来的,因为东垣机床公司正是临一机的竞争对手之一。

韩伟昌的本意,是想先找何继安聊一聊,看看从他这里能不能找到突破口。他托人一打听,却听说了何继安与王迎松的冲突。这种事情,要想瞒住公司里的员工是很难的,韩伟昌过去到五机床帮忙解决技术问题的时候,也认识了几个车间里的工人,而这几个工人目前就在东垣公司,正是他们把这桩家丑当成笑话告诉了韩伟昌。

韩伟昌用他那搞工艺练出来的精密大脑思索了一下,便弄明白了其中的奥妙,并立即决定放弃何继安,转而从王迎松这里寻找突破口,这便是他请王迎松吃饭的原因。

第二百一十六章 咱不给他下药行吗

王迎松的技术功底不行,但社会经验是足够丰富的。明白人之间对话,其实用不着绕太多的圈子,听韩伟昌把话挑明,王迎松也就不装了,他看着韩伟昌,问道:"韩部长,你找我,到底是为什么呢?总不会是想让我替你去给老何下药吧?我可得事先说清楚,这种事我是不会干的。"

韩伟昌哈哈大笑:"老王,你可真幽默,我给他下药干什么?实话实说吧,东垣机床抢了我们临一机的市场,我们看它不顺眼。要说如果是正常的市场竞争,我们水平不行,拼不过东垣机床,我们也就认了。可你看看何继安那老小子干的是什么事,他到处说中国的机床质量不行,韩国机床质量好,用这个来骗人家买你们东垣的机床。

"老王,你也是在工厂里干了多年的人,你在这里摸着良心说一句,你们东垣的机床,能和我们临一机的比吗?"

"我们还是有一些长处的,比如数控……"王迎松讷讷地争辩道。

他心里如明镜一般,自家的机床品质真是没法和临一机的比,也就是顶着个韩国机床的名号,能够唬一唬人而已。何继安在外面是如何吹牛以及如何诋毁同行的,王迎松也都知道,心里也对这种行为颇为不耻。不过,当着韩伟昌的面,让他说自己的公司狗屁不是,他起码脸上是有些挂不住的。

韩伟昌说:"何继安借着大家有点崇洋媚外的心理,把白菜卖成猪肉价,坑害用户不说,还损害了咱们国家自己机床企业的名声,这就是汉奸行为了。老王,咱们说句良心话,给外企打工不丢人,谁让人家给的钱多呢。但帮外企把咱们自己的产业整垮,这就是昧良心了。

"咱们也都是受党教育多年的人,起码的民族精神还是应当有的吧?咱们技术不如别人,咱们好好学,总有一天能超过别人的。可你为了赚几个钱,就把自己本国的企业往坑里推,咱不给他下药行吗?"

王迎松前面听着还有些动容,听到最后一句,不禁愕然:

"韩部长,你不会真的想给何继安下药吧?"

第二百一十七章 这中间有什么关系呢

"给何继安下药是没用的,再说,这种事也犯法不是?"韩伟昌一脸狰狞地说,"我们是要给东垣公司下药。明说吧,我们打算把东垣公司整垮。"

王迎松愕然:"韩部长,你跟我说这个干什么?你不会是想让我当内应吧?"

韩伟昌大义凛然地说:"我怎么会干这种事?再说了,就算我想让你当内应,你也不会答应啊。"

"那是那是,吃哪家的饭,就服哪家的管嘛。东垣公司毕竟还给我开着工资,我怎么能干那种吃里爬外的事情呢?"王迎松言不由衷地说。

在他的心里,隐隐有些失望。他其实还真有点想给韩伟昌当内应,毕竟,韩伟昌是不可能让他白干活的,要他当内应,总得拿出一些好处来。

如果放在一个月前,王迎松是不会动这个心思的,东垣公司给他的薪水不低,帮着别人把东垣公司整垮了,对他并没好处。但现在情况不同了,何继安帮李太宇找到了代工企业,王迎松在东垣公司的价值已经不大了,李太宇随时有可能把他辞退。

"不过,如果我只是想向你打听一点东垣公司的情况,老王你应当不会拒绝吧?"韩伟昌画风转得极快。

"打听什么事?"王迎松警惕地问道。

韩伟昌说:"据我了解,何继安这大半年时间在国内到处跑,起码拉到了不少于100台磨床的订单。你们五机床的底子,我是了解的,说难听点,不考虑质量的情况下,你们一个月能拿出3台磨床就了不得了,是不是?"

王迎松有些窘,有心否认,又知道否认也没用,因为这样的事情甚至连秘密都不算。韩伟昌是到过第五机床厂的,五机床的生产能力如何,韩伟昌哪会不知道。他讷讷地点点头,说道:"韩部长是个行家,这点事,肯定是瞒不过你的眼睛的。"

"那么问题就来了,老何拉来那么多订单,你们打算怎么完成呢?"韩伟昌追问道。

"这个……"王迎松支吾起来。

韩伟昌说:"如果我没猜错的话,你们应当是会找人代工的,是不是?"

"……"

"你们找着了吗?"

"……"

"是一家还是几家?具体是哪几家,你能给我透个底吗?"

"韩部长,你这就让我为难了。"王迎松苦着脸,"实不相瞒,我们的确是找了几家企业来代工,也就是不久的事情。可具体是哪几家,我实在是不方便透露给你啊。这种事,你也知道的,万一传出去,对我们公司的名声可没啥好处。"

"老王,你这就没意思了。"韩伟昌露出一个不悦的表情,"你以为我是想让你当间谍吗?其实我是想帮你,你就没看出来?"

"帮我?韩部长,我不太明白你的意思。"王迎松说。

韩伟昌说:"老王,你现在在公司的处境,用不着我说了吧?一旦几家代工企业做得好,你们东垣公司自己的生产线就得扔了,到时候你这个主管生产的总监,还能有什么用?到这个时候,你还帮公司保守秘密,有这个必要吗?"

"可是,我就算把这些事情告诉韩部长,对我又能有什么好处呢?"王迎松问。

韩伟昌说:"当然有好处。我给你出个主意,你们找了代工厂,不是把合同一签就了事的,那边的生产,总得有人去监督吧?要不万一人家交过来的机床不合格,耽误了你们向客户交货,这个影响就大了。如果要派人去监督,你觉得你们公司谁最合适?"

"老何?"王迎松下意识地答道。

韩伟昌大摇其头:"老何要去开拓业务,怎么可能成天待在代工厂监督生产?"

王迎松眼睛一亮:"你是说,这个人应当是我?"

"你觉得呢?"韩伟昌反问道。

"对啊!"王迎松一拍大腿,"我怎么糊涂了!这事就该由我做的呀。如果公司派我去监督这几家厂子,那李太宇就别想辞退我了,老子还得让他给我发出差补助呢。哈哈,这个何继安还是干了一件好事嘛,如果不是他给联系来了代工厂,我还真想不出自己在公司能干点什么呢。"

他自我陶醉了一番,这才想起韩伟昌还坐在他对面,连忙收起得意的表情,主动端起面前的酒杯,对韩伟昌说道:"韩部长,多谢你给我出的这个主意。我借花献佛,敬韩部长一杯。"

韩伟昌笑着举杯和王迎松碰了一下。二人各自喝完杯中酒,没等韩伟昌动手,王迎松便抢过了酒瓶子,先给韩伟昌满上,又给自己倒了酒,然后放下酒瓶,对韩伟昌问道:"韩部长,我还是没弄明白,你给我出主意,说让我去这几家代工厂监督生产,这和你问我这几家代工厂的名字有什么关系?"

"关系大了!"韩伟昌说,他看着王迎松的眼睛,用质疑的口吻问道,"你居然没想明白这中间的关系?"

王迎松一脸蒙圈地摇摇头。韩伟昌叹了口气,显出一副恨铁不成钢的样子,心里却在快速地盘算着:是啊,这中间有什么关系呢?

这时候,他是真心地想念唐子风了。换成唐子风在这里,绝对是三两句话就把王迎松给绕晕了,哪会让对方如此支吾。他也是把事情给想简单了,总觉得王迎松在公司里不得志,或许不会替公司守口如瓶。但他却漏算了一点,王迎松就算对公司不忠诚,可也没必要向他泄露秘密啊,说实在话,王迎松跟他其实真的不熟。

韩伟昌也不是没想过要花点钱贿赂王迎松,以便让王迎松把公司的秘密透露给他。但他猜不透王迎松内心的想法,担心如果这样做,反而起到坏作用了。花钱买通对方公司高管来打探消息这种事情,毕竟是有些上不了台面的,万一王迎松不接受,还把这事传出去,丢人的可就不仅是韩伟昌,还要搭上整个临一机了。

无可奈何,韩伟昌只能是硬着头皮往下忽悠了,他说道:"老王,你想想看,你主动申请去这几家厂子监督生产,可是生产上的事情,你看得懂吗?"

王迎松面有愠色:"韩部长,你这话也未免太伤人了。我老王水平的确一般,可是生产上的事情,我还是有点经验的,不至于看都看不懂吧?"

韩伟昌冷笑道:"老王,你那两下子,我还不知道?大家如果都按生产规范做,你倒是能看明白。但人家如果不照规范来,给你玩点心眼,偷工减料,中间给你少一两道工序,你能看得出来?"

第二百一十七章 这中间有什么关系呢

"这……"王迎松不敢接茬了,韩伟昌这话还真不是在唬他,生产上能搞名堂的地方太多了,他的确不敢保证自己能够看破这些名堂。目前东垣公司签约的这三家代工企业,都是小型私营企业,偷工减料之类的事情,他们是真干得出来的。

从此前与几家企业的老板接触的经历来看,这几位老板的生产经验远在他之上,这也就意味着对方如果想跟他搞名堂,他很可能是看不出来的。

如果他不是现场监督,那么代工企业交过来的产品出任何问题,都与他无关,他甚至可以坐在旁边看笑话,这个锅是应当由何继安背的,因为这几家企业都是他推荐来的。但现在他为了保住在东垣公司的饭碗,要主动申请去几家工厂当监工,如果出了质量问题,板子就得打到他这个监工的屁股上了。

"韩部长,你的意思是什么呢?"王迎松软了,向韩伟昌求证道。

韩伟昌说:"办法很简单,我帮你找个懂行的人跟着你,不就行了?"

"这个……恐怕有点不合适吧?"王迎松说。

"怎么不合适了,我又不用你出钱。"韩伟昌说。

王迎松说:"正是因为不用我出钱,我才觉得不合适。韩部长,我说句不好听的,你是不是想让你们这边的人去给那几家厂子放水,故意让他们生产出不合格的产品,最后把东垣公司给坑了。如果是这样,我还不如自己盯着呢。"

"我绝对没有这样的想法。"韩伟昌说,"代工的机床送到东垣公司去,你们肯定是要检测的。你们老板不懂行,可何继安懂啊,我如果想搞名堂,能瞒得过何继安吗?"

"可是,你们这样做……到底是图个啥呢?"王迎松彻底晕了。说好的要把东垣公司整垮呢?怎么反过来还帮东垣公司监督生产了,而且还是自带干粮的那种。要说这其中没有阴谋,打死他他也不会相信的。

韩伟昌说:"老王,你还不相信我吗?我告诉你吧,我们现在还不打算让东垣公司死掉,我们是要让它活着,它活着比死掉对我们更有作用。"

"我还是不明白。"王迎松都要哭了,这事也太邪乎了,自己真的想不明白啊。

"你以后会明白的。"韩伟昌霸道地说,"老王,你就给句痛快话吧,愿不愿意跟我合作。如果你不愿意,那也简单,咱们喝完这杯酒就一拍两散,我晚上再约何继安就是了。"

第二百一十八章　同一条战壕里的战友

韩伟昌最后的威胁发挥了作用。王迎松有足够的理由相信，如果自己拒绝与韩伟昌合作，韩伟昌肯定会想办法反过来给他下药。最简单的办法，就是让人给李太宇带话，说王迎松并不具备监督代工厂生产过程的能力，这个人最好是直接开掉。韩伟昌既然能够打听到王迎松与何继安之间的矛盾，要让人带句话给李太宇，想必也是能够办到的。

如果自己先去向李太宇告密，说临一机派了韩伟昌来拆东垣公司的墙脚，李太宇会如何做呢？他肯定会大大地表扬自己一番，然后依然会毫不犹豫地把自己开掉。王迎松对李太宇的为人是非常了解的，这个人绝对不会因为自己表现出了忠诚，而忽略掉自己的无能。

既然忠诚于公司也无法自保，那么与韩伟昌合作至少也算是孤注一掷了。韩伟昌说得对，如果临一机的目的是故意破坏代工，何继安是能够看出来的。届时王迎松可以当个污点证人，甚至把临一机派人去代工厂的事情与自己摘开，说自己是无意中发现了临一机在其中捣鬼，届时临一机是会闹个灰头土脸的。

临一机是国有大厂，是要面子的，所以不可能跟自己玩这种心眼。从这个角度上说，韩伟昌说派个人跟着他，对他应当是没有什么损害的。

但韩伟昌的目的，肯定不是为了帮助东垣公司，而是隐藏着一个更大的阴谋，是要把东垣公司埋得更深，这一点王迎松毫不怀疑。具体到韩伟昌打算怎么做，王迎松猜不透，索性也就不去猜了，他犯得着替李太宇操这个心吗？

带着忐忑的心情，王迎松接受了韩伟昌的"好意"，同时向韩伟昌透露了三家代工厂的名称以及代工费等细节。韩伟昌掏出小本子把有用的信息记下，然后端起酒，向王迎松说道：

"老王，咱们走一个。你放心，我老韩是最重意气的，和何继安那个王八蛋

第二百一十八章 同一条战壕里的战友

不一样。我可以向你保证,我给你安排的人,绝对不会坑你,要坑也是坑东垣公司,与你老王无关。"

王迎松苦笑道:"坑了东垣公司,怎么就跟我无关了？东垣公司能够多存在一个月,我就能多拿一个月的薪水,我可不希望东垣公司这么快就被你们整垮了。"

韩伟昌哈哈笑道:"不会的,不会的。我刚才不是说了吗,我们现在还希望东垣公司活着。不过,你也得早做准备,因为东垣公司迟早是要被我们拿下的。到时候,我给你记一功。"

"记功就不必了。真到那一天,我还得麻烦韩部长帮我说说话,给我介绍个什么单位去上班呢。"王迎松说。

"一言为定!"韩伟昌爽快地应道。

既然已经决定和韩伟昌合作了,王迎松也就懒得再替东垣公司保守什么秘密了,便知无不言、言无不尽,把东垣公司的底细向韩伟昌和盘托出,当然其间也免不了要叮嘱几句"千万别说是我告诉你的"。

"这么多企业,居然就因为你们公司顶着一个韩资的帽子,就愿意出高价买你们这些劣质机床,真是一个天大的笑话。"韩伟昌听着王迎松的叙述,感慨万分地说。

"谁说不是啊!"王迎松显得比韩伟昌还气愤,"这些人说穿了就是崇洋媚外,连我这个半吊子搞工业的人都知道东垣公司的机床不怎么样,这些大厂子的总工程师、生产厂长,怎么就看不出来呢？"

"用我们唐厂长的话说,这些人就是眼歪了。"韩伟昌总结道,"总觉得外国的东西就一定比中国的好,得让他们吃点亏,才能长长记性。"

"吃亏的不还是咱们中国人吗？"

"这也是必要的学费吧。"

"唉,咱们是初级阶段嘛,这也是难免的。"

"就是就是。"

"……"

两个人越说越投机,似乎并不是一种相互利用的关系,而是同一条战壕里的战友。

一顿饭吃得宾主尽欢。吃完饭,王迎松假意说韩伟昌帮了自己,又远来是客,这顿饭理应由自己埋单。韩伟昌并不接茬,只是抢在王迎松之前,把一张百元大钞塞到了服务员的手里。王迎松好半天才把自己的钱包掏出来,冲着服务员大喊"我来我来"。服务员也是身经百战,她向王迎松嫣然一笑,说了句"大家都是一样的嘛",然后便飘然离开了。

　　付过钱,韩伟昌让王迎松先走一步,自己又磨蹭了一会,才施施然地离开饭馆。他这样安排的目的,自然是为了避免让人偶然撞见他与王迎松在一起。这种事情,万一走漏了风声就有些麻烦了。

　　得到韩伟昌授意的王迎松一回到公司,便向李太宇提出要去几家代工厂当监工的要求。他强调了一堆监督生产过程的必要性,声称如果不能进行有效的事前和事中监督,等到出现质量问题,即便能够对代工厂进行惩罚,耽误了交货,对公司信誉的影响也是极其严重的。

　　李太宇是学过企业管理的,对于王迎松说的理念倒也不陌生,听王迎松主动请缨,便欣然答应了。他也知道王迎松与何继安关系紧张,想到这几家代工厂都是何继安找来的,如果安排王迎松去监督,王迎松肯定会鸡蛋里挑骨头,让对方一点名堂都不敢搞。这种企业里的平衡术,在领导学课程里也是有所涉及的。

　　几天后,井南省合岭市的龙湖机械厂,迎来了东垣公司的质量专员王迎松,与他一同前来的还有一个体重200斤出头的年轻人,王迎松声称此人是他的助理,名叫宁默。

　　"欢迎王总监,欢迎宁助理。"

　　厂长赵兴根满脸堆笑,领着王迎松和宁默二人来到自己的办公室,又叫来了自己的弟弟赵兴旺。双方分宾主落座,赵兴根让秘书给客人沏上茶,这才笑着问道:"怎么,李总对产品质量这么重视,还派王总监亲自过来检查工作了?"

　　王迎松摆手笑道:"哪里是什么检查工作,我就是来学习的。赵厂长也是知道的,我文化不高,当了几年工人就搞管理去了,技术是个门外汉。这不,我从外面请了个人来帮我,宁默,宁师傅,是在国有厂子里当装配钳工的,在机床装配这方面很精通。对了,我原来跟他也不认识,是一个朋友介绍过来的。"

　　王迎松最后一句话,可是暗含玄机的。他强调自己与宁默原来不认识,就留下了未来撕扯的余地。如果宁默真的是奉临一机领导的指示,要破坏东垣公司的代工生产,日后王迎松就可以反戈一击,说自己只是被人骗了,没想到这个

第二百一十八章　同一条战壕里的战友

肥头大耳的家伙居然是个间谍。

听到王迎松这个颇为别扭的介绍，赵兴根也是心下一凛：这是唱的哪一出啊？

王迎松的技术不怎么样，赵兴根是知道的，上次在常宁会谈的时候，他就已经看出这一点了。王迎松代表东垣公司来监督代工生产，找个懂行的人一起来，也是情理之中的事。但王迎松带的人，不应当是东垣公司内部的人吗？可听王迎松这意思，这个宁默并不是东垣公司的雇员，甚至王迎松对他的称呼还是"宁师傅"，这就是一种平等的关系了。王迎松带着这样一个人来，是什么意思呢？

"王总监和我的一个朋友是好朋友。"宁默闷闷地说了一句，便不再吭声了，留给大家一个深不可测的印象。

"那么，宁师傅原来是在哪家厂子里工作的？"赵兴根试探着问道。

"一个小厂子，说出来赵厂长也不一定听说过。"宁默依然是那种不好打交道的样子，闭口不谈自己的来历。

"宁师傅是出来做兼职的，所以自己的单位嘛，不太方便说。"王迎松替宁默做了解释，随后又把话题扯开了，对赵兴根说道，"赵厂长，我倒不是说咱们龙机的生产质量不行，实在是李总有交代，我不得不来看看，你们可别介意哦。"

赵兴根也就不便多问了，只能顺着王迎松的话头，客气地说道："王总监这话说得，你们有权力监督代工过程的，这个在合同里也写着的嘛。"

双方签的合同里的确有"甲方可以随时检查乙方的生产过程"这一条，赵兴根对于王迎松的到来是有心理准备的，也谈不上有什么反感。

事实上，他原本也没打算在生产过程中偷工减料，毕竟对方那边也不是没有懂技术的人，自己在生产中搞名堂，能够省下来的费用不多，风险却不小，很不值得。

赵兴根现在顾虑的，仅仅是这个宁默的身份，怎么琢磨，这其中都透着一股阴谋的味道。

第二百一十九章 这个赌注,你赢了

带着满腹狐疑,赵家兄弟带着王迎松、宁默二人来到车间,查看了正在代工生产的东垣机床。龙湖机械厂这几年发展不错,生产也越来越正规,王迎松站在车间里,愣是看不出什么毛病。这时候,宁默的作用就体现出来了,他一路走过去,不时提出一两个问题,让赵兴旺都觉得挺有道理的,赵家兄弟二人对于这位神秘的"兼职助理"变得越来越感兴趣了。

宁默在技校学的是钳工。钳工原本就是一个万能工种,和各个工序都要打交道,优秀钳工一般都是车铣刨磨样样能够上手的。这两年,唐子风利用手里的职权,安排宁默给临一机最牛的老钳工芮金华打下手。宁默人长得胖,心思单纯,还有一些吃苦耐劳的劲头,倒是颇得芮金华的喜欢,不时会传他几手绝活。宁默得到名师指点,技术水平上升很快,在装配车间也算是一颗新星了。

这一回,韩伟昌专门调宁默来给王迎松打下手,也是看中他的技术较为全面,很适合监工这个职位。当然,宁默的使命可不是给东垣公司帮忙,而是要给它刨坑。

一圈走下来,几方都觉得挺愉快。赵家兄弟发现王迎松和宁默二人并不是来挑刺的,宁默提出的一些问题,其实更像是一些生产建议,对于保证产品质量以及提高生产效率,都有好处。王迎松也发现,宁默并不是来捣乱的,他说的那些问题,王迎松事先想不到,但听过之后还是能够理解的,知道都是一些有益的建议。

宁默能够这样做,王迎松就放心了,至少大面上的事情,临一机做得还是比较讲究的。至于事后宁默或者临一机会搞什么鬼,那就不是王迎松需要考虑的事情了,有这工夫,他还不如去练练气功呢。

晚饭时分,赵家兄弟在合岭市区的一家高档餐厅开了一桌宴席,款待王迎松和宁默。王迎松是在企业里当过副厂长的,对于这种场面自不陌生,开席便与赵家兄弟厮杀起来。赵兴根向弟弟使个眼色，赵兴旺便接上了王迎松，与他单挑，不一会就喝得天昏地暗了。

宁默平日里与小兄弟们喝酒的次数不少，上这种台面的机会却不多，一开始还有些放不开。赵兴根有意要套他的底，便盯上了他，找各种名目与他碰杯。三杯酒下肚，宁默的情绪终于被调动起来了，不但主动向赵兴根敬酒，还时不时伸出肥厚的熊掌在赵兴根肩膀上拍来拍去，一口一个"老哥"。

赵兴根平日里也经常在车间里和工人一起干活，身体健硕，倒也能承受得起宁默的拍打。他笑呵呵地与宁默碰着杯，开始话里话外地打探消息。

"宁师傅看上去很年轻啊，今年有30没有？"

"哪有30，过了年也就是27岁，不瞒老哥你说，我现在还是光棍一条呢。"

"哈哈，光棍不怕啊，宁师傅技术这么好，赚钱容易得很，有了钱，还怕没姑娘倒着追吗？"

"赚什么钱，就是几个死工资，国有厂子没法跟你们比，还是老哥你过得自在，自己的厂子，好几百工人，一年怎么不得赚个千儿八百万的？"

"哪有嘛，这几百工人就是几百张嘴啊，我一年到头赚的那点钱，连发工资都不够呢。"

"老哥说笑了吧？就你们给韩国人代工，一台机床不得收个五万十万的代工费？"

"五万十万？哈，小兄弟你跟我开玩笑呢，我一台机床能赚5000都了不起了。"

"才5000，不会吧？我知道，老哥你在骗我，这叫财不外露，是不是？"

"骗你我是这个！"赵兴根用手比画了一个王八的样子，然后压低声音说道，"小兄弟，你是不知道韩国人有多抠。这样一台磨床，不算材料，代工费一台才给我们1.5万。你是懂行的人，你说说看，光是生产这些零件的工时费就得多少。扣掉工时费，我还能剩下5000块钱吗？我这个厂子日常开销总得花钱吧，这些钱摊进去，我不亏本都算是好的。"

代工费这种事情，东垣公司是要求龙湖机械厂要保密的，但赵兴根却直接向宁默说出来了。在他看来，宁默是跟着王迎松来的，而王迎松是参与了赵兴根与李太宇之间的谈判的，知道代工费的额度。赵兴根不知道王迎松是否向宁默说过这件事，他也是有意把这事说出来，以便试探宁默与王迎松之间到底是什么关系。

宁默自然是知道代工费标准的,他是从韩伟昌那里听说的,当然,韩伟昌的信息来源也是王迎松,只是一个直接和间接的区别罢了。此时,他装出对此事毫不知情的样子,愕然地说:"不会吧,一台才1.5万的代工费,那你们还干个屁啊。"

"可不是干个屁嘛!"赵兴根叫着撞天屈,"老弟,你现在知道我们有多苦了吧?没办法,好几百人要吃饭啊,我不接这活,怎么养得活这些人?"

宁默说:"我听王总监说,他们一台机床卖给客户,是14.8万。你们如果拿1.5万的代工费,加上材料,还有数控系统这些外购件,满打满算也就是三四万块钱,合着整个成本就是不到5万。韩国人转个手,就是差不多10万的利润,也太黑了。"

"材料和外购件,倒不至于这么便宜。这种机床用的数控系统是从国外进口的,听说一套就要3万多。还有导轨、液压板、电机啥的,加起来也得1万出头。其他的材料再算个2万,再加上代工费,成本得8万多吧。"赵兴根掰着手指头给宁默算着账。有些价钱是他这些天打听来的,目的就不足为外人道了。

"什么数控系统要3万多?金子做的?"宁默不屑地说,"就这种普通的精密磨床,能用得上什么复杂的数控系统?咱们国产的系统,1.5万一套,你要多少我都能给你弄来。"

"才1.5万一套?"赵兴根瞪大了眼睛,"能用吗?"

"你这话说得,我们厂用的就是这种,军工432厂和我们厂一起开发的,能差得了。"宁默急赤白脸地争辩道。

"你们厂?……你是临一机的!"赵兴根脑子里电光一闪,忽然明白了许多事情。他并不知道临一机与432厂合作开发数控系统的事情,但能够有资格和432厂搞合作,而且开发的是磨床上用的系统,而眼前这位年轻的装配钳工又有如此高的水平,符合所有这些条件的,恐怕只有临一机了。

龙湖机械厂自己就用着临一机生产的长缨牌磨床,前一段时间,厂里打算添置两台磨床,他还专门向临一机询过价,知道临一机开发出了一种数控磨床,一台的价格是12万多,用的就是国产数控系统。

赵兴根没用过临一机的数控磨床,但以他对临一机的了解,知道这家企业还是比较重视信誉的,不可能使用不可靠的系统。既然宁默说临一机使用的是

第二百一十九章 这个赌注，你赢了

这种系统，而这种系统的价格才1.5万元，那么，自己如果想要仿造东垣磨床，换用临一机的系统，岂不是可以省下近2万元的成本？

系统省下了2万元，加上外购件、材料和人工，他就能以不到6万元的成本把东垣磨床仿造出来，届时不卖9.8万，只卖8.8万，也有近3万的利润。与东垣磨床的14.8万相比，龙机的磨床有着6万元的价格差异，还愁没有销路吗？

"可是……"赵兴根做完美梦，旋即就想到一个严重的问题，他看着宁默问道，"老弟，你既然是临一机的，那么你到我们龙机来，肯定就不是跟着王总监赚点外快那么简单了，我没猜错吧？"

宁默嘻嘻笑道："老哥，你想多了，我就是跟着王总监来赚点外快的。当然，如果能够从老哥你这里也赚点外快，就更好了。你想想看，胖子我都27了，现在连个女朋友都没有，再不赚点钱，不是得打一辈子光棍了？"

"你想从我这里赚外快？你是说，帮我们弄数控系统的事情？"赵兴根问。

宁默说："不光是数控系统。导轨、液压板、齿轮箱，我都能帮你们弄到。我知道你们自己也能造，但这几个件，对磨床质量影响是最大的。不像床身、头架、尾架这些，加工精度差一点问题不大。你们如果想仿东垣的磨床，用临一机的功能部件，你们自己造其他部分，不是更好卖吗？"

"谁说我们想仿东垣的磨床？"赵兴根掩饰道。

宁默笑道："你们干吗不仿？东垣的这几款磨床，除了数控系统有点新意，其他的都是传统的磨床样式，连专利都没有，你们仿了也就仿了，根本就不犯法。韩国人能卖14.8万的东西，你们卖个9万、8万，还能卖不过它吗？数控系统和功能部件，我全给你们包了，你给我个手续费就行。"

"你这话当真？"

"我如果说话不算，让我立马瘦100斤！"

"呃……这个赌注，你赢了。"

第二百二十章　我只是来赚点辛苦费的

在酒桌上，双方也只能说到这个程度了。王迎松那边虽然喝得嗨，但时不时还是会向这边瞟几眼，赵兴根也不希望自己与宁默的谈话被王迎松听到。他现在已经可以确信，王迎松和宁默不是一伙的，当然，王迎松与李太宇肯定也不是一伙的，否则怎么可能把宁默这样一个人带过来呢？

那么，到底谁和谁是一伙的，谁又爱着谁，赵兴根有足够的社会阅历，自信能够解开这道排列组合题。

酒足菜饱，王迎松已经醉倒了。赵兴根打电话从厂里叫来一个司机，开着车把王迎松送回酒店。上楼的时候，两个酒店保安加上龙湖的司机，三个人齐心协力，才算是把王迎松给抬进了房间。司机把王迎松扔在床上，后续的事情他就管不着了。

宁默没有跟着王迎松一道回酒店，赵家兄弟以再去喝点啤酒来解酒的名义，把他约到了一个KTV。关上房门之后，大家先前憨态可掬的眼神都变得清明起来。

"宁老弟，现在这里也没外人了，这件事到底是怎么回事，你能不能给我们哥俩透个底？"赵兴根看着宁默说道。

宁默依然是一副笑呵呵的样子，说道："赵老板，事情不是很明白吗？韩国人跑到中国来抢市场，伤害了我们临一机的利益，就不兴我们给它刨个坑？"

"你刚才说能够帮我们弄到数控系统和功能部件，都是真的？"

"这还能有假？到时候你们自己去临一机提货就是了，我还能造个假的临一机来骗你们？"

"这么说，是临一机安排你来的？"

"我可没这样说，我就是跟着王迎松来赚外快的，走到哪我都是这句话。"

"可是，临一机图个啥呢？你们自己就是造磨床的，何必来帮我们？"

第二百二十章 我只是来赚点辛苦费的

"老赵,这个道理吧,我先前也不懂。不过,我哥们……你们也别问是谁了,反正是临一机能够说了算的一个人,他跟我说了,像东垣公司这样的韩资企业,是靠压缩机床性能来控制价格的。临一机如果要和它打价格战,那就不得不把我们的机床性能也降下来,这样一来,我们的名声就算是毁了。"

"所以你们就想让我们来对付韩国人,反正我们的名声也不值钱是不是?"赵兴旺不满地插话道。

宁默嘿嘿一笑:"赵哥,你觉得呢?"

"我明白了。"赵兴根没有弟弟那么矫情,他知道自己的名声的确不值钱,人家临一机有资格鄙视他。

东垣的机床卖14.8万,临一机的同类机床卖12万多,价格上没有什么优势,而人家却有一个"韩国"的加成,临一机要跟东垣竞争是比较困难的。

临一机也不是没有降价的余地,它如果把机床品质降低一些,比如用料减一点,钢材品质下降一点,都能够省出成本。但这样一来,临一机花几十年时间打造的优质耐用的形象就会轰然倒地,大家会说临一机的机床也不过如此。届时就算它把东垣给拼掉了,自己的形象损失也不少,绝对是得不偿失的。

换成让龙机这样的私营企业来与东垣竞争,就没有这个顾虑了。龙机原本就是打一枪换一个地方的,这些年主要做的就是山寨国有大厂的产品,以低廉的价格取胜。龙机的客户从来都不会认为龙机的产品是什么优质产品,大家对龙机产品的要求仅仅是够用。

比如说,有些小企业因为一个临时的项目需要买一台机床,原本就只指望用上一年时间,一年之后报废了也不心疼。这时候,他们就会考虑从龙机这里采购,图的就是一个便宜。至于说一年之后这台机床已经不能用了,谁也不会在乎。

"那么,临一机是不是希望我们把东垣的代工推掉,别给他们干了?"赵兴根又想到了下一个问题。

宁默摇头:"不是的。照我哥们的意思,你们不但要给他们干,而且还要干好,让他们离不开你们。"

"可这是为什么呢?"赵兴旺有些不解。

宁默说:"没有他们14.8万的磨床在前面给你们铺路,人家会愿意要你们8万块钱的货吗?我哥们托我给你们带话,你们盯住那些韩国公司,他们在哪卖,你们也跟到哪去卖。他们敢叫14.8万,你们就叫10.8万。他们如果降价,你们就跟着降，非得把他们拖死不可。"

"这倒是一个好主意。"赵兴根笑道，"到时候我就让业务跟那些客户说，我们的产品和东垣的产品是一样的，只是少一个韩国的标而已。我们一台磨床比他们便宜好几万，让客户自己去选。"

"可是，说不定真有选他们家的，大家还是很崇拜韩国的。"赵兴旺说着泄气话。

宁默说："要的就是这样啊。你们想想看，如果客户买了一台韩国的磨床，又买了一台你们的磨床，最后发现你们的磨床不但更便宜，而且质量还比韩国的好，他们会怎么想？"

"他们以后就会专门选我们的产品了。"赵兴根信口答道，说罢，他忽然又笑了起来，说道，"不对不对，他们这时候会想起还是你们临一机的产品好，这相当于是让客户交了学费，最后又回到你们那里去了。"

"不光是我们临一机，也包括你们龙机。我哥们说了，中国的机床市场，只能让中国人自己的企业来占。我们临一机是国有骨干企业，我们的目标是搞中高端机床，低端市场还得靠你们来撑。"宁默夸夸其谈。

这些话都是唐子风交代过他的，当然，唐子风的原意是让他委婉地说出来，但胖子哪懂什么叫委婉，他觉得赵家兄弟都是爽快人，自然也就不绕弯子了。

宁默的话，听起来够扎心的，但赵家兄弟也没辙，谁让人家是临一机呢？他们俩还想起自己曾经两次见识了临一机刨坑的能力。一次是想仿造临一机的打包机，结果人家在报纸上放了点烟雾，就把自己带到坑里去了。另外一次则是木雕机床的事情，他们在坑边上转了转，自己是没掉下去，但中关村配套市场里是有人落坑的，也不知道那两位仁兄从坑里爬出来没有。

如今，是他们第三次见到临一机的坑，只是这一次他们从被坑的对象，变成了坑人的帮凶。赵兴根久在商海，知道其中的凶险。照着宁默跟他们说的方案，他们要一边吊着东垣，让东垣不断开拓；另一边则顺着东垣开拓出来的道路，不断地抢东垣的市场，顺便还要挤压一下它的利润。

企业经营本身是有成本的，账面上的毛利并不代表实际的利润。像东垣这种外资企业，成本压力更大，如果被龙机逼着打价格战，利润空间受到压缩，总体上就要陷入亏损了。但从企业领导人，也就是李太宇的角度来看，东垣似乎一直都有机会，业务也正在增长，所以必然会存着"再等一等"的心态，最终把仅

第二百二十章 我只是来赚点辛苦费的

有的那点血全部放光。

这得是多大的仇啊！

赵兴根忍不住替李太宇点了支蜡，同时在心里记下了一个名字：我哥们……

有时间一定要再套套这个胖子的话，看看他那哥们是何许人也。

"我哥们还有一个建议。"宁默又开口了，打头的依然是那个主语：我哥们。

"他说，你们仿造出东垣的磨床以后，就可以跟东垣商量提高代工费的问题。你们可以威胁东垣，说如果不提高代工费，你们就宁可去仿造它的磨床。你们还可以说，是因为别的厂子到你们这里花高薪挖工人，你们不得不给工人加工资。"

"够狠！"赵兴根由衷地赞了一句。响鼓不用重锤，宁默提示到这个程度，赵兴根能不知道怎么做吗？

龙机一边给东垣代工，一边自己仿东垣的产品，这肯定是说不过去的。所以龙机需要另外挂一块牌子，比如叫东湖机械厂，或者龙垣机械厂啥的，作为东垣的竞争对手。在竞争压力下，东垣对龙机应当会更加依赖，这就是龙机向东垣要求涨价的基础。

一边是提高代工费，另一边是迫使东垣降价，这就是双重的放血了，东垣想不凉都难啊。

"最后一个问题，王总监知道这件事吗？"赵兴根问道。

宁默摇头说："他知道不知道，都不重要了。他就算知道，也会装作不知道，赵哥觉得是不是这样？"

"没错没错，老王是个聪明人，知道该怎么做的。"

"还有，这件事临一机也不知情，我只是来赚点辛苦费的。"

"没问题，一套数控系统加功能部件，我给老弟你500块的提成，怎么样？"

"多了多了，给个480就好，听起来更吉利嘛。"

"来来来，宁老弟，咱们吹一个……"

"吹就吹，我胖子怕过谁！"

第二百二十一章　我们的立场和你们是完全一致的

在机二〇秘书处的推动下,各家机床企业都在积极行动。它们瞄准那些与本企业产品类型相同的韩资企业,有的扶持中小型机床企业,有的干脆就以本厂的劳动服务公司作为基础,注册一家新企业,与韩资企业展开市场争夺。

韩资机床企业当然也不全是走低端路线的,其中一些企业生产的机床档次较高,属于中档产品。这时候,与它们正面竞争的就是各家国有大厂。在苍龙研究院的支持下,机二〇的成员企业推出了数十种数控机床新品,并且努力提高产品质量,降低生产成本,与韩资企业打起了擂台。

数百家带着淘金梦想进入中国市场的韩资机床企业在猝不及防的情况下被卷入了混战。几乎是在一夜之间,中国机床市场上便出现了大批与韩国机床相似的国货,而且其价格比韩国机床低30%以上,交货迅速,售后服务承诺也比韩国机床要更为全面与贴心。

说这些国产机床与韩国机床相似,并不是说前者是后者的仿制品。这些国产机床只是各项性能指标与韩国机床相同,此外就是借鉴了韩国机床的设计方式,一扫以往国产机床不讲究外观的缺陷,有了漂亮的外壳、花哨的漆面,让人一看就觉得像是"外国货"的样子。

在这场混战中,韩资企业面对的形势可谓是喜忧参半。可喜之处在于不少客户对韩国机床仍带有迷信心理,在同等条件下更愿意购买韩国机床;忧虑之处则是由于存在国产机床作为参照,客户对于机床价格的心理预期普遍偏低,韩国机床企业如果不大幅度降低价格,则很难得到客户的接受。

无奈之下,韩资企业也只能降价了。原本一台机床能够有50%的毛利,降价之后能剩下20%都不错了。再扣掉各种营销费用和企业管理成本,多数韩资企业都陷入了微利甚至亏损的境地。其实,即便是微利,从机会成本上考虑也是不划算的。因为企业前期的投入也是需要计算资金成本的,这些钱哪怕是存

第二百二十一章　我们的立场和你们是完全一致的

在银行里，拿到的利息也不止这么一点。

一些韩国投资者见风向不对，便及时撤资止损了。但更多的投资者，包括李太宇在内，都觉得自己的企业还可以再抢救一下，也许撑过这一段，慢慢把市场占有率提高，企业还有辉煌的那一天。

与此同时，中国国内的一些媒体上陆续出现了一些对国货精品的宣传。

"这些都是你们整出来的？"

在京城北三环边一幢普普通通的小楼的小会议室里，六七个人围坐在会议桌边。一位相貌平常无奇的中年人笑呵呵地向坐在自己对面的几个人发问道。

"这都是小李的功劳。"

答话的正是临河第一机床厂副厂长唐子风。他说的"小李"就坐在他身边，是临一机厂报记者李佳。她现在还有一个身份，就是机二〇秘书处宣传组的副组长。前面说的那些新闻，有一半是出自于她带领的一个宣传团队。

"这事，是小唐策划的，小李是具体的执行者。他们的整个方案，我都看过，我是基本同意的。"

说这话的是临一机厂长周衡。他没有坐在唐子风和李佳中间，而是坐在唐子风的另一侧，把中间位置让给了唐子风。

唐子风对面坐了一位中年人，名叫曹炳年。乍见到曹炳年的时候，唐子风总觉得他像是一位邻家大叔，就是那种吃完晚饭后喜欢蹲在马路牙子上看人下棋的普通汉子。

不过，曹炳年其实是一位相关部门的处长。既然知道了他的身份，唐子风便不敢以貌取人了。

"你们可真行啊。"曹炳年对唐子风说，"神不知鬼不觉的，你们就搞出了这么大的宣传攻势。如果不是周处长跟我说，我还真没看出来，这些宣传都是出自你们一个单位。"

说到最后那句话的时候，他咧开嘴笑了起来。他前面说的周处长，正是指周衡。事实上，周衡两年多以前就已经离开机电处，到临一机当厂长去了，曹炳年用过去的职务来称呼周衡，或许是因为习惯，或许也是为了显示自己与周衡有多年的交情。

曹炳年收起调侃的神色，继续认真地说："这件事，机械部那边向我们反映过，据说也是你们的意见。其他渠道也有一些反映，总的一个意见，就是要树立我们自己的品牌形象。"

唐子风也严肃地说："是的，曹处长，我们也是不得已而为之。目前进入中国市场的外资机床企业越来越多。许多外资企业的业务人员过分吹嘘外国的技术实力，贬低中国的技术成就，以达到让客户青睐外国机床的目的。这种情况，我怀疑在其他产业领域也是存在的。"

"的确，在家电、服装、日用化工等领域，都有类似的情况。不过，这几个领域的国内企业，却缺乏你们的敏感。"曹炳年说。

"也难怪吧。"唐子风冷笑着说，"没准他们的领导都没有这个勇气呢。"

"那么，你们为什么会有这个勇气呢？"曹炳年笑着问道。

唐子风说："因为我们没有退路啊。我们是搞机床的，早先，高端机床基本上被西方国家垄断了，中端市场上竞争也非常激烈，只有低端市场是属于我们的。可现在中端市场竞争激烈，对方还从我们手里大把大把地抢走低端市场，这让我们怎么能忍？"

周衡在一旁插话道："机床是工业之母，我们要搞现代化，机床产业是必须掌握在自己手里的。"

"没错。"曹炳年点点头，"在这点上，我们的立场和你们是完全一致的。"

第二百二十二章　周衡托"孤"

"这不,我就带小唐他们来见曹处长了。"周衡说道,"以后,小唐他们的工作,就要仰仗各位多多指导了。"

说着,他向曹炳年那边的几个人依次点头,做足了"托孤"的样子。

"周处长折煞我了。"曹炳年哈哈大笑,"你们是一线,我们是给你们做后勤的,哪敢指导你们的工作。小唐厂长,以后你有啥事只管开口,我们办得到一定办,办不到的,创造条件也要给你们办到。"

唐子风笑道:"曹处长,你如果把对我的称呼里后两个字省掉,咱们还能当朋友。你一口一个小唐厂长的,让我以后怎么敢登你这座庙门?"

"呃?老周,你给我解释一下,这是个什么章程?"曹炳年假意地向周衡求教道。

周衡说:"老曹,以后你就只管叫他小唐好了,我们厂里的领导都是这样称呼他的。在咱们面前,他就是一个晚辈,以后要是敢端着个厂长的架子到你这里来,你尽管拿大耳刮子扇他,他不敢还手的。"

"老周,你也犯不着这样糟践我吧?"唐子风听得直咧嘴,忍不住就要抗议了。自己怎么就能让人随便用大耳刮子扇了,还讲不讲人权了?

当然,他也知道周衡这样说是为他好,他最大的短板就是太年轻,不满26岁就当上一家国有大厂的副厂长,而且很快会成为主持工作的常务副厂长,不遭嫉妒才怪。周衡越是作践他,大家对他的反感反而会越少。如果周衡不在这里,他自己也会说这样的话,这就属于一种求生欲了。

曹炳年也是懂行的,知道自己与唐子风之间的关系应当如何摆放。他笑着说:"拿大耳刮子扇,我可不敢,谁不知道小唐是你们二局重点培养的年轻干部,是谢局长和你周处长的心肝宝贝疙瘩,我碰倒他一根汗毛,恐怕你们二局都得跟我不死不休了。也罢,小唐厂长,以后我就称你一句小唐,你称我一句老曹,怎么样？"

"没问题。"唐子风爽快地应道。

接下来，曹炳年又把自己的两个手下介绍给了唐子风，这是两位和唐子风年龄相仿的小伙子，一个叫张宇，一个叫孙晓飞，都是那种看起来就颇为干练的人。他们的锋芒会随着阅历的增加而逐渐收敛，等到有朝一日没人能够看出他们与常人之间的异常时，他们才算是真正成为精英了。

会谈结束，周衡一行离开小楼，来到外面的大街上。唐子风打发李佳先回机二〇设在京城的办事处，其实就是苍龙研究院京城分部的所在地，在那里有几个房间是单独划出来归机二〇秘书处使用的，以方便秘书处在京城的活动。

李佳离开后，唐子风与周衡肩并肩在人行道上向前走。唐子风脸上带着几分落寞之色，情绪低落地对周衡说道："老周，这么说，你马上就要离开了？"

"是啊，原来不就说好了吗？"周衡说，"局领导已经分别和老秦、老吴、小宁他们都谈过话了，大家都表示愿意支持你的工作。滕机那边的张广成，这个月就要调走，我得过去接他的担子。"

"老周，我了解过，滕机目前的形势非常糟糕，甚至比两年半以前咱们刚到临一机时的情况还差得多。他们的几个主打产品，技术上都已经过时了。技术处的年轻工程师都跳槽到南方去了，剩下的一干人，老的老、病的病，几乎没有开发新产品的能力。谢局长把你派去接这个烂摊子，也真是太把你当老实人了。"唐子风愤愤然地替周衡抱着不平。

周衡笑着说："这可不是谢局长安排的，是我主动要求去的。临一机现在蒸蒸日上，我待在那里也就是混吃等死，没啥意思。回局里吧，我觉得自己好像有点心野了，不想继续在机关待，反而觉得企业里更舒服。这不，正好局里讨论滕机的调整问题，我就主动请缨了。"

"切，谁信啊？"唐子风不屑地说，"肯定是他变着法地试探你的口风，你随口应了一句，他就打蛇随棍上了。他的节操，还不如我师妹呢。"

"噗！"周衡差点笑喷了，他用手指点着唐子风的脑袋，说道，"小唐啊小唐，你马上就是管理一个大厂的领导了，说话还这样随便，嘴上没个把门的。你知道谢局长对你有多关心？你这样评论他，不觉得亏心吗？"

"我也没说他不好啊。"唐子风往回圆着自己的话，"我师妹怎么啦，我师妹

第二百二十二章 周衡托"孤"

帮我们打开了美国的家庭机床市场,给我们创造了好几亿美元的外汇收入。也就谢局长这样的人品,才配和我师妹相提并论呢。"

周衡无语,这人的脸皮是怎么练出来的,自己带着他去临一机,一起合作了两年多,居然没被他气死,看来自己的修养还真是不错了。

见周衡不吭声,唐子风也不便再耍贫嘴了,他说道:"老周,要不,我动动脑子,让设计院给滕机开发几个新产品吧,总不能让你去做无米之炊。滕机也是咱们机二〇的一员,让它垮掉,也不利于机二〇的整体发展。"

周衡点头说:"这倒是可以。不过,我去滕机之后,第一件事可能还是先整顿队伍,恢复人心。滕机的干群关系也很紧张,不比当初我们来临一机的时候强。最麻烦的是,滕村市的经济状况也不如临河,很多工人家庭经济困难,想让家属去找一份工作补贴家用,也找不到。厂里一旦发不出工资,工人家里就要断粮了。"

唐子风说:"有件事,我跟你通报一下。前些天,我和黄丽婷谈过,让她到滕村去开一家丽佳超市的分店。分店大约要招 100 名职工,工资不高,基本上比照滕村当地的平均工资水平。我跟黄丽婷交代了,除了少数几个关键岗位之外,其他的招工名额全部交给你支配。"

"此话当真?"周衡眼睛一亮。

唐子风说:"当然是真的。从前我没跟你说,是因为这件事还没定下来。黄丽婷上上周已经专门跑了一趟滕村,回来告诉我说此事可行,就看你需不需要了。"

周衡犹豫着说:"需要是肯定需要的。如果有 100 个招工名额,我到滕机去就有操作空间了。不过,黄丽婷的丽佳超市,是她私人的产业,你让她去滕村开分店,她能乐意吗?"

"有啥不乐意的?"唐子风无所谓地说,"她一直都惦记着要对外开拓,目标是做成全国性的连锁店。照她原来的规划,倒是没这么快把分店铺到滕村去,但有这样一个机会,她又何乐而不为呢?滕机是滕村的大企业,你身为厂长,在滕村说句话还是有点作用的。有你罩着,黄丽婷也就不用担心受人欺负了。"

周衡岂是会被唐子风的花言巧语骗过的,他盯着唐子风说:"子风,你实话实说,是不是你个人答应了黄丽婷什么条件,她才愿意这样做的?"

唐子风笑道:"周厂长,你这话可容易让人误会,现在厂里传我和黄丽婷的闲话,可已经不少了。嗯嗯,不过你也没猜错,我答应黄丽婷,滕村分店的前期投入,全部由我借给她。否则她就算想去开分店,也拿不出那么多流动资金来。"

第二百二十三章　我们信得过你

唐子风说得轻松,其实在说服黄丽婷的过程中,他还是颇费了一番口舌的。黄丽婷崇拜唐子风不假,但还没到完全无脑的程度。唐子风建议她去滕村开分店,她当即就拒绝了,当然,话还是说得比较委婉的,大致的意思就是说目前省内市场还没铺完,突然跑到东北去开一家分店,力量过于分散、管理不便、水土不服,实为不智之举。

黄丽婷还提醒说,做企业不能感情用事,周衡是唐子风的伯乐不假,唐子风愿意给他发个万儿八千的伯乐奖,也是无可厚非的,但犯不着绑架丽佳超市到滕村去。开一家分店,投资上百万,万一打了水漂,谁能承受得起?

唐子风给黄丽婷讲了半天大道理和小道理,说到滕村去开分店,符合农村包围城市的原理,先从经济欠发达的省市做起,可以避开与零售巨头们的竞争;又说反正未来丽佳超市也是要出省的,这一次就权当是去锻炼队伍。他向周衡说的那一点,即周衡在滕村能够助超市一臂之力,也是当时劝说黄丽婷的理由之一,黄丽婷对于这一点居然还是认同的。

唐子风最终说服黄丽婷的一句话,就是开超市的前期投资全部由他私人承担,不占用丽佳超市的流动资金。他需要黄丽婷做的,仅仅是把分店开起来,派出得力人手进行管理,以及对滕村分店进行常规指导。他的话说到这个程度,黄丽婷实在是没法再推辞了,再推下去二人只怕就要"友尽"了。

就这样,黄丽婷亲自跑了一趟滕村,考察了当地的商业情况及百姓生活,回来之后告诉唐子风,在滕村开分店是可行的,利润预期会比在东叶省的几个城市差得多,但如果不出意外,倒也不至于亏损,收回前期投资还是有把握的。

当然,人力资源方面的投入,就没法细算了。如果把派往滕村的几个人留下,在东叶省的某个城市开拓,他们创造的收益会更多一些,这就算是唐子风为周衡做出的牺牲吧。

周衡不知道这前后的经过,但他也知道要动员丽佳超市去滕村开分店是一件多么困难的事情。他隐约听人说过丽佳超市有唐子风的股份,现在又听唐子风说开分店的全部资金都是由他私人垫付的,这个人情就实在是太大了。

"小唐,其实……你没必要这样做的。这毕竟是公家的事情,怎么能让你私人赔钱去做呢?"周衡百感交集地说道。

唐子风做出一副淡然的样子,说:"赚钱就是为了用来花的,花在正事上,总比拿去摆阔炫富要强吧?再说,凭什么说去滕村开超市就会赔钱?我也去过滕村,那里的商业还停留在80年代的水平,开个超市能亮瞎全市老百姓的眼睛,没准还会一本万利呢。"

周衡摆手道:"这种话,你就不用在我面前说了。滕村的商业之所以不发达,正是因为投资者都不看好滕村的市场前景。你这样做,纯粹是为了帮我,这个人情,我得念着。"

唐子风说:"黄丽婷跟我说,与其投入上百万去滕村开个超市,还不如拿出10万送给你养老。老周,现在你还可以选,你如果不愿意去滕机,我立马给你10万,足够你舒舒服服地退休了。"

"几分钟不到,你又满嘴胡说了!我有什么理由拿你的钱?我如果拿了你的钱,我就别想舒舒服服退休了。"周衡气不打一处来,狠狠地训了唐子风一句,倒是把刚才的话题给岔开了。

几天后,谢天成亲自前往临河,在中层干部会议上宣布了关于临一机的干部任免名单。周衡被免去临一机厂长、书记的职务,调往滕村机床厂担任这两个职务。唐子风被任命为临一机常务副厂长,并以预备党员的身份成为临一机党委成员,这也算是破格了。

临一机厂长职务暂时空缺,由常务副厂长主持工作。至于书记一职,由机械部派来的一位即将退休的副司级干部担任。这位新任命的书记名叫章群,原来在部里也是做党务工作的,有一定的政治水平。

章群赴任之前,部党组专门找他谈过一次话,大致的意思是让他到任之后专注于做思想政治工作,搞好廉政建设,轻易不要干涉厂里的日常经营管理。章群也早就听说过唐子风的事情,知道领导的意思,当即表示自己到临一机之后唯一的任务就是做好唐子风的后盾,绝不拖唐子风的后腿。

周衡在会上发表了告别演说,感谢全厂干部职工以往对他工作的支持,检讨自己工作中存在的问题。随后,其他厂领导和一部分中层干部先后发言,高度评价了周衡在临一机工作期间的丰功伟绩,表达了对老厂长的不舍,并预祝老厂长在新的岗位上再创佳绩。这些都是套路,自不必细说了。

会议结束,谢天成与周衡同时离开,章群、唐子风带着一干人将他们一直送到厂门口。看着厂里的轿车载着二人消失在视线之外,大家的目光都移到了章群和唐子风二人身上。唐子风对于这种情形还真有些不适应,稍一犹豫间,就见章群笑呵呵地向他拱了拱手,说道:"唐厂长,以后临一机这条船,就全靠你来掌舵了。"

唐子风这才反应过来,连忙反过来向对方拱手,说道:"章书记这话说差了,您才是临一机的舵手,我们都是划船的。章书记负责指方向,我们负责出力就好了。"

章群说:"这可不行,现在企业讲究的是厂长负责制。既然厂长暂缺,那么你这个常务副厂长就得担起责任来。搞机床,我是个门外汉,来临河之前,部领导已经交代过我了,让我给你小唐厂长做好后勤服务呢。"

"这让我怎么敢当,各位都是我的前辈呢……"唐子风依然在客套着。

施迪莎插话道:"小唐厂长,这是局领导对你的信任,也是咱们临一机全厂干部职工对你的信任,还有周厂长对你的信任,你就别再谦虚了。章书记和我都是给你当后勤的,你有什么招数,就尽管使出来,职工政治思想工作方面,我们绝对不会掉链子的。"

她一开头,其他人也都跟着附和起来,纷纷对唐子风说道:

"对对,小唐,这是局领导对你的信任,你就勇敢地把担子挑起来吧。"

"小唐,我们信得过你。"

"唐厂长,我们都在等着听你的施政纲领呢……"

"有唐厂长掌舵,我们放心!"

厂领导们相对还算矜持一些,包括对唐子风的称呼也还延续着过去的习惯,以显示与他的亲近。一干中层干部可不敢造次,一个个可谓争先恐后,抢着向唐子风表忠心,都担心万一表态不及时,会让唐子风心存怨怼。

关于唐子风的任职,一两个月以前在临一机就已经有些风声了。有些人对此是将信将疑,觉得二局不可能让一个二十几岁的年轻人来主持临一机这样一个大厂的工作,更大的可能性是另外任命一位厂长过来,唐子风只是作为新厂长的助手。

可如今,不可能的事情偏偏就发生了。唐子风没有担任厂长,只担任了常务副厂长,但厂长的职位却是空缺的,唐子风成为临一机实际的一把手,这让很多人都跌碎了眼镜片。

过去两年多时间,唐子风已经向全厂的干部职工展示了自己的能力,就算是最傲慢的干部,也不得不承认唐子风确有几把刷子。但即便如此,对他不服气的人也不少,其主要的理由就觉得他太年轻了。

不服归不服,事到如今,大家也只能凑上前去对唐子风百般恭维。其中还有人存着不良的心思,盼着唐子风在众星捧月的状态下飘起来,犯点错误啥的,也好让自己看看笑话。存有这种心思的人,对唐子风的恭维又尤为谄媚,让旁边的人都有些听不下去了。

章群在这个时候发挥了作为书记的作用,他向众人摆摆手,大声地说道:

"大家也别围在这里让唐厂长说话了,咱们还是回会议室去吧。谢局长和周厂长离开了,咱们的会换一个主题,继续往下开。这个主题呢,就是请唐厂长给大家讲讲临一机下一步的工作思路。唐厂长,你看怎么样?"

最后一句,他是冲身边的唐子风说的。唐子风呵呵一笑,说道:"就照章书记说的,咱们回去接着开会。周厂长虽然离开了,但他给咱们开辟了一个大好的局面,咱们没有理由不做出更大的成绩,是不是?"

"没错!"

众人齐声应道,然后便三三两两、呼朋引伴地往回走,一路上窃窃私语,聊的是什么内容,就不足为外人道了。

第二百二十四章 奔向 2000

"在过去的两年半时间里,在周厂长的带领下,在全厂干部职工的共同努力下,临一机实现了扭亏为盈,并且有了较为稳定的业务,去年产值突破 2.5 亿元,盈利超过了 2000 万元。厂里先后偿还拖欠银行的贷款 2500 万元,目前尚欠银行的贷款不足 2000 万元,已在正常范围之内。

"全厂职工工资由原来的人均不到 150 元,提升到人均 400 元,并且补发了 1995 年之前拖欠职工的全部工资和福利。职工生活得到极大改善,全厂职工的工作热情空前高涨。

"在大家的不懈努力下,我们克服困难,完成了机关和车间的人事调整,共裁撤冗余人员 2000 余人,实现了减员增效的目标。被裁撤的职工除少数自愿离职、自谋职业之外,其余人员全部由劳动服务公司进行了妥善安置,没有出现明显的社会问题。

"前年开始,我们在全厂开展了大规模的岗位练兵运动,评选出了 20 名'临机大匠'以及大批生产技术能手。在这些技术能手的示范效应下,车间工人和机关工作人员学习技术、钻研业务蔚然成风,全厂的工人技术水平有了明显的提升,机关工作也有明显改善。

"所有这些,就是刚刚离任的周厂长留给咱们的宝贵财富,是临一机再创辉煌的坚实基础。虽然周厂长已经离开,但我仍然想请大家热烈鼓掌,感谢周衡厂长为临一机做出的杰出贡献。"

唐子风侃侃而谈,说到最后时,他带头鼓起了掌,会议室里的众人也都鼓起掌来。一时间掌声雷动,气氛被推上了高潮。

看到大家的情绪都已经被调动起来,唐子风摆了摆手,示意众人安静,然后继续自己的演讲:

"同志们,成绩是属于过去的,我们应当清醒地看到,我们肩上的任务还非常重，面临的挑战还非常严峻。

"经过近二十年的改革开放，中国经济正在逐渐融入世界。我们正在进行加入世贸组织的谈判，预计在几年内就能够获得批准。入世对于咱们国家来说，既是机遇，也是挑战，对于咱们机床行业来说，更是如此。

"从机遇的角度来说，中国将会乘着入世的东风一跃成为世界工厂，制造业将迎来一个井喷的局面。我们机床行业作为为制造业提供基础装备的部门，将面临空前庞大的市场需求。抓住这个机会，中国的机床产业就能够跻身世界前列，甚至成为世界第一也并非梦想。

"从挑战的角度来说，我们应当看到，我国的机床工业水平离西方国家还有相当大的差距，在国内机床市场上，高端机床产品几乎被西方企业所垄断。国产五轴联动数控机床产品种类少、性能指标低、质量可靠性不足。在重型、精密加工方面，我们的产品也很难达到国内客户的要求。

"中端市场上，我们虽然占有一席之地，但地位不够稳固，一定程度上是借助于国家的关税保护以及客户企业外汇额度不足的短板，我们才能与国外机床平分秋色。一旦国家完成入世谈判，对机床的关税保护将逐渐取消，届时我们将面临极其严酷的竞争。

"低端市场一向是我们的基本面。但近几年来，随着外国机床企业进入中国市场，我们的市场份额也受到了侵蚀。尤其是当韩资机床企业以低端产品冲击我们的传统市场时，我们无从下手，只能与大批中小型机床企业联手对抗。

"由此可见，目前，我国的机床行业，包括咱们临一机在内，是生死存亡之际。产业竞争如逆水行舟，不进则退。过去两年中，咱们赖以实现脱困的产品，包括打包机床、木雕机床、家用迷你机床等，取巧的成分多于技术上的优势。依靠取巧能够苟延一时，但终非长远之计。

"临一机要想成为百年企业，必须有明确的发展思路，形成自己的核心竞争力。而要做到这一点，就需要我们不断努力，稳扎稳打，积小胜为大胜，最终达到能够与国际机床巨头并驾齐驱的境界。"

会议室里的众人都屏住了呼吸，在笔记本上快速地记录着唐子风的讲话。这些内容，有的是在以往的会议上各位厂领导讲过的，有的是众人私下聊天的时候谈起过的，但经唐子风这样一总结，大家都觉得思路变得清晰起来。厂子所面临的形势以及所应当采取的策略，在大家的脑子里都出现了一个轮廓。

第二百二十四章 奔向2000

领导讲话是有一定技巧的,而听领导讲话,同样需要技巧。领导讲话中的内容,有很多是大家早已知道的,但领导如何取舍,便反映出了未来的政策走向,这是下属制订本部门工作计划时的依据。对于吃瓜群众来说,则可以借此预测未来饭碗里的肥肉多寡。

"前些天,周厂长召集我和其他厂领导,以及部分中层干部,对于临一机未来的长期、中期以及近期工作进行了反复研讨,并形成了一些思路。在此,我向大家做一个简单通报,大家可以在此基础上进行补充,拾遗补阙。对于这个思路中的不妥之处,大家也可以随时提出宝贵意见。

"首先,从长期目标来看,临一机要力求成为国内机床行业当之无愧的骨干企业,用二十年时间,在高端机床产品上彻底完成进口替代,消除国内高端机床被西方国家'卡脖子'的风险。用四十年时间,达到世界一流水平,力争进入国际机床企业前五名的行列。

"中期目标,与兄弟单位携手,在2010年之前,让国产机床彻底占领国内中端机床市场,使国外机床在国内中端市场上的市场份额下降到10%以下。进军国内高端机床市场,达到30%至50%的市场占有率,在重要领域里实现进口替代。与此同时,进军国际机床市场,至少占领国际市场50%的份额。

"近期目标,以2000年为节点,确保国产机床在中端机床市场上50%以上的市场份额,突破数控系统、重要功能部件上的技术难关,使重型、高速、精密机床上使用的功能部件不再完全依赖国外。帮助中小型机床企业在与外资机床企业的竞争中取胜,占领全部低端机床市场,同时实现低端机床部件的完全国产化。

"从产值目标来说,2000年临一机应实现产值10亿元,其中主营业务,也就是机床及功能部件的产值不少于7亿元。如果能够实现这个目标,则全厂职工的月平均工资可以突破2000元。2000年,2000元。我们就用这个目标,来作为我们喜迎2000年的宣传口号。"

听到唐子风的最后一句话,铣工车间主任胡全民忍不住脱口而出:

"我的乖乖,一个月挣2000块钱,唐厂长,咱们这个卫星可放得太高了吧!"

"哈,如果真能达到这个目标,我老孟豁出去这100多斤也没问题啊!"装配车间主任孟平忠也附和道。

"唐厂长说的可是平均工资,以咱们的资历和级别,一个月怎么不能到

4000 块？"

"哈哈，有个 3000 块，我老婆都得笑疯了。你们是不知道，咱们评出那个'临机大匠'之后，我老婆眼馋得，天天让我别当这个什么劳什子的车间主任了，踏踏实实干我的老本行，估计也能评上个'大匠'吧。"

"你就拉倒吧，你都多少年没摸机床了……"

"我多少年没摸机床，也比你强得多，不信咱们现在就去车根轴比一比？"

"你跟我一个电焊工比车轴，你好意思吗！"

"……"

果然，说什么大道理都不如谈大家的收入更有效果，唐子风提出一个月薪 2000 元的目标，中层干部们就都激动起来了。一个个跃跃欲试，似乎只要唐子风一声令下，他们就会杀回本部门，带着手下齐心协力奔向 2000……

第二百二十五章 分工

接下来，总会计师宁素云向大家介绍了厂里的财务情况，总工程师秦仲年介绍了技术处目前正在开发的几个新产品的研究进展以及与苍龙研究院合作开发新品的情况，销售部长韩伟昌介绍了业务拓展情况，生产处长古增超介绍了未来几个月的生产任务安排，分管劳动服务公司的厂长助理张建阳介绍了劳动服务公司各项业务的开展情况。

各位厂领导和中层干部介绍的情况都非常乐观，显示出企业正走在蓬勃发展的道路上。其实这就是一个良性循环，业务局面打开了，财务状况自然就改善了，有了钱，就能够搞更多的研发，从而有更好的业务形势。

这几年，国内经济全面好转，制造业发展迅速，对机床的需求不断增长，所有能够及时响应市场需求的企业，都不难找到业务。当然，那些故步自封、不思进取，或者生产管理混乱、产品质量无法保证的企业，就只能是自求多福了。

开完大会，中层干部们纷纷离开，留下一干厂领导转移到小会议室继续开小会，讨论"后周衡时代"的厂领导分工以及下一步的工作安排。

分工方面，首先涉及的就是原来周衡分管的业务如何分割的问题。周衡在任时，是厂长、书记一肩挑，总揽全厂的所有大权。现在周衡离开了，唐子风只是以常务副厂长的身份主持工作，自然无法完全接收周衡的权力。

按照二局党组的安排，原来由厂长负责的人事和财务监督工作，交由章群代管。按照时下大多数企业实行的厂长负责制，这两项工作原本是应当由厂长主管的，现在交给书记负责，只能用"代管"的名义了，谁让临一机并没有厂长呢？

二局让章群来管这两项工作，自然是担心唐子风年龄太轻，不够稳重。万一他因为少年得志，昏了头脑，大肆任用狐朋狗友，大手大脚挥霍资金，那可就麻烦了。现在让章群来管这两项工作，就相当于扼住了唐子风的笼头，他想乱来就不容易了。

局党组事先就已经和唐子风谈过话，唐子风自然知道这个安排，对此也没什么异议。人事权和财务权都是非常重要的，但唐子风现在也用不上，而且也不擅长。尤其是人事方面，提拔谁或者不提拔谁，中间需要考虑的因素繁多，这不是唐子风能够把握得住的，交给章群去管着倒也不错。

章群的角色是很明确的，那就是给唐子风保驾护航。如果他拿着手里的权力对唐子风掣肘，用不着唐子风去二局告状，自有其他人会把这事反映上去，届时谢天成就要出面来干涉了。

在把人事权和财务权分割出去之后，唐子风所接收的权力就只剩下了全厂的经营决策权，这也是局党组和周衡认为唐子风最为出色的方面。临一机能够有今天的成就，唐子风提出的经营思路以及亲自开拓的业务方向，都是功不可没的。

"鉴于临一机面临的新形势，我建议将全厂的业务分为四个方向，目前先统一在全厂的业务范围内，未来逐渐凝聚，形成四个事业部。

"第一事业部，我称之为先进机床事业部，主要面对高端机床市场，发展重型、精密机床和复合加工生产线。这个事业部的发展要着眼于长远，建议由秦总工分管。"

唐子风开始就自己的经营思路向各位厂领导进行介绍，并接受厂领导们的建议。

"我服从小唐的安排。"秦仲年首先表态，唐子风的这个安排，甚合他的意愿。要搞所谓的"先进机床"，必然是技术优先，他作为总工程师责无旁贷。

"第二事业部，为通用机床事业部，主要是服务于中端机床市场，主打产品是面向大多数用户的中档通用机床。这个事业部的任务是稳定现有市场，不断扩大市场份额，同时瞄准国外市场。工作重点是保证产品质量、提高生产效率、降低成本，以增强自身的竞争力。这个事业部请吴厂长负责。"

"没问题，我本来就是管生产的嘛。"吴伟钦呵呵笑着，还举了一下手，以示赞同。

"第三事业部，为功能部件事业部，负责为第一、第二两个事业部提供功能部件，同时还要向其他同行提供功能部件，目标是高中低端通吃。这个事业部如果做得好，未来甚至有可能成为咱们厂最盈利的事业部，单独分离出来成为

第二百二十五章　分工

一家功能部件公司也不为过。这个部门，我想请张厂长来负责。"

被点到名的张舒有些愕然，待看到唐子风的目光的确是向他看来，他才讷讷地说道："小唐，我一直是管后勤的，没管过生产啊，这个部门……是不是也请老吴管着就行了。"

唐子风笑着说："这也是我今天想向厂务会提出来的一个建议。从前咱们的分工是张厂长分管人事教育处、后勤处、离退休管理处和劳动服务公司，朱厂长分管保卫处、武装部、档案处和运输处。

"人事这方面，既然二局安排了章书记负责人事工作，那么索性把人事教育处交给章书记分管，不必再经过张厂长转一道手。劳动服务公司有建阳负责，上面再加一个副厂长来分管，也无必要。这样一来，张厂长的任务就很轻了。

"再看朱厂长，他分管的武装部和保卫处业务高度重合，本身就是一个部门，档案处平时没什么事情，运输处也是按部就班的工作，所以朱厂长的任务也是很轻的，大家没发现朱厂长比两年前胖多了吗？"

说到这，他笑着向朱亚超指了一下，大家顺他的目光看去，这才发现朱亚超的脸的确是比两年前更圆了一些。朱亚超见自己成了众人围观的目标，也是颇为无奈，想说点啥，又知道唐子风的话还没说完，他不便打岔，于是便向众人拱了拱手，让大家别再关注他了。

唐子风刚才那话，也是为了调节一下气氛，他继续说道："我的建议是，把人事教育处交给章书记直接管理，后勤处和离退休管理处划归朱厂长分管，劳动服务公司由建阳分管，建阳直接向我负责即可。

"然后，把张厂长腾出来主抓功能部件生产业务。最近几个月，咱们通过提供功能部件来支持中小机床企业与韩资机床争夺低端市场，业务形势非常好。我对这个业务方向很看好，觉得专门安排一位厂领导来分管也是必要的。"

"我看可以。"秦仲年说，"我听老张说过，他过去也是从生产一线提拔上来的，对生产不陌生。让他过来管生产，减轻一点老吴的担子，是完全可以的。朱厂长原来分管的业务太少，我早就觉得该给他压压担子了。"

"我就怕自己能力有限，挑不起这副担子啊。"朱亚超谦虚地说，同时心里颇有一些感慨。

朱亚超是从原来的临一机班子里留任的副厂长。那一任的临一机领导班子，除了他和施迪莎之外，全部因贪腐落马，他只是因为平素与其他厂领导在价值观上合不来，没有同流合污，才躲过了劫难。

虽然没有跟着原班子一起倒台，但周衡这个新班子到来之后，给他安排的工作也是很边缘的。他分管保卫处、武装部、档案处和运输处四个部门，共同点都是与安全有关的，但与全厂的日常运行关系并不大，没有太多的实权。

如今，唐子风建议把后勤处和离退休管理处交给他来管，这就属于对他委以重任了。离退休管理处日常业务不多，但后勤处可是一个权力很大的部门，管着全厂的房子、职工福利、食堂、医院啥的。说得难听一点，要搞点以权谋私的事情，后勤是有很大的操作空间的。

唐子风提出这样一个安排，其实就是认可了朱亚超的能力和品质，不再把他当成是局外人，这就由不得朱亚超心里不翻江倒海了。

"老朱，这个安排，小唐厂长是向局党组汇报过的，局党组对于你以往的工作也是充分肯定的，所以，你就勇敢地挑起来吧。"

章群发话了，这就是分管人事的领导要做的事情了。唐子风刚才所说的事情，事先都是和他通过气的。没有得到他的认可，唐子风自然不会在这种场合公开提出来。

听到章群也这样说，朱亚超只能点头接受。这其实也是他一直盼望的一个安排，他自称能力不足，也就是一个程序性的客套而已。

见朱亚超已经点头，张舒也赶紧跟着表态："我服从安排，一定好好向老吴学习生产管理经验，做好分管工作。"

吴伟钦笑道："老张，你就别寒碜我了。厂里的生产任务一天比一天重，我早就觉得苦不堪言了。现在有你来帮着分担一部分，我可真是觉得一身轻松呢。"

唐子风也笑着说："吴厂长，你可别高兴得太早。从现在到明年4月，交给你的生产任务是1500台磨床、500台镗床、500台铣床，还有不少于5000台迷你机床，完不成任务，你就等着向局领导做检讨吧。"

第二百二十六章　四个事业部

把张舒分管的业务交给朱亚超,再把张舒腾出来与吴伟钦共同管生产,这中间反映出的是临一机组织管理体系的变化。

传统的老国企除了完成生产任务之外,还要承担繁重的社会职能。企业里拥有职工生活所需要的所有设施,诸如食堂、招待所、医院、子弟学校,还有菜场、商店等。此外,安全保卫、人民武装、计划生育之类的事情,也是企业需要承担的,几乎是市政府有多少个部门,企业就有多少个对应的科室,有些企业的行政人员比一线生产工人还多。

正因为有这么多的社会职能,仅仅安排一位厂领导来分管就不够用了。临一机以往便是由张舒和朱亚超两位副厂长来分管这些事情,此外副书记施迪莎分管的业务也大多是与社会管理相关的。

这几年,各家企业都在搞组织制度改革,弱化企业的社会职能。临一机在这方面也做了不少尝试,食堂和大招待所都已经转为承包制,子弟学校也正在与临河市教委协商,准备交给教委管理。劳动服务公司正在酝酿组建一个物业管理公司,接手全厂办公用房和职工住宅的物业管理工作。

这样一来,原来张舒和朱亚超名下的工作就大幅度减少了,完全没必要占用两位厂领导来管理。

与此同时,临一机的业务规模却是在快速扩张。周衡他们上任之前,临一机一年的产值不到8000万,而去年却达到了2.5亿,相当于此前的3倍。据估计,今年临一机的产值还能够再上一个台阶,突破4亿元基本已成定局。

在这种情况下,仅仅由吴伟钦一个人来分管生产,就远远不够了。此前周衡的工作也有一半是在管理生产,现在周衡离开了,要么是唐子风接替周衡继续参与生产管理,要么就是另外安排一位厂领导来与吴伟钦分担压力。唐子风的选择,便是后者。

吴伟钦对于唐子风安排张舒来分自己的权并没有意见,他说自己苦不堪言,并非假话。全厂 11 个车间,还有采购、仓储、运输等工作,都压在他一个人的身上,他早已是分身乏术了。刚才在大会上,唐子风提出到 2000 年全厂产值要超过 10 亿元,其中至少 7 亿元来自主营业务,这就相当于临一机原来 10 倍的工作量,让他一个人管,怎么管得过来?

说完吴伟钦和张舒的安排,唐子风接着说道:

"第四事业部,就是咱们现在的劳动服务公司,也就是建阳分管的部分,我还没想好给它起个什么名字。不过,劳动服务公司现在的业务规模也不得了,去年做到了 3000 万的产值,足够支撑起一个业务方向了。我考虑,要进一步把厂子的社会职能剥离出去,统一交给劳动服务公司负责。这样一来,劳动服务公司的规模还要进一步扩大,建阳将是全厂管人最多的领导了。"

唐子风一口一个"建阳",说的正是厂长助理张建阳。

张建阳原本是厂办副主任,周衡上任伊始,为了安抚民心,撤了张建阳的职,让他到劳动服务公司去当经理。后来,临一机出于整顿职工队伍的需要,把从各车间和科室裁撤出来的 1500 名冗员都交给劳动服务公司去安置。张建阳在唐子风的帮助下,非但完成了安置工作,还因此建立起了许多家下属公司,为厂里上缴了大笔的收入。

为了表彰张建阳的工作,他被提拔为厂长助理,实现了令人瞠目的咸鱼翻身。

以张建阳的年龄,唐子风称呼他一句"老张"也是应该的。但其他的厂领导岁数可都比张建阳大,在这些人面前,张建阳也不敢以"老张"自居,所以唐子风直接叫他的名字是更为合适的。

听唐子风说到自己头上,张建阳赶紧表忠心,说道:"唐厂长别笑话我了,我现在名义上是管着 2000 多人,其实主要是各位厂领导在帮助我,尤其是唐厂长对我的帮助特别大。否则,凭我这点水平,管一个菜场都困难,哪管得了整个公司啊。"

"我倒是觉得,建阳工作能力不错,分管一个事业部绰绰有余。"朱亚超评论道。

"对对,劳动服务公司就是一个大杂烩,让建阳管着,正合适。"施迪莎也附和道,她口无遮拦,也不考虑这种说法会不会让张建阳的心灵受到伤害。

第二百二十六章 四个事业部

宁素云说:"刚才小唐把劳动服务公司当成一个独立的事业部,我倒是有一个想法。是不是可以把劳动服务公司整体从厂里剥离出去,成立一家独立的法人机构。我知道有不少企业都是这样做的,他们的劳动服务公司基础还不如咱们劳动服务公司好,剥离出去之后,不受原厂的束缚,经营更灵活了。"

"我觉得可以。"张舒说,"把劳动服务公司独立出去,成立一家公司,建阳当总经理。以后咱们见了建阳,都得称一句张总呢。"

"别别,张厂长折煞我了。"张建阳暴汗。其实,他也听说过很多企业把劳动服务公司剥离出去成立独立法人的事情,心里也曾无数次幻想着自己会不会成为"张总"。但这种事情,他自己心里想想无妨,放到这个场合里来说,可就容易拉仇恨了。

"宁总和张厂长说把劳动服务公司独立出去,我觉得也是可行的,现在有不少单位都是这样做的。不过,如果独立出去,总经理这个位子,厂里还得另选贤能,我是不敢担任的。我嘛……当个具体做事的副总经理也就可以了。"张建阳怯生生地说道。

"这个可以。"章群也加入了讨论。他虽然是刚到临一机,但事先对厂里的情况也做过一些功课,还与周衡等人交流过,所以也是有发言权的。他说:"现在国家提倡搞现代企业制度,很多厂子都已经改制成为公司了,原有的一些附属产业,也都是采取这种方式进行剥离,成为子公司。

"咱们的劳动服务公司,业务非常庞杂,人员构成里有家属工,也有厂里分流的正式职工,与厂的关系一直都牵扯不清。如果分离出去,成为一家独立法人企业,临一机只是作为出资方进行管理,对于咱们厂轻装上阵,还是很有好处的。"

吴伟钦、秦仲年和樊彩虹也都纷纷发言,表示赞成把劳动服务公司剥离出去,至于是不是让张建阳当总经理,倒是另一码事。唐子风听完大家的发言,说道:

"看来大家的意见都比较统一,我觉得此事可以立即进入操作程序。建阳,你去了解一下有关的规定,看看其他企业是如何做的,剥离以后的公司与母厂之间的责权利关系如何界定。宁总,财会处这边抽几个人出来,盘点一下劳动服务公司的资产,做好剥离的准备。

"至于说成立独立法人公司之后的管理问题,我觉得可以从长计议。临一机毕竟是这个公司的单一股东,要想撤换或者委任公司负责人,都是很容易的。建阳对劳动服务公司的业务很熟悉,而厂里也找不出其他更熟悉这方面业务的领导,所以暂时让建阳担任总经理也是无妨的。"

"哈,建阳,有唐厂长这话,你可就真的是张总了,以后回厂办来,可别摆架子哦。"

樊彩虹不无嫉妒地对张建阳调侃道。张建阳原本是她的下属,现在转了一圈,虽然级别与她相同,但位子明显比她高了,樊彩虹心里泛酸也是正常的。

"瞧樊主任说的。"张建阳连忙自谦,"劳动服务公司就算独立出去,也是厂里的下属公司,不还是在樊主任领导之下的吗?我过去是樊主任的兵,未来依然是樊主任的兵。樊主任让我打东,我绝不敢打西。"

"别别,张总,咱们可都是唐厂长的兵呢。"樊彩虹也不敢接这话,赶紧纠正。

"这件事,回头咱们再单独开会商议吧。"章群拦住了这二人的互相吹捧,说道,"唐厂长刚才提出的四个事业部的业务构想,非常精彩。有了这个业务构想,咱们未来的工作思路就清晰了,大家就能够做到心往一处想,劲往一处使。我也代表党委表个态,我和施书记,一定当好大家的后勤,你们的仗打到哪里,我们的'支前小分队'就跟到哪里,绝不拖大家的后腿。"

"没错,以后章书记和我就是支前民工了。"施迪莎凑趣道。

"对了,小唐,你安排了一圈,大家的任务都明确了,你自己的任务是什么?"秦仲年很煞风景地发话了,"周厂长在的时候,你可是最忙碌的。别周厂长一走,你也给自己放假了。这临一机如果离了你小唐,可就转不动了。"

"哈哈,秦总工这是把我架到火上烤呢。"唐子风笑道,"放心吧,我肯定不会给自己放假的。我琢磨着,厂子的内部管理有章书记和大家各位负责,我就没啥用了。周厂长在的时候,我是负责出去开拓市场的,那么,未来几年,我还是干我的老本行就好了。"

第二百二十七章　咱们之间能有啥谈的

"你们能造的,我们不需要;我们需要的,你们造不了。咱们之间能有啥谈的?"

船舶总公司科技部的办公室里,负责造船装备的副总工程师康治超用很不客气的口吻,向前来拜访的唐子风一行说道。他脸上带着一副想找人寻衅滋事的表情,让唐子风怀疑他早上出门来上班之前,刚刚遭受过残酷的家庭暴力。

唐子风接替周衡成为临一机的负责人之后,并没有让自己陷入临一机的日常管理事务。他把人事、财务、生产、后勤等权力分派给各位厂领导,自己带着几名随从开始逐家地拜访各个行业主管部门以及一些重点企业,了解各行各业在未来若干年内对于机床的需求情况。

中国经济在经过20世纪90年代前半期的徘徊之后,于90年代中后期开始了快速增长,其中又以装备制造业的发展最为迅猛,这就给机床行业的发展带来了良好的机遇。唐子风清楚地知道,中国制造的高速发展期会持续将近二十年时间,直到接近增长的上限,这才会转入后世所称的"新常态"。

这个增长的上限是人力无法改变的。例如到2018年,中国的粗钢产量达到全球的55%,再往上发展已经不可能了。一旦产业进入产能过剩的状态,对于新设备的需求就会大幅度缩减,相应的装备制造业再想重复狂飙突进的奇迹就非常困难了。

如何抓住这二十年的机遇期,把临一机发展起来,达到"超马赶德"(马,马扎克;德,德马吉,机床行业两大巨头)的目标,这是唐子风上任伊始就要着重研究的问题。他虽然是个穿越者,但对于机床产业的发展脉络并不了解,具体到技术细节上就更是一无所知了,这就是他急于要去拜访各家主管机构的原因。

唐子风外出拜访客户,没有带韩伟昌同行。韩伟昌如今是临一机的销售部长,比唐子风还忙,唐子风也不好意思再让他当自己的金牌跟班了。与唐子风同行的有三个人，一位是临一机销售部的老业务员沈卫浩，一位是技术处的年轻技术员罗小璐，还有一位是苍龙研究院的工程师关墉。

　　苍龙研究院目前有100多名编制内的工程师，大多数是由机二〇的各成员单位派出的，另有10多人是从社会上招聘来的。此外，研究院还雇用了一批兼职人员，主要是高校里的学生，其中包括肖文珺、刘熠丹等，这些人往往是承担某一项具体的工作，或计时，或计件，拿的都是兼职人员的临时工资。

　　关墉属于第一类人员，他是由普门机床厂派到研究院工作的。普门机床厂也是机二〇成员之一，位于儒北省普门市，是一家专业从事卧式车床和组合机床生产的老牌机床企业。关墉在普门机床厂工作了二十多年，属于颇有经验的老资格工程师。

　　唐子风这一趟外出，同时承担着为临一机联系业务以及为苍龙研究院寻找研究课题的双重任务。他除了是临一机的常务副厂长之外，还是机二〇峰会秘书处的秘书长，苍龙研究院的业务也是他指导的。

　　在此前的走访中，唐子风一行所到之处，对方即便不说是扫榻相迎，至少在面子上还是挺客气的。唐子风代表的并不仅仅是临一机，还包括机二〇的全部20家会员企业。搞装备制造的单位，谁家离得开机床？虽然这些年国产机床的市场占有率有所下降，许多客户企业越来越青睐进口机床，但提起临河第一机床厂、常宁机床厂、普门机床厂、枫美机床厂等名字，各行各业的老人们还是充满了感情，连带着对唐子风这个秘书长也就有了几分客气。

　　"'九五'期间，全国电力设备投资超过2万亿元，每年要制造30万千瓦和60万千瓦机组超过100套，汽轮机汽缸加工需要使用5米×17米数控龙门镗铣床，转子加工需要数控重型精密车床和轮槽铣床，叶片加工需要四坐标数控铣床、液压仿形铣床……"这是电力部向唐子风一行提出的要求。

　　"我们预计到2004年要达到2.7亿吨钢材的产能，为此需要新建连铸、连轧设备100套以上，我们迫切需要大批高精度外圆磨床、平面及成型磨床、轧辊磨床和数控坐标磨床……"这是来自冶金部的信息。

　　"到2000年，我们要形成年产300万辆汽车的能力，其中轿车产量达到150万辆，整个'九五'期间汽车行业的总投资将达到1450亿元，这其中40%的资金将用于机床采购。然而，目前国产机床质量不过硬，产品稳定性、可靠性和精度保持性都难以令人满意，导致全行业50%的机床只能依赖进口。

第二百二十七章　咱们之间能有啥谈的

"如果国产机床能够替代进口,哪怕是部分替代,也能大大地降低我们的生产成本。我们计算过一个数据,机床国产化率每提高1%,我们的汽车零部件成本能够降低3%。我们盼望国产机床,正如大旱之望云霓啊!"在汽车工业协会,一位老先生说着说着,情绪激动不能自已,眼见着血压都在噌噌地往上飙。

唐子风认真地记录着各家单位提出的需求,心里可谓百感交集。市场很大,客户需求很强烈,这都是办企业最期待的利好消息。但与此同时,国内各家机床企业,包括临一机在内,技术水平远远无法达到客户的要求。看着一锅肥肉,愣是吃不到嘴里,这份憋屈能跟谁说呢?

幸好各家单位对于国产技术的现状多少也是有所了解的,所以话里话外都是理解和勉励,没有让这些上门来做调研的客人感觉尴尬。

中国毕竟是个发展中国家嘛,技术上落后一点,又有什么奇怪的呢?我们有勇气、有信心追赶国际先进技术潮流,用三五十年的时间,赶上发达国家的水平。

这些就是唐子风一行从客户那里听到最多的话。大家都表示自己有足够的耐心,你们机床行业慢慢追,暂时没追上的话,我们也可以从国外进口机床,不会耽误自己的事,你们千万别为了我们这点事,再把自己给累出个好歹来……

这是人话吗?

每回唐子风从别人那里听出这样的潜台词时,都忍不住要在心里嘀咕一句。直到走进船舶总公司,被康治超一句话噎得差点吐血,唐子风才知道,其他单位的那些人的确是谦谦君子。

"康总工这话,是不是有些武断了?"唐子风忍着拂袖而去的冲动,对康治超说道。如果他不是一家国有大厂的厂领导,再如果他身边没有几位属下,他都想要给眼前这个半大老头一记黑拳了。你是甲方就了不起啊,对了,你还不是老子的甲方呢,凭什么这么跩!

康治超却是无知无觉,丝毫不担心唐子风会对他动粗。这毕竟是他的主场,唐子风没有这样的胆量。

"我说错了吗?五年前,我们就向机械部提出过要求,希望你们立项研制重型曲轴加工机床。五年时间过去了,你们的曲轴机床在哪呢?我们提出到2000年造船达到250万载重吨,万事俱备,最后就卡在一根轴上了。没有轴,我们还造个屁的船。我们造不出船,还要你们的屁机床干什么!"

康治超气冲冲地说,嘴里不干不净的,根本看不出一点知识分子的涵养。虽说重工业企业里的干部职工多少都会说几句脏话,包括秦仲年偶尔也会蹦出一两句国骂来,但大家毕竟都是有身份的人,说话是要注意场合和对象的。当着外单位的人,而且还是有一定级别的厂领导,你这样出言不逊,真的很合适吗?

唐子风一行的脸上都有些挂不住了。关墉毕竟岁数大一点,见唐子风面有愠色,连忙出来打圆场,说道:

"康总工,你说的这个情况,还是有一些原因的。重型曲轴机床,在全世界范围内都属于最高端的机床之一,目前只有德国和日本两个国家掌握了这方面的技术,连美国、英国、法国用的曲轴机床,都是从德国进口的。咱们国家的机床技术水平比德国和日本差了十几年,要想一下子搞出曲轴机床来,的确是有难度的。

"另外,机械部领导其实一直都把这件事记在心上,前年二局的谢局长到我们普机去视察的时候,还专门提起过这件事,希望我们能够把曲轴机床的研制提上日程……"

"哼哼,两年前才说提上日程的事情?不对,还只是希望你们提上日程,那么,你们提了吗?"康治超冷笑着问道。

"呃……"关墉无语了。他之所以提到谢天成的指示,是因为除了这个之外,整个行业里对重型曲轴机床实在是啥也没做。

"康总工的意思是不是说,你们之所以造不出250万载重吨的船,就是因为缺了一台重型曲轴机床?如果我们把你需要的重型曲轴机床造出来,你们就能够造出250万载重吨的船,而且能够采购我们其他的机床?"

唐子风冷冷地发话了。

第二百二十八章　船等机、机等轴

唐子风并不知道康治超说的重型曲轴机床是怎么回事，照关塘的说法，这应当是一种非常高端的机床，以至于机械部一时都不敢将其列入研制范围。不过，他深深知道输人不输阵的道理，面对康治超的挑衅，他必须显得比对方更牛。

至于说未来要不要去研制这种机床，那是要等从这里离开之后再去思考的问题。届时就算自己怂了，不敢去碰这种高端到没朋友的机床，又能如何？大不了自己这辈子再也不来船舶公司了，老康还能冲到临一机去逼他吃键盘？

唐子风装出来的冷峻，还真让康治超感到了诧异。这位老爷子实在也不是什么有城府的人，论玩心眼，十年前的唐子风就能够把他耍得团团转。看到唐子风一副淡定的模样，康治超皱了皱眉头，试探着问道："你的意思是说，你们能搞出重型曲轴机床？"

"怎么，康总工对我们没信心吗？"唐子风反问道。

康治超想了想，像是赌气一般地使劲点点头，说："没错，我对你们就是没信心。"

唐子风仰天大笑："哈哈，康总工这话，我并不觉得意外啊。在康总工心目中，估计觉得外国人能搞出来的东西，中国人肯定是搞不出来的。我现在明白了，为什么康总工见了我们二话不说，就问曲轴机床的事情。"

"你说是为什么呢？"康治超下意识地问道。

他刚才提起曲轴机床的事情，仅仅是因为曲轴机床对船舶公司非常重要，而国内的机床企业始终无法提供这种机床，让他很是不满。但听唐子风的意思，似乎觉得他此举还有其他的意思，这可是连他自己都没想过的事情。

唐子风面带讥讽之色，说："很简单啊，康总工吃准了我们拿不出重型曲轴机床，这样你们就有理由说你们造不出船的原因不在于自己，而在于机械部没给你们提供机床。我估计,你刚才慷慨激昂说的什么250万载重吨,也就是糊弄糊弄上级领导的吧?在康总工的心目中,是不是觉得中国人就不配造船?"

"胡说!我什么时候说过这话!"康治超勃然大怒,"分明是你们机械部尸位素餐,拿不出有用的机床,反倒倒打一耙,还说起我们来了。我们船舶行业不像你们那样没志气,光是这几年,我们就自行开发了7万吨的'江南型'巴拿马散货船、9.5万吨'大连级'油船、3.5万吨浅吃水运煤船,还有300客自控水翼船。

"这些都是填补国内空白的船型,基本接近当代世界造船水平,你凭什么说我们是在糊弄上级领导!你给我把话说清楚,要不……要不我会去向你们部领导反映你的问题!"

看到老康发火,沈卫浩、罗小璐等人都有些慌,唐子风却是越发从容了。这会工夫,他已经抓住了康治超的弱点,那就是此人其实并不擅长于吵架,却又很好面子,凡事都要跟人争个道理。

只要对方愿意讲理,唐子风就一点心理压力都没有了。大学四年,他练的就是这张嘴皮子。在厂里,秦仲年和他吵架,从来就没能挺过三个回合,康治超的情商目测还不如秦仲年,又岂能是唐子风的对手?

"咦,关工,刚才我好像听人说,他们要在2000年造出250万载重吨的船,结果都卡在一根轴上了,你有印象没有?"唐子风假意地向关塘求证道。

姓关的人实在不适合当工程师,简称就是"关工",让人误以为是要大刀的。当然,姓龚的就更不适合当工程师了……

康治超当然不会去关注一个称呼的问题,他已经成功地被唐子风给激怒了,他抢过话头,说道:"没错,这就是我说的。我们的确是规划到2000年造船能力要达到250万载重吨,但现在的情况是船等机、机等轴。没有足够的船用曲轴,我们就无法造出足够的船用柴油机;没有柴油机,我们造出来的船就只是一个铁壳子。

"而要制造船用曲轴,就需要重型曲轴机床,这就是你们机械部的事情。你们说说看,这难道不是你们耽误了我们的工作吗?!"

所谓"船等机、机等轴",是船舶行业里的一个哏。所谓"机",指的是大型船用柴油机,而"轴"就是柴油机中的曲轴。

这些年,中国的造船能力进步很快,已经能够建造15万吨级散货船、14万吨级油轮、12万吨级大型穿梭油船,还有刚才康治超显摆过的自行开发的7万吨"江南"巴拿马型散货船等。

　　船用柴油机是船舶的心脏，我国的船用柴油机技术起步较晚，虽然一直在追赶，但到 70 年代末时，与国际先进水平还有很大的差距。1978 年和 1980 年，中国分别引进瑞士 Sulzer(苏尔寿)公司和丹麦 B&W 公司的柴油机生产许可证技术，至 1997 年共制造了 476 台船用低速柴油机，计 483 万马力。这些柴油机一部分安装在国内船舶上，大多数用于出口船，还有 6 台单机直接出口到了德国和巴西，所有这些柴油机都通过了国际著名船级社的检验。

　　引进型柴油机的产量不足以满足造船业发展的需求，导致一部分船舶制造出来却不得不等待配套的柴油机，这就是所谓"船等机"的现象。

　　比"船等机"更糟糕的是"机等轴"的问题。曲轴是柴油机的核心部件，没有曲轴就造不出柴油机。而大型船用曲轴重量大，加工精度要求极高，超出了国内企业的能力范围，导致我国使用的大型船用曲轴全部依赖进口。

　　一样东西一旦完全依赖进口，话语权就掌握在别人手里了。出于竞争的考虑，国外的曲轴供货商对中国屡屡采取限制政策，就算答应供货，周期也长到令人无法忍受的程度。国内的柴油机厂往往受制于曲轴的供应，而无法制造出船厂所需的柴油机，这就是所谓的"机等轴"。

　　国内无法制造大型曲轴的原因，又要归于曲轴加工设备，也就是数控重型曲轴铣车复合机床的制造难度。这种机床的加工工件长度可以达到 15 米，重量达到 180 吨，而加工精度误差不能超过 0.02 毫米，也就是一根头发丝的四分之一。一根曲轴包括主轴颈、曲拐颈、法兰等部分，需要在一台机床上完成全部精加工。

　　到目前为止，全世界也只有德国和日本掌握了这种机床的制造技术，甚至日本的技术还不过关，机床的性能指标与德国的无法相比。

　　这几天，船舶公司承接的一艘大型集装箱船即将下水，而与之配套的柴油机却迟迟未能交货。康治超亲自前往负责制造柴油机的浦江船用柴油机厂了解情况，才知道原因是其向韩国订购的一根曲轴没有运到。柴油机厂与韩国的供货商交涉了数次，对方都是找出种种理由推托。甚至于柴油机厂方面希望对方给出一个明确的交货时间，对方也不肯答应，只是含糊其词。

　　对于韩国方面的这种表现，柴油机厂的领导以及康治超心里都如明镜一般。韩国的曲轴供应商与造船厂是同一个老板，韩国对于中国造船业的崛起一直心怀不满,不愿意看到中国抢了韩国的造船业务。曲轴推迟供货,其实就是为了耽误中方向客户交船,从而破坏中国船厂的信誉。

韩国自己并不掌握曲轴机床的制造技术,他们能够制造曲轴,是因为从德国采购了曲轴机床。船舶工业公司也曾打算从德国采购几台曲轴机床,以解决自己不能制造曲轴的问题。然而,德方声称这种机床是被列入出口控制清单的设备,这个出口控制政策是针对东方阵营国家的,韩国并不在其限制范围之内。

康治超是带着一肚子气从浦江回来的,气还没消下去,就遇到唐子风一行上门来拜访,说是想了解船舶行业对于机床的需求,这不就正撞到枪口上了。康治超一张嘴就对唐子风出言不逊,正是由于这个原因。

唐子风当然不知道这背后的事情,不过康治超说的"船等机、机等轴",唐子风曾经在一份报纸上看到过,当时并没有特别在意,现在回想起来,大致能够明白老康的所指。他盯着康治超的眼睛,问道:"康总工,我再次向你确认一次,你是不是说,如果我们能够造出你所要的重型曲轴机床,你们的造船计划就能够顺利实现?"

"那是当然!"康治超应道。

"那么,你们造船要不要用到我们其他的机床?"

"要用的多着呢!"康治超说,也许是为了将唐子风的军,他掰着手指头算道,"造柴油机,需要重型龙门镗铣床;造螺旋桨推进器需要大型五轴以上车铣中心、六轴五联动数控镗铣中心;船用仪表需要精密数控机床;船板下料需要大型数控切割设备。如果你们有这个本事,能够拿出重型曲轴机床,我拿我康治超的名誉担保,所有这些机床,我们优先采用国产的!"

第二百二十九章　如果造不出来怎么办

"好！大家做证，如果我们能够为你们提供出重型曲轴机床，以后整个船舶行业的机床需求，将优先考虑国产机床，只有在国产机床不能满足的情况下，才能考虑从国外进口。"

唐子风大声地对旁边的人说道。他们是在康治超的办公室里谈话的，现场除了唐子风等人之外，还有康治超的几名下属，唐子风要找人做证，这几位下属也是被包括在内的。

康治超有些蒙。他事先分明没有这个意思，而且也没有答应这个要求的权力，却不知为何与唐子风话赶话，居然就说到这个程度了。听唐子风这样叫板，他一时竟软下来了，讷讷地说道："采购机床这件事，我一个人说了也不算，最多……我在自己的职权范围内，多帮你们说话就是了。"

"闹了半天，仅仅是帮我们说说话？康总工的面子好值钱哦。"唐子风不无讥诮地说。

"不是，我们下属的船厂采购设备，是有自主权的，我们总公司只有建议权和审批权。"康治超硬着头皮解释道，他也知道这个解释与自己此前的强硬态度有些不协调，所谓羞刀难入鞘，指的就是这种情形了。他说道："我会努力说服各家船厂的，我在系统内还是有一些影响力的，这一点你可以问他们。"

说到这，他用手指着自己的几个下属，想让下属替他背书。

几个下属也是好生无奈。有头脑机灵的，已经察觉出自己的领导被眼前这个小年轻给要了，答应了太多的条件。人都是要脸的，尤其是到了康治超这个级别以及这样的学术地位，讲究的就是言行一致、暗室不欺。他如果答应了唐子风说日后要替他们说话，那么就肯定会兢兢业业地去做到。那种当面承诺背后爽约的事情，唐子风能干得出来，康治超是干不出的。

"唐厂长，康总工说的这些，前提是你们要拿得出符合我们要求的重型曲轴机床,如果你们拿不出来,那康总工承诺的这些,就不能算数了。"一位名叫刘振的下属抢着替康治超说道。

唐子风把胸一挺:"那是肯定的,我们既然答应了,就肯定会把这种机床造出来。"

"那么,你们如果造不出呢?"刘振逼问道。

唐子风不假思索地说:"如果造不出来,我今生今世不再踏进这个办公室!"

"好!"康治超赞了一声,却丝毫没有觉得唐子风答应的赌注里有什么破绽。他说道:"只要你们能够造出合格的重型曲轴机床,我不管走到哪里,都给你们当义务推销员。还有,你们研制机床的过程中,需要我们提供什么配合,我们绝无二话。"

"一言为定?"

"一言为定!"

"那好。"唐子风表现得十分爽快,他用手一指罗小璐,说道,"小罗,你和这位刘工交换一个联系方法,这几天你辛苦一下,和刘工多沟通几次,务必要让刘工把他们对曲轴机床的性能要求详细地告诉你,另外还有刚才康总工说的,他们系统内需要的什么大型数控切割设备、六轴五联动啥的,都问清楚,以便咱们做好准备。"

"可是……"刘振涨红了脸,意欲争辩什么。他心说,我答应了吗?你就让这个小姑娘多找我几次,还什么让她辛苦一下,你怎么不说我辛苦一下呢?系统内对于机床的需求,我倒是知道,但要把这些东西都梳理清楚,有那么容易吗?你谁呀,我凭什么要听你的!

唐子风似乎是看出了刘振的想法,他盯着刘振的眼睛,问道:"刘工,你想说什么?你是不相信我们的能力,还是不相信康总工的眼光?或者,你觉得康总工是那种说话不算数的人?"

"我不是,我没有,别瞎说!"刘振吓出了一身冷汗,直接来了个否认三连。待回过味来之后,他怒气冲冲地说道:"唐厂长,你怎么这样说话啊?"

唐子风面露诧异:"咦,我怎么说话了?我只是让我们小罗和你联系一下,确定一下你们需要的设备的性能指标,这有什么不对吗?"

"我……"刘振哑了,他分明不是这个意思好不好,怎么三下两下就被唐子风给绕糊涂了。其实,他刚才是想说……咦,自己刚才想说啥来着?

第二百二十九章 如果造不出来怎么办

刘振被唐子风怼得无话可说了,康治超的另外几名下属见状,也就下意识地闭了嘴。自家的领导都没说什么,他们又何必多嘴呢?

双方立了赌约,又商定未来要就开发重型曲轴机床一事进行更为深入的合作,唐子风便带着自己的几个随从离开了。到了这个时候,康治超也不好意思再端着架子,只能亲自把唐子风等人送出公司大门。看着唐子风等人的身影渐渐走远,他心里隐隐有了几分期待。

"唐厂长,其实刚才你不该和康总工打赌的。"

离开船舶公司的大门挺远一段距离之后,关墉怯怯地向唐子风提醒道。

"为什么?"唐子风诧异道。

关墉说:"重型曲轴机床的技术难度非常大,而市场需求却比较小,也就是几家柴油机厂可能会感兴趣。上次谢局长到我们普机去,的确说过这件事,但我们厂讨论过之后,觉得难度太大,又有点得不偿失,所以就没有做。我想,临一机搞铣床有一定基础,但也不一定会有兴趣做吧?"

"有兴趣没兴趣,倒在其次。关工,你觉得以临一机的技术实力,或者再加上你们普机,能不能把这种机床研制出来?"唐子风问。

关墉想了想,说:"如果研究经费能够保证,再从国外引进一些关键部件,我觉得要搞出一台这样的机床,还是有希望的。"

"那就好。"唐子风点点头,"我回头让厂里评估一下,值得搞就搞,不值得就算了。"

"可是,你跟康总工打的赌,怎么办?"关墉问。

唐子风反问道:"我打啥赌了?"

"你说如果我们造不出来,你今生今世都不进康总工的办公室。"

"是啊,那就不进呗。"

"呃……"

关墉被噎住了。转念一想,可不是,如果搞不出曲轴机床,大不了唐子风就不去找康治超了,这算个啥损失呢?别说唐子风完全可以不在乎船舶公司的业务,就算想从船舶公司开拓业务,他也可以让其他人去联系,或者他自己去联系船舶公司的其他领导,谁说必须在老康这一棵树上吊死的?

说得更远一点,老康今年也是50出头的人了,还能干几年?等老康退休了,也就不存在他的办公室了,届时唐子风再去船舶公司,谁又能说啥?

这个唐厂长,实在是太阴险了!

关璞在心里涌上来一个念头。

唐子风的两个直系下属沈卫浩和罗小璐,自然知道自己的领导是什么德行,对于唐子风这种毫无节操的作为丝毫没有觉得惊讶。刚才那个阵势,如果不是唐子风嘴硬,老康会向他们低头吗?相比灰溜溜地被人赶出来,玩个心眼耍一耍老康,又算个啥呢?

"唐厂长,那么,我还要和那个刘工联系吗?"罗小璐问道。

唐子风说:"当然要联系。你盯着那个刘工,务必把他们系统内需要的各种机床的细节都问清楚。老康发了话,他不敢跟你耍翘。"

"明白了。"罗小璐爽快地回答道。她也的确是想明白了,有唐子风与康治超的赌局在前面放着,刘振还真的没法跟她为难。以往联系其他单位,想了解一下系统内的机床需求,人家多少都有些敷衍,现在到了船舶系统,没准还是合作性最好的,这算不算是塞翁失马呢?

唐子风又转头向沈卫浩吩咐道:"老沈,你也要跟进。船舶公司下面那些船厂是有设备采购自主权的,一旦小罗这边了解到了他们的机床需求,你就通知韩部长,让他安排业务员去这些船厂联系,捡到篮里都是菜。"

"明白。"沈卫浩也响亮地应道。

"苍龙研究院这边,要盯着客户的需求。如果是以咱们现在的实力可以研制出来的设备,就要积极推动。如果是现在还有难度的,也要记录在案,条件一旦成熟就启动研制工作。中端市场也好,高端市场也好,我们肯定不是一口就能够吃下的,要一点点地蚕食。"

"我明白,我会和小罗一道去和刘工探讨的。"关璞答应着。唐子风把他带在身边,就是让他负责把信息带回研究院的。临一机擅长的只是磨床和镗床、铣床,如车床、钻床、刨床之类,还有压力机床,都是机二〇的其他成员企业所擅长的,这些信息也需要与他们分享。

"好吧,今天咱们就先到这,你们各自回去休息。明天早上 8 点 30 分,咱们到化工部门口碰面。"唐子风说。

"唐厂长再见!"几个人一起向唐子风道别,然后便一同向附近的公交车站

第二百二十九章 如果造不出来怎么办

走去。

唐子风站在原地,看着几个下属走远,这才掏出手机看了看时间,然后伸手拦住一辆出租车,对司机说道:"清华大学!"

第二百三十章　谁让我欠你的呢

肖文珺在机械系的楼下等着唐子风,见他步履匆匆地走来,肖文珺迎上两步,笑着招呼道:"怎么有空到我这来了?"

"瞧你这话说的,我想你了不行?"唐子风的漂亮话张嘴就来。

肖文珺对于唐子风的这些垃圾话早已免疫,她撇了撇嘴,说道:"我才不信呢,你肯定是又遇到什么麻烦,想让我给你帮忙了。"

"我是这样的人吗?"

"是!"

"你这就真的冤枉我了,这一次我真的是专程来请你吃饭的。"

"真的?"

"……顺便请你帮个忙。"

"或者说是想请我帮忙,顺便请我吃顿饭。"

"不要计较这些细节……"

两人如以往每次见面一样,一边拌嘴一边肩并肩地走着,来到了食堂。食堂楼上是可以点菜的,两人找了张靠窗的桌子坐下,点了两个下饭的菜,又要了三碗米饭。在等着服务员送菜的时候,肖文珺说道:"说说吧,你又遇上什么麻烦事了?"

"其实也没啥。"唐子风说,"就是碰上一个更年期患者,被他呛了几句,心里不痛快。"

"你跟人家中年妇女较什么劲?"肖文珺随口说道。

唐子风郑重地纠正道:"男的……"

"男的?"肖文珺觉得有些凌乱,男的还说什么更年期!

不过,想到唐子风一贯的无厘头,她也就懒得计较了,只是问道:"他呛你啥了?对了,你还没说这个人是什么人呢。"

第二百三十章 谁让我欠你的呢

"船舶工业公司的副总工,叫康治超。"唐子风说。接着,他便把上午在船舶公司的遭遇向肖文珺说了一遍,包括他与康治超打赌的事情也没隐瞒。当然,话里话外贬损一番康治超的人品,这是必不可少的。

肖文珺听罢,过滤掉唐子风对康治超耍心眼的部分,直接抓住了问题的核心,问道:"你是说,你真的想把康总工要求的重型曲轴机床搞出来?"

唐子风没有吭声,只是点点头表示认可。

肖文珺皱起了眉头,说道:"重型曲轴机床这件事,我听我导师说起过。有一次他去参加船舶系统的会议,有一个船舶工业公司的人向他提起此事。嗯,没准这个人就是你说的康总工。我导师回来之后,让我帮他查了一些资料,发现难度实在是太大了,后面就没有继续下去。"

"是啊,跟我一块去的苍龙研究院的一位工程师也是这样说的。"唐子风说,"如果不是难度太大,全世界也不至于只有德国人能搞出来,听说日本人搞的都不太过关呢。"

"那你还想搞?"肖文珺诧异地问道。

唐子风笑着说:"我这不是来向你请教吗?我总觉得,别人搞不出来的东西,在你肖大能耐这里,或许就不算个事儿了。不管什么机床,毕竟也都是人造出来的,既然德国人能够造得出来,我们为什么就造不出来呢?"

肖文珺说:"我算啥大能耐?你唐厂长才是唐大能耐呢。年纪轻轻,就当上了主持工作的常务副厂长,前几天我和我爸通电话的时候,他还说起你呢。"

唐子风问:"咱爸说我啥了?"

"喊!"肖文珺白了唐子风一眼,以示对他刚才所使用的称呼表示不满。但她能做的也仅限于此了。如果就此问题与唐子风计较,最终的结果只能是越描越黑,唐子风的厚脸皮,她是深有体会的。唐子风与她聊天的时候,不时会迸出几句这样的话,肖文珺觉得唐子风似乎是在向她暗示什么,但又没有证据……

"我爸说机械部的领导胆子也太大了,竟然敢让你这样一个毛头小子来管这样一个大厂。你别瞪眼,'毛头小子'这个词是我爸说的,你如果不服气,自己买张火车票到五朗去和他理论。"肖文珺笑嘻嘻地说。

"那倒不必。"唐子风直接就认怂了。他言归正传,问道:"怎么样,你帮我琢磨琢磨,这种机床我们到底有没有可能搞出来?"

肖文珺也收起了调侃的神情,认真地说:"你说的道理是对的,不管什么机床，别人能造得出来，我们肯定也能造得出来。像这种集中了无数尖端技术的机床，研制过程本身就很有意义，在这个过程中能够产生出很多衍生技术，对于其他机床的开发也是有帮助的。

"但是，我估计这个过程会很长，十年八年都有可能。而且，需要的投入也是非常可观的，一两千万的资金投进去，都不见得能够产生出什么明显的效果。你觉得，你们临一机能够负担得起这么大的投入吗？"

唐子风说："负担不起也得做。到清华来的一路上，我认真思考过这个问题。造船业是劳动密集型产业，一向都是由劳动力短缺的国家向劳动力过剩的国家转移的。

"日本在50年代中期造船量超过英国，成为世界首位，巅峰时期年造船量达到3000万载重吨。80年代开始，韩国造船业迅速崛起，预计在十年内就有可能超过日本，成为新的世界首位。

"我们国家是劳动力极其丰富的国家，发展造船业是大势所趋。今天康总工告诉我，说船舶工业公司的目标是到2000年的时候造船量达到250万载重吨，但即便达到这个数字，也只相当于日本造船量巅峰时期的十二分之一，所以，中国的造船业发展潜力是非常大的。

"我预测，到下个世纪的前十年，中国的年造船量有望突破3000万吨。而届时对曲轴的需求将会是一个很大的数字。如果到那个时候，我们每造一条船都要等着韩国人给我们提供曲轴，我们就相当于把命脉交到人家手上去了，这种感觉是非常糟糕的。"

他说这些话的时候，坐在他对面的肖文珺一直用一只手撑着下巴，笑吟吟地听着他讲述。在肖文珺看来，唐子风在认真的时候，还是显得很博学的。他分析问题的格局很大，动辄能够从全球的经济史入手，对中国未来若干年的发展趋势做出预判。

肖文珺曾听唐子风介绍过自己大学时的专业，那个专业的名称叫作"计划经济学"。肖文珺一度对这个专业带有几分鄙视，觉得它已经落伍了，难以适应今天的市场经济。

但与唐子风接触的时间长了，她渐渐认识到唐子风的专业确有一些不凡之处。最起码，这种高瞻远瞩的分析，就不是她这个机械专业的博士能够做得出来的。

第二百三十章 谁让我欠你的呢

唐子风能够说出这样一番话,当然不完全是来自他的本科专业知识。事实上,单纯按照理论推导,谁也不敢预言中国在二十年后会取代日、韩成为世界第一造船大国。唐子风的底气,来自他的穿越者身份,他知道,进入新世纪之后,中国的各项经济指标都是火箭速度般增长的,造船完工量超过日本曾经达到的3000万吨的数字,应当不成问题。

不过,唐子风的想象力毕竟还是不够。在真实的历史上,2010年中国造船完工量达到了6560万载重吨,占全球的43%,首次跃居世界第一。2010年底,中国各家船厂手持造船订单总计达到近2亿吨。如果唐子风敢在康治超面前做出这样的预测,老康估计第一时间就要把他送到精神病院去了。

"人无远虑,必有近忧。咱们要成为一个造船大国,曲轴的问题不能不解决啊。"唐子风用一句语重心长的话结束了自己的演讲,博得肖文珺轻飘飘的几声鼓掌。

"唐厂长,我看你现在越来越像个官了。"肖文珺说,"这种国家层面上的事情,怎么轮到你这个小小的常务副厂长来思考了?难道你们局领导不考虑这样的问题吗?"

唐子风说:"局领导当然会考虑这样的问题,但具体做事,还得靠各家企业。企业如果没有积极性,局领导再着急也是白搭。我过去不知道这件事也就罢了,现在既然知道了,就不能坐视不管。"

"你不会是因为和康总工打了赌,才想要解决这个问题吧?"肖文珺不放心地问道。

唐子风自嘲地笑笑,说:"我和老康打赌,其实只是不想在他面前认栽。但后来听了老康介绍的情况,我就有点想解决这个问题了。你刚才不是说了吗?要研制这种机床,说不定要十年八年时间。既然如此,那我们就更得抓紧时间,尽早启动。否则,等到一切条件都成熟了,我们再开始,恐怕在'船等机、机等轴'之外,又要加上一个'轴等机床'了。"

"你能够提供多少资源?"肖文珺问。

唐子风说:"我争取联系三到四家机床企业一同来搞,所有的实验,我们这几家企业都能够承担。经费方面,你刚才说一两千万投进去都不见得有效果,那咱们就先投一两千万吧。钱这方面,我来解决。但需要多少人手,以及整个技术路线该如何设计,我就不灵了,得请你帮忙。"

"好吧,谁让我欠你的呢。"肖文珺装出一副无奈的样子应道。

说话间,食堂的服务员已经把他们的饭菜送上来了。唐子风用筷子指着菜,笑着说道:"先吃饭吧,咱们说好了,这顿饭我埋单,就当是给你付的订金了。"

第二百三十一章　要对图奥下手

现在肖文珺也是身家几百万的人，在整个清华大学能排第几不好说，但在学生里面，如果仅考虑自己赚的钱，肖文珺绝对算是首富了，一顿学生食堂的饭由谁请客，实在是不值一提的事情。

听唐子风把请自己吃一顿饭说成是付订金，肖文珺只是嫣然一笑，然后把一块从菜里挑出来的肥肉搁进了唐子风的碗里。唐子风两眼发亮，迅速地夹起那块肥肉塞进嘴里，嚼得直作响，像是上辈子都没吃过肥肉一般。

俩人亲亲热热地吃完了饭，又一路有惊无险地拌着嘴，回到机械系楼下。肖文珺向唐子风挥挥手，便回实验室去了。唐子风看着肖文珺进了楼门，这才喜滋滋地步行来到二校门，抬手拦下一辆空载出租车，前往新经纬软件公司。

"哟，唐总亲自来指导工作了，怎么事先也不打个招呼？"

正在总经理办公室里埋头打字的李可佳见到推门进来的唐子风，顿时春风满面，笑吟吟地起身相迎。唐子风也是公司股东之一，在公司出入是不需要前台通报的。李可佳知道唐子风这几天在京城办事，事先就约了唐子风，让他方便的时候到公司来走走，此时这样说，也不过就是客套而已。

"几个月没来，公司变化挺大嘛，到处彩旗招展，斗志昂扬。李总不愧是外企高管出身，管理有方，小可佩服之至。"

唐子风在沙发上坐下，同样笑着对李可佳调侃道。

"快别笑话我了！"李可佳拉了把椅子，坐在唐子风对面，挥了一下手，做出一个嗔怪的表情，说道，"我现在都快愁死了，每天盼星星盼月亮，等着唐厂长来给我排忧解难呢。"

"我这不就来了吗？师姐有啥吩咐，尽管放马过来，本师弟万死不辞。"

"这还像句人话，不枉师姐当年在学校的时候罩着你。"

"罩着我……师姐，这话可容易让人产生歧义。"

"找死啊你！唐子风，你变了！"

嘻嘻哈哈地调笑过后，李可佳收起了笑容，说道："说认真的，华夏CAD4.0版推出以后，市场评价非常好，很多设计人员用过都认为不比图奥CAD差，有些功能的设计甚至比图奥CAD还要方便。我和云涛、啸寒他们讨论过，大家都觉得，用华夏CAD全面取代图奥CAD的时机已经成熟了。"

华夏CAD是新经纬软件公司的核心产品。这款产品最早是由公司的两名创始人赵云涛和刘啸寒开发的，是对国际最流行的图奥CAD的简单模仿。赵云涛和刘啸寒原本都是国有研究所的技术人员，在联手开发出华夏CAD的1.0版本之后，便辞职下海，创办了新经纬软件公司，希望能够有一个大显身手的机会。

理想很丰满，现实却非常骨感。由于华夏CAD的功能太简单，而市面上又充斥着盗版的图奥CAD，新经纬软件公司创办一年时间，才卖出去45套软件，赚了1万多块钱，连赵、刘二人的生活费都不够。

李可佳当时是图奥CAD中国公司的市场总监，因为看好华夏CAD的前景，便辞职加盟了新经纬软件公司。这对于她来说，算是一次风险投资，虽然当时的新经纬软件公司还是一个连工资都发不出的皮包公司，但如果华夏CAD能够一飞冲天，她获得的收益将远远高于外企给她的高薪。

李可佳加盟"新经纬"之后的一个英明举措，就是引入了唐子风这个战略合作伙伴。唐子风请新经纬软件公司帮助开发了与木雕机床配套的图案设计软件，按每套888元的价格卖给临一机，再由临一机以2680元的价格与木雕机床搭配销售。临一机的木雕机床前后销售了上万套，新经纬软件公司也因此而赚到了七八百万，一举实现了咸鱼翻身。

有了钱，李可佳的经营才能便被激活了。她租了新的办公场地，从市场招聘了一批穷困潦倒的"码农"，一面对华夏CAD进行全面升级，一面积极开拓新的业务方向。唐子风筹建苍龙研究院的时候，为了凑数，让新经纬软件公司在其中也入了一股。此后，苍龙研究院的一些软件开发工作被分包给新经纬软件公司负责，让新经纬软件公司又多了一个稳定的收入来源。

从为木雕机床配套到现在，已经过去了两年时间。凭借不计工本的投入，华夏CAD从最初的1.0版本，已经升级到了4.0，实现了与图奥CAD在功能上的完全兼容。软件功能这种东西，是没有专利权可言的。因为功能对应的是客

第二百三十一章　要对图奥下手

户需求，每个软件都要满足客户的需求，总不能说你的软件能够画齿轮，我的软件就不能画。

在功能之外，华夏 CAD 的内核算法是完全自主的，有些算法甚至优于图奥 CAD。图奥 CAD 出现的时间较早，为了与当时的硬件条件相匹配，在算法上做了不少妥协。这些年图奥 CAD 虽然不断升级，但因为涉及的模块太多，又要照顾与低版本软件的兼容性，所以没法将算法全部更新，内核中的一些算法早已过时了。

华夏 CAD 没有历史负担，从一开始就是参照最新的硬件环境开发的，可以使用各种最新出现的算法，所以效率上反而优于图奥 CAD，这让李可佳颇为自得。

华夏 CAD 的另一个优势，来自丰富的廉价"码农"资源。在美国，一个优秀的程序员年薪超过了 10 万美元，换算成人民币就是 80 万元。而在中国，雇一个清华、北大毕业的软件专业学生，月薪不过 3000 元，一年不过 4 万。换句话说，在美国雇一个程序员的支出，在中国可以雇到 20 个人。

顺便说一下，同样是程序员，中国程序员的工作强度又要远远高于外国程序员，996 这种事情，可绝对不是 21 世纪才有的，90 年代的"码农"远比 21 世纪的"码农"更为辛苦。这样一算，中国的 20 个程序员，起码能够相当于美国的 40 个程序员了。

唐子风向李可佳指出了这一点，李可佳心领神会，开始拼命地堆人力资源，生生把一个软件做成了劳动密集型产品。

为了方便用户，各家 CAD 开发商都会在软件中附带一些常用的零件模板，用户只要调出模板，改几个参数，就可以设计出一些常规零件。但这种零件模板的开发是需要成本的，所以 CAD 开发商提供的模板非常有限，有些模板则需要另外收费，而且价格不菲。

李可佳手里拥有大量的廉价"码农"，开发零件模板的成本比国外公司低得多，所以各种模板都像是不要钱一样地加到华夏 CAD 里。买一套软件，送整整一盒光盘的模板，这种事情也就是中国公司才干得出来。

到了这个地步，李可佳终于敢说出可以用华夏 CAD 全面取代图奥 CAD 的话了，这个目标，是她与唐子风在两年前就已经确定下来的。

"现在软件的销售情况怎么样？"唐子风问道。

"上个月卖了2300套。不过,我们了解过,大多数用户都是冲着我们赠送的模板买的。他们习惯了使用图奥CAD,基本上是把我们的模板贴到图奥CAD里进行编辑,至于我们的软件,装机率并不高。"李可佳说。

"这不是我们早就预料到的事情吗?"唐子风笑着说。图奥CAD是国际知名软件,国内绝大多数的设计人员使用的都是图奥的CAD,谁也犯不着凭空去学一个新的CAD,更何况这个新的CAD还是国产软件。

李可佳说:"的确如此,所以我才要找你过来。你答应过我的,说等华夏CAD技术成熟了,就要对图奥CAD下手,现在时机已经到了,该你唐大厂长出手了。"

"你们的软件确定没有问题了吗?"唐子风问。

李可佳说:"我们找了近百家企业做测试,花钱请他们的工程师用华夏CAD做设计,发现问题就马上修改。赵云涛和刘啸寒他们都是直接到工厂去和工程师一起讨论软件细节,这一年多时间,光是差旅费,公司就支出了200多万。到现在,我不敢说一点问题都没有,毕竟图奥的软件也是三天两头出问题的,我们的软件可靠性,恐怕比图奥还略胜一筹呢。"

李可佳说的做软件测试的事情,唐子风也是知道的。苍龙研究院在这件事上发挥了很大的作用。借助于机二〇体系,苍龙研究院请20家加盟的大型机床企业都帮助进行了华夏CAD的测试,这些机床企业又联系了一些熟悉的客户企业帮忙。机床企业的客户,自然也都是机械制造企业,也都是要使用CAD软件的。

听到李可佳这个回答,唐子风放心了。李可佳是个拎得清轻重的人,知道在什么时候可以吹牛,什么时候必须实事求是。在这件事情上,她如果言过其实,最终非但会把唐子风推到火上去烤,新经纬也将蒙受无法挽回的损失。

"我有把握让全国机械系统推广华夏CAD。公司要准备一批培训讲师,负责到各地进行华夏CAD的培训。不过,在此之前,有一件事需要先办,那就是把我手里拥有的40%股权,转移给苍龙研究院。"唐子风说。

"把你手里的股权转给苍龙研究院?为什么?!"李可佳瞪圆了眼睛,这是她绝对没有想到的一件事情。

第二百三十二章 瓜田李下

两年前，李可佳引入唐子风作为新经纬软件公司的战略合作伙伴。唐子风以双榆飞亥公司的名义出资 10 万元，获得了新经纬软件公司 40% 的股权。这两年，李可佳屡屡请唐子风为公司出谋划策，丝毫没有一点歉疚感，就是因为唐子风自己也是公司的股东，唐子风为公司做事，其实是为自己做事。

随着公司的经营蒸蒸日上，唐子风当年的投入已经获得了几十倍的回报。当然，这种回报到目前为止还仅停留在账面上，因为公司至今也没有进行过分红。

照李可佳的想法，一旦华夏 CAD 能够把图奥 CAD 从中国市场上赶出去，新经纬软件公司的业务规模将比现在扩大十倍以上，公司的价值能轻而易举地超过亿元。届时 40% 的股权就相当于 4000 万以上，唐子风的这笔投资用"一本万利"来描述也不为过。

李可佳相信唐子风肯定会有办法，而且也必将全力以赴地去对付图奥 CAD，因为这样做能够让他自己的投资最大限度地升值。可谁承想，唐子风答应了对图奥出手，事先的安排却是要把自己的股权转给苍龙研究院，这就完全出乎李可佳的意料了。

"瓜田李下啊。"

面对李可佳那惊愕的表情，唐子风装出一脸无奈地说道。

唐子风当年入股新经纬软件公司，是带着下一步闲棋的心态。他不知道华夏 CAD 能不能战胜图奥 CAD，抑或如他前世知道的那些民族软件企业一样，在与国外公司的竞争中惨败，最终坟头芳草萋萋。10 万元的投入，对于他来说不算是一件大事，他就权当是支持赵云涛和刘啸寒这两位苦哈哈的"码农"了。

让他没有想到的是，新经纬软件公司借助于为木雕机床提供配套软件，居然活了下来，而且把华夏 CAD 一举升级到了 4.0 版，功能上与图奥 CAD 有了一战之力，而价格则低到可以忽略不计的程度。想想看，许多企业买华夏 CAD 只是为了用它提供的配套模板，可以想见软件的价格是多么低廉。

在这种情况下，唐子风有足够的信心能够帮助华夏 CAD 实现对图奥的逆袭。而一旦逆袭成功，新经纬软件公司就会一举成为国内 CAD 市场的垄断者，公司价值过亿是毋庸置疑的。唐子风对公司未来的估值，与李可佳并无二致。

要说唐子风对这样一笔收益不动心，那是假话。但他深深地知道，这笔钱不是他可以惦记的，原因就在于 CAD 软件的推广与他的职务关系太密切了，如果他从新经纬软件公司的发展中获得几百倍的回报，将很难摆脱以权谋私的指责。

在此前，唐子风安排苍龙研究院帮助新经纬软件公司做 CAD 的测试，因为并不涉及利益，别人也没法说什么。现在要动用他手里的力量去排挤图奥，以求让新经纬软件公司上位，这就是另一码事了，谁都会怀疑他此举的动机是让自己手里的股权升值。

"下一步，我要去上面进行游说，还要动用苍龙研究院的影响力，这都是与我的工作直接相关的。如果新经纬软件公司有我的股份，领导首先就会要求我回避，哪能容我上蹿下跳的？"唐子风说。

李可佳自然也是懂得这些套路的，她皱着眉头说："这对你太不公平了。子风，就算是双榆飞亥公司要退股，也不一定要转给苍龙研究院吧？我帮你找两个可靠的人代你持股，等到以后时机成熟，再把股权还给你，你看如何？"

唐子风摇头说："没这个必要。钱是挣不完的，能看到咱们自己的 CAD 发展起来，把国外软件挤出去，我也很欣慰了。我过去也不过就是投入了 10 万元，到时候你把 10 万元还我，嗯嗯，再加点利息啥的，我这笔投资没有亏本，也就值了。"

"想不到，咱们系还能培养出你这样一个有爱国热情的学生。"李可佳看着唐子风，半开玩笑半认真地说道。

唐子风假装严肃地说道："李可佳学长，你说话要负责任，咱们系怎么就培养不出有爱国热情的学生了？"

"嗯嗯，没错，你唐校友不就是一个吗？"李可佳说。她又问道："那 40%的股权，是属于双榆飞亥公司的，你有一半，王梓杰也有一半。你自己这 20%退出来也就罢了，王梓杰的那 20%，是不是还可以保留着？"

第二百三十二章 瓜田李下

唐子风说："我和王梓杰一向都是同进退的，我退股了，王梓杰自然也得退。我和王梓杰合作开公司的事情，部里的领导是知道的。如果王梓杰在新经纬软件公司有股权，那不就相当于我也有股权了吗？"

"那王梓杰同意吗？"李可佳问。

唐子风笑道："他现在的目标是成为知名学者，钱对于他来说，早已是身外之物了，哪会在乎你这点股权？这件事，我和王梓杰商量过，他没有任何意见。"

去年，唐子风和王梓杰商量，把两家的父母都接到京城，接手双榆飞亥公司的日常管理。王梓杰开始在职攻读研究生，并把主要精力用于科研，准备如唐子风为他规划的那样，在40岁之前成为国内知名学者。

王梓杰做科研有一条别人都不具备的捷径，那就是"花钱买成果"。别误会，他并不是真的花钱去把别人的成果据为己有，而是在别人的研究中参股，让自己能够有机会参与那些高水平的研究，进而既提高自己的科研能力，也扩大了自己在学术圈的知名度。

90年代的学者是很可怜的，政府的科研基金项目很少，资助额度也很低。有些顶尖的经济学家，申请一个课题下来也不过三五万元，想外出做个调研，或者购买一些图书资料，都紧巴巴的。

王梓杰也是待学术圈里的，岂能不知道这个情况？他以自己能够拉到"赞助"为名，找学校里的大腕学者合作。人家申请到的课题费是5万元，他就敢再拉10万元的"赞助"进来。至于"赞助费"的出处，他不肯说，人家也就很聪明地不问。当然，大腕们都想不到王梓杰是在用自己的钱"赞助"这些科研，他们只认为王梓杰有很硬的"关系"，能够从企业弄到钱，这当然也是一种难得的能力。

有了钱，大腕学者就能够招更多的助手帮忙，去什么地方做个调研也不用再抠抠搜搜。人手多了，数据有了，想出高级别成果就更容易了。饮水思源，大腕们收获众多学术荣誉的同时，能不给王梓杰一些回报吗？

在文章中给王梓杰署个第二作者，上部委开会的时候让王梓杰坐在自己身边，找机会向领导或者其他学者介绍一句"梓杰是我的得力助手"之类，对于大腕们来说，都是惠而不费的事情。

当然，大腕之所以能够成为大腕，也是有一些学术功底的。王梓杰能够和这些人混在一起，耳濡目染，也学了不少经验，临到自己独立做科研的时候，也不再是无从下手，而是能够做到游刃有余。

仅仅一年时间，王梓杰就成了国内经济学圈子里一颗冉冉升起的新星，他还有两年硕士毕业，却已经有好几位国内顶尖的经济学家向他伸出了橄榄枝，要他报考自己的博士。王梓杰曾私下里向唐子风吹嘘，说自己在 35 岁之前肯定能评上教授，他现在的目标是 50 岁之前拿到诺贝尔经济学奖，届时唐子风要想见他，都得提前两个月向他的助手预约。

有着这样远大理想的王梓杰，对于新经纬软件公司那区区 20% 的股权哪里还会放在心上？唐子风向他说起此事的时候，他只是骄傲地摆摆手，声称自己现在琢磨的都是 2000 亿以上的大项目，比如三峡工程啊，东北振兴啊，一家小公司的事情，由唐子风这种俗人去处理就好了。

当然，更重要的原因是双榆飞亥公司这两年的经营业绩实在是太好了，一年的分红就有上千万，王梓杰坐拥千万财富，这才能够表现得如此清新脱俗。

嗯嗯，唐子风也是如此……

第二百三十三章　大家不要太焦虑

唐子风话说到这个程度，李可佳也明白他的想法了。继续在新经纬软件公司持股，不利于唐子风个人的发展，所以他决定要退出。他现在不差钱，双榆飞亥公司每年还能给他创造上千万的收入，他犯不着为了贪图新经纬软件公司这点利益而搭上自己的光明前途。

至于说把退出来的股权转给苍龙研究院，也是很高明的一招。苍龙研究院是由机二〇成员企业合股创办的，算是国家的产业。新经纬软件公司拿出 40% 股份交给苍龙研究院，也就沾上了"国字号"的色彩，未来唐子风要让上面出面推广华夏 CAD，也算是师出有名了。

华夏 CAD 如果做得不成功，也就罢了；如果做得成功，未来各家大型机械企业都使用华夏 CAD，那么新经纬软件公司的民营性质就会成为一个隐患。

有了苍龙研究院的 40% 股权，新经纬软件公司的性质就不同了，各级政府都会把新经纬软件公司当成自己人，能够允许它做大做强。这样一来，表面上新经纬软件公司是让出了四成的好处，实际上拿到的好处要多得多。

具体到唐子风这里，此举也能够堵上一些人的嘴，让他们无话可说。唐子风自己出钱培育起了一家企业，到能够盈利的时候，把股权转让给了国家，这是何等大公无私的行为？那么，此前唐子风促成临一机与新经纬软件公司在木雕软件上的合作，也就无可指摘了。

"苍龙研究院不能平白拿走这些股权，它必须出钱从双榆飞亥公司手里赎买，而且价钱上必须按公司现有的价值来计算。我大致估算过，公司现在的有形和无形资产价值，至少值 1000 万，苍龙研究院应当拿出 400 万元购买这些股权。"李可佳说。

唐子风说："我不可能直接去和苍龙研究院交易。我的想法是，我把股权退还给公司，然后再由公司去和苍龙研究院交涉，至于你们能够卖出 400 万还是

4000万,就与我无关了。"

"公司出400万买你手上的股权。"李可佳不假思索地说,"你退股,我能理解,但你前面的投资必须拿到回报。以公司未来的价值,给你4000万也不为过,不过现在只能给你400万了。"

"你能拿得出来吗?"唐子风笑着问道,言下之意倒是接受了李可佳的报价。

李可佳给他开出来的价格,与他预期的差不多。他嘴上说的是退股之后只要拿回原来的10万元投资就可以,但李可佳怎么可能会这样做?公司这两年发展得很快,一方面是得益于他注入的10万元启动资金,另一方面则来自他为公司找到的业务。可以这样说,新经纬能有今天,一多半的功劳都应归于他。

在这种情况下,李可佳如果真的只拿出10万元就把他打发走,也未免太不懂事、太黑心了。

"拿不出来。"李可佳郁闷地说。公司账面上倒是有几百万,但这是公司运行的费用,如果都抽出来给唐子风,公司就得关门了。

"我给你打欠条,等拿到苍龙研究院的钱,我就转给你。"李可佳说。

唐子风说:"你给我打欠条可以,不过苍龙研究院的钱到账之后,你还不能动用。未来公司要和图奥开战,少不了要花钱,这几百万还不一定够用呢。"

李可佳无语地点点头,唐子风能算出来的账,她就更能算得出了。如果要跟图奥开战,各种广告宣传、促销、培训之类的,都得跟上,几百万的资金还真不一定够用,说不定还要想办法从其他地方筹集资金。

想到筹资,李可佳忍不住又头疼了。公司需要的可不是三万两万的资金,而是几百万,这让她上哪筹去呢?

咦,眼前不就有一位土大款吗?保守估计,这家伙至少有2000万的身家。万一到时候钱不够用,是不是可以先找他借个几百万来救救急呢?

李可佳这样想着,看向唐子风的眼神里便带上了浓浓的笑意。

"李学长,你这样看着我干什么?人家很害羞的好不好?"唐子风被李可佳盯毛了,下意识地伸手去捂自己的前胸,在西服的内袋里放着他的银行卡。

李可佳笑道:"子风,你说得对,公司现在还没法还你钱,我们就先欠着吧,我照银行最高的利率给你算利息。你看,借400万是借,借1000万也是借,你还不如多借一点给我。你把钱存在银行里,期限太短了,人家给不了你太高的利息;如果借给公司,公司只用半年时间,最多不超过一年……"

第二百三十三章　大家不要太焦虑

"你也太黑了吧！师姐，我过去怎么没看出你是这样的人啊！"唐子风嚷嚷道。

"现在看出来也不迟啊。"

"迟了迟了，上了贼船，不好下去了。"

"那就在船上待着呗，船上的风景不好吗？"

"好是好，就是空调不够凉，我怎么觉得满脑门都是汗……"

"要不我给你擦擦……"

"免了免了，我可是有家有口的人。"

"肖师妹不会介意的。"

"可是我介意……"

这种半荤半素的玩笑，也只有在很熟悉的朋友之间才能开，换成稍微疏远一点的关系，已经足够造成无数的误会了。李可佳和唐子风都是有足够智慧的人，知道玩笑和现实的差距，说笑归说笑，擦枪走火的错误，二人都是不可能犯的。

而后，李可佳喊来了赵云涛、刘啸寒以及公司的其他几名高管，大家在一起讨论了有关与图奥 CAD 展开全面竞争的思路。听说华夏 CAD 终于要与图奥 CAD 一决雌雄，所有的人都兴奋异常，恨不得现在就拎着个键盘冲上街去，转念一想，这似乎又没什么意义。

"唐总，你就说吧，我们该怎么做？"测试部经理邓磊着急地问道。在新经纬软件公司，认识唐子风的人都称他为唐总，而不是称他在临一机的职务。

唐子风笑着说："你们各位要做的，就是保证软件的质量，还有售前和售后服务，不能掉链子。其他的事情，我和李总会处理好，大家不要太焦虑。"

"怎么可能不焦虑啊？"刘啸寒苦笑着说，"图奥是什么规模？我们是什么规模？这简直就螳臂当车，不焦虑才怪了。"

"是啊，我和老刘当年从设计院出来的时候，就想着有朝一日要把图奥给灭了。可真到这个时候，心里反而打起鼓来了。唐总，你觉得咱们真的能够干得过图奥吗？"赵云涛也讷讷地问道。

唐子风一指李可佳，说道："刚才李总可是跟我说了，说咱们的华夏 CAD 性能一点都不比图奥差，甚至还比图奥的 CAD 更节约内存，配套的模板也多，这是不是真的？"

"这当然是真的。"刘啸寒说,"我们这两年一直都瞄准图奥 CAD,它有什么功能,我们就加上什么功能。它打开一张图是 3.7 秒,我们就要做到 3 秒之内。图奥软件的核心算法,我们全都破解了,我们搞出来的算法,比它的先进多了。"

"你们破解图奥的核心算法,不会闹出知识产权纠纷吧?"唐子风不放心地问道。

刘啸寒说:"这个唐总尽管放心,我们是想开百年老店的,还不至于堕落到侵犯别人的知识产权。我们的核心算法,都是公开的成果,有一些是我们自己搞出来的,绝对不会有纠纷。"

"既然如此,你们还担心什么呢?"唐子风问道,"咱们的软件价格只相当于图奥的二十分之一,外国人不在乎这个差价,咱们中国的用户可是很在乎的。一套图奥软件卖 1 万多,咱们的软件才 500 多,这就是咱们的核心竞争力。"

"说是这样说,可现在客户用的图奥,也不是买的⋯⋯"有人低声嘀咕道。

"怎么不是买的?分明就是在'村里'找那些'抱孩子的中年妇女'买的嘛。"另一人调侃道。他说的"村里",是大家对中关村的俗称,至于"抱孩子的中年妇女",自然就是遍布全"村"的卖盗版光盘的小贩了。

"这件事,大家就不用操心了,唐总会想办法解决。"李可佳发话了,"现在大家要做的,就是按照唐总的要求,做好自己分内的工作。邓磊,你们这边要对最新版本进行全面测试,不能留下任何一个 BUG(程序漏洞)。凌建军,你想办法招募 50 名临时培训教师过来,下一步,咱们要在全国各大城市开展大规模培训。广告这边的事情,我亲自去联系。

"还有,告诉所有的员工,咱们要做好苦战半年的心理准备,如果能够把图奥挤出中国市场,未来大家的收入都能够在现有基础上翻两番。"

"耶!李总万岁!"有人忍不住振臂高呼了。收入翻两番,大家就可以开始做一个买房梦了。时下京城的商品房价格涨得不成样子,一平方米就要 4000 多,简直是抢钱啊⋯⋯

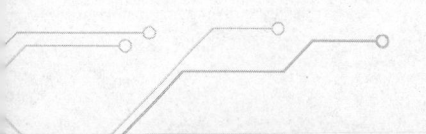

第二百三十四章　可能要抓典型了

《设计软件成盗版重灾区，图奥在中国市场损失或超百亿！》；
《甩图板不能甩了诚信，有多少企业在用盗版CAD？》；
《入世在即，国人知识产权保护意识亟待提高！》；
《国企使用盗版设计软件成风，主管部门不能装聋作哑！》；
……

一夜之间，各家大报上突然出现了一批标题极其煽情的文章，其中的内容全都指向一个问题：图奥CAD在国内的盗版现象。

采写这些文章的记者言之凿凿地称，目前国内绝大多数设计人员使用的图奥CAD均为盗版软件，其中不乏各家大型企业以及科研院所的技术人员。大多数开设CAD课程的高校，老师和学生所使用的CAD软件也是盗版，甚至有不少老师将盗版软件刻成光盘在课堂上发放。

记者随即又引用了某某法律专家的观点，声称使用盗版软件构成了侵权犯罪，而教师向学生传播盗版软件更是罪不可赦，开除教职都是轻的。

除了法律专家之外，贸易学家也出来凑热闹，引经据典地论证打击盗版与中国加入世贸组织之间的关系，表示如果国家不能采取有效措施，遏制严重的软件盗版现象，中国的国际形象将受到严重损害，进而影响到中国与世界各国的谈判。

在对使用盗版的技术人员进行了口诛笔伐之后，记者话锋一转，又盯上了各家单位以及它们背后的政府主管部门。记者质问道：作为国有大型企业的领导，是否有一点起码的法律意识？自己的下属每天使用盗版软件，领导是不知情还是故意纵容？还有机械部、科委、教委的一班领导，你们难道不知道这个严重的问题吗？你们这样尸位素餐，对得起国家和人民给你们的工资吗？

"这是怎么回事？报纸上说的情况属实吗？"

部长们第一时间就把司长叫来询问了。

"这个情况,我们不太了解,我马上派人去调查。"司长战战兢兢,汗不敢出。

回到自己的一亩三分地,司长叫来处长,开始发号施令:"咱们的下属企业有使用盗版CAD的情况吗?报纸上点了陂西机械厂的名,你现在就给陂机的老陈打电话,问问他到底是怎么回事!"

当时国人拒绝盗版的意识不强,也没人觉得这事值得大惊小怪。被盗版的那些软件厂商,倒是隔三岔五地会哼哼几嗓子,没错,就是哼哼而已,雷声大雨点小。他们的态度尚且如此,哪个部门会真的对盗版问题大动干戈的?

可漠视归漠视,没有一个人敢明确地说盗版有理。相反,国家一直是将打击盗版作为政策的,中央领导也不止一次地提出要加强全民的知识产权保护意识。有时候中央文件下发下来,各单位也要组织学习,单位领导也要表态。当然,表态之后仍相安无事。

这种相安无事的状态,被报纸上突如其来的一组文章给打破了。如果只是一家报纸上有这样的报道,大家会觉得可能是某个记者想冒泡。

可现在的情况是,七八家媒体同时发出了类似的稿子,每篇稿子的内容都不相同,主题却惊人地一致,各单位领导就不得不思考一下了。一般来说,这种同时发出的稿子,往往代表着一种风向,有时候是上级领导想推动一件事,有时候就是某个利益相关方在进行公关宣传。

无论是哪一种情况,都意味着这件事不可等闲视之,最起码需要先了解一下有关情况,做到有备无患。否则万一上级领导真的追究起来,自己一无所知,怎么交代呢?

部长的要求是了解一下情况,到处长那里,就变成了认真调查、严肃处理。连唐子风都接到了刘燕萍打来的电话,让他统计临一机使用CAD的情况。

"小唐,你别掉以轻心,这件事,下一步可能要抓几个典型出来示众,你们可别撞到枪口上。"刘燕萍认真地叮嘱道。

"刘姐,你是知道的,我们临一机的CAD,是我当初向图奥化缘化来的,是他们免费赠送给我们的,绝对不是盗版。"唐子风郑重地回答道。

刘燕萍哦哦连声,说道:"对对,我想起这事了。小唐,还是你有远见,我记得当初有人提出你们可以用盗版软件,不必花那份冤枉钱,是你坚持要用正版,在经费不足的情况下,你专门跑到那个图奥公司去公关,让人家送了你们软件。

第二百三十四章 可能要抓典型了

就这样,还有人觉得你当时是多此一举呢。"

挂断刘燕萍的电话,唐子风站在大街上就笑出声来了,惹得过往的路人纷纷侧目,不知道这个小伙子是吃错了什么药。

这一组报道是怎么回事,别人如堕五里雾中,唐子风心里却是如明镜一般透亮。因为这组报道本来就是他主导的。

那些企业和学校的案例,可都是真实可信的。唐子风这些年走南闯北,和三教九流打交道多了,各种各样的资料攒了无数,随便扔几个出来,就足够唬人了。

这么多稿子,当然不是唐子风一个人写得出来的。就算他文笔不错,要写出各种风格迥异的文章,让人觉得是各家记者自己写的,他也很难办到。在他的手下,有厂报记者李佳带领的一个撰稿团队,唐子风把自己的想法向撰稿团队的笔杆子们一说,大家便熟门熟路地把稿子给写出来了。

有了稿子,再往下的一个环节就是见报。这些稿子显然不能找几家小报来发,只有发在大报上才能起到唐子风所期望的效果。

唐子风让李佳联系了这些报社的记者,由他亲自去向记者们介绍这些稿件的内容。事实上,这些稿件的主题是完全正确的,打击盗版是国家一向提倡的事情,这些稿子揭露了国内盗版的现状,提出严格知识产权执法的要求,有什么不对呢?

既然没问题,记者们当然就很积极地在稿子前面签上了"本报记者某某某"的字样,然后递到了主编的手上。主编免不了也要问问记者,为什么突然发一篇这样主题的稿件,记者们如此这般地一说,让主编也觉得批判盗版现象是一个不错的题目,于是大笔一挥:

发之!

这些细节,外人是不知晓的,甚至连批准发稿的主编们也不知道自己已经成为一个计划中的一员。他们只知道自己签发了一篇没问题的稿子,至于其他媒体也在同一时间发了相同主题的稿件,谁又会在意呢?

第二百三十五章　绳之以法

图奥中国公司的市场总监王丹慧还是从自己的助手孙洁那里，听说媒体上正在大肆宣扬图奥CAD软件被盗版的事情。孙洁在向王丹慧说起此事时，多少还带着几分不悦，以为王丹慧是故意绕过了她直接运作此事的。如果真是这样，那就意味着王丹慧对她的工作颇为不满，甚至可能已经动了要炒她鱿鱼的心思。

"这并不是咱们搞的宣传呀！"

看了几眼孙洁替自己搜集来的报纸，王丹慧便惊愕地喊出声来了。

"王总，这真的不是你安排的？"孙洁用半信半疑的口气问道，"上个星期，你不是见过《科技日报》的李记者吗？"

"我见他是为了下个月计算机展会的事情，没有让他发这样的稿件啊。"王丹慧说。

"他当时也没提这篇稿子的事情吗？"孙洁问。

王丹慧断然地摇头："肯定没有，如果他说要发一篇和咱们相关的稿子，我怎么可能不让他先把稿子发来给我看看？我早就跟那些记者交代过，但凡是涉及我们图奥公司的文章，如果不给我看过就擅自发出，我们是会追究他们的法律责任的。"

你牛！孙洁在心里鄙夷地嘀咕了一句，现在这么多家报纸都发了关于图奥的消息，你都不知道，有本事你去追究他们的法律责任呀。

心里这样想，孙洁可不敢说出来，她小心翼翼地猜测道："这么说……是国家有新的政策，要对盗版问题进行严厉整治了？"

王丹慧把几份报纸重新摊开，认真看了几遍，眉毛皱成一个疙瘩："孙洁，你看过这些报道没有？这些文章大多数的篇幅都是在讲图奥CAD的盗版，对于什么其他软件的盗版，几乎一字不提，这就奇怪了。"

"是吗？"孙洁把头凑过来，跟着看了几段，心里也涌起了一片疑云，"是啊，这些稿子，简直就是专门替咱们写的，其他软件的事情要么是没提，就算提到了也是轻描淡写的，好像无所谓的样子。难道，这是总部那边安排的稿子？王总，你说总部是不是对中国区有什么新的营销方案了？"

"没有吧？"王丹慧也觉得不踏实了，与刚才孙洁的心思如出一辙。如果真是总部干的事情，却没有和她这个中国公司的市场总监打招呼，问题可就严重了。

"丁零零！"

办公桌上的电话响了起来，王丹慧接起电话，听筒里传来前台秘书的声音：

"王总监，《经济日报》的冯记者来了，说想采访你，你见她吗？"

王丹慧心念一动："你让她进来吧。"

不一会儿，《经济日报》的IT版记者冯倩倩便来到了王丹慧的办公室。王丹慧满面春风地招呼着冯倩倩落座，又吩咐孙洁给冯倩倩倒了一杯茶。她如此殷勤，倒把冯倩倩给吓了一跳。

王丹慧是在李可佳辞职之后，接替她的职务担任图奥中国公司市场总监的。冯倩倩作为专门跑IT行业的记者，与李可佳和王丹慧都打过交道，对于这二人的品性也颇为熟悉。

过去李可佳当市场总监的时候，与冯倩倩的关系基本是平等的。冯倩倩提出什么采访要求，李可佳能满足的便会尽量满足，不能满足的也会再三道歉，说明其中的原因，不会让冯倩倩觉得尴尬。

王丹慧上任之后，一改李可佳的作风，在媒体记者面前大摆外企高管的架子，生怕别人不知道她有多牛。冯倩倩就曾在王丹慧这里吃过好几回闭门羹，这次上门来采访，她也是做好了被拒之门外的心理准备的。

可谁承想，太阳居然从西边出来了，一向摆谱摆得比比尔盖茨还大的王丹慧，居然向她露出了笑脸，还没话找话地夸她身上的衣服漂亮。自己这身衣服能算得上漂亮吗？这分明就是自己上周在官园批发市场花10块钱买的，自己纯粹是拿它当工作服穿的好不好？

冯倩倩弄不明白王丹慧是吃错了什么药，不过，对方做出这种友好的表现，总好过于对自己冷若冰霜。她与王丹慧扯了几句闲话，便进入了正题：

"王总监，这几天，多家中央媒体都报道了国内软件盗版猖獗的事情，其中尤其提到了图奥CAD被盗版的情况。有媒体估计，图奥CAD软件因为盗版，遭受的直接损失在100亿元人民币以上。请问王总监，这个数字和你们掌握的数字是否相吻合呢？"

"这个嘛……我们对具体的损失情况没有做过精确的测算，不过，媒体上估计的这个数字，嗯嗯，我觉得和我们的感觉应当是比较吻合的。"王丹慧支吾着回答道。

100亿元这样的数字，王丹慧其实是完全不相信的。中国的软件市场能有多大？一年全部的软件销售额能凑出100亿元吗？CAD毕竟只是一个小众软件，怎么就可能算出100亿的价值了？

可是，人家给你估出了100亿，你还真没法去辟谣。如果你说其实没那么多，媒体说不定就会歪曲成你认为损失不大，不必大惊小怪。

王丹慧直到这会儿，也没想好自己到底要不要大惊小怪。总部对于中国公司的业绩要求是很低的，每年有10%的增长就可以了，这还是在一个非常低的基数之上的增长率。总部并非不知道软件被盗版的事情，但并没有要求她采取什么有效的行动去遏制盗版。说得直白一点，就是总部并不在乎这件事。

连总部都不在乎，她王丹慧又何必在乎呢？

但是，这样的话同样不能说。没有一家公司敢公开说自己不在乎盗版，相反，他们必须不断地强调盗版对自己造成了多大的损失。如果有人替他们计算出来，说他们蒙受的损失是100亿，他们只能说不止这个数字，应当算到200亿才对，而绝对不能反过来认为别人估计得太高了。

"那么，王总监，对于这样严重的盗版问题，你们有没有采取什么有效的手段来保护自己的合法权益？"冯倩倩继续问道。

"当然采取了！"王丹慧义正词严地说，"我们一直都在呼吁要保护知识产权。我们公司也一直都在向政府有关部门反映情况，要求有关部门采取严厉的措施。对了，我们还打算通过司法手段，来惩罚那些可耻的盗版者。"

有吗？坐在一旁的孙洁撇了撇嘴，公司啥时候打算通过司法手段来维权了？自己上次向王丹慧提出可以这样做，还被王丹慧给斥责了呢。

冯倩倩不知道这样的内情，她飞快地在采访本上记录着王丹慧的话，同时问道："王总监，你刚才说你们打算采取司法手段，是你们图奥北京公司将这样做，还是图奥总部将这样做？"

第二百三十五章　绳之以法

"当然是总部提出的要求，由我们北京公司去实施的。"王丹慧眼也不眨地编着瞎话。

"那么，你们已经开始这样做了吗？"

"目前还没有开始，因为我们还在搜集证据。目前我们已经掌握了至少2万名盗版用户的情况，我们很快就会把名单递交给司法机关，以便司法机关将这些人绳之以法。"

"太应该了！"冯倩倩颇有一些同仇敌忾的感觉，"王总监，我感觉，这些盗版用户法律意识太淡薄了。作为一家跨国公司的高管，你能不能告诉我，如果在国外出现这样的盗版情况，盗版者会受到什么样的惩罚？"

"惩罚嘛……"王丹慧的脑子转得飞快，想着该如何回答才好。她哪知道国外的法律规定是什么样的，甚至连国内对盗版是如何处罚的，她也一无所知。可是，以往她在记者们面前端的架子太大了，现在要让她说自己其实也没出过国，不知道国外是怎么回事，她能说得出口吗？

"我想，判刑是最起码的！"王丹慧回忆着自己看过的外国电影，"国外的法律是非常严格的，盗版要判五年以上的徒刑，如果情节严重，判终身监禁也是可能的。国外都是很讲人权的，废除了死刑，否则的话……"

"你是说，盗版要判死刑？"冯倩倩愕然地问道。

"我是说情节严重的。"王丹慧赶紧往回收自己的话，刚才忘了打草稿，似乎是把话说过头了，"大多数情况嘛，当然就是判刑，再加上罚款，罚100万美元都算是轻的。

"我在美国培训的时候，在报纸上看到过一个案子，说的是一位律师到火车站的存包处去存一根火柴，人家不同意，他就把存包处给告了，让存包处赔了他好几百万美元。你看，人家美国人的法律意识有多强？盗版这种事情，肯定比这个要严重得多，所以，对盗版者处以罚款100万美元的处罚，是完全合理的。"

"我明白了。"冯倩倩点头不迭，要不怎么说人家外企高管就是见多识广呢，这样的故事都能脱口而出，实在是让人佩服。

可是，这个故事分明是我在《读者》上看到之后讲给你听的，咋变成你在美国的报纸上看到的呢？还有，你啥时候去美国培训了，你有护照吗？

孙洁在心里嘀咕着，嘴撇得都快到耳朵边上去了。

第二百三十六章　不战而败

王丹慧很配合地接受完了冯倩倩的采访，临到把冯倩倩送出公司的时候，她才装作不经意的样子，问道："倩倩，我随便问一句哈，你们报纸怎么想到要做这个话题了？"

这声"倩倩"叫得冯倩倩打了个寒战，她强装出笑脸说道："不为什么呀，现在打击盗版是一个挺热的话题呢，好多家报纸都报了这样的内容，我们都有些滞后了。"

"那么，你知道那些报纸为什么报这个内容吗？"

"不知道……难道不是你们公司组的稿子吗？"

"不是我们公司组的稿子。"

"哦，这样啊，要不，会不会是国家有什么新政策呢？"

"倩倩，能不能麻烦你帮我打听一下，这些稿子是谁安排发的。"王丹慧说着，便把一个小信封塞到了冯倩倩的手上。

"王总，这多不好意思啊……"冯倩倩假意地客气着，旋即又拍着胸脯保证道，"王总，这件事我一定帮你问问，另外，我刚才的采访，会很快见报的，一定会把你们的诉求都写上去。"

"其实……"王丹慧话到嘴边，还是咽回去了。她想说自己其实并没有什么诉求，但她刚才说了一大堆，这个时候再往回收，还来得及吗？

冯倩倩颇有一些利索劲，回去之后挥动生花妙笔，很快就把一篇对图奥中国公司市场总监王丹慧的专访写出来了。因为正赶在各家媒体炒作图奥软件被盗版一事的风头上，这篇专访在第二天就见了报。

"什么？图奥公司表示要起诉2万人？"

"图奥中国公司市场总监称，按国外法律，盗版最高可判死刑！"

"图奥公司拟发起百万美元级别的诉讼！"

第二百三十六章　不战而败

"图奥公司说，哪怕拿了他们一根火柴……咦，我好像看串行了。"

吃瓜群众都震惊了。如果说此前的文章是对大家的灵魂考问，到了冯倩倩这篇文章，可就是血淋淋的刺刀见红了。谁不知道外国人是最喜欢打官司的，图奥公司放出这样的豪言，可没人敢把它仅仅当成一种口头威胁。

俗话说，吃瓜不嫌瓜大，各路人马充分发挥自己擅长吃瓜的特长，将事件充分演绎。各种小道消息不胫而走，传到最后，连唐子风这个始作俑者都被惊得目瞪口呆了。

"快快，查一下咱们厂里有没有人使用盗版的图奥软件，如果有，赶紧删了。咱们这么一个小厂子，如果让人罚个几百万，别说是美元，就算是人民币，全厂好几百号人都得喝风去了！"

无数的工厂里，厂长都在第一时间向技术部门发出了命令。这种事情，可以说是不怕一万，就怕万一，这么多家报纸接二连三地报道这件事情，你说是空穴来风，谁敢相信？反正厂长自己是不用CAD，在他们看来，厂子以往没有CAD的时候，活得也挺滋润的，怎么给你们配了电脑，你们还就离不开盗版软件了呢？

"厂长，我们真的离不开盗版软件啊，现在搞设计，没有CAD真的不行，太费事了。"

技术主管可怜巴巴地向厂长申辩道。

"你们不知道去买几套正版软件来用吗？"厂长质问道。

"一套正版软件15800，还是缩水版，要想买专业版，要36000一套……"

"不会吧，一台电脑不才8000多吗？一套软件怎么就要36000，这不是抢钱吗？"

"可不就是抢钱吗！"

"难道，就没有便宜一点的？"

"便宜一点的……嗯，倒也有，不过是国产的。"

"能用吗？"

"……用是能用，呃呃，我是说，其实功能和图奥的也差不多。"

"那么，这种国产的软件，多少钱一套？"

"580。"

"你是猪脑子啊，放着580一套的软件不用，让我给你们买36000一套的，是不是买软件有回扣？我告诉你，马上麻溜地把你们办公室电脑上的盗版软件都删了，给每人装一套那个580的国产软件！"

厂长们刚刚做完决策，什么机械部、化工部、电力部之类的通知也跟着发到了。通知上除了大谈加强知识产权保护意识的大道理之外，干货就是两条：第一，各企业要开展自查自纠，限1997年8月1日之前删除所有的盗版图奥CAD软件；第二，鼓励各企业积极采用国产正版CAD软件，其中又尤其推荐由苍龙研究院与新经纬软件公司合作开发的华夏CAD软件。

"如果你们的软件出了问题，最终被证明难堪大任，我老头子的一世清名，可就都毁在你们这两个小年轻身上了。"

京城的一幢红砖小楼里，许昭坚坐在一把老藤椅上，笑吟吟地向自己对面沙发上的两个人说道。他已经年过八旬，身体略有些发胖，但精神头很好，说话中气十足。尽管屋里的落地式电风扇一直在不停地转着，送出阵阵凉风，他手里还是拿着一把大蒲扇，时不时地轻轻挥动几下，颇有点像诸葛亮的招牌式动作。

沙发上的两位，其中一位的确是个小年轻，但另一位却是个年近60岁的半大老头，头发里的银丝甚至比许昭坚还要多出几根。这年轻人正是临一机常务副厂长唐子风，而那半大老头，则是现任滕村机床厂厂长的周衡。

唐子风在宣传工作一开头他便托周衡出面，替他联系上了早已退休的老领导许昭坚，让许昭坚给自己当后盾。

许昭坚是二局的创始人，也是国防军工事业的奠基人之一。早在抗战时期，他就领导过根据地兵工厂的建设，新中国成立后被委任为二局局长，负责整个机电行业的管理。

在二局有一个传说，称1980年之前国内的机床企业，有七成是在许昭坚的指导下建立起来的。整个机械系统里的干部，起码有一半曾在许昭坚的手下工作过。这其中有一些人后来离开了机械系统，到其他行业担任了重要职务，这又使得许昭坚的影响力扩展到了各行各业。

许昭坚于80年代中期响应号召主动申请离休，至今离开工作岗位已有十多年时间。但他虽不在系统内，系统内却仍有他的传说。在一些重大的产业政策问题上，中央领导都要亲自上门向他讨教，而他也屡屡能够提出一些真知灼见，让人钦佩于他的睿智。

第二百三十六章 不战而败

周衡在早年曾当过许昭坚的秘书，所以直到现在，许昭坚仍笑称周衡是"小年轻"。周衡在临一机的时候，为了开拓业务，曾几次请许昭坚帮着向一些企业打"招呼"。许昭坚对于这样的要求并不反感，因为他知道周衡这样做并非为了私利，而是为了让临一机脱困。临一机当年也是在许昭坚的关怀下成长起来的，如今遇到经营困难，许昭坚岂能袖手旁观？

也正是在那段时间里，许昭坚从周衡那里听到了唐子风这个名字。后来唐子风的种种表现，许昭坚也都有所耳闻，对于这个年轻人早已有了浓厚的兴趣，好几次都要求周衡在合适的时候把唐子风带过来让他看看。前些天唐子风打算开始宣传攻势之前，周衡便把他带到了许昭坚的家里。

在那一次，唐子风认真地向许昭坚介绍了自己的想法。他表示，设计软件是工业技术的一个重要方面，其价值并不亚于实体的设备。这些年，国家大量引进国外的先进技术，加上自主研发，在装备研制方面取得了很大的进步，但在软件方面却非常滞后。

国产工业软件滞后的原因之一，在于大量盗版软件充斥了市场，让国产软件没有任何生长的空间。对于国外的软件公司来说，它们的盈利主要来自欧美市场，在中国市场上仅仅是维持存在，并不急于攫取利润，所以对盗版问题一向是采取漠视甚至纵容的态度。它们这样做的一个重要目的，就是为了遏制中国本土软件的成长，让中国本土软件错过最佳的成长期。

在中国本土软件无法替代国外软件的情况下，盗版软件的存在，能够让一些企业减少支出，降低这些企业使用软件的门槛，至少从表面上看，遭受损失的仅仅是国外软件公司。但在中国本土软件初露端倪之后，情况就大不相同了。国外软件公司有欧美市场作为支撑，可以不在乎盗版的损失，而一旦盗版横行，国产软件就没有了销路，从而无法生存下去，最终只能是走向消亡。

一旦本土软件全军覆没，国外软件厂商就会亮出它们的獠牙，想怎么开价就能怎么开价，能够迅速地把前些年的损失变本加厉地赚回来。更重要的是，这些软件还会成为他们遏制中国制造崛起的工具。一旦国与国之间的技术竞争进入关键时刻，国外厂商只要中断软件供应，就能够让中国的工业研究完全瘫痪，届时整个国家将不战而败。

第二百三十七章 一个不错的选择

"会这么严重吗？"

那一次，当唐子风说完可能出现的严重后果时，许昭坚的脸色变得非常严肃，盯着唐子风认真地问道。

"甚至会比这更严重。"唐子风正视着许昭坚的眼睛，说道，"目前计算机的配置很低，许多软件的功能都比较简单，我们即使是从零起步，与国外的差距也很小，追赶的难度不大。但根据摩尔定律，计算机的性能每隔两年就会翻一番，而软件也会随之不断升级。过上十年，咱们与国外的软件差距就会是天壤之别，那时候再想从零起步去追赶，就几乎是不可能的了。

"而一旦软件掌握在别人手里，我刚才说的涨价和卡脖子都还不算什么，最可怕的是国外可以在软件中植入木马，或者是让咱们设计出来的产品存在隐患，或者是窃取咱们的设计思想。可以这样说，软件不在自己手里，我们在别人面前就是完全透明的，别人想怎么对付我们，我们都毫无办法。"

"小周，你看呢？"许昭坚又向周衡问道。

周衡点点头，说道："我对电脑了解不多，但小唐跟我谈过这件事情之后，我也找人了解了一下，大家的说法不一，但总的观点都认为我们在软件产业上不能采取无为的态度，如果错失良机，未来将会蒙受重大的损失。"

"那么，小唐，你希望我帮你们做什么？"许昭坚问道。

唐子风说："我们的打算是分几步走。第一步，通过媒体造势，营造出一个国家即将严厉打击软件盗版的舆论氛围；第二步，希望有关部门能够配合，对学校、科研院所、企业进行盗版软件的检查，迫使这些机构删除盗版的图奥CAD软件；第三步，我们开始向全国推广华夏CAD，我们的产品价格只相当于图奥的几十分之一，是各家单位都能够负担得起的。

"如果这一步能够成功，图奥软件在国内的市场占有率就会下降到一个很

第二百三十七章　一个不错的选择

低的水平,比如10%,甚至是5%。而我们的华夏CAD则可以占据90%的市场份额。

"有了市场的回报,我们就有足够的资金对华夏CAD进行优化,而且大量来自用户的使用经验对于改进程序也有极大帮助。这样历经几年时间,华夏CAD的性能就能够达到图奥CAD的水平,我们将非但能够守住国内市场,还可以在国际市场上与图奥CAD一争高下。

"要做到这一点,我们力量非常有限,只有像许老您这样的前辈出来说话,才有分量。"

"好的,我会再去了解一下情况,然后再给你答复。"许昭坚郑重地表示道。

那次谈话之后,许昭坚专程前往科学院和几所高校,与一些计算机专家进行了深入沟通。随后,他把自己了解到的情况与唐子风所说的观点,形成一份报告,提交给了上面。

各部委看到媒体报道之后,也纷纷向上级机关求证,得到的是一个含糊其词的回答。上级机关表示这组报道与自己无关,同时又表示打击盗版工作非常重要,尤其是媒体上重点提到的图奥CAD的盗版问题。

盗版软件不能用了,但前两年大家轰轰烈烈地推广"甩图板"运动,让许多企业已经把绘图板扔掉了,离了制图软件,许多企业的技术研发都要受到影响。用正版软件来取代盗版软件,当然是一个必然的选择,可官员一打听正版软件的价格,便都被吓住了。一套简易版的图奥CAD就要1万多元,下属企业能有几家负担得起?

就在这个时候,一家名叫苍龙研究院的单位派出技术人员来到了各部委的相关处室,向他们隆重推荐一款名叫"华夏CAD"的国产设计软件。技术人员们声称这款软件是由苍龙研究院与新经纬软件公司共同开发的,在功能上与图奥CAD完全兼容,具备了取代图奥CAD的能力。

最重要的是,一套华夏CAD的价格才500多元,比最简单的图奥CAD便宜95%,与扩展版的图奥CAD相比,简直就是零头的零头,堪称物美价廉,是为囊中羞涩的中国企业量身定制的。

苍龙研究院的背后是20家国内最大的机床企业,这样一个身份能够让它天然地获得各部委的信赖。各部委的信息部门当然也不会随便地接受一个新软件,尤其是这个新软件还是国产的。他们对送上门来的华夏CAD进行了测试,又向一些下属单位进行了解,这才确认推销者们所言不虚,这款软件确有不俗的表现。

诚然,与图奥 CAD 相比,华夏 CAD 的界面还不够美观,运行时略有卡顿,据说还有一个很小的概率会出现软件崩溃的现象,这些都反映出华夏 CAD 还不够成熟,与图奥 CAD 相比稍逊一筹。可所有这些缺点,都比不上它最大的优点,那就是便宜。

各种情况汇集起来,大家也就知道该如何做了。于是,一纸纸的通知就从各部委发出,飞向了全国各地的企业。通知要求各企业立即删除盗版的设计软件,转用正版软件,并附带着友情提示,说如果觉得图奥 CAD 太贵,买华夏 CAD 也是一个不错的选择。

华夏 CAD 的价格实在是太便宜了,一家企业即使是要采购 20 套,花费也不过就是 1 万出头。需要装备 20 套 CAD 的企业,拿出 1 万元来购置软件又有何难?这种小额的支出,各企业都无须犹豫,直接就下单了。

有些企业甚至抱着这样的想法,即先买几十套华夏 CAD 来试试。

一家企业是这样想的,成百上千家企业也是这样想的。软件订单如雪片一般飞向位于京城的新经纬软件公司,李可佳先是惊喜,继而就是惶恐。多达几万份的订单,对于新经纬软件公司的销售以及售后服务都形成了巨大的压力,李可佳觉得自己的小身板都快扛不住了。

唐子风和周衡第二次来到许昭坚家,就是来汇报前期成果的。听说有如此多的企业选择了华夏 CAD,许昭坚半是玩笑半认真地向唐子风发出了警告。

"许老,您放心吧。我们推出的华夏 CAD4.0 版已经做过半年多的测试,参加测试的包括我们机二〇各家成员企业的技术处,还有一些协作单位的上百名工程师。测试的结果显示,华夏 CAD 是足够成熟的,虽然不能说完美无缺,但对于各家企业的日常设计需求是完全能够满足的。"唐子风向许昭坚信誓旦旦地说道。

"你们估计,这一轮销售,华夏 CAD 最终能够卖出多少套?"许昭坚问。

唐子风说:"我们最乐观的估计,这一轮应当能够卖出 10 万套。未来还会有新的需求,但不会像现在这样集中。"

许昭坚掐着手指算了算,说:"10 万套,那就是 5800 万的收入。软件这种东西,应当是没什么成本的吧?"

第二百三十七章　一个不错的选择

唐子风说:"也有一些成本,主要是要派人指导各企业安装,还要进行一些使用培训。不过总体来说成本并不大,如果总的销售收入能够达到5800万元,毛利应当在5000万以上。"

"果然还是卖软件赚钱啊。"许昭坚笑着向周衡说,"小周,你们卖5800万的机床,毛利能够有多少?"

"1000万左右吧。"周衡说。造机床需要使用钢材和其他材料,加工零件的过程中还有刀具磨损之类的支出,利润显然无法与卖软件相比。软件的成本主要体现在开发过程,开发结束之后,无论是卖100套还是1万套,成本都不会有什么明显变化,毕竟刻几张光盘的支出是不值一提的。

许昭坚点点头,说道:"这么一个看不见、摸不着的软件,就能够有这样大的利润,看来咱们对于'生产'二字的理解,也要更新观念了。小唐,你先前所提出的设想,现在看来,基本上已经得到实现了。下一步,你有什么考虑呢?"

第二百三十八章　不忘初心

唐子风是有备而来的,他回答道:"许老,其实到目前为止,我们还不能妄言胜利。图奥 CAD 的技术优势依然非常明显,华夏 CAD 仅仅是凭着价格低廉才赢得了用户的接受。如果我们沾沾自喜,故步自封,等到咱们国家的经济发展到一定程度,大多数企业的财务状况好转,不在乎几万元的软件支出时,它们就会宁可多花钱,也要购买性能更优的国外软件,华夏 CAD 仍然难逃被淘汰的命运。"

"你们有这个意识就非常好!"许昭坚满意地点点头,"这么说,你们是打算继续改进这个软件了?"

"新经纬软件公司已经新招了 40 名程序员,由公司技术总监赵云涛率领,专门负责对华夏 CAD4.0 版本优化,他们的计划是每年推出一个新版本,尽力缩短与图奥 CAD 之间的差距,用五至七年的时间,达到彻底追平的目标。"唐子风说。

"有志气!"许昭坚赞了一声,又问道,"这个目标,成功的把握有多少?"

"九成以上。"唐子风毫不犹豫地说,见许昭坚似乎并不完全相信他的话,他又解释道,"许老,其实咱们国家在软件方面还是有很大的优势的。软件开发不像是产品制造,需要消耗原材料,还要有先进的机器设备。软件开发只要有一台电脑就可以工作,主要的成本来自程序员的劳动投入。

"咱们国家是一个劳动力资源丰富的国家,劳动力成本很低,包括接受过良好教育的程序员,工资水平也比西方国家要低得多。这就使得我们能够投入更多的技术人员用于程序的开发与优化,要达到与国外相同的水平,并不是痴人说梦。"

"嗯。"许昭坚轻轻应了一声,算是接受了唐子风的解释。

唐子风继续说道:"新经纬软件公司的另一个举措,就是由技术副总监刘啸

第二百三十八章 不忘初心

寒带队,开始 CAE 软件的开发。机械行业所使用的软件中,CAD 是最常用但同时也是门槛最低的,CAM、CAE 等难度更大,对工业生产的影响也更大,当然,软件价格也是最高的。

"以往新经纬软件公司实力不足,不敢染指 CAM、CAE 等软件,现在有几千万的利润,他们就能够在这方面进行大规模的投入了。

"到您这里来之前,我与新经纬软件公司的总经理李可佳谈过,她现在信心很足,表示要在十年内把新经纬软件公司做成全球排名在前 20 之内的工业软件公司。"

许昭坚问道:"除了工业软件之外,你们搞的这个模式是不是也可以应用到其他类型的软件上去呢?我去科学院和计算机专家们会谈的时候,他们提到了许多软件门类,其中尤其是操作系统。你觉得,我们可以采取这样的方式,支持国产操作系统发展吗?"

唐子风说:"理论上说,当然是可以的。但华夏 CAD 之所以能够成功,我们的营销手法只是一个方面,甚至是不太重要的一个方面。华夏 CAD 成功的最主要原因,在于它已经是较为成熟的软件,具备了与图奥 CAD 一争高下的实力。而华夏 CAD 能够发展到这一步,与前期的高额投入是分不开的,在这方面,临一机也算是出了力的。"

唐子风说临一机出了力,自然是指临一机在销售木雕机床的过程中搭售了新经纬软件公司开发的木雕设计软件。新经纬软件公司正是凭借着销售木雕设计软件获得的利润,才能够在华夏 CAD 身上一掷千金,帮助其不断优化升级。

他上一次来见许昭坚的时候,就已经介绍过这个情况,所以此时他一说这件事,许昭坚就明白他的所指了,说道:"我明白你的意思,没有金刚钻,咱们就揽不下瓷器活。咱们要想把国外软件挤出去,首先必须要让自己的软件水平达到一定程度。咱们不能强迫企业或者个人使用质次价高的软件。"

唐子风说:"就算我们强迫他们这样做,也是没用的,一味地保护并不能培育出一流的产品,打铁还须自身硬。"

许昭坚点点头:"你说得很对。对于其他软件门类,尤其是科学院提出来的计算机操作系统,国家需要有一个明确的态度。在它们不够强大之前,应当由国家出钱来扶植它们成长,不能因为现在大家还能使用盗版软件,就忽略了对自有软件的开发。"

"还有一条,就是一定要引入竞争机制。新经纬软件公司为什么能够搞出华夏 CAD4.0 版,就是因为它只是一家民营公司,没有国家的扶植,一米一粟都要从市场上去挣。虽然说它的第一桶金是临一机给的,但如果它的产品不过硬,临一机也是不会接受的。"唐子风说。

周衡赶紧帮腔:"没错,许老,当初小唐向我推荐新经纬软件公司的时候,我就明确说了,它们提供的产品必须经得起检验,如果质量不行,我们是绝对不接受的,谁说情都不行。"

"哈!"许昭坚笑了起来,他用手指着唐子风,说,"小唐,你跟我强调这一点,是不是想证明你没有徇私啊?"

唐子风略略地窘了一下,然后辩解道:"许老,在新经纬软件公司的问题上,我可是一点私利都没有谋取过。这一次打击图奥公司之前,我就把我在新经纬软件公司的股权全部转给苍龙研究院了,一点都没留下。"

"你做得很好。"许昭坚表扬道,"小周跟我说起这件事的时候,我就说过,你这样处理是非常正确的。你和你那个同学开的出版公司,一年利润都超过 4000 万了,这些钱足够你一家人舒舒服服地过好几辈子。你能够控制住自己的欲望,在这种大是大非面前不贪不恋,这一点非常难得。"

"……"

唐子风只觉得背心在拼命地冒汗,个人果然还是不能跟国家玩心眼啊,自己那点事情,瞒一瞒临一机的吃瓜群众是没问题的,但到了许昭坚这样的级别,真想调查他的底细,他可真没啥能够瞒得住的。

当然,他的穿越者身份,是谁也不会知道的,毕竟国家还没成立时空管理局……

"小唐,你现在是个超级富翁了。以你的才干,如果专心回去搞你的公司,你能赚到的钱恐怕会比现在多出 10 倍。那么,我想问问,你留在临一机当这个常务副厂长,是出于什么想法呢?"许昭坚突然问起了一个敏感的问题。

关于这个问题,唐子风已经想过无数次了,而且他也预料到了诸如许昭坚、谢天成、周衡之类的领导,肯定会问他这样的问题。未来如果他做得更出色,进入了更高层领导的视野,估计更高层领导也会问他同样的问题。

他露出一个自嘲的表情,说道:"许老,我的想法是,人除了赚钱之外,总得干点有意义的事情,不知道这个回答能不能让您满意。"

"满意,当然满意。"许昭坚平静地说,"我们当年有很多同志也是抛弃了家里的富裕生活,投身到革命斗争中来,他们的想法就和你说的一样,是希望干点有意义的事情。在今天,各行各业也都有许多同志,放弃了唾手可得的荣华富贵,甘愿为国家的事业奉献终生。你有这样的想法,我完全能够理解啊。"

唐子风笑了,说道:"谢谢许老的理解。"

许昭坚摆摆手:"我还没说完呢。你现在有这样的想法,这很好。现在很多人都说'一切向钱看',但你能够想到要做一些有意义的事情,这是非常难得的。但是,我还想问问你,你这种想法,能够保持多长时间呢?"

"多长时间?"唐子风一愣,一时不知道如何回答了。

事实上,他还真的没想过这个问题。穿越前的他,成天挣扎在贫困线上,根本谈不上有什么崇高理想。穿越过来之后,他一开始的生活目标仍然是赚大钱,过土豪一样的生活。最初随着周衡到临一机去,只是出于无奈,不敢随便扔掉公职,但心里存着随便混两年就离开的想法。

再往后,他对临一机产生了感情,在自己做的事情里找到了乐趣,这才萌生出要好好干一番事业的念头。他能够眼也不眨地把在新经纬软件公司的四成股份转给苍龙研究院,也正是因为他已经爱上了这份事业。当然,双榆飞亥公司每年能够给他超过千万的分红,也是他能够做出这个决策的原因,甚至可以说是非常主要的原因。

但是,他这种热情能够保持多久呢?

许昭坚微微地笑了,他看着唐子风的眼睛,用平缓的语气说道:

"一个人在年轻时候有理想、有热情,这并不困难。在身处顺境的时候,保持理想,保持热情,同样也不困难。最困难的,是一辈子保持理想,保持热情。即便在遇到逆境的时候,仍然能够不忘初心、不改初衷,富贵不能淫、贫贱不能移。小唐,你能做到吗?"

"我?"唐子风犹豫了,但他旋即看到了许昭坚和周衡二人头上的白发,并蓦然想起了二人过去的经历。一股冲动涌上他的心头,他使劲地点了点头,说道:

"能!我能做到!"

第二百三十九章　你每天都在干什么

图奥公司中国办事处，王丹慧坐在自己的办公室里，悠闲地翻看一本杂志。

作为跨国公司中国办事处的市场总监，她的工作其实并不多。图奥软件在国内的销售量不大，有几家代理商都是主要代理其他软件，捎带着卖几套图奥CAD。因为销售量小，王丹慧平时也用不着和他们联系。

总部每年会给中国办事处拨一些公关经费，大致够搞几场线下活动，再做有限的一些广告。王丹慧每年需要做一个市场推广计划，确定广告和公关软文的投放，再安排一下线下活动的组织。当初李可佳在这个位置上的时候，已经弄出了一套相应的模板，王丹慧在这个基础上稍加修改就能用，这就使她更加没有事情可干了。

对于图奥公司总部来说，建一个中国办事处，一年花几百万美元养着一群人，其实也就是下一步闲棋，维持一个市场存在感而已。这笔钱对图奥公司来说微不足道，公司也没指望中国办事处能够做成什么大事。

王丹慧对于自己的位置非常满意，她原本也不是一个想干什么大事业的人，现在这个位置干活不多，拿钱不少，堪称是美差了。唯一让她觉得烦恼的，就是天天这样养尊处优，连脑子都不需要多动一会，她的体重明显地开始增加了。

要不要去办一张健身卡，开始锻炼了呢？听人说，游泳的效果不错，是不是去打听一下，看看哪个地方的游泳馆条件最好……王丹慧心猿意马地想着。

"丁零零！"

桌上的电话响了起来，王丹慧懒洋洋地接起电话，随口说了声"Hello"。她这样说倒不是因为觉得对方是外国人，平日里给她打电话的，99%以上都是中国人，诸如前台、记者、代理商、广告商、同学、亲戚等，她说这句"Hello"，纯粹就是为了摆谱。她现在回家跟她妈聊天，每句话里都要带一两个英文单词的，估

第二百三十九章　你每天都在干什么

计用不了多久,她妈就可以去考四级了……

"是王小姐吗?"

电话里传出来的,却是一句带着大洋彼岸口音的英语。

王丹慧立马就打起了精神,她坐直身体,把听筒往耳朵上凑得更近,同时脸上也绽出了一个笑容。别以为不是视频电话你就可以不假笑的,声音里能够带上一个人的表情。

"是柯伦先生吗?我是王丹慧。"

王丹慧柔声地应道,她已经听出来了,电话那头正是她的顶头上司,图奥公司总部的市场总监柯伦。

"王小姐,我想知道,最近在中国多家媒体发出的关于谴责对图奥软件盗版行为的文章,是不是你们安排的。"柯伦的声音显得很生硬,让人能够想象出一张如扑克牌一样严肃的脸。

"媒体上的文章?不是……"王丹慧下意识地想说"不是总部这边绕开我们发出的吗",话到嘴边又赶紧改口了。柯伦这样说,就说明这件事并不是总部安排的,她一直悬着的心应当可以放下了。

可这边的顾虑刚刚放下,另一番更大的顾虑却又涌上心头:柯伦怎么会知道这件事?他打这个电话,是夸奖自己,还是批评自己呢?

"这些文章,不是我们安排的。我们了解过,应当是中国政府的某个部门对盗版问题有了新的指示,媒体才跟进的。对了,似乎这事和中国政府目前正在进行的'入世'谈判有一些关系。"王丹慧的瞎话张嘴就来。

这两年,她仗着中国公司天高皇帝远,总部那边对中国的情况不了解,已经说过许多瞎话了。

"这个情况,你们为什么没有及时向总部通报?"

柯伦的话里带上了几分怒气,这让王丹慧霎时就明白了,总部对这件事的评价是负面的,幸好自己刚才没说是自己安排的。

王丹慧没说这件事是她安排的,一来是因为捉摸不透总部会如何评价,二来则是因为她要组织一次这么大的媒体公关,肯定是要向总部申请的,不可能擅自做主,因此想揽功劳也揽不上。现在看来,没揽功是对的。

"柯伦先生,这件事情很突然,各家媒体都没有事先向我们通报就把稿子发出去了。我们发现之后,迅速与这些媒体进行联系,了解具体的背景。目前我们还没有完成整个调查,我本打算过一两天再向总部提交一份详细的报告。"王丹慧说。

柯伦冷冷地问道:"你所说的详细报告,准备包括哪些内容?"

"主要是这些稿件出台的原因,目前刊发各类稿件的数量,稿件发布之后对图奥公司带来的影响,对了,还有中国办事处需要采取的后续措施。"王丹慧说得头头是道,似乎她面前摆的不是一本《读者》,而是她正在写的汇报材料。

"这些宣传对图奥公司带来的影响,你们目前了解到了什么程度?"柯伦逼问道。

"影响还是有一些的,呃,主要是一些舆论问题,有一些媒体是在此前的媒体报道之后才跟进的,这反映出盗版问题受到了更广泛的关注。对了,代理商方面也有一些反馈,表示……"王丹慧边想边说,渐渐就卡壳了。

代理商方面,的确有两家公司的市场人员给她打过电话,但主要是询问这些宣传是不是中国办事处搞的,以及是否会影响到代理政策之类的。但王丹慧肯定不能这样向柯伦汇报,她应当说此举导致了销售形势变好或者变差,但到底是变好还是变差呢?这可不是能够随便瞎说的事情,因为销售数据是无法做假的。

"王女士,我对你的职业水准之差感到非常震惊!"柯伦在那头便爆发了,"你知道吗?中国至少有10个部委向它们的下属企业下发了必须即刻全部删除盗版图奥软件的通知,据最乐观的估计,在中国的大中型企业中,工程师们使用图奥软件的比例已经从90%以上,下降到了不足5%。"

"这是图奥软件在一个单一市场上从未遭遇过的重大挫折,这意味着我们将失去中国市场。而作为中国办事处的市场总监,你对这个情况居然一无所知,我真不知道你每天都在干什么!"

"什么什么?柯伦先生,请问你是从什么地方获得这个消息的?这是不是存在一些误传?"王丹慧彻底地慌了。她是真的没听说过什么至少10个部委下发通知之类的事情。中国办事处当然并非只有她一个职员,但其他部门的同事应当也不会知道这个情况吧,否则他们应当会向自己提起来的。莫非是谁偷偷地向总部告了黑状?

想到此,一个名字浮上了她的心头,难道是孙洁?

柯伦的回答替孙洁洗清了冤屈:"是公司技术部的人到中国去参加一次技

第二百三十九章 你每天都在干什么

术研讨会的时候听到了这个消息,他们立即向参加研讨会的中国企业代表们进行了解,从而证实了这个情况。我非常震惊,这么大的一件事情,中国办事处竟然没有一个人向总部汇报,尤其是你这个市场总监,你不会认为公司给你发的工资就是为了让你每天上班看各种无聊杂志的吧?"

王丹慧浑身一哆嗦,差点想把眼前那份杂志扔到字纸篓里去。这个柯伦难道是长了千里眼,居然知道自己在干什么。

"最近,最近……我一直在准备下个月在五所重点大学的推介活动,没有来得及关注政府方面的动向。政府联系是由孙洁负责的,她没有及时向我汇报……"王丹慧忙不迭地往外甩着锅,反正能扣着谁就扣着谁吧。

"现在不是你推卸责任的时候,中国办事处必须马上开始行动,消除不利影响,恢复我们的市场占有率。技术部的人回来说,中国政府向各企业推荐了一个名叫华夏 CAD 的软件,目前各家企业都在采购这个软件。如果这个软件占据了市场,将会成为一个可怕的竞争对手。你们必须在情况变得更糟糕之前,用图奥 CAD 把这个什么华夏 CAD 挤出去。"

华夏 CAD?

这不就是李可佳去的那家什么新经纬软件公司搞出来的吗?

王丹慧一下子就想起来了。华夏 CAD 本身并不是一个值得王丹慧关注的产品,事实上,图奥软件何须关注其他产品?王丹慧知道华夏 CAD,只是因为她的前任正是去了出品这个软件的新经纬软件公司,她甚至只是从公司同事的闲聊中才知道了这么一件事。

在她刚听说这件事的时候,她甚至是带着一种讥笑的心态。好端端的图奥公司不待,跑到一家国产软件公司去干,这不是傻吗?

可这一会,她突然意识到了可怕之处。李可佳是从图奥公司出去的,对于图奥公司的情况极其了解。李可佳敢于向图奥公司亮剑,想必是找到了图奥的软肋,而她王丹慧作为李可佳的继任者同时也是竞争者,对新经纬软件公司却一无所知。

知彼知己方能百战不殆,她现在连对手是什么情况都不知道,让她把对手从市场上挤出去,臣妾办不到啊!

第二百四十章　挥泪大甩卖

"办不到也得办!"

放下柯伦的电话,把属下孙洁喊来之后,王丹慧像练过川剧"变脸"一样,瞬间就从温柔小妹变成了霸道总监,向孙洁下着命令。

"王总,这事真的不好办。"孙洁忍气吞声地说,"总部说要恢复咱们的市场占有率,其实咱们根本就没有什么市场占有率。企业那边装的图奥软件,绝大多数都是盗版。咱们总不能去增加盗版占有率吧?"

王丹慧说:"可是总部希望我们增加的,就是盗版占有率。柯伦说了,我们的目的就是要把华夏 CAD 挤出去,宁可让用户用咱们的盗版,也不能让他们用华夏 CAD 的正版。"

孙洁苦着脸:"这个道理我倒是懂,不就是咱们吃不着的,也不能让别人吃吗?可是,咱们怎么说啊,总不能到报纸上去说鼓励大家用盗版吧?促进正版销售,咱们怎么宣传都有道理,可这个宣传盗版,咱们能说得出口吗?"

"这就是我让你想办法的原因啊。"王丹慧说,"你想想看,华夏 CAD 和咱们相比,有什么优势吗?"

"有……吧。"孙洁有些不确信地说。

"你说说看,它的最大优势是什么?"

"最大优势肯定是价格了。咱们的软件卖不动,就是因为价格太高了,简易版都是一万多一套,完全版是三万多,谁买得起?华夏 CAD 一套才 500 多块钱,还送一盒光盘的模板。代理商那边说过很多次了,让咱们降价。"

孙洁倒是比王丹慧更接地气,张嘴就能够说出华夏 CAD 的价格。事实上,这也是作为一名市场部人员的基本要求了,连竞争对手的产品价格都不去了解,还做什么市场呢?

"嗯,你说得很对,和我不谋而合,我也觉得,价格是华夏 CAD 最大的优势。"王丹慧做出一副一切尽在掌握的样子,心里却在懊恼,早知道先向孙洁打听打听,那么在与柯伦通电话的时候,自己也不至于一问三不知了。

华夏 CAD 一套居然才 500 多块钱,这个李可佳也真是混得太差了,这样的软件就算卖 1 万套,又能赚几个钱?这样一款土得掉渣的软件,也值得总部如此关注吗?照自己的想法,新经纬软件公司愿意卖就卖,你一个卖夏利的,能威胁到我奔驰的市场?

可这件事不是自己能够说了算的,总部的确盯上了这款软件,还勒令她必须想办法打击华夏 CAD,那么她就必须拿出一个切实可行的方案来。柯伦对她已经不信任了,未来想必也会采取更多的方法来了解中国市场的情况,她想再像过去那样糊弄,恐怕也不容易了。

"那么,你说说看,咱们怎么针对华夏 CAD 的这个优势,采取有效的行动?"王丹慧继续装着考校孙洁的样子,问道。

你是总监还是我是总监?凭什么让我出主意?

孙洁在心里嘀咕着,她可不会被王丹慧的装腔作势所蒙蔽,她知道王丹慧的确是没招了,现在是想让她想办法。

"要不,咱们也降价吧。"孙洁试探着说,"咱们向总部申请一下,把咱们的价格也降下来,降到和华夏 CAD 差不多。他们能卖得出去,咱们就更没问题了。王总,你想想看,咱们的软件过去是被人家盗版,一分钱都赚不到,现在如果能够以正版卖出去,哪怕是一套只卖 500 块钱,也比白白被盗版强吧?"

"有道理。"王丹慧点点头,正待补充两句,以示自己的高明,忽然脑子里一个念头闪过,脸便板了起来,训道:

"孙洁,你长没长脑子!咱们一套软件的定价是 1 万多,你现在降到 500,那些买了咱们软件的用户会怎么想?还有,咱们原本一年也能卖出几百套,如果降了价,要卖 20 套才抵得上原来卖 1 套的销售额,最后咱们不还是亏了吗?这样糟糕的主意,也亏你能想得出来!"

"嗯嗯,王总说得对,是我考虑欠周了。"孙洁唯唯诺诺,心里好生遗憾:怎么没把她蒙过去呢?如果能骗得她去向总部提这个方案,那乐子可就大了。

王丹慧之所以能够当上这个市场总监,是因为她毕业于名校,能说一口流利的英语,还精通消费者行为学、市场营销学,在面试的时候能够夸夸其谈,让人觉得她学富五车。而实际上,她压根就没有什么市场经验,到图奥之类的公司的工作经历也仅限于在另一家外企写过一些文案,对市场运作的套路一无所知。

相比之下,孙洁虽然是毕业于地方二流高校,没有令人炫目的学历,英语水平也非常有限,却是扎扎实实地在企业里做过一线的销售工作的,熟悉市场规则。

她知道,王丹慧刚才说的那两点理由,根本就不是最关键的问题。对于图奥来说,连盗版都能够容忍,哪里会在乎一套软件赚1万还是赚500这样的差价。降价销售这个策略的问题有两点:

其一,图奥软件在国外的价格是1000多美元,相当于1万多人民币,如果在国内以500元人民币销售,会破坏整个定价体系,国外用户会感到不满,中国政府会指责图奥倾销,代理商还可能会进行跨国"串货",这都是图奥总部无法容忍的事情。

其二,就算不出现上述的情况,堂堂图奥公司,把一套软件卖到与区区新经纬软件公司一样的价格,相当于自贬身价,品牌形象的损失甚至可能是无法挽回的。

图奥想提高市场占有率不假,但不能靠降低身份来抢用户。新经纬软件公司原本就是草根出身,打造的就是物美价廉的形象,价格越低,大家越喜欢,这叫光脚的不怕穿鞋的。

这些道理,孙洁心里是明白的,但她不会告诉王丹慧。她相信,如果她把这些话告诉了王丹慧,王丹慧肯定会当成自己的思想去向柯伦显摆,孙洁才没这么高的觉悟呢。

"你再想想,还有其他办法没有。"王丹慧催促道。

孙洁摇摇头:"王总,我能想到的也就是这个了,如果不能降价,以咱们现在的价格,可能真的拼不过华夏CAD。你想,咱们中国的企业多穷啊,哪里会舍得花1万多块钱去买一套软件?华夏CAD就是看中了这一点,跟咱们打价格战,咱们的劣势太明显了。"

"你说……这件事会不会就是李可佳弄出来的?"王丹慧脑洞大开,"她是从图奥出去的,知道咱们的产品不能降价,所以就用打击盗版这件事情,将了咱们一军。现在国家不允许用盗版,而咱们的产品价格又太高,用户就只能去买她的产品了。"

第二百四十章 挥泪大甩卖

"我觉得有可能。"孙洁谨慎地回答道。

"这种行为太可耻了！太不讲职业道德了！"王丹慧怒道，"作为图奥公司的前任市场总监，她怎么能到一家竞争性企业去工作呢？这种行为在美国是违法的！"

孙洁默不作声。这种行为是不是违法，取决于公司有没有与员工签订竞业禁止协议。图奥公司从来都不认为在中国市场上存在什么竞争者，所以也就没有与员工签过竞业禁止协议，李可佳离职去当新经纬软件公司的CEO，也就谈不上什么违法了。

王丹慧骂完李可佳，自己也有些悻悻然。人家是图奥中国办事处的前任市场总监，自己是现任市场总监。人家搞个名堂，就让自己一筹莫展，总部如果知道这个情况，会如何评价自己呢？

"孙洁，你说……如果李可佳处在我这个位子上，她会怎么做呢？"王丹慧向孙洁问道。在她内心，的确觉得李可佳比她更能干，到了这个时候，她也顾不上面子了，想了解一下李可佳可能会如何处置这样的情况。

孙洁有心不回答，又觉得不太合适。办公室政治这种事情，还是需要把握点分寸的，做太过头就不好了。她想了想，说道："我倒是想起来了，李总过去搞过向企业免费赠送软件的活动。最早是向一家名叫临河第一机床厂的大企业，送了50套免费软件，配合这件事，还做过一轮公关宣传。

"咱们免费向企业送软件，这应当是合法的，而且也同样可以达到扩大市场占有率的目的。咱们送软件的同时，也可以做一些公关，这又可以提高咱们的品牌知名度，可以说是一举两得。王总，你看如何？"

"免费赠送？这倒是一个好办法！"

王丹慧眼睛一亮，顿时就想明白了这其中的好处。

第二百四十一章 免费的蛋糕

免费和降价相比，看起来是更亏了，但其实好处更多。

首先，免费赠送的对象和数量都是自己可以控制的，不会冲击原有的市场，也不会发生向国外市场"串货"的情况。一旦用户形成了使用习惯，自己这边随时可以取消赠送，对方就不得不花高价来购买，届时自己可以连本带利都收回来。

其次，免费赠送是一种提高品牌声誉的方式，能够让人觉得图奥很有实力，几万块钱的软件说送就送了。反之，如果是采取降价的方式，人家只会觉得你的产品太烂，居然卖得这么便宜。

在此前，李可佳当市场总监的时候，就做过一些免费赠送的事情，效果很不错，也得到了美国总部那边的表扬。李可佳能够做的事情，她王丹慧没有理由不能做。

想明白了其中的关节，王丹慧让孙洁马上回去做方案，自己则拨通了美国的电话，向柯伦汇报这个想法。她也不愧是名校硕士毕业，这么一会工夫，她已经想出了这个方案的若干优点，向柯伦汇报的时候说得头头是道，柯伦在电话那边态度也明显好转了许多。

"我可以向董事会申请一下，我想董事会是会同意这个方案的。"柯伦最后这样说道。

在随后的两天时间里，王丹慧再不敢像此前那样悠然自得。她催着孙洁设计了一个足够完美的方案，声称将选择不少于500家大型企业作为赠送软件的对象，甚至还提前写好了新闻通稿，准备配合赠送软件的事情开展一轮新的公关宣传。

柯伦那边也没怎么耽搁，很快就给王丹慧做出了答复，同意中国办事处先向选定的企业赠送总计2000套软件。相比全中国的制图软件市场来说，2000

第二百四十一章 免费的蛋糕

套软件占不了多大的比重,所以柯伦又答应王丹慧,在第一批的 2000 套赠送完毕之后,可以根据效果再决定是否追加新的份额。

"什么,免费赠送?"

机械部二局信息技术处处长杨学明看着自己面前的两位白领丽人,有些不敢相信自己的耳朵。人都说天上不会掉馅饼,可现在恰恰就有这么一个巨大的蛋糕咔嚓一声砸到自己面前了,杨学明岂能不惊喜交加。

"没错,杨处长,图奥公司为了支持中国的现代化建设,准备向中国的一部分重点企业赠送一批正版的图奥 CAD 软件。机械部是中国机械行业的主管部门,二局又是主管机床工具生产的具体负责机构,下属企业众多。我们想向二局赠送 1000 套正版图奥 CAD 软件,并希望这些软件能够分配给贵局的各家下属企业。"

二位白领丽人之一的王丹慧脸上带着职业的微笑,矜持地向杨学明说道。

向国内企业赠送 2000 套正版软件,这事说起来容易,做起来却很麻烦。王丹慧不可能把所有的软件都赠送给同一家企业,事实上,要达到总部提出的市场占有率目标,她必须把软件分发给尽可能多的企业,最好是一家企业送上一两套,最后凑出上千家企业的名录,这样向总部汇报的时候就比较好看了。

要向上千家企业赠送软件,这就不是单凭王丹慧和孙洁两个人能够办到的事情了。机械企业分布在全国各地,就算在同一个城市,也是散布在城市的各个角落,跑一家企业就得半天甚至几天时间,要送出 2000 套软件,两个人跑断腿都做不到。

无可奈何,她们只能选择行业主管部门来作为二传手。机械部二局管辖的范围包括几十家直属企业,还有数以百计的省属、市属机械企业。通过二局的系统,可以很方便地把 1000 套软件分发给上百家企业,这就是她们二人前来协商的原因。

杨学明挠挠头皮,诧异地问道:"我不太明白,贵公司的软件一套价值上万元,你们一次性赠送 1000 套,就相当于向我们赠送了 1000 多万元,这么大的手笔,贵公司是什么目的呢?"

"目的嘛……"王丹慧拖了个长腔,悠悠地说道,"我刚才已经说过了,主要目的就是为了支持中国的现代化建设。其次呢,就是我们注意到,机械部最近向各家企业发出了不得使用盗版图奥软件的通知,我们对此非常感谢。为了配合机械部开展的反盗版举措,我们特地开展此项正版软件赠送活动。我们希望这些免费的正版软件,能够帮助那些过去不慎安装了盗版图奥CAD,目前已经完全删除的企业,让他们免受反盗版措施的影响。"

"王总监的意思是说,你们打算帮助那些曾经使用过盗版软件的企业?"杨学明问。

孙洁插话说:"正是如此。事实上,杨处长,我们一向是体谅企业的难处的,对于盗版这种事情嘛……"

她只说到这里就不往下说了,留下一个很大的空间让杨学明去脑补。如果杨学明足够聪明,应当能够听出她话里的玄机,那就是图奥公司其实是不在乎盗版的,甚至是鼓励盗版的,你们就别瞎操心了。

杨学明却没有接这个茬,他笑着说:"这可太好了。王总监、孙小姐,其实我们机械系统的企业,一向都有很强的正版意识。有很多企业一直都想引入计算机辅助设计,但它们的经费有限,能够买得起计算机,却买不起软件,所以这项工作的推行一直都非常困难。

"现在有了你们赠送的正版软件,这些企业就没有后顾之忧了。我们处会马上通知这些企业,迅速采购计算机,装上你们提供的正版软件,让所有的工程师都可以插上科技的翅膀,飞向现代化的明天。"

说到最后,他居然还用了一个诗一般的比喻。

"对于赠送软件一事,我们没有什么特别的要求,就是希望这些软件能够赠送给更多的企业。我们也知道,有些企业规模比较大,需要的软件授权数量可能比较多……其实,在有些情况下,一个序列号也是可以用在几台计算机上的。嗯嗯,当然,我说的只是一种临时行为,如果是长期使用,还是应当另外购买的。"

孙洁含糊地说着,话里的暗示意味更加明显了。王丹慧像是得了临时失聪症一样,只是左顾右盼,欣赏着杨学明办公室的格局,对孙洁的话置若罔闻。

杨学明点头不迭,又向二人说了许多感谢的话,最后才把她们给送走了。从窗口看着二人走出机械部的大楼,杨学明回到办公桌前,拿起电话,拨通了一个号码。

"喂,小唐吗?真让你说着了,今天图奥公司的一个市场总监带着一个下属,到我这里来了……"

第二百四十一章 免费的蛋糕

电话那头的唐子风笑呵呵地听完杨学明叙述的事情，说道："杨处，既然人家说了免费赠送，你就全盘接收好了，这也是1000多万的软件呢。我给你几个建议：第一，接收软件这件事，要跟对方签一个合同，规定责权利关系，以免对方反悔。第二，多联系一些企业，一家企业送个一套两套的。第三，你们可以发个小新闻稿，嗯嗯，找个小报发就好了……"

杨学明拿着一支铅笔，记录着唐子风说的要点，直到唐子风全部说完，他才长吁了一口气，笑着说道："小唐，你这一套手段如果全都使出来，可实在是太狠了。人家那边就是两个小姑娘，我看长得都还挺漂亮的，你这样算计人家，合适吗？"

唐子风无奈："杨处，你不会是看着人家漂亮，就生了怜香惜玉之心吧？这可是商业竞争，就算那个王总监是个西施，在我眼里也和无盐没啥区别。杨处，你如果想看漂亮姑娘，欢迎到我们临一机去视察工作。"

"越说越不像话了！"杨学明假意恼道，"我都40多岁的人了，还在乎什么漂亮姑娘，我是替你小唐考虑好不好？那个王总监一看就是受过良好教育的样子，人长得漂亮，性格我觉得也不错，和你挺般配的呢。"

"是吗？那我就更得想办法虐一虐她了，杨处恐怕不知道吧，我们这一代年轻人，就讲究打是亲、骂是爱呢。"

"哈，那我就全力配合小唐了，祝小唐你早日成功哦。"

"多谢杨处，改天我自掏腰包，请杨处吃海鲜大餐。"

"一言为定！"

"一言为定！"

放下电话，唐子风脸上浮起一个得意的笑容。以往他还在二局工作的时候，杨学明在他面前总是端着架子，不把他这个小年轻放在眼里。可如今，杨学明却在电话里刻意与他套近乎，看来自己在二局的地位真的不同了。

再说王丹慧和孙洁二人，在接下来的几天里，又马不停蹄地去了电力部、铁道部、化工部等部委。这些部委也都有下属的机械企业，属于CAD的用户单位。王、孙二人采用在机械部的套路，提出与部委合作，向各家机械企业赠送软件。

图奥的名头足够响亮，各部委分管信息技术的部门对二人都颇为客气，对于图奥公司赠送软件的行为则表示了由衷的感谢，没有一家拒绝图奥的这番好意。

第二百四十二章 这是不正当竞争

"太好了,总共有 831 家企业接受了我们赠送的软件,按一家企业有 100 个工程师计算,就相当于有 8.3 万名工程师使用了图奥 CAD,占全中国工程师的比重是多少来着?"

"我正在查数据……"

"再查一下这 831 家企业的产值是多少,占全国工业企业产值的比例是多少。"

"这有用吗?"

"当然有用,这就是咱们的成绩啊!"

"好吧……"

图奥中国办事处的市场部里,王丹慧在得意地向下属孙洁下达着指示。经过她们俩近两个星期的奔走,2000 套正版图奥 CAD 的赠送已经全部落实了。王丹慧与各家接受赠送的部委都签了协议,然后向这些部委提供了软件的光盘和正版序列号,这就算是完成赠送工作了。

随后,孙洁又忙了一个星期,挨个给各家部委打电话,询问这些软件被送给了哪些企业。有些部委办事比较认真,整理出了接受赠送的企业名单,传真给了孙洁。还有一些部委则索性把下属企业的名单直接复印了一份出来,声称这些企业都得到了软件。

孙洁略略一看,发现好几家部委送来的名单里企业数量都比自己送出去的软件还多。她再次打电话去确认,得到的是对方不耐烦的敷衍。其中,有些具体的业务部门对于图奥赠送软件这件事并不热心,表面上答应得好好的,实际上却懒得费劲。正版也好,盗版也罢,下面的企业如果想用,总是有办法的,上级部门有必要多此一举吗?

王丹慧也知道这个情况,但她仍然让孙洁把那些存疑的企业也列在赠送名

第二百四十二章　这是不正当竞争

单里,最终凑出了 831 家。王丹慧已经想好了,她要做一份非常漂亮的报告,把这 831 家企业的名单附在后面,然后用电子邮件发往美国总部,以证明自己的工作业绩。

要写报告,数据自然是不可少的。各种占比、价值评估之类的,都是王丹慧很擅长做的事情。她能够做出一些非常赏心悦目的图表,这也是她能够获得现在这个职位的原因之一。

"王总,有人找。"

前台秘书打进电话,向王丹慧汇报道。

"是什么人?"王丹慧问。

"他们说是京城工商局的。"小秘书答道。

"工商局?"王丹慧一愣,"他们找我干什么?"

"他们没说,就说要见公司市场部的负责人。"

"那……你让他们进来吧。"

小秘书在那边答应了一声便挂断了电话。少顷,三名穿着制服、戴着大盖帽的工作人员走进了王丹慧的办公室。王丹慧迎上前去,当中一人在确认过王丹慧的身份之后,自我介绍道:"王总监,你好,我是京城工商局市场监督管理处的副处长,我叫靳德标。"

"哦,是靳处长,失敬,请坐吧。"

王丹慧嘴里说着失敬,脸上的表情却是淡淡的,并没有一点恭敬的意思。她向对方点了点头,伸手示意他们在沙发上坐下,然后自己坐回办公桌后,面色平静地看着三人,等着对方说话。

孙洁在一旁有心给三位客人倒杯水,但用眼角的余光向王丹慧请示时,却没有得到王丹慧的回应,于是也不敢擅自做主,只能拉过一把椅子,坐在旁边看着。

靳德标感觉到了王丹慧的冷淡,知道她是有意在自己面前摆跨国公司的谱。他微微一笑,从公文包里掏出一个文件夹,拿在手上,对王丹慧说道:

"王总监,今天我们上门来,是因为我们接到一家企业的举报,指控图奥公司中国办事处在市场经营中采取恶意倾销的不正当竞争手段,侵犯他们的合法利益,我想请王总监对此事做一个解释。"

"什么,恶意倾销?"王丹慧皱了一下眉头,"他们指控我们恶意倾销,有证据没有？"

"有。"靳德标说，他翻开手里的夹子，看着里面的材料说道，"这家公司称，图奥公司中国办事处在过去三周时间里，向全国不少于 500 家工业企业免费赠送软件，数量不少于 1200 套，价值超过 1500 万元人民币。请问，这个情况是否属实？"

"属实……也不完全属实。"王丹慧迟疑着说。她说属实，是因为图奥公司的确赠送了软件。至于说不完全属实，是因为她赠送出去的软件是 2000 套，而不是 1200 套。

"王总监，你说不完全属实的地方是什么？"靳德标问。

"数量上……比你刚才说的更多一些，一共是 2000 套。"王丹慧说。她并不觉得自己做错了什么，所以在数字上还是要澄清一下的。万一以后有什么问题，人家拿数字来说事，指责她隐瞒真相，她就有些被动了。

"小张，你记录一下，图奥公司赠送的软件一共是 2000 套。"靳德标向自己带来的一位下属吩咐道，接着又向王丹慧问道，"那么，对应的金额是多少呢？"

"这个并不存在金额问题，我们是免费赠送的。"王丹慧说。

"账不能这样算，免费赠送的产品也有市场价值，可以按照这些产品在市场上的实际销售价格计算。"靳德标说。

"可是，我们向企业免费赠送正版软件，并不违法啊，这是一种很正常的企业公关行为。"王丹慧说。

"企业的公关行为也是有限度的，超出一定限度的公关行为，就有可能是一种不正当竞争行为。"先前那位小张说话了，"王总监，据我们调查，图奥公司这一次向企业赠送的图奥 CAD 软件，在中国市场上的销售价格是每套 12800 元，按照王总监刚才说的一共赠送 2000 套的数量，所赠送的产品总价值为 2560 万元，是不是这样？"

"是又怎么样？我们并不是销售，而是赠送，所以并不属于倾销。"王丹慧冷冷地说。

"是否属于倾销，要看你们的动机和造成的后果。"小张说，"《中华人民共和国反不正当竞争法》第十一条规定，经营者不得以排挤竞争对手为目的，以低于成本的价格销售商品。违反这一条，即构成了反不正当竞争法所禁止的倾销行为。

第二百四十二章 这是不正当竞争

"图奥公司一次性向用户赠送 2000 套软件，价值 2560 万元，远远超出了企业正常公关宣传的需要，在主观上具有排挤竞争对手的目的。在接受图奥公司赠送软件的企业中，至少有 285 家企业原本订购了新经纬软件公司出品的华夏 CAD 软件，但因获得了免费软件，这些企业向新经纬软件公司提出退货，这就在客观上构成了对竞争对手利益的侵犯。

"新经纬软件公司认为，其余的一些企业虽然事先并未订购华夏 CAD，但仍可能成为华夏 CAD 的潜在用户。由于图奥公司的免费赠送行为，这些企业不再考虑采购华夏 CAD，新经纬软件公司因此也蒙受了损失。

"新经纬软件公司要求我局立即制止图奥公司的这种不正当竞争行为，消除影响，并赔偿新经纬软件公司的损失。"

"什么，要我们赔偿损失？真是笑话！"王丹慧像被踩着尾巴的猫一样叫起来。

这回轮到靳德标沉下脸了，他说道："王总监，请你严肃对待这件事情。今天我们是先来调查有关情况。现在情况已经调查清楚，图奥公司一共向用户赠送了 2000 套软件，涉案金额高达 2560 万元人民币。

"现在我先口头通知你，图奥公司必须马上纠正这种不正当竞争行为，并将纠正的情况向京城工商局做出书面报告。京城工商局将视图奥公司的纠正情况做出正式的行政处理决定。"

王丹慧心里真的有些没底了，她强作镇静，对靳德标问道："你们这样做，有依据吗？"

靳德标说："我刚才的口头通知，就是基于《中华人民共和国反不正当竞争法》的有关规定。之所以采取口头通知的方式，是想给图奥公司一个改正错误的机会。如果图奥公司能够及时纠正错误行为，并取得举报方新经纬软件公司的谅解，我们可以不做处理。如果王总监拒不接受我们的要求，那我们可以开出正式的处理决定，届时就没有回旋的余地了。"

"我们不是……"

王丹慧还想争辩，孙洁看不下去了，连忙站起身来，打断了王丹慧后面的话，对靳德标说道："靳处长，你别急，这件事有点突然，请给我们一点时间向总部请示一下。其实，我们向企业赠送软件的事情，完全是出于支持中国现代化建设的目的，并没有排挤竞争对手的动机……"

"是吗?"先前那位小张虎着脸问道。

孙洁硬着头皮说:"张同志,这件事可能有点误会。我们可能是考虑欠周,无意中损害了同行的利益。靳处长、张同志,你们看这样好不好,给我们两天时间,我们了解一下具体的情况,然后再决定如何进行补救?"

靳德标点了点头,说道:"这样也可以。我们考虑到图奥公司是外资企业,对你们给予了特别的照顾,你们应当明白。这样吧,给你们两天时间调查有关情况,同时也向你们总部进行请示。但是,纠正错误做法这一条,是不能打折扣的。

"两天以后,请你们主动到工商局去报告处理结果。如果不能有效地消除影响,弥补对同行造成的损失,我们将会对图奥公司开出高额的罚单。"

第二百四十三章　进退不得

靳德标撂下几句狠话，便带着两名下属扬长而去了。王丹慧勉强挤出一个微笑，站起身做了一个送客的姿态。孙洁却是足够低调，一直把靳德标一行送出了公司大门，然后便匆匆回到王丹慧的办公室。

"孙洁，你刚才的话是什么意思？什么叫我们考虑欠周？"

没等孙洁说啥，王丹慧先向她发难了。刚才孙洁抢了王丹慧的话头，所以王丹慧急着要把场子抢回来。其实，她心里很明白，刚才那会，她自己已经有些蒙了，如果不是孙洁出来给她救场，她还不知道要犯多少错呢。

孙洁心中冷笑，脸上却是一副推心置腹的表情："王总，你没看出来吗，人家就是来找茬的。咱们送软件这事，还真是有点问题。工商局可不是吃素的，咱们得罪不起他们呢。"

"怎么就得罪不起了？"王丹慧呛声道，不过，她这话并没有多少底气，与其说是反驳，还不如说是嘟哝。

孙洁说："王总，你可能是一直待在外企，工商局一般不太找外企的麻烦，所以你不太了解情况。我过去在私企的时候，工商局随便来个什么小科员，我们老板都要亲自接待的，绝对不敢有什么怠慢啊。"

"可咱们图奥就是外企啊。"王丹慧说。

孙洁说："工商局轻易是不找外企的麻烦，但不是说他们找不了咱们的麻烦。这一次的事情，我估计就是李总……呃，我是说，估计就是新经纬软件公司搞出来的。"

"你是说，李可佳找了人，让工商局来找咱们的麻烦？"王丹慧听懂了孙洁的意思，有些不确信地问道。

孙洁说："这不是很明显的吗？那个什么小张说了，举报咱们的就是新经纬软件公司。那个靳处长说咱们必须纠正前面的事情，一点商量余地都没有。"

王丹慧想了想,点点头说:"你分析得有一定道理,其实我刚才也感觉到这一点了,咱们俩的看法是一致的。"

"孙洁,那依你的意思,咱们该怎么做呢?"王丹慧向孙洁问计道。

孙洁说:"这件事,咱们得先找公司的法律顾问问问,看看咱们的做法是不是违反了反不正当竞争法。如果咱们真的违法了,恐怕就只能把那些软件都收回来了。"

"这怎么行?"王丹慧急了,"收回来,咱们怎么向总部交代?"

"实话实说呗。"孙洁不以为然地说,"咱们事先也不知道这样做会违法,再说,这件事,总部也是同意的,大家都没考虑到情况的变化,总部也没道理怪罪我们。"

总部要怪罪我们,还需要道理吗?

王丹慧郁闷地想道。

赠送软件的主意是孙洁出的,但王丹慧向柯伦汇报的时候,说是自己想出来的,现在想推卸责任,难度也太大了。虽说这件事得到了总部的认可,但毕竟自己才是中国区的市场总监,判断一项行为是否合规是自己的职责。自己把2000套软件送出去了,才知道这样做违规,总部会怎么看自己呢?

到了这个时候,后悔也没用了。王丹慧抄起电话,联系上了公司聘的法律顾问,如此这般地把事情一说,法律顾问在电话那头就开始叹气了:

"王总监,这件事,你事先就应当问我一下啊。"

"怎么,郭律师,这件事真的违法吗?"王丹慧焦急地问道。

"图奥公司一次向用户赠送2000套软件,这件事做得有些过头了,任何人都可以看出图奥公司的目的是为了抢市场,排挤竞争对手。这种事,民不举,官不究,偷偷摸摸做了,倒也无妨。可一旦有竞争对手追究下来,我们是很难解释的。"

郭律师说,接下来便是一堆法律条文、指导意见和判例等,说得王丹慧头昏脑涨,只明白了一点,那就是工商局要处罚图奥公司是有依据的,自己即便想打官司,胜算也不大。

挂断郭律师的电话,王丹慧拿着听筒,开始犹豫起来。她吃不准应当先给柯伦打电话,还是先给各家接受软件的部委打电话。

给柯伦打电话,就意味着这件事没有回旋余地了,她只能把软件收回来,宣

第二百四十三章 进退不得

告这次行动完全破产。而等待她的,就将是从总部发出的辞退函。

给各家部委打电话,事情还会有一些缓和的余地。她可以把软件收回来,如郭律师教她的那样,偷偷摸摸地赠送给一些小企业。只要不过分张扬,不让工商局以及新经纬软件公司知道赠送的确切数量,工商局也就没法处罚图奥公司了。

此前那位小张不是说了吗,工商局处罚图奥公司的原因,在于它赠送的软件数量过多,金额太高,超出了正常公关活动的范围。如果工商局掌握的只是10套、20套的赠送数字,那么就没理由说超出范围了。

但这样做,未来总部如果知道了,依然是会收拾自己的。总部拿出2000套软件的额度,是为了与华夏CAD争夺最有价值的客户,她能说那种二三十人的乡镇小厂是有价值的客户吗?

"孙洁,你觉得咱们先把软件收回来,再向总部报告,是不是更好?"王丹慧左右为难,向孙洁问道。

孙洁这回可不想再给王丹慧支招了,她把手一摊,说:"我怎么知道?王总,这事还是你拿主意吧。"

"那好,你给机械部的杨处长打个电话,就说因为公司政策的变化,原定赠送的软件,现在不能赠送了,请他们帮着把光盘和序列号收回来。"王丹慧吩咐道。

"王总,这种事,怎么跟对方说啊?"孙洁面有为难之色。

王丹慧说:"该怎么说就怎么说,那些软件是咱们白送的,现在咱们没法送了,要收回来,有什么不行的?"

"那好吧……"

孙洁也是无奈了,谁让王丹慧是她的顶头上司呢?

机械部二局信息处处长杨学明接起孙洁打来的电话,刚听了两句就恼了,在电话里就发了飙:"孙小姐,你们王总监有病吧!这样的事情也能出尔反尔,这是把我们国家部委的事情当成儿戏了吗?"

孙洁打电话的时候是开着免提的,杨学明这话,王丹慧听了个真切,脸顿时就涨成了猪肝色。她有心冲对方大吼一声"你有药啊",可事到如今,她是要求着对方帮忙的,实在不宜与对方翻脸。

孙洁看到了王丹慧的表情,心中暗爽,同时继续向杨学明说道:"杨处长,实在是很抱歉,这件事,主要是我们总部那边有了新的政策,要求全球各地的办事处统一停止赠送软件的行为,我们中国区也不能例外。请杨处长体谅一下我们的苦衷,帮助我们把那些软件收回来。"

"我体谅你们的苦衷,你们体谅过我的苦衷吗?"杨学明的嗓门依然很大,显示出极其气愤的样子,"你们赠送软件的时候说得天花乱坠,又要求我们尽快把软件下发下去。我们这两星期啥正事都没干,一心就是忙着和各家企业联系发放软件的事情。

"有些企业原本是不打算引进计算机辅助制图的,是我们催促他们买计算机,并承诺提供正版软件,他们才毅然采购了计算机。现在人家计算机都买了,你说收回软件,那些计算机怎么办?当摆设吗?"

"你们可以买正版啊⋯⋯"正在旁听的王丹慧下意识地插了一句,说完才发现自己的主意很傻很天真。

杨学明冷笑道:"哼哼,这就是你们最初的目的吧?打着赠送软件的旗号,等我们开始部署了,又说要收回软件,这样就能够逼着各家企业买你们的正版软件。你们不觉得这种行为是欺骗行为吗?"

"不不,杨处长,您千万不要误会,我们说的⋯⋯呃,不一定是买我们的正版软件,我们是说⋯⋯"孙洁一下子卡住了,真不知道该如何说才好。

杨学明口气冷淡地说:"孙小姐、王总监,软件是你们主动赠送的,我们双方已经签订了合同,所以我们是不可能再退回软件的。至于你们总部是什么要求,与我们没有任何关系,再见!"

第二百四十四章 你能力比我强,真的

听着免提里传出来的忙音,王丹慧彻底慌了,这是她始料未及的一个结果。她吩咐孙洁马上给其他接受了免费软件的部委打电话,提出收回软件的要求,结果得到了一堆五花八门的答复:

有的部委与杨学明的回答一样,说软件已经下发给下属企业,无法收回;有的部委称接受软件的事情已经向上级领导做了汇报,如果要撤回,就意味着自己此前欺骗了领导,这是他们无法承担的责任。还有的部委说这件事已经在系统内的报纸上报道出来了,如果出尔反尔,难免会受到舆论的质疑。

无论是哪种原因,对方的态度都是一致的,那就是要软件,不可能。此前双方是签过合同的,部委这边虽说是接受了免费的软件,但也是要付出一些配套成本的,图奥公司要想毁约,那就先赔偿部委的损失吧。

"这分明就是讹诈!"

王丹慧失声尖叫着,她现在也只能在孙洁面前发脾气了,其他相关的人根本就不在乎她怎么想。

"王总,这件事麻烦了。"孙洁忧心忡忡地说,"工商局那边明确说了,咱们必须把这些软件收回来。如果收不回来,他们就要对咱们进行罚款。可总部是不可能给咱们拨付这笔罚款的,这笔钱,总不能咱们自己出吧?"

"这我还不知道吗?"王丹慧怒道,她指着孙洁说,"孙洁,送软件这件事,就是你出的主意,现在事情搞砸了,你必须负全部责任。"

孙洁苦笑道:"王总,这件事是我提的头,但具体要不要这样做,也是你决定的……好了好了,王总,你也别跟我辩论了,我不是不想担责任,而是觉得就算我愿意担这个责任,总部也不会接受吧?柯伦先生恐怕连我的名字都没听说过呢。"

"……"

王丹慧无语了，孙洁说的是一个真相，那就是即便王丹慧想把责任推到孙洁身上，柯伦也不会接受。毕竟她王丹慧才是市场总监，孙洁不过是她的助手而已。这么大的事情，以孙洁的职位怎么可能担得起来。

"孙洁，这件事情，真的是我考虑欠周了。现在事情已经出了，咱们互相埋怨也没用，还是得同舟共济才行，你说是不是？"王丹慧变脸比翻书还快，立马就开始和孙洁套起了近乎。

孙洁也显出一副推心置腹的样子，说道："王总，道理我都懂，可是现在这个局面，我也没什么好办法啊。我感觉，工商局也好，还有那几家部委也好，说不定是串通起来的，目的就是要将我们图奥公司的军。现在人家拿着咱们的把柄，咱们还真是没啥办法呢。"

王丹慧狐疑地问道："你是说，工商局和各家部委是串通的？"

孙洁说："我觉得十有八九是这样。你想想看，明明是咱白送的软件，这些部委就是咬住了牙关不肯退还给我们。一家这样，倒也不奇怪。可所有的都是同一个态度，你不觉得有些不正常吗？"

王丹慧瞪大了眼睛，说道："听你这样一说，我也觉得这件事是有些奇怪了。我们白送给他们的软件，现在不想送了，让他们退还，也是合情合理的事情，怎么所有的人都不配合呢？"

孙洁说："这就是了。王总，你想想看，如果他们之间事先没有串通，怎么可能会这样呢？"

"你接着说，你觉得，他们为什么要串通起来？"王丹慧着急地说，她现在也没法端总监的架子了，而是把孙洁当成了一根救命稻草。

王丹慧越着急，孙洁就越是不慌不忙，她偏着头沉思了好一会，才慢悠悠地说道："依我看，这件事，恐怕从头到尾都是李总那边搞出来的，目的就是要把我们图奥软件打下去，把他们的华夏软件推出来。"

"你是说李可佳？她有这么大的本事？"王丹慧有些不敢相信地问道。

孙洁说："李总这个人，一贯深藏不露，公司里谁也不知道她到底有什么背景。可是你看，她在咱们这里当市场总监的时候，能够和各个政府部门和国家级媒体都打得火热，大家都买她的账，你觉得她能没有一些过硬的背景吗？"

"那……那怎么办？"

"我的看法是，解铃还须系铃人，咱们索性向李总低个头，请她高抬贵手，大

第二百四十四章　你能力比我强，真的

不了以后咱们不和她竞争了。王总，你觉得呢？"

王丹慧没有马上回答，而是陷入了沉思。

事到如今，她也看出来了，整个事件的背后，肯定有一只黑手在操纵，而且对方绝对是来者不善。这件事要追溯下去，应当是从各家媒体突然集中报道盗版软件一事开始的，对方的目的就是通过打击盗版的图奥 CAD，挤压图奥的市场份额，以便让华夏 CAD 占据国内的设计软件市场。

想明白了这些，她心里便有了一个想法。她点点头，对孙洁说："孙洁，你说得对。李可佳肯定是找到了很硬的靠山，咱们现在和她竞争，是非常不明智的。可是，就算咱们想认输，又能怎么样呢？那些部委能答应把软件还给咱们吗？"

孙洁说："到了这一步，咱们只能低调一些了。王总，要不我帮你约一下李总，你当面和她谈谈，表示一些诚意，然后问问她有没有什么好办法，帮咱们渡过这个难关。"

王丹慧摇了摇头，说："孙洁，我就不见李可佳了，我跟她不熟。这件事，就拜托你去和她谈吧。你和她更熟悉，说话也容易。"

孙洁说："王总，我去见李总，实在是名不正言不顺啊。你是市场总监，我只是一个助理，很多事情只有你说了才算。我去和李总谈，人家都不见得愿意见我呢。"

王丹慧苦涩地说："孙洁，我也想明白了，现在图奥公司和新经纬软件公司是竞争对手，李可佳靠山硬，又在图奥公司当过市场总监，她要想算计我，我是一点办法都没有。我这个市场总监只怕是已经当到头了，再当下去，说不定会被李可佳吃得连渣都不剩。"

"王总，你这话是什么意思？"孙洁问。

王丹慧说："我一会就给柯伦打电话报告此事，说明我没有能力解决这个问题，请求引咎辞职。我还会跟柯伦说，你有能力解决这个问题，让他任命你为办事处的下一任市场总监，你看怎么样？"

"这样不好吧？王总，你是名校硕士，能力比我强到不知道哪去了。你当这个市场总监才是最合适的，我哪当得了啊。"

孙洁强忍着心中的狂喜，脸上却做出一副惊愕的表情，拼命地推辞着，好像王丹慧要送给她的不是一个市场总监的职位，而是一块烫手的山芋。

王丹慧也懒得去拆穿孙洁的表演。大家共事两年，谁还不知道谁的想法？

孙洁一直都觊觎她的职位，想取而代之，这是王丹慧看得非常清楚的。市场总监的工资比助理的工资高出一倍，孙洁自觉能力比王丹慧强，却只能拿着一半的薪水，心里怎能没有怨念？

到了这一步，王丹慧也没心思去琢磨这种事情了，能够把这件事推出去，免受总部的处罚，对于她来说就是最好的结果。她隐约有种感觉，孙洁与李可佳之间，或许是有一些默契的，把这事交给孙洁去办，没准能够有一个过得去的结果。

她说自己不想再当这个市场总监，也不是一句假话。面对着恐怖如斯的竞争对手，她真心有些胆怯了。或许换一家公司，应聘一个不需要担责任的职位，对于她来说是一个更好的选择吧。

"孙洁，你一会就回你办公室去给李可佳打电话约时间吧。工商局只给了咱们两天时间，已经非常紧张了。我现在就给柯伦打电话申请辞职，同时推荐你接替我的位置，你就等着好消息吧。"王丹慧心力交瘁地说。

孙洁连声说："好吧，那我就回我办公室去给李总打电话了。王总，其实你也不用辞职的，你能力比我强，真的。"

第二百四十五章 战略合作伙伴

图奥中国办事处和美国总部之间,隔着太平洋开起了电话会议。先是王丹慧和柯伦单聊,然后加入了中国办事处 CEO 和美国总部那边的更高级管理人员,接着孙洁和总部的法律顾问也来了,两边各对着一部开了免提的电话,足足谈了一个小时还多。

关于大量赠送正版软件将可能面临不正当竞争指控这一点,美国总部的法律顾问表示了赞同,同时又声称以中国的法律环境,除非对方有很强的官方背景,否则并不会带来太大的麻烦。

有了法律顾问的背书,王丹慧的责任就被限定为掌握信息不充分,未能及时了解到新经纬软件公司的强大背景。总部接受了王丹慧的辞职申请,既没有对她进行处罚,也没有给她离职补偿,这也算是王丹慧能够得到的最好结果了。

孙洁向总部陈述了自己解决问题的思路,并声称新经纬软件公司的 CEO 李可佳是一位讲道理的商人,如果图奥公司能够主动向新经纬软件公司伸出橄榄枝,化干戈为玉帛,是完全可能找到一个双赢方案的。

中国办事处的 CEO 也对李可佳的人品做出了鉴定,称其在图奥工作期间勤勤恳恳、兢兢业业,对图奥公司有深厚的感情,是可以化敌为友的。

美国总部对于中国市场原本也没有太大的兴趣,只是将其作为一个潜在市场,一些高管甚至认为中国再过二十年也依然是一个穷国,不可能有消费能力,现在就在中国投入太多的精力实属浪费。带着这样的想法,美国总部紧急提拔孙洁接任图奥中国办事处的市场总监一职,授权她去与新经纬软件公司谈这一次事态的解决方案,并且答应了一些可以承诺的条件。

这个会议是头天晚上召开的,孙洁在第二天一早就来到了新经纬软件公司,并且得到了李可佳的热情接待。

"李总,事情都办好了,现在我们图奥已经是进退两难了。王丹慧已经引咎辞职,总部授权我来和李总谈判,李总希望我们怎么做,就直接吩咐吧。"

孙洁坐在李可佳办公室的沙发上,喝着香茶,笑呵呵地说道。

李可佳在手里把玩着孙洁连夜赶印出来的名片,看着上面硕大的"市场总监"四个字,笑着说道:"孙洁,啊不不不,该叫你一句孙总了,恭喜你啊。"

"瞧李总你说的,我能有今天,不都是李总你带出来的吗?"孙洁腼腆地答道,得意之情溢于言表。

李可佳连连摆手说:"孙总言重了,当初我在图奥的时候,你帮了我很多的。其实,我离职的时候,就曾向总部推荐过你,可惜柯伦没脑子,选了个只会卖弄嘴皮子的样子货……"

"其实王总能力也很强的,她做的电子简报很漂亮。"

"那个有用的话,还要市场总监干什么?"

"哈哈哈哈哈……"

两个人狠狠地贬了王丹慧一通,顿时就觉得成了一条战壕里的战友。好一会,李可佳止住笑,对孙洁问道:"孙总,图奥总部那边,现在的意思是什么?"

孙洁也换了一副认真的表情,说:"总部那边现在只想平息事态,不想惹上法律纠纷,其他方面,你们想提什么条件都可以。"

"总部果然还是没把中国市场当一回事啊。"李可佳冷笑道。

孙洁微微一笑,没有接话。在她的心里,其实对中国市场也并不看好。新经纬软件公司能够混得风生水起,不过是因为走了一条低价策略,新经纬软件公司卖1万个软件,还不如图奥在美国接一个解决方案赚的钱多,孙洁又何尝把新经纬软件公司放在心上?她这次来找李可佳解决问题,只是为了日后双方相安无事,她可以像自己的前任那样每天看看杂志,拿着高薪,总部在不在乎中国市场,关她啥事?

李可佳看出了孙洁的心思,她自己也在图奥工作了几年,对于外企里中国员工的想法也算非常了解了。她没有再就图奥公司的问题继续说下去,而是对孙洁笑着说:"孙总,其实只要图奥能够放弃封杀新经纬的想法,我们两家完全是可以合作的。我现在就有一个想法,对我们双方都有好处,不知道你有没有兴趣。"

"当然有兴趣,李总的建议肯定是非常棒的。"孙洁一脸真诚地说。

李可佳说:"图奥软件的价格太贵了,过去是因为有盗版,所以在国内有很

第二百四十五章　战略合作伙伴

高的装机率。现在国家正在进行'入世'谈判，打击盗版是必然的事情。这一次国家拿图奥作为一个典型，其实就是在做试点……这件事你知道就好了，别往外传哈。"

"原来是这样！"孙洁恍然了，闹了半天，并不是新经纬有什么过硬的背景，只是图奥撞在枪口上了。当然，李可佳能够得到这样绝密的消息，肯定也是有些来头的，这个就另说了。

李可佳接着说："可以预测，在未来五到十年内，图奥在中国国内市场恐怕都不会有太大的起色，但总部那边，还是希望能够对中国市场施加一些影响的，你说是不是？"

"没错，就是这样。"

"所以呢，我有一个建议，咱们两家公司，签一个相互兼容协议。我们的软件，能够处理图奥格式的文件，你们的软件，也可以处理华夏格式的软件。在图标、菜单等方面，我们也尽量向图奥看齐。

"这样一来，用户虽然使用的是华夏软件，但以后想转到图奥软件，也非常容易。此前保存的图纸，也不需要再进行转换就可以直接使用，这对于图奥公司未来重新进入中国市场，不是有很大的好处吗？"

"对啊！这个主意太好了！"孙洁拍案叫好，说完，又狐疑地看看李可佳，说道，"可是，这样做，对你们新经纬软件公司有什么好处呢？你们现在费了这么大的精力打市场，岂不是替图奥做嫁衣了？"

"这对我们来说，是双刃剑啊。"李可佳苦笑着说，"你说的这种担忧，我们也想到了。我们好不容易培养起来的用户，有朝一日被你们无缝衔接上了，我们落个鸡飞蛋打，的确是很麻烦。但是，现在我们需要和图奥合作，因为过去很多用户用的都是图奥，我们的软件和图奥的软件不够兼容，用户意见很大呢。"

"我记得你们不是提供了文件转换功能吗？"孙洁说。

李可佳说："这个功能严格来说也是侵权的，只是过去图奥不在乎。现在双方撕破脸了，万一图奥纠缠这件事，我们也会很麻烦的。"

"嗯嗯，我明白了。"孙洁点头说。

李可佳说的也是实情，到目前为止，华夏软件对图奥格式文件的兼容，还是通过一个第三方软件来实现的。谁都知道，这个所谓的第三方软件，其实就是新经纬软件公司开发的，却不敢属名，而是托名于一个什么无名氏，就是怕图奥找他们的麻烦。现在趁机提出与图奥互相承认文件格式，也算是解决了一个后顾之忧。

"你可以向总部汇报，说这是你的方案，我想总部会同意的。"李可佳献计道。

"那多不好，这是李总你想出来的办法呢。"孙洁假意地说。

李可佳也懒得去拆穿她的虚伪，接着说道："如果咱们双方能够建立一个战略合作关系，那么这一次你们赠送免费软件的事情，我倒可以帮你们找找人，解决一下。"

"李总能从工商局那边把案子撤了吗？"孙洁问。

李可佳摇头说："撤是不可能撤的，你们的确影响了我们的市场，如果不把软件收回去，我们不还是吃亏了？"

"那怎么办？"孙洁惊了，说了半天，还是要让自己收回软件啊，那些部委，有那么好说话吗？再说，有些牛皮已经吹出去了，如果把软件收回来，图奥的脸往哪搁呢？她这个新晋的市场总监，如何向总部交代呢？

李可佳笑道："孙总，你别着急啊。你们送给各部委的软件，要让各部委还回去，肯定是不行的，但让他们发给下属企业，我们又太吃亏了。我倒有一个建议，让各部委把收到的软件转赠给学校，比如清华啊、北航啊，还有下面各省市的工学院啥的。

"学生将来有可能要出国留学，也可能要去外企工作，他们是需要学习图奥软件的。你们让各部委把软件转赠给这些学校，社会公众也没话可说，你们还可以做一轮公关宣传。而我们呢，也没有受损失，你觉得这是不是一个多赢的方案？"

李可佳这话，如果用来骗王丹慧，没准能成，但用来蒙孙洁，就有些太小看孙洁的智商了。企业买不起图奥软件，改用华夏软件，也是无所谓的。但学校却正如李可佳说的那样，是必须要教图奥软件的，因为学生要和国际接轨啊。

过去很多学校用的是盗版的图奥，现在要打击盗版，这些学校将会成为图奥的正版用户。李可佳让孙洁把2000套正版软件转给学校，相当于挤了图奥自己的市场，吃亏的不还是图奥吗？

但是，这的确是一个最好的下台阶的方式了，孙洁还能不接受吗？

想到此，孙洁的脸一下子变得如春天一样灿烂：

"没错没错，李总这个主意真是太好了，我回去就向总部汇报。"

第二百四十六章　防火防盗防师兄

一场风波，闹闹腾腾地开始，又冷冷清清地结束了。

孙洁带着自己新招来的助手，重新与各部委联系，在亲切友好的氛围中，谈妥了将前期赠送的软件转赠给各地高校的方案。每个部委都有自己本系统的高校，与教委系统的重点大学也有联系，向这些高校赠送软件，也是能够落下人情的事情，各部委当然不会拒绝。

很少有人关注到，图奥公司与新经纬软件公司签订了一个战略合作协议，双方承诺开展深层次的合作，包括但不限于互相承认对方的文件格式以及共享图标和菜单等。孙洁向图奥总部汇报的时候，将此描述为"一局很大很大的棋"，能够让图奥在十年后王者归来，轻松占领中国市场。

图奥总部丝毫不认为新经纬软件公司会成为自己的竞争对手，对于战略合作这件事并不重视，仅仅是因为考虑到这项合作能够帮助图奥公司摆脱在中国遭遇的法律纠纷，便同意了这桩合作。当然，孙洁提交的报告，也没有浪费，其中的一些关键提法，在经过一些修饰之后，便出现在柯伦提交给董事会的报告之中。

对于一个销售额不足公司总体收入千分之一的小市场，董事会又哪里会认真看报告的细节。直到许多年后，这份报告被人从公司的档案室里翻出来，多少人扼腕叹息，自是后话了。

"唐总，我可都是照着你的吩咐做的。互换文件格式这件事，对于咱们新经纬软件公司来说，可的确是把双刃剑，万一哪天伤了咱们自己，你可得负责。"

在办公室里，李可佳这样对唐子风说道。她的口气是凶巴巴的，脸上却洋溢着春风。

唐子风不屑地说："我凭什么负责？这么好的机会，如果你们玩砸了，还有脸来找我算账吗？"

"可是,十年后,如果图奥公司真的凭着这个后门,进了中国市场,抢了我们的份额,怎么办？"

"你为什么不想着十年内凭着这个后门挤进国际市场,去抢图奥的份额呢？"

"因为我不会白日做梦啊。"

"晚上梦也行啊。"

"人家晚上梦见的都是……嘻嘻,人家不好意思告诉你啦。"

"师姐,你能不要这样调戏一个纯洁无邪的小师弟吗？"

"就许你调戏纯洁无邪的清华师妹？"

"……"

唐子风只能落荒而逃了。李可佳眼看着就奔三了,还是一个剩女,没事就喜欢无差别地往周围放电。唐子风自忖电阻太小,还是别离她太近为好。

"你说什么电阻？"

清华南门外的小饭馆里,肖文珺习惯性地把梅菜扣肉上的瘦肉剔下来,把肥肉夹到唐子风的碗里,同时奇怪地问道。

唐子风一愣,以光速把思维从火星上撤回来,满脸懵懂地问道：

"什么电阻？我说电阻了吗？"

"你说了。"

"不会吧,我是文科生,说电阻干什么？"

"可是你真的说了,自言自语的那种。"

"这不可能,我肯定是说……对了,店主,商店的主人,南方人平舌翘舌分不清的。我刚才在想,木雕机床是不是可以再开发一些功能,适合于更多的店主。"

"可是你说的是店主太小？难道你想开发一款儿童木雕机床？"

"你不会是属猫的吧？耳朵这么好？"

"我属虎的,耳朵是跟我师傅练的。"

"好吧,你赢了。我说文珺,你真不会吃东西,梅菜扣肉里最好吃的就是肉皮和肥肉,肥而不腻,那瘦肉干巴巴的,有啥好吃的。"

"我把好吃的让给你吃,还不好吗？"

"这倒是,家有贤……呃,呵呵,呵呵。"

第二百四十六章 防火防盗防师兄

"等等,刚才咱们说啥来着?"

"我忘了,这很重要吗?"

"咦,我记得刚才说了什么的……"肖文珺皱着眉头想了几秒,终于放弃了努力,"算了,好像是不重要。对了,子风,关于开发重型曲轴机床的事情,我导师说了一个人,是我原来的师兄……"

"师兄?"唐子风不满地嘟哝了一句,"文珺,我不是叮嘱过你,在学校要防火防盗防师兄的吗?"

"我防你这个伪师兄就够了!"肖文珺没好气地瞪了唐子风一眼,说道,"我们清华的师兄可不是你们人大的师兄那样花里胡哨的。他是美国麻省理工的博士后,最近回国来了,准备找个学校当老师的。听我导师说,他在国外搞过重型曲轴机床的研究,发过几篇很有分量的文章呢。"

"居然有这样一个人!"唐子风顿时就不花里胡哨了,他坐直了身子,问肖文珺,"这个呆子叫什么?多大年纪了?他想去哪个学校当老师?""去!人家怎么就是呆子了?人家智商是你的两倍好不好!"肖文珺斥道,接着又说,"他叫葛亚飞,35岁了。他在美国待了很多年,在几家机床企业工作过。听说是因为父母身体不好,他想回来照顾父母,所以才辞掉了在美国的工作,回国来了。"

"35岁?倒正是能够挑大梁的岁数。"唐子风说,"就是不知道他能力怎么样,能不能挑起大梁来。"

肖文珺说:"我导师对他很欣赏,说他能力很强。不过我没有见过他,也不知道他到底有多大本事。我只是给你提供一个信息,你看看有没有用。"

唐子风说:"当然有用,现在我手头人才奇缺,这种清华出去,又在麻省做过博士后的,想必烂也烂不到哪去。对了,你刚才说他想找个学校教书,那么他是因为喜欢教书,还是因为别的原因?"

"这个我就不清楚了,我没有见过他,只是上次和我导师说到重型曲轴机床的时候,我导师说这位葛师兄在这方面有些积累。"

"那么,现在他找着单位了吗?"

"听我导师说,好像是有点困难。他想去的学校没编制,能够接收他的学校,级别又太低,而且待遇也一般,解决不了房子,所以就悬在那里了。"

肖文珺这话,也是从导师那里听来的,其中的信息有些错乱。其实,时下各高校的教师住房条件也是参差不齐,越是好学校,住房越紧张。像清华这种学校,35 岁的副教授能分到一间筒子楼里的房子就不错了。一些地方院校,住房倒是能够保障的,但以这位麻省博士后的心气,又怎么可能会屈尊于这种地方呢?

"哈,房子容易啊!"唐子风眉飞色舞,"你跟他说,只要他真有能耐,再跟我签一个三十年的'卖身契',我立马给他买一套三环内的三居室,保证他乐不思美。"

"三十年的'卖身契',你也太狠了吧?"肖文珺捂着嘴直乐。唐子风开出来的这个条件,她是早就知道的。唐子风曾在临一机给技术高超的工人开高薪,苍龙研究院成立之后,他又把这个政策也推广到了研究院,声称打破大锅饭,只要是有能力的工程师,薪水上不封顶。

苍龙研究院的技术人员大致可以分为三类。第一类是直接从社会上招聘过来的,居于固定人员,编制是落在苍龙研究院的。第二类是由机二〇的各家企业派来的,编制仍在原单位,但日常在研究院工作,属于半固定员工。第三类就是在具体项目中,由相关企业派来的临时人员。

比如临一机要委托苍龙研究院设计一款机床时,秦仲年也会到研究院去待十天半月,以保证研究院设计的产品能够符合临一机的需求。

在唐子风看来,第一类人员才是研究院的核心,因为这些人相对固定,他们的知识产品是属于研究院的。第二类人员表面上是被派往研究院了,但各企业随时可以把他们征召回去,所以基本上靠不住。此外,能够被派过来的人,一般也不会是什么技术大拿,谁会把最牛的工程师送到外单位去呢?

出于这样的认识,唐子风在研究院实行了差别待遇,对于固定人员给予相对的高薪,并让他们签订一定时间的服务合同,这就是他所说的"卖身契"了。

像葛亚飞这样的条件,如果不出意外,应当是一个能够独当一面的技术人才,一年给 10 万的年薪,唐子风也是不会眨眼的。如果他真的能够和苍龙研究院签个"卖身契",哪怕只是十年,唐子风给他配一套三环内的三居室,也不为过。

时下一套三环内的三居室也就是五六十万,在别人眼里很了不起,搁在肖文珺的眼里都已经不算啥的。

在唐子风的再三鼓动下,肖文珺现在在京城也已经买了两套房,其中一套就在清华外面不远的地方。肖文珺把它当成了自己的工作室,有时候要连轴转

第二百四十六章 防火防盗防师兄

做设计或者写论文的时候，就会待到这套房子里去，有吃有喝，有电脑，有席梦思，比宿舍可舒服多了。

"'卖身契'的问题，可以以后再谈。"唐子风说，"我一向是以德服人。这样吧，你帮我约一下这个呆子，我和他谈一谈，再做决定。"

第二百四十七章　只是接触过

葛亚飞的样子比唐子风想象的还要呆一些,大约1.7米的个头,脑门光亮,戴着一副挺厚的近视眼镜,说话的时候语速挺慢,有点像声卡芯片过热的样子。

"你叫葛亚飞?"

"是。"

"清华机械系毕业的?"

"是。"

"在麻省做过博士后?"

"是。"

"在美国的机床企业里工作过?"

"是。"

"葛先生,呃,要不我叫你葛师兄吧,可以吗?"

"可以。"

唐子风和葛亚飞的对话,从一开始就闷得让人窒息。唐子风当然也能看得出来,对方并不是要在自己面前端架子,事实上,葛亚飞的神情一直是非常局促的,两只手都不知道该如何放才好。他之所以惜字如金,完全是性格使然,以至于唐子风想跟他套套近乎都找不着切入点。

"听说你在美国的时候,搞过重型曲轴机床是吗?"

唐子风绕了半天的弯子,终于决定还是直奔主题,开始向葛亚飞了解技术问题。

听到这个话题,葛亚飞倒是放松了一些,他点点头,说:"接触过,也不算是特别深入。"

"具体情况能说说吗?"唐子风问。

葛亚飞想了想,说:"其实事情也很简单,我在麻省博士毕业以后,去了一家美国的大型机床公司。我去的时候，公司正好接了美国海军的一个订单，要求公司为海军的造船厂提供一台重型曲轴加工机床，公司就让我负责了。"

"负责是什么意思？"

"负责……就是让我当项目的总工程师啊。"

"这就是你说的接触过，但不是特别深入？"唐子风惊道。都说谦虚是一种美德，你也不能谦虚到这个程度吧？项目的总工程师，还是接触不够深入，你还想怎么深入？

葛亚飞却是很认真地说："我的确接触得不够深入。这个项目做了两年时间，我们刚刚完成一个初始的设计，很多地方还没来得及优化，海军那边就把这个项目给撤销了，后来我们就没再做下去。"

"原来是这样。"唐子风明白了。清华人对于技术的要求的确是非常高，仅仅完成一个初始设计，没有来得及优化，在葛亚飞看来就属于半吊子水平，只能说接触过，不能说很精通。

但唐子风不是清华人啊。这一个多月的时间，他和许多工程师聊过曲轴机床的事情，其中还包括秦仲年和肖文珺。所有人都表示从来没有接触过重型曲轴机床，普通的曲轴机床倒是搞过。普通曲轴机床加工的工件，最重也就是几百公斤的样子，而船舶公司康治超要的那种重型曲轴机床，要求能够加工重达180吨的工件，这就完全是两件不同的事情了。

受唐子风的委托，肖文珺已经开始搜集并阅读有关重型曲轴机床的文献了，据她说，这方面的文献数量很少，而且在涉及关键技术的地方，往往是语焉不详，只能从一些蛛丝马迹去猜测对方的设计思路。肖文珺表示，如果要由她来担纲设计重型曲轴机床，起码要先给她两年时间去积累相关知识，其后的设计时间需要多长，目前还完全无法预计。

而眼前这位呆子仁兄，居然以总工程师的身份做过重型曲轴机床的开发，而且达到了完成初始设计的程度，这就起码比国内的其他工程师要超前五年以上了，这样一个宝贝，别说一套三居室的房子，就算再加一个固定车位，唐子风也绝对不会打磕绊啊。

"葛博士，这个数控重型曲轴机床的设计，有什么诀窍啊？"

陪同唐子风一起来与葛亚飞会面的苍龙研究院工程师关塘开口了。技术方面的事情，唐子风弄不明白，所以全权委托关塘来对葛亚飞进行考校。关塘也没见过重型曲轴机床,但好歹是搞机床设计出身的,听点基本概念还是听得懂的。

"诀窍?"葛亚飞目光呆滞地想了足有三分钟,才摇摇头说,"也没什么诀窍。其实这种机床也就是个头大一些,整个结构不外乎床身、主轴箱、卡盘、尾座、车削刀架、旋风刀架、液压系统、电气和数控系统,和其他的机床没啥区别。对了,还需要有一台行车,这是用来调整工件和中心架的……怎么,我没说清楚吗?嗯嗯,要不,我给你们画一个示意图吧。"

说着,他从随身的包里掏出了一个本子,又摸出一支笔,然后便在本子上画起了结构图,一边画还一边解释着:

"你们看,一台重型曲轴机床,有两个不同的床身,一个我们叫作工件床身,另一个叫刀架床身。中心架和尾座是装在工件床身上的,可以来回移动;车削刀架、旋风刀架,是装在刀架床身上的,也可以来回移动……"

关墡盯着葛亚飞画的图,点头不迭,不时还用手指指着某处,问一两个技术细节问题。唐子风一开始还能看懂,等图上堆砌的东西多了,他就看不明白了,索性也懒得去琢磨,只是欣赏葛亚飞的表演。

他发现,说起技术问题的时候,葛亚飞便不像刚才那样木讷了,眼睛里也多少有了一些神采。当然,与李可佳、包娜娜这种文科生比起来,把葛亚飞眼睛里的表现称为神采,简直就是污辱了这两个字。人家的眼神如一汪春水,葛亚飞的眼神就像是一个加热过的柏油池,稍不留神就凝固不动了。

好吧,这或许也是一种工程师的状态吧,这样的人才能坐得住冷板凳,用十年磨一剑的劲头,搞出性能过硬的机床来。

"唐厂长,葛博士的技术,真的很了不起。我看请他来给咱们当重曲机床的总师,完全可以相信。"

关墡与葛亚飞交流了十几分钟之后,由衷地向唐子风推荐道。行家伸伸手,便知有没有,葛亚飞自称重曲机床的设计没什么诀窍,但随口一说,都是一些关墡没想到的东西,其实就是设计中的诀窍了。他之所以不认为这些东西是诀窍,想必是因为对这些技术太过了解了,总觉得别人也应当知道,自己这点东西,算不上什么。

"挺好啊。"唐子风点点头,言归正传,对葛亚飞说,"葛师兄,想必霍老师让你过来的时候,也跟你说过我们的意思吧?我们有一个机构,叫作苍龙研究院,是由国内 20 家大型机床企业联合开办的,算是一家股份制企业。我们现在急于招聘一批才俊,来承担若干种重要机床的开发。

"我们请你过来,是因为听说你在重型曲轴机床方面有很高的建树。刚才关工和你聊的东西,我听不太懂,但我知道你肯定是很专业的,符合我们的要求。

"那么,现在就轮到你说了。你是否愿意到我们苍龙研究院来工作?如果你愿意过来,对于待遇方面,有什么要求?"

他说的霍老师,正是肖文珺的导师,当然也是葛亚飞的导师。此君名叫霍容海,是清华大学机械系的教授,国内鼎鼎有名的机床专家,秦仲年提起他的时候,都是毕恭毕敬的。这一回,唐子风正是通过霍容海给葛亚飞带话,约他过来见面,其实多少有些面试的意思。现在面试结束,唐子风初步打算接受葛亚飞了,当然就要听听葛亚飞会开出什么条件了。

听到唐子风的问话,葛亚飞顿时就有些窘了,他支吾了好一会,才说道:"其实,我回国来,主要是想找一所大学,教教学生,搞搞研究什么的。你们那个研究院,算企业编,还是事业编啊?"

唐子风耸耸肩膀,说道:"事业编肯定是没有的,企业编嘛,也算不上是国企的正式编。苍龙院是一家股份制企业,没有编制的。"

"哦……"葛亚飞应了一声,柏油开始结冰了,向外透着凛冽的寒气。

"不过,如果葛博士愿意加盟,我们可以提供不少于 8000 元的月薪。"

"唔?"柏油再次流动,显然这个收入还是有一些吸引力的。

"我们研究院的本部是在东叶省的临河市,如果葛博士愿意到临河去工作,一去就可以分配到一套 160 平米的住房。"

"东叶?"葛亚飞皱着眉头,微微摇头,说,"我还是希望能够在京城工作。对不起啊,唐……"

"我叫唐子风。"唐子风自我介绍道,其实他们见面的时候已经互相介绍过了。

关埔替唐子风补充道:"唐厂长是临河第一机床厂的常务副厂长,主持工作的。"

"嗯嗯,唐厂长。"葛亚飞找到了正确的称呼方式,说道,"就我本人而言,在京城或者去东叶,都无所谓。但我回国的原因,是为了更好地照顾我的父母,他们年龄都大了,身体也不太好。

"我老家是长化省的,我父母都习惯了北方的生活,到京城来问题不大。但如果到东叶去,我担心他们不适应南方的气候。"

"原来是这样。"唐子风装作为难的样子,想了一会,才说道,"我们在京城倒也有个分部,有一些研究是在这边做的。但如果你想留在京城做研究,薪金待遇没啥问题,住房方面嘛……"

第二百四十八章　在驴鼻子前面拴根胡萝卜

"我不需要160平米的房子,有80平米就行,能够住下我和我父母。"葛亚飞着急地说。

唐子风一愣:"你是说,你的夫人和孩子没有跟你一起回国来?"

葛亚飞讪笑道:"我一直没结婚。"

"哦……"唐子风应了一声,然后说,"住房方面,可以给你解决一套120平米的,三居室。房子的产权是属于研究院的,这一点要事先说明白。"

"那是肯定的。"葛亚飞说。

"不过嘛……"唐子风拖了个长腔,在吊足了葛亚飞的胃口之后,才悠悠地说道,"如果你能够承诺在研究院工作至少十五年,那么等十五年期满的时候,这套房子的产权可以完全归你。"

"真的?"葛亚飞的眼睛亮了起来。这年头,能够分房子的单位越来越少了,如果这个什么研究院真的能够给他分一套房子,服务十五年又算什么呢?其实他也不是很喜欢去高校教书,能够在研究院搞机床开发,对他来说吸引力更大,遑论唐子风还给他承诺了高薪和住房。

至于十五年后,他已经50岁了,估计也不会再琢磨着跳槽了吧?

"我需要先了解一下研究院的情况,看看是不是适合我。如果适合的话,我和研究院签一个十五年的服务合同,也是可以的。"葛亚飞说。涉及切身利益的事情,他的嘴皮子变得滑溜起来了。

"好,成交!"唐子风向葛亚飞伸出手去。

葛亚飞也是懂得这个仪式的,便伸出手与唐子风握了一下,相当于击掌为誓了,嘴里说道:"成交!"

接下来,唐子风便把葛亚飞带到了苍龙研究院设在京城的分部,让他与在分部工作的工程师们见了面,又查看了分部的设备情况。葛亚飞对工作环境颇为满意,与几位工程师聊过之后,也确认了这个研究院绝对不是什么草台班子,背后的底蕴还是非常深厚的,不会埋没了他的才能。

第二天,唐子风让助手罗小璐给船舶公司打了个电话,与康治超约好时间,便带着葛亚飞上门拜访去了。康治超听说唐子风找到了一位曾经设计过重型曲轴机床的留美博士后,甚是欣喜。他喊来了手下的七八名工程师,在会议室里便与葛亚飞、关墉展开了一场技术研讨,谈得热火朝天。

唐子风坐在会议桌的一角,强打精神听了十几分钟,眼皮便不由自主地耷拉下去了。等他睡了一觉醒来,睁开惺忪的睡眼,正看到康治超坐在他的身旁,脸上颇有一些郁闷之色。

"哟,康总,真是不好意思,我这怎么就睡着了?主要是……呃,昨天晚上和一个客户谈业务,谈得太晚了。"唐子风瞎话张嘴就来。

康治超也拿他没辙,人家好歹也是堂堂国有大厂的常务副厂长,理论上说级别和他是一样的。人家能够在百忙之中带人过来谈事,无聊的时候补个瞌睡又算什么呢?他摆着手说道:

"没关系,没关系,唐厂长日理万机,我们还这样耽误唐厂长的时间,应当是我们不好意思才对。"

唐子风看看四周,发现人都已经走光了,只剩下康治超和助手罗小璐,不由诧异地问道:"怎么,你们已经谈完了?"

"谈完了。"康治超点头道。

"那,老葛他们呢?"

"我让刘振带他们到资料室找有用的资料去了。"

"哦哦。康总工觉得,你们谈得怎么样啊?"

"非常好!"康治超面带喜色,"唐厂长,你可太了不起了,居然能找到葛工这样了不起的人。我听他说了,他在美国的时候,主持着一台重型曲轴机床的设计。他跟我们说了机床的有关参数,完全符合我们的要求啊。现在最简单的办法,就是让他把在美国做过的设计再做一遍,这是很容易的。"

"这样不好吧?"唐子风摇头说,"他在那边做的工作,对方公司是有知识产权的。他如果照样再做一台,人家是要控告我们的。"

"这怎么会呢……"康治超有些悻悻然,说道,"咱们把机床造出来,就放到我们船厂去,谁来也不让他们看,谁会知道我们仿了人家的设备呢?再说,葛工说了,那个项目并没有做下去,美国海军从德国买了一台曲轴机床,自己就不造了。"

唐子风说:"那也不行,我们还是很尊重知识产权的。老康……呃,我是说,康总工,你不要着急,既然老葛在咱们手里,咱们就让他给咱们设计一台更好的,比德国人的都好,你看怎么样?"

"那当然是好!"康治超说,"可是,这样一来,时间不就长了吗?"

唐子风问道:"康总工,你希望什么时候能够拿到机床?"

"当然是越快越好!"康治超说,"如果明年就能够造出来,我们就不用苦哈哈地等着韩国人卖轴给我们了。"

"明年嘛? 也不是不行。"唐子风说,"其实,思路有了,多投入一些资金,要把机床设计出来,还是挺容易的。"

"对对,这和我们造船是一个道理。"康治超附和道。现在他急着想让唐子风答应马上给他们造重型曲轴机床,唐子风就算说太阳是从西边出来的,老康也绝对不会否认。

唐子风笑道:"那么,问题就来了,资金在哪呢?"

"呃……"康治超被噎住了,好半响才讷讷地问道,"唐厂长,你不会是想让我们出钱吧?"

"康总工觉得呢?"

"我们可以付一部分预付款,20%的样子。"

"50%,言无二价。"唐子风竹杠敲得哪哪响。地主家也没有余粮了,苍龙研究院的钱,已经投在十几个不同的项目上,资金紧张得很。趁着老康火急火燎的时候,不趁火打劫,他简直都对不起自己本科毕业证上的校长签名。

"50%?"康治超像是牙疼一样地吸着冷气,问道,"那么,你们一台机床的报价是多少?"

"现在还没具体核算,初步估计8000万吧。"唐子风说。这个价钱倒也不是他瞎编的,来船舶公司之前,他拉着葛亚飞、关塘等人在一起讨论过,最终得出了这个价格。

康治超脸色立马变得很难看:"不会吧? 德国的重轴机床,一台也就是1亿人民币出头,咱们的国产机床还要8000万,这不是坑人吗?"

"要不,我给你1亿元人民币,你帮我买一台德国的来?"唐子风说。

康治超立马就哑了。他们又不是没想过要买德国的机床,可人家不肯卖啊。如果德国人肯卖,他又何必在这里看这个小年轻的嘴脸呢?

"第一台,8000万;第二台,6000万;从第三台开始,每台4000万。这个价格怎么样?"唐子风终于报出了底价。

前面的机床贵,是因为他要把研发成本摊到售价中去,等到研发成本都收回了,后面只是照着图纸生产,成本就用不了这么多了。

机床的造价不外乎是材料费加上人工费。德国的机床贵,有三个原因,一是摊进一部分研发成本,二是德国劳动力价格高,人工费分摊较多,最后一块就是凭借技术优势赚取的超额利润。

临一机要造这种重轴机床,人工费比德国公司要低得多,超额利润方面自然是要赚的,但毕竟不会那么黑,所以最终的价格将会比德国机床低出一大截。

听到这个价格,康治超的心放下来了。中国一年要造几百万载重吨的船,曲轴的需求是很大的,所以曲轴机床也不会只采购一台。如果后续的机床只需要4000万一台,还是比较好接受的。

"那好,我一会就去打报告,先给你们拨4000万预付款。不过,唐厂长,咱们丑话说在前头,这4000万拨过去,你们如果在明年之内交不出合格的曲轴机床,我可不会善罢甘休的。"康治超咬牙切齿地说。

"放心吧,老康,我唐子风啥时候掉过链子?"唐子风大言不惭。

看着唐子风那光溜溜的下巴,想着"嘴上没毛、办事不牢"的古训,康治超还真放不下心来。

"还有,现在曲轴机床我已经给你落实了,你们船舶公司是不是也该落实承诺,把各下属企业的机床订单给我们了?实不相瞒,我们机二〇的很多企业,今年日子也是不太好过的,就等着你们给几个项目,好买米下锅呢。"唐子风继续说。

"这个……我尽力去协调吧。"康治超的声音里透着凄凉。他记得自己与唐子风打的赌,当时他说的是如果唐子风能够造出曲轴机床,他会努力促成下属企业优先采购国产机床。现在机床的事情还是八字没有一撇,唐子风就找他要机床订单,这算不算耍赖呢?

可人家就耍赖了,他能怎么办?

"老康啊,咱们是合作伙伴嘛。"唐子风得意扬扬地说,对康治超的称呼也悄

第二百四十八章　在驴鼻子前面拴根胡萝卜

悄地改了,"开发曲轴机床,需要好几家机床厂同心协力。可你要让人家同心协力,总得给点物质刺激吧?就算赶驴,你也得在驴鼻子前面拴根胡萝卜不是?"

"得了得了,唐厂长,我服了你了。"康治超高举免战牌,"我是个搞技术的,没有你的嘴皮子溜。这样吧,咱们把曲轴机床的合同签了,然后你派个业务员来,派一伙也行。我亲自带着他们到各家船厂去拉订单,你看行不?"

第二百四十九章　传说中的绝密资料

不提唐子风如何欺负康治超这个老实人,让我们把目光转向明溪省常宁市。

在大韩东垣机床公司的小会议室里,气氛十分压抑。生产总监王迎松和技术总监何继安坐在会议桌的一边,低着头一声不吭。坐在他们对面的是公司董事长李太宇,他的脸色如机床上的烤漆一样湛蓝,两只眼睛则是红通通的,配色很是讲究。

与一年前相比,李太宇瘦了一大圈,原来一头飘逸的秀发,如今也没了神采,耷拉在头上,被灯光一照,似乎还能看到几根银丝。他的脾气变得越来越大,骂人也越来越频繁。唯一有进步的,就是他的汉语比过去流利多了,骂街的时候即便不夹杂韩语的脏话,也能连骂10分钟不会重复,配个捧哏的,他就可以回韩国演汉语相声去了。

"告诉我,这都是因为什么!"

李太宇拍打着手上的一沓资料,愤怒地吼叫着。

这沓资料,是何继安刚刚交给他的,全都是销售部门收到的客户要求取消订单的传真。客户要求取消订单的事情,以往也是有的。因为各种各样的原因,在合同许可的条件下,客户的确可以要求取消订单,东垣公司也不能拒绝。

可进入10月份之后,要求取消订单的客户越来越多。一开始负责销售的何继安还没太注意,等到属下告诉他已经有20多份订单被取消的时候,他才惊了。而没等他反应过来,取消订单的申请便如雪片般飞来了,砸得他晕头转向。

他收拢了一堆传真件,匆匆来向李太宇汇报。李太宇先是劈头盖脸地训了他一通,接着便喊来了生产总监王迎松,要求王迎松和何继安对此事做出一个解释。

"我打电话问过几家客户,他们反映,说我们的机床质量太差,达不到产品

第二百四十九章　传说中的绝密资料

资料上承诺的精度和耐用性，他们拒绝接受。"何继安用很小的声音说道。

"他们凭什么说我们的机床质量差？我们还没发货，他们是根据什么来判断的？"李太宇问。

何继安说不出来了，他也是刚刚了解到这个情况，打电话向几位老客户询问，人家支支吾吾，不肯给一句准话，所以他也弄不清事情的原委。

"王总监，你说说看，咱们的产品质量有没有问题？"李太宇又把目光转向了王迎松。

王迎松原本就是在公司里负责生产的，后来东垣公司把产品外包给了几家乡镇企业，王迎松便自告奋勇去当了监工，在各家企业来回跑，一个月里倒有20天是在外面。说来也怪，就这样的工作强度，王迎松居然像吹气球一样地胖起来了。其中的奥妙，就不足为外人道了。

听到李太宇的询问，王迎松挤出一个笑容，说道："李总，你放心，各家外包企业的生产，都是严格按照咱们提出的工艺规范做的，绝对没有一点偷工减料的事情。机床运回来之后，何总监也是抽查检测过的，没有发现任何问题。"

"那么，客户说咱们的机床质量差，就是毫无根据的喽？"李太宇继续问道。

"这个嘛……"

何继安和王迎松两人下意识地碰了一个眼神，随即又迅速地把脸各自扭开了。这二位现在基本上是水火不容，而且没有一点调和的余地。李太宇知道这一点，却并不试图去调解他们的关系。在李太宇看来，公司的两位高管之间有矛盾，对他是有好处的。有矛盾就会互相找茬，这就相当于互相监督，比串通起来蒙骗他要好得多。

"何总监，你说说看，咱们的机床质量是不是有问题？"李太宇点名了。

何继安苦着脸，说："李总，咱们的机床都是包给乡镇企业去生产的，如果这些企业都严格遵照工艺规范做，机床的质量是没问题的。不过，咱们的工艺规范，本身的要求就有点低，所以咱们卖出去的机床，头两年性能不错，用过两年以后，精度就会大幅度下降，客户说咱们的产品质量差，也是有道理的。"

听到这话，李太宇的气焰降下去了几分。他虽然不懂技术，但自家的事情，自家还是知道的。他请人设计的这几款机床，为了达到物美价廉的要求，在使用的材料和加工工艺方面，是打了不少折扣的，这一点设计公司曾经向他说明了，何继安也凭着当过十几年工艺科副科长的经验，向他指出了这一点。

机床质量的问题，会出在机件发生磨损之后。如果使用的材料更好一些，机件的磨损速度会比较慢，一台机床用上十年八年，也不见得会有明显的磨损。但东垣的机床使用的材料档次比较低，在正常使用的情况下，也就是一两年时间就会有明显磨损，这就是机床的缺陷。

此外，同样是由于选材的问题，东垣机床的床身刚度达不到自己声称的水平，在加工超重、超硬工件时，会出现床身变形的情况，李太宇对此也是有所了解的。

"就算是这样……"李太宇硬着头皮说道，"咱们的机床要出现明显磨损，也得是一两年后的事情，这些客户怎么就会知道了呢？"

王迎松嘴唇动了一下，却又没说话，似乎是有什么难言之隐。李太宇眼睛很尖，一下子就注意到了王迎松的表情，不由得生气地说道："王总监，你想说什么就说吧！"

王迎松假笑了一声，说道："李总，关于这件事，我有一点不太确切的消息，也不知道当讲不当讲。"

李太宇深吸了一口气，忍下骂人的冲动，摆摆手说："你说吧，让我和何总监听听是怎么回事。"

王迎松这才伸手到怀里一摸，掏出来一本折叠着的小册子，展开之后递到李太宇的面前，同时说道："李总，我从一个企业的朋友那里，弄到了一本这个……你看看就知道了。"

"这个？难道是传说中的……"

李太宇的心脏不争气地猛跳了一下，不过等他把目光对准那本小册子时，翻涌的荷尔蒙便一下子全部退潮了。那并不是他想象中的不可描述的手抄本，而是一本冷冰冰的技术资料，封面上的标题赫然写着：

国内市场常见机床质量评价报告（1997年9月）。

"这是什么东西？"

李太宇伸手拿起小册子，又看了看封面。封面上除了上述的标题之外，下面有一个落款，写的是"机二〇秘书处"。左上角则画了一个方框，里面写着"绝密资料，禁止外传"八个字。

"这是绝密资料？"李太宇不解地看着王迎松，问道，"你是怎么弄到的？"

"那个……"王迎松支吾了一下，才含含糊糊地说，"都传开了，好多人都有。"

"都传开了,这还叫绝密资料吗?"李太宇只觉得天雷滚滚,这都是什么乱七八糟的事情啊。

王迎松笑而不语,人家就愿意这样写,你李太宇管得着吗?

王迎松不说话,李太宇也不便再深究。他翻开册子,里面果然是对市场上各品牌型号机床的点评。每种机床的名字下面还画着一排五角星,五角星有的是实心的,有的是空心的,还有半实半空的。李太宇琢磨了一下就明白了,这五角星分明就是编撰者对各种机床的打分。满分是五分,也就是五个实心的五角星。至于零分,那自然就是五个空心的五角星了。

看明白了体例,李太宇便开始查找东垣公司的名字。倒也没费多少工夫,他便找到了自己生产的那几款机床,细细一看底下的内容,只觉得一口老血涌到嗓子眼,差一点就要吐出来了。

"这都是谁给评的?跟我们公司有多大的仇啊!"李太宇大声地骂道。

何继安原本是坐在会议桌对面的,这会也赶紧绕过来,凑到李太宇身边,阅读起那份册子。只见在东垣公司一款磨床的名称下面,写着一堆测试数据,看上去还颇为专业的样子。在列完测试数据之后,内容就变成了大白话:

"毫无疑问,这是一款垃圾级的机床。其品质只相当于小型乡镇机床企业制造的低档机床,而价格却达到了国内有一定实力的中型机床企业生产的中档机床的水平,性价比在所有评比的机床中排名倒数第五。"

再至于用来评分的那五个五角星,其中有四个是全空心的,余下一个勉强有一半是实心的,也就是说,评价者给这款机床打出了 0.5 的低分。

"这是赤裸裸的诽谤!这是恶意败坏我们的声誉!李总,我们一定要控告他们!"

何继安愤怒地拍着桌子,嚷得比李太宇的声音还大。

第二百五十章 资料从哪来的

"这个机二〇秘书处,是个什么机构?"李太宇看着何继安问道。

"这是机床行业里一个新成立的协会,我们常机也是会员之一。"何继安答道。他说的常机就是指他原来的单位常宁机床厂,尽管他已经跳槽出来,提起常机的时候,还是会不自觉地带上"我们"二字。

李太宇当然不会介意何继安的措辞,他皱了皱眉头,问道:"这个协会,很有实力吗?"

"是的,参加这个协会的,都是中国国内最有实力的机床企业。"何继安说。

"那我们能不能申请加入?"李太宇脑洞大开。在他想来,机二〇给东垣机床打低分,自然是出于行业保护的需要。如果自己也是机二〇的成员,大不了多交一点会员费,对方是不是就会给自己评个高分呢?对了,这好像是某个MBA(工商管理硕士)案例里讲过的。

何继安苦笑道:"李总,这个可能不太现实。机二〇的会员只有20家,全部是国内排名在前30位的大型机床企业,咱们东垣公司嘛……还有一点差距。"

"原来是这样。"李太宇嘟哝了一声,随即便换上了一副气愤的嘴脸,说道,"它们是大型企业就了不起吗?这样明目张胆地败坏我们的名誉,我们必须给它们发律师函,要求它们收回这些资料,公开道歉!对了,还要赔偿我们的损失!何总监,你现在就给我爸爸的同学打电话,让他过来一趟。"

李太宇说的他爸爸的同学,是常宁市一家名叫西贾的律师事务所的律师,名叫劳思通。他其实是在一个在韩国举办的短期法律研讨班上与李太宇的父亲李东元见过。闲聊的时候,劳思通听说李东元的儿子李太宇在常宁开公司,便死乞白赖地表示愿意给李太宇的公司当法律顾问,而且声称一切免费。

李东元自己就是当律师的,但在中国并没有什么人脉关系,劳思通主动提出要帮忙,李东元当然不会拒绝。就这样,劳思通就成了东垣公司的法律顾问,偶尔帮东垣公司审审合同啥的,干得倒也算是专业。

劳思通愿意免费给东垣公司当法律顾问,当然不是什么国际主义精神附体,而是看中了东垣公司的外资背景。如今西贾律师事务所的宣传资料上,第一行就是"为数十家中外企业提供法律服务",其中的"外"字对应的只有一家企业,那就是东垣公司。

劳思通接到何继安的电话就匆匆赶来了,李太宇黑着脸把事情的经过向劳思通说了一遍,接着便提出了自己的诉求,对方必须道歉,撤回不实宣传,赔偿不少于100万元人民币。

"李总,这个恐怕有些困难啊。"劳思通苦恼地说。他倒也不是一个草包,多少还是懂点法律的,一上手就知道这事挺麻烦的。

"劳律师,这不是很明显的诽谤行为吗?这种事情如果发生在韩国,是肯定要赔偿的,赔偿10亿韩元都不算多。"李太宇言之凿凿地说。

劳思通问道:"李总,我不懂机床,我想请教一下,这份册子里的这些数据,是不是假的?"

"最起码,不那么准确……"李太宇的声调明显低了。

劳思通便明白了,合着人家没说错啊,想告人家诽谤,无从下手啊。

"劳律师,这份册子上说我们的机床是垃圾级,这个总可以算是诽谤吧?"一旁的何继安看出了劳思通的想法,出言提示道。

劳思通说:"这个就看你们如何理解'垃圾级'这个定义了。国际评级机构,也有使用垃圾级这种提法的,只是一个分级标准罢了,不能算是污辱性语言。"

"可是,'垃圾'这个词,在老百姓看来,就是骂人啊。"

"人家可以说,这也不是给老百姓看的文件啊。"

"但它误导了我们的用户,造成了我们的实际损失,难道我们也不能索赔吗?"

劳思通思索了一下,问道:"李总、何总监,我想问一句,这份材料,你们是从什么渠道获得的?"

"是他拿来的。"李太宇用手指了指坐在墙角练功的王迎松,说道。

"嗯嗯,说我呢?"王迎松抬起头来,看着众人,目光里带着疑问,"李总,啥事?"

李太宇把5000毫升二氧化碳强压回自己的丹田,恶狠狠地瞪了王迎松一眼,说道:"王总监,劳律师想知道,你是从什么渠道弄到这本小册子的。"

"哦,这事啊。"王迎松很轻松,"我是从合岭的一家机械厂弄到的,他们厂长拿着这本小册子,问我东垣的磨床是不是这样,我就从他手上把这本册子要过来了。"

"他又是从哪弄到这本册子的?"劳思通追问道。

"这我就不知道了,我又没问他。"王迎松一摊手,一副无辜的样子。

"你现在就去问!问清楚!"李太宇暴跳如雷。

"哦。"王迎松还是那副慵懒的样子,站起身就往外。

"你去哪?"李太宇诧异地问道。

王迎松说:"收拾行李去啊,还要去车站买火车票。"

"谁让你去合岭了?你不能打电话问吗?"

"我没有他的电话号码啊。"

"问!找人打听!"

"哦,知道了……"

王迎松应了一声,便掏出手机开始打电话了。他先把电话打到了合岭的龙湖机械厂,与厂长赵兴根寒暄了足有五分钟之后,才扭扭捏捏地请赵兴根帮他了解合岭柏峪机械厂厂长的联系电话。赵兴根声称自己并不认识这位厂长,但向王迎松推荐了自己的一位朋友,说这个朋友有可能认识。

王迎松记下了赵兴根那位朋友的电话号码,却并不急于挂断电话,而是又向赵兴根表示了感谢,约定过一段时间一起去吃海鲜啥的,并就由谁请客的问题进行了几轮磋商。

"王总监,你打一个电话,非得花这么长的时间吗?"

看到王迎松终于结束了与赵兴根的闲扯,何继安终于忍不住了,满是恶意地质问道。

"我打电话时间很长吗?"王迎松诧异道。

"你说的废话太多了!"何继安斥道。

"你说我哪句是废话?"

"你跟对方说吃海鲜干什么?"

"是他先说的,我总不能不接口吧?万一以后我还要给他打电话呢?"

"那他说他请客,你总没必要争吧?"

第二百五十章 资料从哪来的

"我争了吗?"

"你争了!"

"我那不是争,我那是人之常情……"

"你分明就是拖延时间!"

"够了!"李太宇用力一拍桌子,把5000毫升二氧化碳全部释放出来了,音量直奔100分贝,他抬起手指着二人,手指头不断地哆嗦着,"这都什么时候了,你们还在为这样的事情争执不休!"

"我没争!"王迎松很委屈。

"你争了!"

"我那不是争,我那是人之常情……"

"……"

好不容易算是把这一地鸡毛给清理干净了,王迎松接着打电话,依然是五分钟的"人之常情"加上五秒钟的正事。在辗转问了好几个人之后,他终于把电话打到了柏峪机械厂厂长吴廉的手机上。顺便说一下,吴廉此时正坐在合岭的一家海鲜店里吃饭,坐在他身边的,赫然就是赵兴根。

"你说那份机二〇的机床评估资料?那是我们厂的推销员在汽车站买的啊。"

在听完王迎松询问的问题之后,吴廉打着酒嗝,满不在乎地回答道。

"问他是在哪个汽车站。"劳思通在王迎松身边提示道。

"嗯嗯,吴总,请问是哪个汽车站?"

"哪个汽车站?那我哪知道,渔源的汽车站?要不就是程北的汽车站,反正很多地方都有卖的。王总,你打听这个干什么?"

"那啥,我们老板觉得这份资料挺好的,想多买几份,发给公司里的员工看。"王迎松机智地编了个瞎话。李太宇微微点了一下头,觉得这家伙虽然惫懒了一些,但好歹脑子还是够用的,知道不能打草惊蛇的道理。

吴廉在电话那边笑道:"你们自己就是机床公司,还用得着看这个?我跟你说,机二〇的这个评估,每个月都要出一期的。这样吧,我跟推销员说一下,让他们看到新版的,给你买20份,你上次拿走的那个,已经过期了。"

挂断电话,吴廉笑着向赵兴根说道:"赵总,你们也太缺德了,弄出一个评测报告黑人家,还借王迎松的手,送到人家眼皮子底下去,你们这不是存心要把人气死吗?"

"气死才过瘾呢!"赵兴根拊掌大笑道,"那个韩国人,上次我去常宁见他的时候,他跩得不行,当时我就想扇他。也多亏了韩总,弄出这么一个东西,我现在都想去看看这个家伙气成啥样了。"

第二百五十一章　你出去别说认识我

如果赵兴根知道李太宇现在的模样，他一定会收回自己的话，并且祈祷上天还给他一双从来没有看过这个画面的眼睛。

现场的几个人都已经把目光从李太宇的脸上挪开了，天啊，人的脸怎么可以扭曲成这个样子，眼睛辣了，晚上非做噩梦不可。

"劳律师，去写诉状吧，我要起诉这个什么机二〇！"李太宇像是溺水的鱼一样艰难地呼吸着，咬牙切齿地说道。

"李总，不是我不愿意，你们真的没有什么正当理由去起诉对方啊。"劳思通苦口婆心地说道。

"他们编写这样的材料，放到各个汽车站去销售，这还不算诋毁竞争对手吗？"

"可是，你有证据显示这是机二〇卖的吗？"

"这不明明写着机二〇秘书处吗？"

"这还明明写着绝密资料呢，人家早就想到办法规避自己的法律责任了。"

"你是说，这些资料不是他们印好拿出来散布的？"

"当然是！"

"这不就对了？"

"可是，这需要证据啊……"劳思通欲哭无泪。

李太宇是个天真的宝宝，不知道江湖险恶。但劳思通是当律师的，见惯了各种阴谋诡计，把前后这些事情联系起来稍微一琢磨，就啥都明白了。

这份资料，绝对是机二〇故意散布出来的，目的也的确是诋毁东垣。或者都说不上是诋毁，只是把竞争对手的实情披露出来，给对手以沉重打击。他刚才已经问过何继安了，机二〇的这些企业本身都是搞机床的，而且是国有大型企业，谁需要买东垣公司的劣质机床呢？

305

但人家做得天衣无缝，资料上写明了内部的绝密资料，也就是在协会范围内使用的，这是人家协会内部的事情，法律管不着。就比如李太宇给何继安发个邮件，说劳思通是个混蛋，只要这个邮件不传播出去，劳思通就无法追究李太宇的法律责任。

在各地汽车站销售的这些资料，机二〇是绝对不会承认出自自己之手的。随便找个闲人，上印刷厂印份资料，批发给路边摊，你上哪查去？东垣公司如果真的向机二〇发一封律师函，人家说不定还会报警，说自己的绝密资料泄露了，请求警方追查。到时候警方肯定是先查东垣公司是如何得到这份绝密资料的，而不会找机二〇的麻烦。

就在这个时候，又出了新的变故。销售部的一名文员匆匆来到会议室门口，探进一个头，小声地喊着何继安："何总，何总！"

"什么事？"何继安没好气地问道。

"又来了一份传真。"文员道。

"又是要取消订单的？"

"不是……"

"那是干什么的？你进来说，这里没有外人！"何继安斥道。

文员小心翼翼地看了李太宇一眼，然后赶紧把脸扭开，径直走到何继安面前，递给他一份传真件，说道："是红渡省张院市的建材机械厂，3月份的时候买了咱们的5台磨床，他们……要求退货。"

"退货！"

众人都是一惊，李太宇劈手就从何继安手上把那份传真夺过来了，定睛一看，居然是一份行文工整的公函，上面明确说明从东垣公司购买的5台磨床性能指标达不到东垣公司事先的承诺，要求东垣公司收回设备，并全额退还货款，连中间的运输费用都要由东垣公司支付。

"这又是怎么回事？"李太宇拍打着那张传真，对何继安怒目而视。小文员此时早已脚底抹油，溜之大吉了，傻瓜才会回头看爆炸呢。

"这个……不要紧，可能是技术性调整，大家不要慌。"

何继安自己说着不要慌，手却已经开始哆嗦了。他掏出手机，在通讯录里快速地找着号码，嘴里说道："张院建机的蔡厂长，跟我很熟，我这就给他打电话，这肯定是一个误会。"

第二百五十一章　你出去别说认识我

实践表明,何继安的确比王迎松靠谱,他直接就找到了对方的号码,并把电话拨了过去。

电话接通,饶是何继安再着急,也免不了要先和对方客套几句,正如王迎松所说,这是人之常情。他现在想求对方把传真撤回去,哪能二话不说就直奔主题。

听到何继安与对方畅谈友谊,李太宇的嘴角不停地抽动着,王迎松则是不住地发出冷笑,估计心里早已爽透了。这叫二月债,还得快啊。

终于到说正事的时候,何继安把传真的事情一说,对方那位名叫蔡连龙的厂长直接就发起了牢骚:"我说何总,你可是把我坑苦了。你说你们那个机床是韩国货,原厂原装的,保用三年。我昨天看到机二○发的一个通告才知道,你们那些机床都是找乡镇小厂子代工的,用料也差,价钱还贵得要死。

"早知道是这样,我还不如直接买小厂子的货。我们这里农机厂买的磨床叫东桓牌,价钱比你们便宜三成。我先前还笑话他们买的是假货,可今天一打听,人家的磨床用得好好的,我们的磨床都已经没法用了。"

"怎么可能没法用了?"何继安着急上火地问道,"你是说哪方面没法用了?"

"精度下降了呀!"蔡连龙说,"废品率比刚买来的时候高了,这难道不是你们的机件磨损的结果吗?"

"也没那么快啊,这才半年呢。"何继安叫着屈,"要说我们的机床用上两年会出问题,我承认,可这才半年多一点,怎么就出问题了?"

"可能是我们用得比较多吧。"蔡连龙含糊地说,随即又换了理直气壮的口气,说道,"你们的说明书上说的是保用三年,没说不能超负荷使用啊。我们过去用的长缨磨床,怎么折腾都没事,这都用了十年了,精度比这几台刚用了几个月的东垣磨床还高得多。"

"你是说,你们是因为看到了机二○提供的材料,才发现我们的磨床有问题的?"何继安敏锐地找到了问题的关键。

"你们的磨床真的出了问题嘛,能怪人家机二○吗?"蔡连龙说。

"你说的机二○的通告,是从哪来的?"

"我们的销售员在汽车站买的呀……喂喂,何总,何总,你在听吗?什么人啊,一句话不说就把电话挂了!"

听到听筒里的忙音,何继安真想找个基站把自己传送到红渡省去,找对方理论理论。

机二〇,你真是太狠了,啥都敢拿到汽车站去卖,有种你到火车站去卖一个!

劳思通在旁边听得明白,他叹了口气,对李太宇说道:"李总,事情很明白了,你们肯定是得罪人了,人家这是在整你们呢。何总监,你分析一下,这个什么建材机械厂要求退货,有道理没有?"

后一句话,他是向何继安说的,因为他知道李太宇也不懂技术,而这个问题明显是要由技术专家来回答的。

何继安想了想,点点头说:"如果对方铁了心要退货,我们还真没办法拒绝。过去他们买我们的机床,光看了我们提供的技术资料,没有实际检验。现在机二〇做了检验,数据都是现成的,和我们承诺的指标有很多不同。对方如果要告我们欺诈,我们是跳进黄河也洗不清的。"

你们的确是欺诈好不好?劳思通在心里想着。机床的实际指标和承诺的数据不一样,这如果不算是欺诈,天底下还有欺诈的事情吗?

自己说对方是存心要整东垣公司,这话也对,也不对。人家这样做,往好处说就是替客户伸张正义,还真不能叫作"整"。

韩国不是挺发达的国家吗,怎么跑到中国来办个厂子,还要搞商业欺诈这种事情,这让自己想帮忙也帮不上啊。也不知道这件事的幕后黑手是谁,如果对方来头过大,没准东垣会惹上大官司,名声扫地,自己是不是得赶紧给律所打个电话,让助理去把宣传资料全部换了,里面一个"东垣"的字样都不能留下。

劳思通在这头想入非非,李太宇可不会轻易放过他。他盯着劳思通,严肃地问道:"劳律师,你告诉我,在这种时候,我们公司该怎么办?"

"尽可能私了吧。"劳思通说,"答应对方的要求,请求对方保密。现在对方手里有详尽的数据,如果要打官司,咱们是没有多少胜算的。万一那个机二〇借机炒作,在媒体上说东垣公司的产品质量差,被客户告上法庭,公司的损失只会更大。"

"不,我不信!"李太宇蹦起来,用手指着劳思通的鼻子,嚷道,"是你无能!你拿着我们公司的牌子炒作你们律所,等到我们公司出事的时候,你这个也不行,那个也不行,你就是一个滑头!"

第二百五十一章　你出去别说认识我

劳思通的脸顿时就挂不住了,他黑着脸说道:"李总,你说话要凭良心,如果不是看在你父亲的面子上,我凭什么免费给你们做法律顾问?！我早就看不惯你那张臭脸了,什么玩意！我现在就回去,把你们公司的名字从我们律所的介绍上删掉,你出去也别说认识我！"

"滚！"李太宇大吼一声。

第二百五十二章　急流勇退

劳思通气冲冲地跑了。李太宇也不和王迎松、何继安二人打招呼，自顾自地出了会议室，走回自己的办公室，又砰的一声关上了门。

王迎松和何继安下意识地对视了一眼，王迎松居然破天荒地向何继安送去了一个笑容。

"你笑什么？"何继安没好气地问道。

"何科长，恭喜恭喜啊。"王迎松说着，还真的向何继安拱了拱手。

"恭喜啥？"何继安一愣。

王迎松笑道："何科长又可以回去当科长了，这不是大喜事吗？"

"你……"何继安这才反应过来，这个王迎松是在幸灾乐祸。他的潜台词分明是说东垣公司要凉了，何继安只能回常机去了。

可问题是，他根本就回不去啊。他当初是从常机辞职下海的，总觉得韩国公司实力强，肯定不会倒闭。谁承想，这才一年多时间，东垣公司就真的走到破产边缘了。

他虽然离开了常机，但家还在常机的家属院里。平日里他没少在原来的同事面前烧包，拉了无数的仇恨，现在东垣垮了，他想回去，人家能要他吗？就算能让他回去，光是各种冷嘲热讽，也够让他受的。

"你说，你早就知道这件事，对不对？"何继安瞪着王迎松问道。

王迎松学着电视里外国人的样子，耸耸肩膀，说道："何科长，你不要造谣哦。我也是以公司为家的人，如果早知道这件事，怎么会不向李总汇报呢？"

"你肯定早就知道！"何继安说，"你和那几家代工厂子打得火热，我打听过了，就是这几家厂子，在仿我们东垣公司的机床，用的是几家大厂子的部件。这几家大厂子都是机二〇的成员，这件事情，这几家代工厂不可能不知道。"

"啧啧啧，何科长真是聪明过人，你不去编电视剧真是屈才了。嗯嗯，我明白了,公司垮台了也不要紧,你可以去写剧本啊。"王迎松笑嘻嘻地说道。他一口一个何科长,简直是在何继安的伤口上撒盐,而且撒了一把还不够,这阵势简直就是恨不得把何继安塞到盐堆里去。

两个属下在如何斗心眼,李太宇已经顾不上关心了。这一会,他正在自己办公室里,焦急地往韩国打着电话。

"喂喂,爸爸,我是太宇啊!"

在拨了七八次,终于等到对方按下接听键之后,李太宇大声地喊着。

"太宇啊,正好,我也正要给你打电话呢。"对面传来的正是李东元的声音。

"爸,我先说。"李太宇抢过话头,"我这边出事了,有人在故意破坏我公司的形象,现在客户都在要求退订单,还有客户要求退货,让我们赔偿全部货款。爸爸,你介绍的那个劳律师纯粹就是一个混蛋,大混蛋,在这个时候,他不肯帮我。爸爸,你帮我想想办法,看看这件事该怎么做。"

李东元一声不吭地听着李太宇絮叨,好不容易等李太宇说完了,他才叹了口气,问道:"太宇啊,现在你账上还有多少流动资金?"

"流动资金?"李太宇愣了,这是什么意思?他想了想,说道:"已经没有多少了,不到5000万韩元吧。"

"近期能够收回多少货款?"李东元又问。

李太宇说:"本来能够有七八十万,也就是七八千万韩元的收入,可就因为现在这件事,估计这笔收入就没有了。现在已经有客户提出退货了,如果我们不得不退货,现在手头这点流动资金都不够用,我恐怕得找银行贷款去了。"

"混蛋!你还敢提贷款的事情!"李东元在那边就骂开了,"我问你,8月份你回韩国的时候,是不是瞒着我找银行贷了款?"

"这个……"李太宇支吾起来,不知道如何回答才好。

李太宇到中国来的时候,手里有400多万人民币,但随后兼并五机床,又进行技术改造,再加上请韩国设计院开发机床,一来二去,手头的钱就花得差不多了。

这一年多时间,公司的生产形势还得过去,订单虽然不算太多,但也是持续不断,收入并不少。可收进来的多,花出去的更多。有些钱,李太宇甚至都不知道具体花到什么地方去了,只看到账面上的流动资金越来越少,最后基本就枯竭了。

前一段时间,何继安拿回来几个大订单,需要提前预备生产材料,而公司却没有能够拿出来的材料款。李太宇借着回国探亲的机会,找了一家银行,贷出来1亿韩元,相当于100万人民币的样子,算是解了燃眉之急。他用这笔钱在韩国市场上采购了一批数控系统和其他部件,现在都已经送到各家代工厂那里去了。

照着李太宇原来的想法,把这批订单做出来,就能够收回一大笔货款,能够很快地把从银行里贷出来的钱还上。这件事他是瞒着李东元去做的,却不知道李东元是怎么知道的。

"你写的担保人是我的名字,现在银行追着要归还贷款,找不到你,就找到我头上了。刚才就是银行的业务人员在我办公室里,非逼着我马上还钱不可。"李东元揭开了谜底,语气里充满了气急败坏。

"他们为什么要催我还贷款?我跟他们说好了,要到12月底才还的。"李太宇委屈地说。

"混蛋!"李东元再次破口大骂,"你一天到晚到底在干什么?你从来不看报纸的吗?金融危机已经波及韩国了,央行在收紧银根,所以各家银行都在催着贷款户还贷款。你现在如果不归还贷款,以后所有的银行都会把你列入不良贷款人名单,你从今往后别想再在韩国的银行里借到钱了。"

"怎么会这么紧张?"李太宇这回是真的急了。

亚洲金融危机的事情,他当然是知道的,也曾与朋友讨论过会不会波及韩国的问题。大家当时的意见,都是认为韩国不同于东南亚那些穷国,金融危机对韩国是不会产生太大影响的。这些天,他的确有些懈怠,没有及时追踪新闻,难道一夜之间形势就发生逆转了吗?

李东元说:"韩元对美元的汇率,已经跌到1000∶1了;有专家分析说,到年底的时候,可能会跌到2000∶1。现在很多去海外投资的企业,都在撤资,先把欠银行的钱还上,以防万一。你刚才不是说你们公司遭遇了麻烦吗?那正好,你现在就把公司出手,把所有的设备和原材料全部变卖掉,换成韩元带回来。

"现在人民币还没开始贬值,你把变卖公司的钱换成韩元不会吃亏。万一人民币也开始贬值,而且比韩元贬得更厉害,你哭都来不及了。"

"好好,我明白了!我马上就安排出售公司。"李太宇连声地应道,接着便挂断了电话。

第二百五十二章 急流勇退

到了这一步,李太宇已经顾不上考虑机二〇的事情了。那些要退回去的订单,就让他们退回去好了,自己反正也不可能再完成这些订单了。现在他需要做的,就是照着老爸的吩咐,赶紧把公司出手,换成现钱逃回韩国去。

金融危机的厉害,李太宇是知道一些的。最早爆发危机的泰国、马来西亚等国,经济几乎是断崖式地下跌,多少企业连个水花都没溅起来,就被金融浪潮给吞没了。如今,金融危机波及韩国,韩元一夜之间就贬值了四分之一,未来还可能进一步地大幅贬值,这时候他哪里还敢在中国市场待下去。

要变卖公司,当然是越早越好。目前中国还没有被卷入金融危机,市场形势还不错,他要想把公司脱手,应当能够卖一个不错的价钱。万一中国也发生金融危机了,他想卖企业也没人会接手,那时候就不是东垣机床成为垃圾,而是整个东垣公司都变成垃圾了。

"嘀嘀!"

李太宇按了一下桌上的电铃,一位身材窈窕的女秘书应声而入。没等女秘书照着规范向自己问好,李太宇便吩咐道:"你把王总监和何总监给我叫过来。"

"好的!李总,您请稍候。"女秘书操着一口常宁口音的普通话,嗲声应道,还微微地向李太宇鞠了个躬,全然不知道李太宇现在已经急得像是热锅上的蚂蚁一般。

秘书出去,不一会儿,王迎松和何继安一前一后地进了李太宇的办公室。李太宇向走在后面的何继安做了个手势,何继安会意地把门给关上了。

"王总监、何总监,你们都辛苦了。"

李太宇满脸笑容地向两位属下打着招呼,还从大办公桌后面绕出来,做出一个迎接的阵式。

"李总,你……"

王迎松想说一句"你没病吧",话到嘴边又赶紧咽回去了。有些事情,自己想想也就罢了,哪能当面说出来。

"二位,快坐下吧。"

李太宇客气地请二人在沙发坐下,自己则拉了一把椅子坐在对面,显得很是平等的样子。此举又让两个人心里怦怦跳了一通,天呀,事有反常必为妖,这人不会又想整出啥幺蛾子了吧?

第二百五十三章 排名前五的飞机制造公司

"二位。"

李太宇的脸由阳光明媚逐渐切换成凄风苦雨,他用沉重的语气说道:"刚才,我给我父亲打了一个电话,本想请他从一个专业律师的角度给我们一些建议,结果却听到一个非常不幸的消息。我爷爷刚刚查出得了重病,医生说他已经没有多少时间了。我父亲让我马上回国去。"

"这真是太不幸了!"

"是啊,李总请节哀。"

王迎松和何继安二人都敷衍地说着安慰的话,心里却是另一番计较。他们才不相信什么爷爷重病之类的鬼话,公司出了这么大的事情,李太宇的爷爷就恰到好处地病了,哪有这么凑巧的事情?

"李总,你走了,那些要求撤回订单的要求,我们该怎么处理?还有,红渡那边要求退货,我们是答应还是不答应呢?"何继安小心翼翼地问道。

"这件事,我想全权委托你们二人负责。"李太宇说道。

"这个……恐怕不合适吧。"王迎松说,"李总,这可是涉及公司战略的事情,我,还有何总监,恐怕都担不起来啊。"

李太宇说:"我刚才的话没有说完。我父亲说了,我爷爷如果不在了,我就必须回韩国去接手他的企业,我爷爷是韩国排名前五的飞机制造公司的董事长。我如果去接手这家公司,恐怕就没有精力再管东垣公司了。所以,我父亲要求我在离开中国之前,把东垣公司转让出去。你们放心,在公司出售之后,我会给你们两位一笔丰厚的补偿。"

"什么?!"

王、何二人异口同声地发出一句惊呼。虽然他们对于公司要"凉"这件事早有心理准备,但听说李太宇居然打算把公司转让出去,还是出乎了他们的预料。

第二百五十三章 排名前五的飞机制造公司

两个人都是老江湖,脑子稍稍一转就想明白了。合着什么爷爷病重啥的,都是胡扯。

说到底,就是李太宇觉得事情已经无法收拾了,打算一走了之。他说他刚刚给他父亲打过电话,这应当是真的。估计是他父亲评估了形势之后,觉得他已经没有翻盘的可能,所以给他出了这个主意。

李太宇要跑路,王迎松和何继安是拦不住的。他们要考虑的,也就是保证自己的工资不被拖欠。至于说李太宇想把公司转让出去,此事与他们无关,哪个傻瓜愿意接手,就让他接吧。

直到这个时候,两个人还并不知道金融危机波及韩国的事情,否则会更明白李太宇要跑路的原因。虽然不知道这一点,但也并不妨碍他们识破李太宇的谎言。

他们想着独善其身,可李太宇找他们过来,并不是为了通知他们这件事,而是另有目的。李太宇看了看两个人,说道:"转让公司这件事,非常急迫,我希望在我离开中国之前就能够完成。但我在中国并没有太多的关系,你们二位都是在中国的机床行业里工作多年的,能不能帮公司找到一个买主。

"公司现有的设备都是新添置的,原值将近 200 万元;公司的建筑物,最起码也值 100 万。此外,还有一大批材料已经分发给几家外包企业,那也是将近 200 万的价值。至于说公司的品牌价值嘛……我就暂时不算了。

"这样加起来,公司的资产至少值 500 万。我可以打个折,只要 400 万就可以出手。你们俩人不管是谁,只要能够帮我把公司转让出去,我愿意拿出 1%,啊不,拿出 2%作为奖励。"

"这……"

两个人面面相觑,随即同时伸手指着对方,几乎是抢着说道:

"老王,你和那些乡镇企业熟,你肯定有办法!"

"何科长,你是常机出来的,你干脆让常机把咱们公司收了吧!"

"常机是做车床的,咱们公司搞的磨床,常机肯定不会感兴趣的。你不是和那个龙湖机械厂熟吗,让龙机的赵老板拿个 400 万出来,很容易啊!"

"不对吧,老何,赵老板明明是你介绍给李总的,你去跟他说不行吗?"

"你这几个月天天和赵老板在一起喝酒耍钱,别以为我不知道。"

"那是为了帮公司维护关系。"

"还是你去说吧,你没听李总说吗？事成之后,有2%的奖励,啧啧啧,那可是8万块钱呢!"

"这钱还是让给你赚吧,咱俩之间的交情,我能跟你抢吗？"

"还是你去赚吧!"

"还是你吧……"

李太宇看着二人像是扔一堆垃圾一样把公司推来推去,真是气不打一处来。我算出来的这500万资产,可是有凭有据的,那些设备是去年才买来的,材料更是今年才采购的,折成400万往外卖,怎么就卖不出去了？

王迎松和何继安二人心里却如明镜一般透亮,李太宇说的500万资产稍微有些浮夸,但折到400万,倒也说得过去。如果没有刚才听说的张院建材机械厂要求退货的事情,找一家企业来收购,给对方开个350万或者300万的价格,应当是有人感兴趣的。

可现在的情况是,公司前期卖出去的那些机床,都是一颗颗暗藏的雷,谁知道啥时候就爆了。把公司转手出去,这颗雷可就得炸到接手者身上去了。自己帮着从中牵线,到时候人家发现接手的是一堆雷,还不得把牵线的恨死？8万元的中介奖励,说起来挺诱人,可这钱拿着烫手啊。

"李总,这件事,的确有些难度。"何继安一脸为难地说,"按照常理来说呢,公司的这些资产都是实实在在的,要转让出去,也能找到人接。但机二〇的这份材料出来得太不是时候了,公司现在正处在风口浪尖上,这个时候如果传出公司要转让的消息,我担心很多人会落井下石,我们卖不出好价钱啊。"

"是啊是啊。"王迎松难得地没有和何继安抬杠,而是毅然地和他站在了一条战壕里,他说:"做买卖这种事情,最忌讳的就是着急。我们一着急,人家就要压价了,明明能够卖400万的东西,最后几万块钱就交代了,太吃亏了。"

"你们先把消息传出去,看看有没有人愿意接手。如果有愿意接手的,你们让对方来跟我谈。"李太宇冷冷地说道。

这一会工夫,他真是领悟了啥叫落毛的凤凰不如鸡。这两个手下原先虽然也有种种毛病,但自己交代的事情,他们好歹还是会去做的。可现在自己说要转让公司,他们就开始推三推四,甚至自己表示可以拿出2%作为奖励,都无法调动起他们的积极性。

李太宇毫不怀疑,这俩人肯定能够找到愿意接手公司的企业,此时的做作,

第二百五十三章 排名前五的飞机制造公司

不过是为了帮对方压价,到时候可以到对方那里再拿一份提成。如果还有别的办法,李太宇是绝对不会让这两个人来办这件事的,这二人对公司的情况太熟悉了,自己想骗他们都骗不过去。如果换成一个对情况不了解的中介机构,接到这样的业务,恐怕早就忙着联系去了。

"你们先去吧。何总监,你把公司的财务给我叫来,我有事要问她。"李太宇吩咐道。

王迎松、何继安二人退出去了。不一会儿,公司财务胡海萍走了进来,对李太宇问道:"李总,您找我吗?"

"我问你,公司账上现在有多少钱?"李太宇问。

胡海萍说:"我没看细账,大数应当是54万多一点。下个星期要付几家外包厂的外包费,一共是22万;还有税金,大概是8万;再下个星期要发工资,也是8万;还有……"

"这些都以后再说。"李太宇打断了胡海萍的叙述,说道,"我刚刚接到韩国打来的电话,说我家里出了一点事情,急着用钱。你现在就去银行提交申请,把公司账上所有的钱……算了,从公司账上提出50万,换成美元,给我汇回韩国去。你刚才不是说账上有54万吗?剩下的4万,全部提成现金交给我,明白吗?"

"这……"胡海萍蒙了,她支吾了一会,才怯生生地问道,"那,李总,外包厂那边的外包费怎么办呢?说好是下个星期就要付的。"

"你想办法跟他们解释一下,就说公司有几笔应收款没有及时收到,让他们再等一星期。一星期以后,我们肯定会全额付款。"李太宇说。

"这个……李总,这种事情,我一个小小的会计,不太好说啊。"胡海萍苦着脸说道。

她虽然不知道出了什么事情,但从李太宇的这种安排来看,公司的情况恐怕是不妙了。

常宁这个地方,有不少民营企业,以往也发生过老板因为企业资不抵债,携款跑路的事情,胡海萍是听说过的。东垣公司是外企,搁在以往,胡海萍绝对不会认为李太宇会与那些私企小老板一样跑路,可现在这个态势,由不得她不产生不好的联想啊。

如果李太宇真的跑路了,那些被拖欠了外包费的企业,肯定会跑过来讨说法。如果她现在跟各家企业说拖欠的事情,到时候人家就会把怒火发泄到她的头上。

她不过就是一个小会计,犯得着帮老板扛这个雷吗?

第二百五十四章　别让他们跑了

"你先和他们说,就说我暂时回韩国去了,要过一星期才回来。没有我的签字,你拿不到钱。"李太宇对胡海萍循循善诱。

胡海萍不吭声,只是摇头。

"我又不是说不给他们钱,只是拖一星期而已,他们凭什么不接受?"

"……"

"你不会是担心我想跑路吧?我怎么可能做这样的事情呢?"

"……"

"你放心,我不是让你拿 4 万现金给我吗?等你把款汇走之后,我会给你 1 万。"

"真的?"胡海萍这回终于开口了,眼睛里闪着惊喜。她一个月的工资也就是 1000 块钱而已,如果李太宇真的能够一次性给她 1 万元,相当于 10 个月的工资,那么她替李太宇挡挡雷,似乎也不是不能接受的事情。

从李太宇的话中,她已经很清楚了,没错,李太宇就是想跑路了。可是,她能拦得住吗?公司都不存在了,她也就要失业了。能够拿到 1 万元的补偿,至少她就不用着急去找下一份工作了。

至于说那些没拿到钱的代工企业会不会找她的麻烦,那就取决于她如何跟对方说了。实在不行,到时候她装病,让那些人直接联系李太宇,也就把责任给推出去了。毕竟李太宇才是老板,她是一个打工的,人家凭什么揪着她不放?

"那什么……"胡海萍犹豫着,最后还是把话说出来了,"李总,你说的 1 万块钱,能不能先开个条子给我啊?"

"你是不相信我说的话?"李太宇恼了,正想发作一番,突然又回过味来,现在还真不能得罪这位财务,毕竟这些事情都需要她去做。万一她生出二心,不好好帮自己做事,自己要想轻松脱身,还真不容易呢。

"我现在就给你写。"李太宇倒也干脆,直接就写了一个劳务发放单,签上自己的名字,交给了胡海萍。胡海萍喜滋滋地接过了单子,揣进怀里。她自己就是财务,拿着这个单子,她就可以直接从账上给自己发钱,根本不用通过李太宇的手。

"李总,你放心吧,我现在就去银行,如果顺利的话,明天就可以把款给你汇走。"胡海萍向李太宇做着保证,然后兴高采烈地出门去了。

好吧,现在就等着王迎松和何继安两个人给自己找下游的买家了,大不了再让出去几十万,只要能尽快出手就好。拿到钱,自己一分钟都不会耽搁,马上就回韩国去,至于这边剩下的烂账,谁乐意收拾,就让谁收拾去好了。

李太宇坐在自己的办公室里,焦急地等着消息。可没等王迎松和何继安的消息传来,胡海萍先一脸惶恐地回来报信了。

"李总,出事了。我刚去了银行,银行的人说,他们接到了通知,暂时不能受理我们公司向境外汇款。"胡海萍说。

"什么意思?"李太宇一惊,"他们说了什么原因吗?"

"说了,好像是和亚洲金融危机有关。"胡海萍说着,从兜里掏出一张通知,送到了李太宇的面前,那是银行的人让她拿回来的。

李太宇强按着心中的不安,接过单子,草草看了几眼,脸色就变得像锅底一样黑了。

"这是违法的!他们不能这样干涉我们的经营!"李太宇大声地吼道,倒是把面前的胡海萍给吓得差点栽个跟头。

"你去把王总监和何总监给我叫来!"李太宇吩咐道。

"是!"胡海萍答应一声,转身便向外走,走到门口,她突然想起一事,又回头问道,"那么,李总,他们来了,我还要过来吗?"

李太宇挥挥手:"你就先回财务室去吧,还有,没有我的许可,账上的钱一分都不能动。"

胡海萍走了,王迎松和何继安再次来到了李太宇的办公室。这一回,李太宇没有作什么亲民秀,他端坐在办公桌后,用阴森森的目光来回扫视着站在自己面前的王、何二人,半天不说一句话。

"李总,你这是……"王迎松先绷不住了,小声地问道。

李太宇沉声道:"王总监,你刚才给外面的人打电话没有?"

第二百五十四章 别让他们跑了

"还没来得及。"王迎松说,"是这样的,李总,我想先计算一下公司的资产,以便找人来接手的时候,可以向他们做个介绍。这不,算了一个上午,才刚刚算出一点眉目来。"

"我说的不是这件事,我是问你,没有给公司以外的其他人打过电话?"李太宇说。

"没有吧……"王迎松想了一会,摇摇头说,"我肯定没往外打电话。怎么,李总,有什么问题吗?"

李太宇没有回答,而是转向何继安,同样问道:"你呢,给谁打过电话吗?"

"打了一个,不过和公司的事情无关,是我的一件私事。"何继安答道。

"什么私事?"李太宇问。

何继安迟疑了一下,说道:"其实也没啥,就是一个亲戚的孩子上学的事情,他前几天让我帮他问问,我刚才就问了一下。"

"关于公司要转让的事情,你们真的没向其他人说过?"李太宇再次问道。

"没有!"两个人齐声答道。

"那么,你们来看看这个,是什么意思。"

李太宇把胡海萍刚带回来的那张通知往前推了推,王、何二人上前一步,低下头看那份通知,才看了几行,两个人的脸色也都变了。

通知一开篇便指出,由于亚洲金融危机的影响,一部分亚洲国家和地区经济受到了严重挫折,不少外资企业开始撤资,其中有些企业尚有银行贷款或企业欠款未能还清,另有一些企业存在经济纠纷有待解决,在这种情况下,各地银行对于外资企业向国外汇款要进行严格审核,避免极少数不法外商携款逃离。

"这不会是说咱们公司吧?"王迎松脱口而出,说完才发现自己失言了,连忙偷眼去看李太宇,想知道李太宇是否恼羞成怒。

何继安想得更多,他指着那张通知问李太宇:"李总,你不会是怀疑我和王总监泄漏了消息,这张通知是专门针对东垣公司的吧?"

"当然不是。"李太宇掩饰着说道。他刚才盘问二人是否向外打了电话,其实正是怀疑这俩人走漏了风声,以至于银行专门对东垣公司采取了措施。可这一会,他已经回过味来了,人家银行连通知都印出来了,显然不是今天这一会的工夫,自己怀疑这两个手下,实在是有些神经过敏了。

"我想说的是,你们觉得,这个通知是针对咱们来的吗?"李太宇换了个口气问道。

何继安叹了口气,说:"李总,这个通知肯定不是专门针对咱们的。可如果咱们真的想把公司转让,没准这个通知就和咱们有关系了。"

"他们怎么能这样做!"李太宇不悦地说,"我们是外资,是有信用的,他们凭什么觉得我们会置经济纠纷于不顾,携款潜逃?"

王、何二人都不说话,心道你不就是存了这个心吗?闹了半天,你要跑路的原因,除了客户退货之外,还有什么金融危机的影响。看起来,像东垣公司这样打算跑路的外资企业还不止这一家,以至于上面都要专门下一个通知来防备了。

他们哪里知道,早在两个月前,唐子风就向安全部门的曹炳年发出了一个预警,声称随着金融危机的蔓延,韩国被卷入金融危机只是时间问题。而一旦韩国发生金融危机,大批的韩资企业肯定会撤资归国,而且其中必有很大比例的企业会留下一批烂账,等着中国政府替他们收拾。

唐子风建议,要立即通知各地方政府以及银行、海关等,对外资企业转让、搜集资产等行为进行严格监管,对资金外流采取限制政策。任何打算携款离开的外商,都要接受严格的审计,确保其没有负债以及经济纠纷,并能够妥善解决员工安置和对客户的售后服务承诺,非如此不能离境。

当然,这个限制政策是针对所有外资企业。不过,韩资必须是受到重点监控的那一类,至于原因嘛,曹哥你就自己去琢磨吧。

这么大的事情,曹炳年当然不可能仅凭唐子风的片面之词就向上级汇报。他安排属下在暗地里做了一些调查,惊异地发现唐子风的警告居然是真的。有一些地方,已经出现了韩资老板弃厂逃跑的事情,厂子的账户上空空如也,甚至连一些客户预付的货款都被卷走了。至于厂子里的资产,也不知什么时候被变卖一空,只留下一群拖欠了好几个月工资的员工。

得到这样的报告,曹炳年哪里还敢怠慢,立即向上级做出了汇报。紧接着,上面的意见便传达下来了,果然如唐子风建议的那样,要求各地严格监控外资企业,尤其是韩资企业撤资的情况。

这些通知,早在一个多月前就已经下发到各地方政府和相关部门了,只是东垣公司那时候还没有跑路的意思,所以没有触发这个任务。

第二百五十五章　落荒而逃

在随后的几天时间里，媒体上突然出现了一组新闻报道，披露的都是各地韩资企业老板跑路的消息。天地良心，这些报道说的都是"少数外资企业"，但举的例子却无一例外，都是韩资。所有的报道都是经得起检验的，有具体的省市和企业名称，还详细介绍了这些企业拖欠员工工资、拖欠银行贷款等方面的情况。

几家国家级的大媒体也发表了评论员文章，不点名地批评来自"某些国家"的投资商缺乏基本的职业道德，遇到金融危机冲击，抛下一堆经济纠纷，携款外逃。

这些文章还紧急呼吁各地政府要加强对辖区内外资企业的管理，实时了解这些企业的资产情况，防止少数不法投资商抽空企业资产，逃避责任。文章同时还提醒与外资企业有业务往来的单位，注意经济风险，及时追踪应收款动向，落实售后服务条款。

当然，在文章的最后，评论员们还是会客观地说中国对外开放的决心是不变的，吸引外资的态度是不变的，而且，绝大多数的外商都是天真无邪、质本洁来还洁去，大家千万不要对外商有啥歧视。

几乎与舆论同步，东垣公司的客户不约而同地打来电话或者发来传真，有些是提出自己此前购买的机床出现了不应有的故障，要求东垣公司进行维修或者赔偿，有些则是声称听到一些有关东垣机床质量问题的传言，要求东垣公司澄清并且做出未来的售后服务保证。

机床的销售当然不是一锤子买卖，而是有售后承诺的，比如一年之内免费维修、三年之内只收配件费等。要实现这些承诺，第一个前提就是生产厂商在一年或者三年之内依然存在，如果厂商破产倒闭了，或者转让给其他投资者了，客户上哪找人维修去？

常宁市工商局适时地上门来了，非常委婉地向李太宇表示，说工商局接待了一些企业的代表，声称自己购买的东垣机床存在质量问题，正在委托有关机构进行检测，在此期间，他们担心东垣公司会如其他"少数"韩国企业那样逃离中国，所以请求工商局对东垣公司进行资产保全，至少要留下足以用来赔偿的资金。

李太宇真的气疯了。他来到常宁招商局，向当初帮助他在常宁投资的官员提出质问。官员们如过去一样对他礼待有加，反复强调常宁市的招商政策没有任何变化，外资企业应享受的待遇依然有效。在说完这些场面话之后，官员们后面的话就有些意味深长了，他们表示，相信东垣公司不是媒体上报道过的那一类失信企业，东垣公司绝对不会出现抽逃资本的现象，李总的人品如真金一般经得起考验。

"是吧，李总？"

官员们最后这样向李太宇询问道。

"当然，那是肯定的呀！"李太宇讷讷地回答着，灰溜溜地回去了。

再往后的故事，就平淡无奇了。受到"泄密"的机二〇检测报告的影响，东垣机床在业内彻底烂大街了。何继安一开始还想努力去找几个订单，结果到了客户单位，一说自己是东垣机床公司的人，对方直接就端茶送客了。有些过去认识的朋友还话里带刺，说什么兄弟就是用来出卖的，何总到了外企，祸害祸害老朋友也是可以理解的嘛。

上门索赔的老客户也越来越多。有些客户购买的机床其实还没有出问题，但看到机二〇的报告之后，也忍不住要找点毛病出来。一些负责设备采购的中层干部被领导训得像孙子一样，这口恶气自然是只能找东垣公司这个始作俑者来出的。

李太宇左支右绌，也无法弥补上财务的窟窿。他让财务拒绝向代工厂商支付代工费，结果人家就拿前期收到的材料抵债。一些要求赔偿损失的客户得不到回应，一纸诉状把东垣公司告上了法庭。法院直接就封了东垣公司的车间，声称如果东垣公司无法拿出资金进行赔偿，法院就要强行拍卖这些资产用来抵债。

李太宇给自己认识的其他韩商打电话了解情况，得到的消息也极不乐观。有些韩商的经营还算正常，但另外一些则与李太宇遇到的情况大同小异。

韩国产品的品质当然也不会那么不堪，问题是前期大家宣传的调门太高了，愣是把自己的产品吹成了天顶星科技，让客户产生出了不应有的期望。如今，肥皂泡被吹炸了，那些出了高价购买韩国产品的客户岂是那么好说话的。

最终，李太宇两手空空地逃跑了，法院向他发了几轮传票之后，将东垣公司予以没收，并公开拍卖，拍卖所得被用于支付东垣公司的各项债务。井南省合岭市龙湖机械厂以150万的价格收购了东垣公司的厂房、设备和一部分收回的材料，这个价格比会计事务所做出的评估低了100多万元，原因是法院要求龙湖公司必须承担所有东垣机床的售后服务，直到售后服务期限结束。

走进东垣公司的厂房，看着满眼的进口机床，龙湖机械厂厂长赵兴根笑得嘴都合不拢了。

"赵总，你这次可是多亏了韩总的指点，你可不能忘了。"王迎松跟在赵兴根的身边，恰到好处地提醒道。

"对对，多亏了韩总，韩总真是我老赵的贵人啊！"赵兴根连忙向走在自己另一侧的一位中年男子躬身道谢，语气中带着几分恭敬。

这位中年男子，满面红光，气宇轩昂，穿着时下有钱人圈子里最流行的羊皮夹克，左手的袖口习惯性地提上去一截，露出腕子上锃亮的劳力士手表，正是临一机销售部部长韩伟昌。

韩伟昌矜持地一笑，说道："赵总太客气了，我也就是顺水推舟，帮了赵总一点小忙而已，不必成天挂在嘴上。不过，有句话，我倒是想冒昧地跟赵总说说，也不知道赵总爱听不爱听。"

"爱听，爱听！"赵兴根答应得极其爽快，"韩总的话，我啥时候敢不听了？我还没机会认识韩总的时候，就对韩总崇拜得五体投地了。"

跟在赵兴根身后的弟弟赵兴旺撇了撇嘴，只有他知道赵兴根话里有话，而且并不是什么真正的好话。三年前，临一机推出金属打包机，市场反响极好。龙湖机械厂看中这个产品，想模仿制造，结果却被报纸上据称是韩伟昌说的几个技术要点所误导，走了无数弯路，损失七八万。

等最终他们弄清楚了真相之后，兄弟俩的确是发出过对韩伟昌五体投地的感慨，但同时也发出了要报仇的誓言。

谁承想，就是这样一个把他们兄弟坑得欲哭无泪的家伙，几个月前却建议他们出手收购东垣公司。

于是，韩伟昌就成了他们兄弟俩最亲密的朋友。

第二百五十六章　共同进退

"这些话，不是我的话，而是我们唐厂长的话。"

韩伟昌的语气变得庄重起来，就差面向西北方向遥拜一下了。

"原来是唐厂长说的？"赵兴根也是脸色一变，心里咯噔一下，不知是福是祸。

唐子风的大名，赵兴根是从临一机派往龙机做技术指导的装配钳工宁默那里听说的。宁默把这位唐子风称为"我哥们"，在赵家兄弟面前提了不下百次。照着宁默的说法，唐子风乃是古往今来第一天才，会考试、会赚钱、会玩，还会搞各种阴谋诡计。

赵家兄弟也是从宁默的讲述中，才知道自己并不是唯一栽在唐子风手下的人，有多少比他们地位更高、能量更大的人也都折戟沉沙了。这样一想，他们俩栽在唐子风手里，非但不是一种耻辱，甚至可以算是一种荣幸。

韩伟昌说："唐厂长让我转告你们，收购东垣公司，是为了获得东垣公司的设备和技术，绝对不能继承东垣公司的作风。要搞机床，就必须扎扎实实，质量为本，不要祸害用户。如果你们想走东垣公司那种华而不实的老路，他不吝把对东垣公司做过的事情，对你们原样再做一次。"

"呃……"

赵兴根无语了。话是好话，但你能说得稍微委婉一点吗？自己好歹在合岭当地也算是个有身份的人。你这样赤裸裸地对我进行威胁，也太不给人面子了。

心里这样想，赵兴根可丝毫不敢有所表现。一个人敢这样口出狂言，只有两种可能性，一是年轻气盛，随口吹牛；二是实力雄厚，自己在人家面前不过是蝼蚁一般的存在，人家不屑于跟自己兜圈子。

结合满脑子有关唐子风的传说，赵兴根知道，唐子风绝对是属于第二类人，自己还真别把他的话当成耳边风。

"韩总,瞧你说的,我们怎么可能会像东垣公司一样呢?"赵兴根赔着笑脸,说道,"我们过去是做过一些假冒伪劣产品,那不都是因为厂子太小,实力不够吗?现在我们实力强了,还收购了东垣公司的资产,鸟枪换炮了,那是肯定要做精品的。

"只是,韩总,不知道临一机给我们提供数控系统和功能部件的事情,会不会有什么变化?说实在的,有了临一机的系统和部件,我们做机床实在是太容易了,质量好,也卖得出好价钱。很多客户都是冲着临一机的功能部件买的,有你们那个什么'长缨 inside(在里面)'的标签,价格就能比别的机床高出两成呢。"

"这个没问题。"韩伟昌说,"唐厂长说了,只要你们愿意和临一机合作,临一机肯定会保证你们的系统和部件供应。不过,丑话也得说在前头,低档机床的市场,由着你们怎么去竞争。但如果你们想进入中档机床市场,就别怪我们断了你们的供应了。我们不能拿着自己生产的系统和部件,培育出一个竞争对手来。"

"肯定不会的!"赵兴根赌咒发誓说,"以我们的实力,和临一机竞争,这不是找死吗?我们就做点低档机床好了,我们井南这边的小机械厂多得很,大家都是用低档机床的,市场足够我们吃了。"

"那可不够。"韩伟昌正色说,"唐厂长的意思,是希望你们不断改进技术,提高生产效率,降低成本。未来咱们国家的机床产业要面向世界,不说亚非拉那些国家,就是欧美国家,低档机床的需求也是不少的,这些市场,你们也得拿下才是。"

"这真是唐厂长说的?"赵兴根眼睛一亮。他当然想到国际市场上去转转了,时下井南的乡镇企业做外贸的很多,大家都表示外国人钱多,只要看中了中国的什么产品,一个订单就是几十万、上百万美金,赚钱实在是太容易了。

可这热闹是属于别人的,井南做外贸做得最好的,是轻工业品,什么袜子、服装、玩具、小电器啥的。龙湖机械厂是做机械产品的,这东西出口难度很大,似乎老外不太看得上中国的机械产品。

如今,那位特别有能耐的唐厂长居然提出要面向世界,还要自己这样的民营小企业也参与其中,这岂不是说自己也有做外贸的机会了?

"韩总,你跟我们说说,唐厂长让我们面向世界,我们该怎么做才能面向世界啊?"赵兴根迫不及待地问道。

韩伟昌矜持地说:"这个问题嘛,还要经过全盘考虑才行。唐厂长说了,我们机二〇企业是国家队、正规军,我们是负责打硬仗的。你们乡镇企业,就负责打外围好了。我们会向你们提供必要的技术支持,不过,在此之前,需要看你们自己做得怎么样。

"中国现在像你们这样的小型机床企业得有几千家,这么多的小企业,不可能都有面向国际市场的能力。所以,你们要练好内功,积蓄力量,到了能够让你们上的时候,我们这些国有大厂自然会来帮助你们的。"

"哦哦,那就好,那可太感谢你们了!"赵兴根恨不得去拉韩伟昌的手,以示感激之情。

"如果我前面说的这些,赵总都同意的话,我想代表临一机,和赵总的龙机签一个战略合作协议。以后在机床市场上,大家密切合作,共同进退。不知道赵总有兴趣没有。"韩伟昌装出一种不经意的口吻说道。

赵兴根却是一怔,有些迟疑地问道:"战略合作? 不知道韩总说的战略合作是什么意思? 像我们龙机这种小企业,怎么有资格和你们临一机搞战略合作呢?"

韩伟昌说:"企业大小不是问题。也就是大企业承担的责任重一点,小企业承担的责任轻一点。就像我前面说的,我们负责打硬仗,你们小企业负责打外围。举个例子说,如果双方签了协议,那么龙机以后需要的数控系统和功能部件,我们临一机都可以给予充分保证。

"我们还会阶段性地给你们提供新型号的机床图纸,供你们生产,当然,我们是要收一些专利费的。另外,龙机的生产安排,要尽可能和临一机保持一致,不要擅自行事。"

"原来是这样。"赵兴根一下子就听明白了,这不就是想让自己的龙机给临一机当附庸吗? 如果签了这样的协议,自己就成了临一机的下游厂。临一机为龙机提供图纸,还提供机床上利润率最高的数控系统和功能部件。

龙机的任务就是做些傻大黑粗的东西,还要负责把机床卖出去。这相当于脏活、累活都是自己干了,临一机却是赚钱最多的那个。所谓生产安排要尽可能与临一机保持一致,其实就是说龙机要听临一机的安排,这可就相当于把自己卖给临一机了。

可转念一想,他又发现了这种合作方式的好处。龙机长期以来的困境,就是没有自己的产品,一味依靠仿造别人的产品为生。仿造的产品,质量和性能肯定不如原装货,所以只能靠廉价来吸引客户,名声也很不好听。

如果能够傍上临一机,照韩伟昌的说法,临一机可以为他们提供图纸,估计还能提供技术指导。生产出来的产品,虽然核心部件是临一机的,但打出来的品牌却是龙机。这倒不是因为临一机有多么高风亮节,而是人家觉得这些产品太低端,不屑于用自己的名字。

对于龙机来说,有了自己的产品,就可以改变过去的山寨形象,开始大方登场,成为守法企业。大不了干上几年,等有了一定的品牌知名度,再想办法与临一机脱钩,自立门户,这应当也是能够办到的。

第二百五十七章　仙人跳

打定了主意，赵兴根的脸上便浮出了笑容，堪比盛夏时节的狗尾巴草。他认真地向韩伟昌打听结盟的细节，又拍着胸脯表示自己从今往后就是韩总的人了，韩总让自己赶鸡，自己绝不会撵狗。韩伟昌闻言，连忙摆手声称自己只是给唐厂长打工的，大家都是唐厂长的人，这是绝对不能乱的。

说罢正事，韩伟昌又想起了自己的老朋友何继安，便扭头向王迎松问道："对了，老王，赵总收购东垣公司，你被留用了，老何上哪去了？"

王迎松哈哈笑道："何继安啊？他跑了，跑到鹏城那边去了。这两年，他帮着李太宇推销机床，到处吹牛皮，说韩国机床有多好，把咱们国产机床贬得像渣一样。现在李太宇跑路了，韩国机床的声名扫地，好多老客户都在找他的麻烦，他哪里还敢留在常宁。"

"该！"韩伟昌恨恨地骂了一句，"这个卖国贼，我早就看他不顺眼了！他自己也是从常机出来的，成天贬咱们国家自己的机床，也亏他说得出口。"

"就是就是！这种人太可恨了！"赵兴根毫无原则地附和着。

"也得亏他跑得快，如果他没跑，我非得上门去寒碜寒碜他不可！"韩伟昌说，心里隐隐有些失望。他这一回到常宁来，除了与赵兴根等一干民营机床企业敲定战略合作的事情之外，还有一个私心，就是想当面贬损一下何继安。

他记得一年多以前在黄阳见着何继安的那次，何继安在他面前极尽嘚瑟，还向他炫耀了自己的浪琴表，让他的心灵受到了极大的创伤。如今，东垣公司破产了，何继安成了丧家之犬，韩伟昌岂有不来看热闹之理？

只可惜，何继安跑了，韩伟昌付出被老婆孙方梅臭骂数十次的代价才申请到资金买的劳力士手表也没有了表现的机会，实在是让他郁闷。

赵兴根和王迎松都是厚道人，也就是那种有深厚道上经验的人，自然知道韩伟昌心心念念想见何继安的真正目的，二人都是笑而不语。换成他们自己，又何尝没有想在失败者面前耀武扬威,只可惜李太宇跑得比何继安还快,没有给他们留下机会。

"不提他了,今天高兴,我请客,咱们去吃大餐!然后去洗脚、按摩,一条龙!"赵兴根豪迈地向二人发出了邀请。

"大餐是肯定要吃的,就当是给赵总贺喜了。这个一条龙嘛……呵呵,呵呵,就算了吧,我们唐厂长宣布过纪律的,不让我们搞销售的碰这些。"韩伟昌脸红红地说道。

王迎松一拽他的胳膊,笑着说道:"韩总误会了,我们常宁的一条龙,很干净的。"

他话是这样说,脸上的表情却是另一回事。

韩伟昌秒懂,不禁有些动心……

"你说什么?被公安扣了,要交钱赎人?"

正在临一机的家里和于晓惠边吃饭边聊天的唐子风接到宁默打来的电话,第一个反应就是宁默中了仙人跳,想再多问一句,对面的电话却被另一个人接过去了。那人自称是雁洲县白垴派出所的警察,说他们扣了一个嫌疑人,需要单位领导过去配合处理。

"喂喂,他犯了什么事?"唐子风对着电话焦急地问道。

"这个涉及案情,我们暂时不能向你透露,你们抓紧派人过来吧。"对方说着便撂了电话。

"这个胖子,怎么这么不让人省心啊!"唐子风抓狂道。

"是胖叔叔吗?他怎么啦?"于晓惠在旁边小心翼翼地问道。

于晓惠如今已是个高二学生,在临河市最好的高中就读,成绩在全年级排名很靠前。据她自己说,这多亏了文珺姐对她的指点,当然了,唐叔叔对她的鼓励也是很有作用的,真的,非常有作用。

重点高中的学习压力是非常大的,于晓惠当然不能再像过去那样给唐子风当"保姆"。不过,在难得一周一次的休息日,她还是会主动跑过来帮唐子风收拾一下房间,洗一些厚重的衣服和被褥等。唐子风也不便拒绝这个小姑娘的好意,每次都会从外面的饭馆叫几个好菜,让人送过来,然后再约上宁默,和于晓惠一起吃顿午饭,这也成了规矩了。

宁默并没有因为唐子风当了常务副厂长就与他拉开距离,在胖子的心里,我哥们依然是我哥们,就算唐子风以后当了部长,他也不会与唐子风见外。所以,唐子风每次请于晓惠吃饭的时候,宁默只要听到消息,就会欢欣鼓舞地跑过来,而且每次一个人就吃掉三分之二的饭菜,只给唐子风和于晓惠留下三分之一。

于晓惠对于这位胖叔叔也十分喜欢,还屡次让胖叔叔把自己的脏衣服也带过来,她顺手就给塞进洗衣机里洗了。宁默当然也不会让于晓惠白干活,每次都会给于晓惠带一包巧克力。于晓惠说着不要不要,但哪次也都把巧克力带回去了。唐子风眼见着当初那个瘦巴巴的姑娘渐渐地胖起来,脸上都有一些婴儿肥了,只能一而再地痛骂宁默造孽。

昨天,宁默给唐子风打电话,说锡潭那边有一家客户的机床出故障了,他要赶过去维修,所以今天便没来与唐子风他们一起聚餐。谁承想,说好的去维修机床,却把自己弄到派出所去了。

锡潭是与临河相邻的一个市,雁洲则是锡潭下属的县。唐子风对东叶的地理还是比较熟的,知道从临河坐长途汽车去锡潭,中间正好要经过雁洲,看来宁默是在过路的时候出了事。

"胖叔叔去锡潭出差,路上被警察抓了。"唐子风用最简洁的方式向于晓惠通报道。

"啊!"于晓惠的嘴张得老大,好半晌才说:"这怎么会呢?胖叔叔又不是坏人。"

唐子风说:"我琢磨着,胖子是被人家下了仙人跳,这家伙读书的时候就智商欠费,被人骗一点也不奇怪。"

于晓惠歪着脑袋问道:"啥叫仙人跳啊?"

"仙人跳嘛,就是……呃,你小孩子家家的,问这个干什么?"唐子风斥道,这种事好像真的不适合向高中生说,人家还是个孩子呢。

于晓惠不满地一噘嘴,说道:"看不起谁呢?你不说我也猜得出,反正不是好事!等胖叔叔回来,我一定要狠狠地批评他!"

"对!罚他做引体向上,不做50个,不让吃饭!"唐子风说,随后又叮嘱道,"晓惠,这件事你可不能出去说,跟你爸妈也不能说,知道吗?"

"知道了。唐叔叔,你快去救胖叔叔吧,别让人把他吊起来打。"于晓惠捂着嘴笑着说。她听说宁默是被警察抓了,倒是没有太担心,至少警察是不会把他

第二百五十七章 仙人跳

吊起来打的。有唐子风出马,宁默肯定也不会有事。她需要考虑的只是如何变着法地教育这个胖叔叔,让他能在长肉之余也长一点脑子。

唐子风给司机吴定勇打了个电话,让他把小轿车开过来,然后匆匆几口把碗里的饭吃完,拎上自己的公文包,顺便在包里塞了些现金,留下于晓惠收拾碗筷,自己便下楼去了。

吴定勇已经把车开过来了,唐子风上了车,向吴定勇说了地址。白垴是雁洲县的一个镇,正好就在临河前往锡潭的公路旁边,吴定勇开了多年的车,对这个地名是不陌生的。

照理说,去派出所赎人这种事情,用不着唐子风亲自出马,他让保卫处去个人也就够了。临一机是国有大型企业,在整个东叶省都是很吃得开的,一个小小的镇派出所,不会不给临一机面子。

可问题在于,唐子风到现在都不知道宁默被派出所扣押的原因,如果真的是中了人家的仙人跳,这事传出去就不好听了。他亲自去处理,也是想把胖子的清白保住。

吴定勇现在是唐子风的专职司机兼秘书和保镖,每次唐子风出差,他都要跟着一起去,在关键时候还能帮唐子风挡挡酒。当然,如果吴定勇喝了酒,唐子风就不敢让他开车了,而是自己当司机。他在前一世是会开车的,前一段时间终于在百忙之中把驾照拿到手了,只是考虑影响,不便自己买车。

这几年,东叶省的公路建设搞得不错,从临河通往锡潭的国道宽阔平整,车辆不多,而且没有后世那种无处不在的监控探头。吴定勇开出了百公里的时速,只花了一个小时多一点便把车开进了白垴派出所的院子。

"唐厂长,要我跟你一起进去吗?"

停好车之后,吴定勇向唐子风问道。

唐子风摇摇头:"不用,我自己进去就行。你在这里等着,如果有什么情况,你先报警,然后进去救我们。"

"报警?"吴定勇看着派出所门上的警徽,好生无奈,这个地方就是派出所好不好,我还报个什么警啊。

第二百五十八章　其中必有蹊跷

乡镇派出所没那么戒备森严，毕竟小混混们也不至于跑到派出所来寻衅滋事，寻常人到这里都是来开个证明或者问个政策啥的，所以派出所与一般的政府办事部门也没啥区别。

唐子风进了门，没人搭理他。他转了半圈也没找着宁默在哪，只能随手揪了一个出门上厕所的警员，向他打听。那个给唐子风打电话的警察自称姓张，却没说叫什么，唐子风还担心这个姓太过普通，一句话问不清楚。谁承想，人家一听说唐子风是来找一个姓张的警察，先是白了他一眼，随即用手一指前方，说道："我们这里也就是一个姓张的，是我们所长，他就在所长办公室呢。"

唐子风向对方道了谢，来到所长办公室门口，轻轻敲了敲门。屋里传出一个中气很足的声音："进来！"

唐子风听着这声音与电话里的声音有些相仿，于是推门进去。没等他开口询问，便看到办公室的一角坐着一位满脸郁闷的胖子，可不就是宁默吗？再一看，另一边的墙角坐着一位姑娘，面向着墙壁，看不清脸，从身材来看应当挺年轻的，而且身材很是不错。

坏了，这不像是仙人跳啊……

唐子风在心里暗暗叫苦。

如果真是仙人跳，人家肯定不会把人带到派出所来，更好的方式是直接在宾馆或者出租屋里堵上，找个人假扮警察来敲诈。就算是白堌这个地方奇葩，派出所也参与这种勾当了，至少不会由所长亲自出面，随便安排一个下面的警员来见唐子风也就罢了。

如今的情况，打电话的是所长，宁默和对方当事人也被安排在所长办公室待着，这就应当是走正式程序的事情了，这个死胖子，到底干了啥天怒人怨的事

第二百五十八章 其中必有蹊跷

情啊。

唐子风心里想着，眼睛却转向了坐在办公桌后面的那名警察。这警察看上去50来岁的样子，长得五大三粗，一看就是那种从基层一步一个台阶提拔起来的干部。

不过，唐子风也没小看他，于是赔着笑脸，向对方打招呼道："您就是张所长吧？我是临河第一机床厂的常务副厂长唐子风，这位宁默同志是我们厂的工人。刚才是您给我打的电话吧？"

那位张所长上下打量了唐子风一番，有些猜疑地问道："你是临一机的副厂长，还是哪个分厂的副厂长？"

"是我们大厂的厂长，一把手！"宁默抢着替唐子风回答道。胖子的好处就在于任何时候都能保持着乐观，都混到这步田地了，他居然还敢抢答。

唐子风知道张所长的疑问在于自己太年轻了，怎么看都不像是临一机这种国有大厂的厂领导，更别说是什么一把手了。他上前一步，从兜里掏出工作证，放到张所长的面前，说道：

"张所长，这是我的工作证。我原来在机械部工作，后来被派到临一机给我们周厂长当助手。去年周厂长调到滕机去了，部里一时找不到合适的人来负责，就指派我临时在厂里主持工作。张所长如果不相信的话，可以打电话到临一机厂办去核实的。"

张所长将信将疑地拿过工作证看了看，甚至还用手摸了摸钢印，似乎是想判断这个钢印是不是真的。待确定工作证不是假的之后，他脸上露出了一个挺夸张的笑容，忙不迭地起身绕过办公桌，前来与唐子风握手，同时还饱含歉意地说道："哎呀，真是抱歉，原来真的是唐厂长。唐厂长，来来来，快请坐，快请坐！……小刘！"

最后一句，他是冲着门外喊的。一位年轻的女警察应声而入，张所长冲她盼咐道："快去给唐厂长沏杯茶来，用所里最好的茶叶！"

小刘像进入的时候那样快速而无声地消失了，张所长不容分说，拉着唐子风便坐到了沙发上，同时掏出一包烟向唐子风敬烟，嘴里说着："真不好意思，还麻烦唐厂长亲自跑一趟。我叫张东升，在白垴派出所马马虎虎负点责，你就叫我老张好了。"

唐子风谢绝了张东升敬的烟，心里好生诧异。看对方这架势，似乎又不是很严重的事情啊。张东升所表现出来的恭敬,是发自内心的。一个乡镇派出所的所长,与临一机的常务副厂长相比,差着七八个台阶。越往基层,官本位的思想是越强的,张东升有这种表现实在是太正常不过了。

"那啥,张所长……"唐子风犹豫了一下,试探着开口了。

"叫我老张!"张东升执拗地说。

"这不太合适吧?"

"合适,太合适了!"

"呃,那好,老张啊……"唐子风只能客随主便了。对方表现得这样低调,总的来说是一件好事,至少说明问题还有解决的余地。

他想,或许张东升是想卖自己一个面子,以换取一些好处。临一机还是有不少社会资源的,如果对方的要求不算太过分,他就答应了吧,总得把胖子解救出去不是?

"唐厂长,我真的不知道你是临一机的一把手,原本我就想请你们厂里来个人,证明一下小宁师傅的身份,却想不到惊动唐厂长亲自来了。你看看,为了这么一点小事,让唐厂长在百忙之中跑了100多公里到我们这乡下地方来,真是过意不去。"

张东升的嘴比抹了蜜还甜,一条昂藏大汉,摆出这样一副低三下四的姿态,让唐子风都有些不好意思了。

唉,估计这位老张是遇到很大的麻烦了,看在胖子面上,如果不是违反原则的事情,自己能帮也就帮一把吧。

"我跑一趟,其实倒是无妨的。"唐子风说,"小宁是我们厂的工人,我当厂长的,平时对他关心不够,出了事情,当然要第一时间过来了解情况。如果他真的犯了非常严重的错误,该怎么处罚,还是得怎么处罚,我们临一机是绝对不会护短的,这一点张所长尽管放心。"

他的话说得狠,但却带有玄机。他说的前提是宁默真的犯了非常严重的错误,至于说一般的错误嘛,那么厂里还是可以护护短的,老张你有什么条件,就开出来吧。

张东升一把岁数,岂能听不懂唐子风的话。听到唐子风这样说,他对对方的身份又更相信了几分。对方年轻不假,但能够把话说得这样四平八稳,那就不是一个普通的年轻人了,说他是临一机的常务副厂长,应当也是说得过去的。

"唐厂长，其实吧，这事也没多大。"张东升有些窘迫地说，"事情说开就好了，是蓓蓓她非要报警，这不，我这个当叔叔的，也不好不接警是不是？唐厂长，你放心，这件事我还没有走程序，就是想请你过来核实一下小宁师傅的身份。只要他的身份没问题，那这件事就过去了，一点后患都没有。"

这么简单？

唐子风愕然了。

等等，蓓蓓是什么人？还有叔叔是怎么一回事？合着这个报警的小姑娘是张东升的侄女，那么就肯定不是什么不可描述的事情了。莫非是胖子故态复萌，又到地里偷人家的红薯，被看红薯地的小姑娘发现才报的警？

"胖子，你说说，到底是什么事？"

唐子风扭过头，冲着坐在一张圆凳上的宁默问道。张东升的办公室里有一张长沙发，现在唐子风和张东升就坐在这沙发上。至于宁默和那个名叫蓓蓓的姑娘，都是坐圆凳的，这就是当事人与领导之间的区别了。

唐子风称宁默一句胖子，既是习惯，也是叫给张东升听的。他要让张东升知道，宁默和他的关系是很不错的，一个能够被常务副厂长当着其他人的面叫"胖子"的人，绝不是随便谁都能够欺负的普通工人。

"这位大姐报警，说我抢了她的自行车。"宁默用手指了指张蓓蓓，委屈地说。

"抢自行车？"唐子风只觉得天雷滚滚，这都是哪跟哪的事情啊。他看了张东升一眼，张东升做无辜状，却不吭声。唐子风只好继续对宁默问道："那么，你抢没抢呢？"

"抢是抢了……"宁默嘟哝道，"可是我又还了呀，还帮她紧了链条，还帮她修了她家的洗衣机，还有窗户。"

"什么叫还有窗户？"唐子风不解。

"帮她家修了窗户。"宁默把谓语和状语都加上了。

唐子风更不明白了，他看看众人，张蓓蓓依然是独自向隅，肩膀一抽一抽的，这是在哭吗？张东升依然在装傻，既不为宁默作证，也不反驳宁默的话。至于宁默，就是那副委屈巴巴的样子。

读高中的时候，每次唐子风撺掇着宁默和他一起捣蛋，东窗事发之后，老师对于唐子风的错误装作没看见,板子全打在宁默的屁股上,那时候宁默就是这样的一副表情。

看来,胖子真的是被冤枉的,这其中必有蹊跷。

第二百五十九章　为什么报警

"你为什么要抢这位大……呃,这位女同志的自行车?"

唐子风决定还是自己来问吧,等着胖子有一句没一句而且动辄主谓宾残缺的叙述,他非得急死不可。他差点跟着宁默的节奏,管那位张蓓蓓叫大姐,话到嘴边又赶紧换了一个词。他没看到对方的脸,但从背影来看,似乎岁数不大,撑死了也就是40?

大姐这种称谓,不是给刘燕萍那个岁数的女性准备的吗?人家刚到40,你管人家叫大姐,人家会恼的。

宁默在唐子风面前还是挺乖的,但凡唐子风发问,他必定会如实回答。他说道:"我这不是着急吗,而且我跟张大姐说了,我只是借她的车,肯定会还她的。"

"你急什么?"唐子风问。

"时限啊!"宁默手舞足蹈,似乎不如此就无法表达自己的意思,"不就是你定的规矩吗,省内客户报修,维修人员必须在 24 小时之内到达现场。我一看时间来不及了,就借了……呃,抢了这位大姐的车,一路骑过去了。"

"你怎么不坐汽车?"

"车坏在半路了。"

"客户在哪?"

"在锡潭西郊。"

"你在哪借了这位女同志的车?"

"就在这里啊,离这不到两里路。"

"你从这里骑车骑到锡潭西郊?"

"嗯。"

"然后再骑回来还车?"

"是啊。"

"我的天……"

唐子风以手抚额,都不知如何说了。

事情挺简单,锡潭市西郊有一家厂子买了临一机的机床,出故障了,于是向临一机的售后报修,售后指派宁默前去维修。

按照临一机向客户做出的承诺,省内报修,维修人员必须在24小时之内到位,随后的维修时间视故障大小而定,没有具体的限制。维修人员到了现场,就相当于临一机做出了响应,客户也就没啥意见了。至于省外的报修,临一机的承诺是48小时内到位,到目前也是这样执行的。

这条售后服务政策,为临一机赚了不少印象分,有些客户也正是因为看到这样的维修政策,所以在机床招标的时候会优先考虑临一机。

临一机开了这个头之后,其他大型机床企业也不得不学样了。一来二去,机二〇的各家成员企业都推出了及时响应的政策。

当然,有些企业因为产品类型以及本企业地理位置等约束,对外省的响应时间不敢定在48小时,而是定为72小时或者96小时,客户也是能够理解的。

为了这事,好几家厂子的领导都在唐子风面前嘟哝过,说临一机把客户给养刁了,还让不让人划水当咸鱼了?

再说宁默,昨天接到维修单,给唐子风打了电话,说今天不能去和他家共进午餐,然后便拎着工具箱,买了张长途汽车票奔锡潭去了。锡潭离临河不到200公里,坐长途汽车是最方便的。

谁知道,长途车开到这个名叫白坞的地方,居然抛锚了,估计一时半会还修不好。宁默惦记着服务承诺,着急上火,正好看到张蓓蓓骑自行车从旁边路过,于是便抢了对方的车,硬是骑着车赶到客户那里去了。按现在的时间来计算,应当是没有超时。

唐子风没有查过地图,但以他的印象,从白坞到锡潭西郊,至少有40公里,当然路况是很不错的,骑车过去也没多大问题。宁默虽胖,但平时也会坚持跑步,体质好得很,骑40公里自行车对他来说不在话下。

当然,宁默也有一个更好的选择,就是把车骑到邻近的繁华地区,然后找长途车或者是出钱雇一辆汽车到锡潭西郊去。锡潭这个地方没有出租车,但有一些帮人拉货的小货车或者中巴车,雇一辆车的价格也不贵。

第二百五十九章 为什么报警

宁默之所以选择一直骑车到客户那里去,是因为他借了人家的自行车,还惦记着要归还,所以才会骑车去、骑车回,一来一回就是80公里。按时间来算,借车应当是昨天的事情,今天他在客户那里修完机床,就骑车回来了。

所有这些,都是唐子风在听完宁默的叙述之后脑补出来的,看张东升的反应,估计宁默说得也没错。既然如此,这个案子就没什么大问题了,对方实在不高兴,赔她点钱,甚至赔她一辆新自行车,又有何妨?胖子现在在丽佳超市拿着分红,也是个隐蔽的土豪呢。

"你借车的时候,有没有跟人家说清楚是借?"唐子风继续问道。

"我说了呀,我还把工作证也押在大姐那里了。"宁默说。

"然后呢?"

"然后我说我今天会回来还,让大姐在这里等我。"

"再然后呢?"

"再然后……我看大姐的那辆自行车链条松了,还帮她修了一下。等我骑车回来,大姐在路边等我,她让我把自行车给她送回家去。到了她家以后,她说她家的洗衣机坏了,问我会不会修。"

"你说会不会呢?"

"当然会!"宁默得意地说,"也不看我是干什么的,临一机的装配钳工,两层楼高的机床我都能拆开修好,一台小小的洗衣机算什么。"

"……"

"然后呢?"

"然后我看到她家的窗户也坏了,就干脆一起给她修了,大姨一个劲地谢我,还说要给我煮糖水鸡蛋。"

"大姨是谁?"

"就是我嫂子,蓓蓓的妈。"张东升解释道。

"那怎么又报警了呢?"唐子风心里隐隐悟出了一点什么,但还需要向张东升确认。

张东升用嘴向张蓓蓓那边努了努,没有吭声。唐子风也不知道该如何跟这个姑娘说话,便对宁默说:"到底是怎么回事,人家为什么要报警?"

"我也不知道啊。"宁默叫着撞天屈,"我们一直聊得好好的,大姐还说要留我吃饭,我死活不肯,后来张所长就来了,把我带到这里来。大姐,你说说,是不是这样？大姐，你倒说句话啊！"

后面这两句，他是冲着张蓓蓓喊的，但张蓓蓓却一声不吭，似乎还扭了一下肩膀，很不满的样子。

唐子风叹了口气，对那姑娘喊道："小姑娘！"

"哎！"张蓓蓓脆生生地应了一声，立马就转过身来了，脸上笑得像一朵花儿一样。合着刚才她对着墙，一直都在偷笑啊。

这一回唐子风看清楚了，这姑娘长得虽够不上羞花闭月，但至少也是中上之姿，脸上有几个小雀斑，非但无碍相貌，还让她显得有几分俏皮的模样。最重要的是，她的岁数看上去最多也就是20刚出头，也亏宁默这个草包一口一个大姐地喊到现在，换成唐子风也得恼了。

"看看人家小姑娘多年轻，多漂亮，再看你这一脸褶子，你叫人家一句小妹会死吗？"唐子风假装恼火地对宁默训道。

"不会……"宁默低头不敢看那姑娘，小声地回答着唐子风的话。

"那你现在就喊一句，立刻，马上！"唐子风又下令道。他已经知道问题出在哪了，同时在心里哀叹：

准备随份子吧，来之前塞包里的现金直接变聘礼了……

"小……小妹。"宁默磕磕巴巴地说道，肥脸上居然泛起了红晕。

"哎！宁大哥！"张蓓蓓欢喜地答应着，丝毫没有一点矜持。唐子风分明看到老张的那张老脸抽搐了一下：丢人啊！家门不幸啊！

"蓓蓓，你别跟他客气，就叫他胖哥好了。"唐子风对张蓓蓓说。说真的，虽然张蓓蓓是刚刚转过身来，总共也就说了两句话，但唐子风却对她产生了许多好感。这是一位开朗、直率的姑娘，长相也对得起观众，如果真的能够看上宁默，宁默也算是古树开花了。这胖子，转眼就27了，也到了该解决个人问题的时候了。

"好哩，胖哥！"张蓓蓓从善如流，这就叫开了。

宁默一脸无奈，抬头看着张蓓蓓，嘬着嘴说："你不报警了？"

"嘻嘻，人家就是吓唬你一下嘛，我叔又不会真的抓你。"张蓓蓓说，随后又抱怨道，"谁让你不告诉我你的联系方法的，人家就只能找你的领导了嘛。"

张东升倒是不好意思了，他也算是公器私用，还害得人家厂里的常务副厂长驱车100多公里过来。万一唐子风要找他讨说法，他还真不好解释。他看着唐子风,讷讷地说:"唐厂长,你看,我也不太了解这个情况。蓓蓓这孩子……"

"没事没事,不打不成交嘛。"唐子风打断了张东升的话,说道,"大家有缘,要不晚上我做东。老张,咱们白墡镇上有没有好的馆子?如果没有,大家坐我的车去县里,咱们喝几杯,怎么样?"

"不用不用,到了我们这里,怎么能让唐厂长破费呢?"张东升赶紧说,"还是我来安排吧,一来给唐厂长赔礼;二来呢,给小宁师傅压惊。"

"老张,你就别跟我争了。"唐子风拍拍张东升的胳膊,然后低声说道,"不瞒你说,我和胖子是老乡,还是高中同学,勉强也算是他家里人吧。第一次见面,按规矩不得是我们这方摆酒的吗?"

"呃?"张东升一愣,随即老脸便笑开了花,"要得要得,那就劳烦唐厂长了。"